Anna Johannsen

Enna Andersen und der falsche Täter

EDITION M

Das Buch

Vor einigen Jahren wurde Rieke Erken in der Nähe der ostfriesischen Kreisstadt Leer tot im Wald gefunden. Vieles deutete damals auf ihren Ehemann als Täter hin. Doch Hajo Erken wurde aufgrund einer offensichtlich manipulierten DNA-Spur vor Gericht freigesprochen.

Ennas Team macht sich daran, den Fall komplett neu aufzurollen. Die intensiven Zeugenbefragungen ergeben, dass das Opfer jahrelang unter dem krankhaften Kontrollwahn ihres Ehemanns litt und händeringend nach einem Ausweg suchte. Damit rückt Riekes Mann wieder in den Fokus der Ermittlungen – doch welche Spur führt zum tatsächlichen Mörder?

Die Autorin

Anna Johannsen lebt seit ihrer Kindheit in Nordfriesland. Sie liebt die Landschaft und die Menschen der Region, besonders verbunden ist sie den Nordfriesischen Inseln, auf denen die Krimireihe »Die Inselkommissarin« spielt. Mit Begeisterung schreibt sie auch an ihrer Reihe um die alleinerziehende Kommissarin Enna Andersen. Beide Reihen werden parallel veröffentlicht.

ANNA JOHANNSEN

Enna Andersen und der falsche Täter

KRIMINALROMAN

EDITION M

Deutsche Erstveröffentlichung bei
Edition M, Amazon Media EU S.à r.l.
38, avenue John F. Kennedy, L-1855 Luxembourg
Februar 2022

Umschlaggestaltung: semper smile, München, www.sempersmile.de
Umschlagmotiv: © javarman © Stephen Rees © caesart © Nejron Photo
© Malte Florian Klein / Shutterstock
1. Lektorat: Lektorat Kanut Kirches
2. Lektorat und Korrektorat: Rotkel Textwerkstatt
Gedruckt durch:
Amazon Distribution GmbH, Amazonstraße 1, 04347 Leipzig /
Canon Deutschland Business Services GmbH, Ferdinand-Jühlke-Str. 7,
99095 Erfurt /
CPI books GmbH, Birkstraße 10, 25917 Leck

ISBN 978-2-49670-926-1

www.edition-m-verlag.de

Eins

Enna drehte sich zum Wecker um und stöhnte leise. Wenn sie an ihrem ersten Arbeitstag nach dem dreiwöchigen Urlaub auf Spiekeroog nicht zu spät ins Kommissariat kommen wollte, musste sie sich bald aus dem Bett quälen.

»Müssen wir schon raus?«, murmelte Aaron schlaftrunken.

Aaron hatte mit Enna und ihrem fünfjährigen Sohn Elias die letzten eineinhalb Urlaubswochen auf der Insel verbracht und würde nach dem Frühstück nach Frankfurt aufbrechen.

»Ich fürchte ja«, flüsterte Enna, die sich inzwischen umgedreht und bei ihm angeschmiegt hatte. »Aber ein paar Minuten haben wir noch.«

»Ich hätte eher zu euch kommen sollen.«

Enna warf ihm einen strengen Blick zu. »Arbeit geht nun mal vor. Was hätte dein Mandant gesagt, wenn er plötzlich von einem deiner Kollegen vor Gericht vertreten worden wäre?«

»Ich hätte ein Attest einreichen können, dann wäre …«

Enna legte ihm den Finger auf die Lippen. »Es war gut so, wie es war. Ich brauchte auch ein paar Tage alleine mit Elias.«

»Und musstest dich auf meinen Besuch«, Aaron löste sich von Enna und malte Anführungszeichen in die Luft, »vorbereiten.«

Enna zog ihn wieder an sich. »Vielleicht. Wäre das so schlimm?«

Sie kannte Aaron Bernard erst seit wenigen Monaten und hatte lange gezögert, ihn näher an sich heranzulassen. Nach dem Unfalltod ihres Mannes hatte Enna sich nicht vorstellen können, sich noch einmal zu verlieben.

»Nein, das war vollkommen in Ordnung«, antwortete Aaron lächelnd. »Trotzdem: Ich will noch nicht wieder nach Frankfurt.« Er hielt inne. »Hast du noch einmal über meinen Vorschlag nachgedacht?«

Aaron spielte schon seit Wochen mit dem Gedanken, seine Kanzlei in Frankfurt zu verlassen und sich in Oldenburg oder Bremen eine neue aufzubauen. Als Anwalt finde er überall Arbeit, hatte er gemeint.

Enna seufzte. »Wollen wir uns nicht etwas Zeit lassen? Uns beiden und auch Elias?«

Aaron nickte. »Entschuldige, ich hätte nicht noch einmal damit anfangen sollen.« Er schielte zur Uhr. »Du kannst heute nicht eine Viertelstunde später ins Büro?«

Enna küsste ihn zärtlich. »Selbst ich verschlafe manchmal.«

Enna schloss die schwere Holztür auf. Das über hundert Jahre alte Haus, in dem nur ihre LKA-Einheit untergebracht war, strömte mit seinen hohen Decken und alten Dielen den Charme des vorletzten Jahrhunderts aus. Sie schloss die Tür, ging direkt zu ihrem Büro und öffnete das Fenster. Für Mitte November herrschten mit weit über zehn Grad bei fast täglichem Sonnenschein milde Herbsttemperaturen.

Enna stellte gerade das Fenster auf Kipp, als jemand an die offene Tür klopfte. Sie wandte sich um. Pia Sims, die jüngste Kommissarin im Team, stand in der Tür.

»Ist Alina noch rechtzeitig gekommen?«

Alina betreute Ennas Sohn als Au-pair. Die letzten drei Wochen hatte sie mit Pia verbracht.

»Alles gut. Wir saßen gerade zu dritt beim Frühstück. Elias ist ihr um den Hals gefallen und wollte sie gar nicht mehr loslassen.«

Pia schmunzelte. »Sollte ich eifersüchtig sein?«

Enna musste unwillkürlich lachen. »Der kleine Mann nimmt dir Alina schon nicht weg.« Sie musterte Pia. »Ihr wart zusammen in Polen? Auch bei Alinas Eltern?«

Pia stöhnte theatralisch. »Das wird wohl noch Jahre dauern. Nein, Alina hat mir das Land gezeigt. Soweit es innerhalb der wenigen Tage möglich war.«

»Und?«

»Frag nicht. Alles sehr katholisch, aber sonst wunderschöne Landschaften und im Grunde genommen sind die Menschen dort sehr gastfreundlich.«

Jemand hinter Pia räusperte sich. Jan Paulsen, zwei Köpfe größer als Pia, trat neben sie. »Polen? Mutig, Kollegin!«

Pia stieß ihn spielerisch in die Seite. »Quatschkopf.« Sie sah Enna an. »Wann setzen wir uns zusammen? Die Lostrommel habe ich schon vorbereitet.«

»Wer ist dieses Mal die Glücksfee?«, fragte Paulsen, als sie zusammen in der großen Küche saßen, die sie regelmäßig als Besprechungsraum nutzten.

Jens Lange warf einen überraschten Blick auf den kleinen Plastikeimer. Der Assistent des Teams war erst vor wenigen Monaten zur Gruppe hinzugestoßen und hatte in den letzten drei Wochen im Kommissariat die Stellung gehalten.

»Warum nicht der Neue?«, schlug Pia vor.

Jens zuckte mit den Schultern. »Wenn mich jemand aufklärt, gerne.«

»Auf den Zetteln steht jeweils eine Nummer«, erbarmte sich Pia. Sie hielt eine Liste hoch. »Jede Nummer gehört zu einem ungeklärten Fall in unserem Einsatzgebiet. Das Los entscheidet, alle akzeptieren es.«

»Da muss man erst mal drauf kommen.« Jens griff in den Eimer, zog einen zusammengefalteten Zettel heraus und hielt ihn demonstrativ hoch. »Die Spannung steigt.«

»Nun mach schon!«, forderte ihn Paulsen auf.

Jens faltete den Zettel auseinander. »Vierunddreißig.«

Enna fuhr mit dem Finger über die Liste. »Der Fall Erken.«

Pia grinste. »Ob ihr es glaubt oder nicht, den haben wir in der Akademie durchgenommen. Lustig, dass wir den jetzt auf den Tisch bekommen.«

»Geht es da um diesen spektakulären Freispruch?«, fragte Jens. »Der Ehemann stand doch vor Gericht, weil er beschuldigt wurde, seine Frau getötet zu haben.«

Enna nickte. »Rieke Erken. Sie wurde vor fünf Jahren in der Nähe von Leer in einem Wäldchen von dem Hund eines Spaziergängers gefunden. Sie war nackt und nur in eine schwarze Plastikfolie eingewickelt. Das Loch, in dem sie verscharrt wurde, war nicht sehr tief. Ich war nicht in der SoKo, habe den Fall aber aus der Ferne verfolgt. Wenn ich mich richtig entsinne, war sie zu dem Zeitpunkt seit drei oder vier Tagen als vermisst gemeldet. In den Tagen, bevor sie gefunden wurde, gab es große Suchaktionen rund um Leer. Eine Hundertschaft hat sich über Tage daran beteiligt.«

»Zwei Wochen später wurde der Ehemann, Hajo Erken, festgenommen«, nahm Pia den Faden auf. »Seine DNA wurde an der Plastikfolie gefunden, in die die Leiche eingewickelt war, er hatte sich bei den Vernehmungen in Widersprüche verstrickt und es gab noch ein paar weitere Hinweise. Ich glaube, ein Nachbar hatte angeblich etwas gesehen und die Freundin des Opfers hat bezeugt, dass sich Rieke Erken von ihrem Mann trennen wollte.«

»Kinder?«, fragte Paulsen, der sich bisher zurückgehalten hatte.

Pia schüttelte den Kopf. »Nein, aber Rieke Erken war im zweiten Monat schwanger. Der DNA-Test hat gezeigt, dass ihr Ehemann nicht der Vater war.«

»Trotz allem ist er freigesprochen worden?«, fragte Jens.

Pia nickte. »Der wichtigste Beweis war vermutlich gefälscht. Rieke Erkens Vater war Polizist. Er hat sich Zugang zu den Asservaten verschafft und die DNA an der Folie hinterlassen. Später hat er behauptet, dass das angeblich unbeabsichtigt passiert ist. Ursprünglich waren keine DNA-Spuren auf der Folie gefunden worden. Der Vater, seinen Namen habe ich vergessen, hat dann auf eine neue Untersuchung gedrängt. Er war es übrigens auch, der seine Kollegen immer wieder bekniet hat, seinen Schwiegersohn festzunehmen. Was dann nach der erneuten DNA-Analyse auch geschehen ist.«

Jens sah sie ungläubig an. »Das muss damals vollkommen an mir vorbeigegangen sein. Verrückt. Wie ist es aufgeflogen?«

»Hajo Erken hatte einen Anwalt, der an seine Unschuld geglaubt hat. Und clever war. Er hat einen Privatermittler engagiert, der letztlich herausbekommen hat, dass die Freundin des Opfers die Ehekrise übertrieben dargestellt hat. Wie sie später aussagte, hat der Vater von Rieke Erken sie dazu gedrängt. Um es abzukürzen, der Richter hat im Prozess angeordnet, die Folie von einem unabhängigen Institut ein drittes Mal untersuchen zu lassen. Dabei ist herausgekommen, dass die DNA mit hoher Wahrscheinlichkeit nachträglich aufgebracht worden war. Der Vater wurde in den Zeugenstand gerufen, der Verteidiger hat ihn regelrecht auseinandergenommen. Am Schluss wurde Hajo Erken freigesprochen.«

»Was nicht heißt, dass er unschuldig ist«, murmelte Paulsen.

Pia verdrehte die Augen. »Vor dem Gesetz schon. Und noch einmal kann er nicht angeklagt werden.«

»Der Fall wurde neu aufgerollt«, nahm Enna Pias Faden auf. »Die Sonderkommission wurde quasi ausgetauscht und eine neue Mannschaft begann von vorne. Fünf Monate später wurde der Fall vorerst zu den Akten gelegt.«

»Ein Kollege von mir wurde damals in die SoKo beordert«, sagte Paulsen. »Er meinte, fast alle Kollegen sind davon überzeugt gewesen, dass ihre Arbeit nutzlos sei.« Paulsen sah in die Runde. »Aus dem einfachen Grund, weil der Täter schon vor Gericht gestanden hat.« Er hielt kurz inne. »Wollen wir uns wirklich an diesen Mist ranwagen?«

»Warum nicht?«, fuhr Pia ihn an. »Wenn wir so leicht die Regeln über Bord werfen, können wir mit dem Losen aufhören. Der Fall ist cool. Wenn wir den lösen, schreiben wir Kriminalgeschichte.«

Alle schauten zu Enna und schienen auf ihre Entscheidung zu warten. Sie räusperte sich leise. »Drei Wochen. Wenn wir dann nicht weiterkommen, wird neu gelost.«

Pia stand auf und gab Jens einen Wink. »Wir gehen ins Archiv und holen die Akten.«

»Und?«, fragte Paulsen, als die beiden die Küche verlassen hatten.

Enna ahnte, worauf Paulsen anspielte. Ihre Eltern waren ermordet worden, als sie dreizehn Jahre alt war. Ein Mandant ihres Vaters, Ronald Grothe, wurde verhaftet und später zu einer lebenslangen Haftstrafe verurteilt. Inzwischen war er nach zweiundzwanzig Jahren aus der Haft entlassen worden und betrieb die Wiederaufnahme des Verfahrens. Enna hatte Aaron, der Grothe vertrat, in diesem Zusammenhang kennengelernt.

»Alles gut«, sagte Enna. »Die Fälle sind doch vollkommen anders gelagert. Der Ehemann ist freigesprochen worden.«

Paulsen nickte. »Weil er Glück gehabt hat.«

»Ich bin nicht dafür verantwortlich, dass Grothe vielleicht unschuldig verurteilt worden ist.«

Paulsen stand auf. »Sicher nicht. Aber vielleicht hat die Justiz hier in beiden Fällen versagt. Parallelen gibt es schon.«

Enna zuckte die Achseln. »Das werden wir hoffentlich herausfinden.«

Zwei

Am frühen Nachmittag stand Enna vor der in der Küche aufgebauten Flipchart und schrieb in die Mitte des Blattes den Namen von Rieke Erken.

Pia und Jens hatten im Schnelldurchgang einen Blick in die Akten geworfen und sich einen ersten Überblick verschafft.

Jens hob die Hand. »Sie war achtundzwanzig Jahre alt, seit sieben Jahren mit Hajo Erken verheiratet. Ihr Geburtsname war Japsen. Mutter an Krebs gestorben, als sie zwölf war. Sie hat eine Schwester, die vier Jahre älter ist. Der Vater des ungeborenen Kindes hat sich weder gemeldet noch konnte er ermittelt werden. Niemand wusste von ihrer Schwangerschaft, weder ihre beste Freundin noch andere Freundinnen und Bekannte. Da Rieke Erken erst im zweiten Monat schwanger war, wurde auch darüber nachgedacht, ob sie es selbst überhaupt bemerkt hatte. Sie arbeitete ganztags in Leer als Angestellte in der Stadtverwaltung. Hajo Erken hat am dritten Tag, nachdem seine Frau nach Hannover zu einer Freundin gefahren war, versucht, sie zu erreichen. Von Antje Holm, der Freundin, zu der Rieke angeblich wollte, hat er dann erfahren, dass sie nie bei ihr angekommen war und der Besuch auch nicht geplant war. Am nächsten Tag hat er sie dann als vermisst gemeldet.«

»Erst am nächsten Tag?«, fragte Enna, die einige der Fakten auf die Flipchart geschrieben hatte.

»Hajo Erken hat behauptet, dass er zunächst alle möglichen Bekannten und Freunde abtelefoniert hat, bevor er sie schließlich als vermisst gemeldet hat. Die Kollegen haben die Vermisstenmeldung sehr ernst genommen, vermutlich auch, weil der Vater des Opfers ein Kollege war. Als eine Zeugin angab, dass sie Rieke Erken in der Nähe der Ems gesehen hat, wurde eine große Suchaktion gestartet. Viele Kilometer beidseits des Flusses wurden abgesucht. Dabei sind keinerlei Hinweise gefunden worden. Vermutlich eine Verwechslung.«

»Wo ist Rieke Erken in den Tagen vor ihrem Tod gewesen?«, fragte Enna und schrieb Stichworte auf die Flipchart.

»Das ist letztendlich nicht geklärt worden«, sagte Jens mit Blick auf seine Notizen. »Leider hatte sie kein Navi im Auto, in dem ihre Fahrten registriert worden wären. Nach dem Tachostand ist sie bis zu eintausendeinhundertfünfzig Kilometer gefahren. Das ist allerdings nur eine Vermutung. Zwei Wochen vor der Tat wurde bei ihrem Fahrzeug ein Ölwechsel gemacht und dabei der Kilometerstand aufgeschrieben. Bei der Rekonstruktion der gefahrenen Kilometer konnte nicht genau festgestellt werden, was sie noch vor ihrer Abfahrt gefahren war und was später.«

»Leer ist nicht groß. Vermutlich ist sie sogar mit dem Fahrrad zur Arbeit gefahren«, sagte Enna. »Also liegt die Vermutung nah, dass sie eine längere Strecke gefahren ist. Ist nie herausgefunden worden, wo Rieke Erken gewesen ist?«

»Nein«, antwortete Jens. »Wenn man einige Stadtfahrten in Leer abzieht, wären das mehr als fünfhundert Kilometer für eine Strecke. Damit hätte sie zweimal nach Hannover und zurück fahren können.«

»Gibt es in der Akte keinerlei Hinweise, wen Frau Erken in einer Entfernung von fünfhundert Kilometern besucht haben könnte?«

»Leider noch einmal nein«, sagte Jens. »Das Thema ist in den Akten an zwei oder drei Stellen zur Sprache gekommen, aber ohne Ergebnis.«

Enna schrieb die Kilometerzahl auf die Flipchart, wandte sich wieder um und schaute in die Runde.

»Was ist mit dem Handy?«, fragte Paulsen.

»Keine Daten für fast drei Tage vor ihrem Tod. Es war ab dem Abend des zweiten Tages, nachdem sie aus Leer weggefahren ist, komplett ausgestellt. Am Tag ihrer Abreise ist es hier in Oldenburg eingeloggt gewesen, kurze Zeit später in der Nähe von Bremen. Anschließend wurde das Handy ausgemacht. Gefunden wurde es nie. Mitteilungen über den Messengerdienst, den Rieke Erken laut ihrer Freundin benutzt hat, konnten ohne Handy nicht nachvollzogen werden. Sie könnte an dem ersten Tag auch über Facetime mit jemandem gesprochen haben – oder einen anderen Dienst. Regulär telefoniert hat sie nicht.«

»Mysteriös!«, warf Pia ein. »Ist sie entführt worden?«

»Ein solcher Ermittlungsansatz ist tatsächlich verfolgt worden, allerdings nicht sehr lange. Es gab keinerlei Hinweise auf eine Entführung.«

Enna notierte auf der Flipchart »Entführung«.

»Rieke Erken hatte, als sie gefunden wurde, keine Handtasche dabei, keine Geldbörse mit Ausweis oder etwas Ähnliches. Ihr Auto ist erst zwei Wochen später in Bremen auf einem Parkplatz gefunden worden.«

Enna schrieb »Auto« und »Bremen« auf die Flipchart und versah es mit einem Fragezeichen. »Sind Spuren im Auto gefunden worden?«

»Das Lenkrad war abgewischt, alle weiteren Stellen, die üblicherweise angefasst werden, auch. DNA-Spuren sind reichlich sichergestellt worden. Von Rieke Erken natürlich, von ihrem Mann und zwei weiteren Personen, die allerdings bis heute nicht identifiziert worden sind.«

»Was steht im Obduktionsbericht?«

»Sie ist erstickt worden. Vermutlich ganz klassisch mit einem Kissen. Es sind Fasern in ihrer Lunge gefunden worden«, sagte Jens mit Blick auf seine Unterlagen.

»Todeszeitpunkt?«

»Der eigentliche Todeszeitpunkt konnte nur auf eine relativ große Zeitspanne eingegrenzt werden. Demnach ist sie mutmaßlich zwanzig oder mehr Stunden, bevor sie in dem Wäldchen verscharrt wurde, getötet worden.«

»Sind keinerlei fremde DNA-Spuren am Körper gefunden worden?«, fragte Enna weiter.

»Nein«, sagte Jens. »Ansonsten findet sich für uns nicht viel im Obduktionsbericht. Dass Rieke Erken schwanger war, ist ja schon gesagt worden. Sonst war sie kerngesund. Das wäre es von meiner Seite.«

»Dann bin ich jetzt wohl dran?«, sagte Pia und klappte ihr Notizheft auf, als Jens nickte. »Ich habe mich erst mal auf Hajo Erken konzentriert.« Sie reichte ein Foto herum. »Wie ihr seht, war er zumindest zum Zeitpunkt der Aufnahme ein durchaus gut aussehender Mann. Zwei Jahre älter als seine Frau, beide waren also relativ jung, als sie geheiratet haben. Hajo Erken hat in Leer studiert.« Pia schaute auf ihre Notizen. »Nautik und Seeverkehr. Nach dem Studium ist er zur See gefahren. Zunächst als Wachoffizier – was immer das auch ist – und später als Kapitän.«

»Er war also regelmäßig lange Phasen nicht zu Hause?«, fragte Paulsen.

»In dieser Zeit schon. Später hat er bei der Hafengesellschaft«, Pia schaute auf ihre Notizen, »Niedersachsen Ports in Emden angefangen. Von Leer nach Emden ist es keine große Entfernung. Fünfunddreißig Kilometer, hat Google mir gesagt.«

»Ab wann war er in Emden beschäftigt?«, fragte Enna.

»Drei Jahre vor Rieke Erkens Tod. Im Prozess hat er ausgesagt, dass die Zeit auf See sehr belastend für ihre Ehe gewesen sei und er sich deshalb eine Stelle an Land gesucht habe. Weiter hat er davon gesprochen, dass sie eine Familie gründen wollten, sprich, es ging um ein oder mehrere Kinder.«

»Dazu ist es dann ja nicht mehr gekommen«, sagte Paulsen halblaut, während Enna etwas auf der Flipchart notierte.

»Hajo Erken beschrieb die Ehe als harmonisch, hat aber auch nicht verschwiegen, dass sie Hochs und Tiefs hatten. Weiter hat er in den Vernehmungen angedeutet, dass seine Frau Depressionen gehabt haben könnte.«

»Und?«, fragte Jens. »War das nur seine Privatdiagnose oder war sie in Therapie?«

»Zu dem Zeitpunkt war noch nicht klar, was mit Rieke Erken passiert war. Von daher stand ein möglicher Suizid ganz oben auf der Liste. Und ja, die Kollegen haben bei den Psychotherapeuten in der Umgebung angefragt, ob Frau Erken bei ihnen in Behandlung war. Kein Ergebnis. Auch später, als der Fall überregional Schlagzeilen machte, hat sich niemand gemeldet. Es hätte ja sein können, dass sie während der Zeit, als ihr Mann auf See weilte, in Behandlung war und sie dafür zum Beispiel nach Oldenburg oder Osnabrück gefahren ist.«

»Und ihr Hausarzt?«, fragte Jens weiter. »Normalerweise wendet man sich doch zunächst an ihn.«

»Gute Frage.« Pia blätterte in den Unterlagen. »Muss ich noch recherchieren, wer das war. Ich glaube nicht, dass er befragt wurde.«

Enna schrieb »Hausarzt« auf die Flipchart. »Aufgabenverteilung machen wir später.«

Pia nickte. »Die Freundin, die Rieke Erken angeblich in Hannover besuchen wollte, lebt übrigens inzwischen in Oldenburg. Sie beide sind zusammen zur Schule gegangen und waren zu der Zeit eng befreundet. Später wurde der Kontakt loser, aber sie müsste eigentlich einiges über ihre Freundin wissen.«

»Gab es keine Befragungen?«, fragte Paulsen.

»Nachdem geklärt war, dass Rieke Erken nicht in Hannover war, ist die Freundin nicht noch einmal befragt worden. Selbst in den Akten der neuen SoKo habe ich nichts gefunden.«

Jens hob die Hand. »Sie war zu dem Zeitpunkt nicht mehr in Deutschland. Sie hat auf Mallorca als Geschäftsführerin eines Hotels gearbeitet.«

»Okay«, sagte Pia. »Das war mir nicht bekannt. Trotzdem hätten sie eine telefonische Befragung durchführen können.« Pia schaute auf ihre Notizen. »Wie schon von Jens ausgeführt, haben sich die Kollegen im ersten Durchgang fast ausschließlich auf den Ehemann konzentriert und andere Ermittlungsstränge eher stiefmütterlich behandelt. Nach dem Freispruch waren ja inzwischen viele Monate vergangen und die Kollegen scheinen sich schwergetan zu haben, in einem Cold Case zu ermitteln. Aber gut, komme ich zu Rieke Erken zurück.« Sie zog ein Foto aus der Mappe und hielt es hoch. »Ein paar Monate vor ihrem Tod war sie beim Fotografen. Ihr Mann hat die Fotos erst später gefunden und den Kollegen überlassen. Wie ihr seht, war sie ausgesprochen attraktiv.«

»Sind die üblichen Portale im Internet durchsucht worden?«, fragte Paulsen.

»Portale?«

»Die Anbahnungsseiten.«

»Single- oder Seitensprungbörsen, meinst du«, sagte Pia und schien nur schwer ein Grinsen unterdrücken zu können. »Tatsächlich wurde jemand im Team, also im zweiten Durchgang, damit betraut. Wenn ich das richtig sehe, war das ein Grünschnabel. Auf jeden Fall hat er nichts gefunden.«

»Laptop?«, fragte Jens.

»Hatte Rieke Erken mit auf ihrer Reise. Er ist nie wieder aufgetaucht. Die Spur ist eiskalt. Ihr Profil, sollte es eins in einem dieser Portale gegeben haben, werden wir nach fünf Jahren wohl kaum mehr im Netz finden. Aber vielleicht weiß die Freundin mehr.« Pia blätterte die Seite ihres Notizbuchs um. »Wirklich enge Freunde scheint Rieke Erken nicht oder nur wenige gehabt zu haben. Befragt wurde noch eine Arbeitskollegin aus der Leeraner Verwaltung, Julia Kistner. Die beiden sind auch hin und wieder zusammen losgezogen, als Hajo Erken noch viel auf See war. Die Befragung von Frau Kistner war allerdings nicht sehr intensiv. Wenn das Protokoll ihre Antworten richtig wiedergibt, hatte sie auch nicht viel zu sagen.«

»Das hängt auch von den Fragen ab«, warf Paulsen halblaut ein.

»Definitiv, Herr Kollege«, erwiderte Pia. »Darauf wollte ich gerade hinaus. Wenn zwei über viele Jahre im selben Büro sitzen, muss da eigentlich mehr sein. Nach allem, was die übrigen Befragungen ergeben haben, war Rieke Erken durchaus kommunikativ und offen. Die Arbeitskollegin sollten wir intensiv befragen.«

Enna schrieb »Arbeitskollegin Leer« aufs Blatt und setzte sich mit an den Tisch. »Hast du noch mehr zu Rieke Erken?«

Pia nickte. »Sie war im Volleyballverein. Eine Hobbygruppe, gemischt übrigens, die sich einmal in der Woche zum Spiel getroffen hat und hin und wieder auch etwas anderes unternommen hat. Ich habe eine Liste der damaligen Mitglieder. Wir müssen sehen, ob sie weiterhin in Leer wohnen.«

»Gemischt?«, fragte Jens. »Ist dort nach dem Vater des Kindes gesucht worden? Gab es DNA-Abgleiche?«

»Ja, aber auch hier erst im zweiten Durchgang, also nach dem Freispruch. Bis auf einen der Männer sind alle getestet worden. Negativ. Bevor ihr fragt, der eine befand sich auf einer Weltreise. Ich habe das im Netz gefunden, wo er seinerzeit die

Stationen seiner Reise dokumentiert hat. Später ist daraus ein Buch entstanden. Patrik Blohm. Er lebt im Moment wieder in Leer, plant aber gerade seine nächste Tour.«

»Bekommen wir da einen Beschluss?«, fragte Jens mit Blick auf Enna.

Die war inzwischen wieder aufgestanden und hatte die letzten Hinweise auf der Flipchart notiert. »Wir werden zunächst mit ihm sprechen. Ohne relevante Hinweise, zum Beispiel aus der Gruppe, wird es wohl schwierig werden.«

»Wenn da was gelaufen ist, sollte das jemand in der Gruppe gemerkt haben«, sagte Pia. »So, dann komme ich zur Familie. Zum Vater haben wir ja schon kurz etwas gesagt. Er lebt übrigens weiter in Leer. Er stand seinerzeit wenige Jahre vor der Pensionierung, wurde zunächst freigestellt und hat sich dann vorzeitig pensionieren lassen. Er hat zugegeben, dass er in der Asservatenkammer war und auch die Folie in den Händen gehabt hat. Nach seiner Version hat er kurz zuvor Sachen seiner Tochter aussortiert und dabei auch Gegenstände des Ehemanns berührt. Er beziehungsweise sein Anwalt hat dann behauptet, dass er dadurch zum Überträger der DNA geworden sein könnte. Vor Gericht hat er deshalb nie gestanden, das scheint alles unter der Hand geregelt worden zu sein. Ob er allerdings mit uns reden wird, halte ich für unwahrscheinlich.« Pia hielt kurz inne. »Riekes Mutter ist ja früh an Krebs verstorben, allerdings hatte sie eine Schwester«, Pia blätterte um, »vier Jahre älter. Die scheint wohl ein wenig die Rolle der Mutter übernommen zu haben. Der Vater hat übrigens nicht wieder geheiratet und von einer neuen Beziehung ist nirgendwo in den Akten etwas zu finden. Gesa Martinsen, die Tante, ist verwitwet und lebt in Leer. Darüber, ob es Kontakt zwischen ihr und Riekes Vater gibt oder gab, konnte ich in den Akten nichts finden.«

»Hat der Vater noch Familie?«, fragte Jens.

»Ja, einen jüngeren Bruder, der allerdings in Kanada lebt. Er ist damals nur kurz telefonisch befragt worden. Er hat oder hatte nur wenig Kontakt zur Familie seines Bruders und war seinerzeit auch seit Jahren nicht mehr in Deutschland gewesen.« Pia schaute noch einmal ins Notizbuch. »So, das wäre der erste Überblick.«

»Okay! Es scheinen ja doch mehr Ansatzpunkte vorhanden zu sein, als wir zunächst vermutet haben. Ich schlage Folgendes vor: Jens, du arbeitest wie gehabt im Hintergrund, nimmst dir jetzt erst mal weiter gründlich die Akten vor und suchst nach neuen Ansatzpunkten, Widersprüchen in Aussagen und so weiter. Wenn wichtige Rechercheaufgaben von uns anderen kommen, musst du halt unterbrechen.«

Jens nickte. »Alles klar.« Enna sah ihm an, dass er damit gerechnet hatte, auch außerhalb des Büros eingesetzt zu werden.

»Sollte es notwendig sein, kannst du unter Umständen mit einem von uns zu Befragungen oder anderen Recherchen mitgehen«, fügte Enna hinzu, bevor sie sich an Paulsen und Pia wandte. »Ich spreche mit Antje Holm hier in Oldenburg. Außerdem würde ich mich gerne mit Riekes Tante unterhalten. Wollt ihr im ersten Zug die Arbeitskollegin übernehmen und die Freunde aus der Volleyballgruppe?«

»Was machen wir mit Hajo Erken?«, fragte Paulsen. »Sollte er nicht zumindest informiert werden?« Er warf einen Blick zu Jens. »Wo wohnt er jetzt eigentlich?«

»Erken ist relativ kurz nach dem Freispruch nach Hamburg gezogen. Dort arbeitet er im Hafen. Was genau, konnte ich nicht herausbekommen. Adresse und Telefonnummer habe ich gefunden.« Er sah etwas verlegen in die Runde. »Sorry, das wollte ich eigentlich vorhin schon berichten.«

»Ich rufe ihn an. Wir entscheiden später, ob und wann wir ihn befragen«, sagte Enna.

Drei

Enna wählte die Handynummer, die sie von Jens zugeschickt bekommen hatte.

»Erken!« Die tiefe Männerstimme klang leicht gereizt.

»Guten Tag, Herr Erken. Enna Andersen. Ich bin Hauptkommissarin einer Ermittlungsgruppe des LKA, die sich um ungelöste Fälle kümmert.« Enna legte eine kurze Pause ein, um eine mögliche Reaktion von Hajo Erken abzuwarten. »Wir werden die Ermittlungen zum Tode Ihrer Frau neu aufnehmen.«

»Und was wollen Sie da von mir?« Hajo Erkens Stimme ließ deutlich durchblicken, dass er kein Interesse hatte, mit Enna zu sprechen.

»Zunächst einmal wollte ich Sie informieren.«

»Das haben Sie ja jetzt. Noch was?«

»Herr Erken. Nicht, dass Sie mich falsch verstehen. Es geht in keiner Weise darum, die Ermittlungen gegen Sie neu aufzurollen. Seinerzeit sind so grundlegende Fehler gemacht worden, die ja letztlich auch dazu geführt haben, dass Sie fälschlicherweise angeklagt wurden. Uns geht es darum, den Täter oder die Täterin zu finden. Ich denke, dass das auch in Ihrem Interesse ist.«

Hajo Erken schwieg.

»Es wäre für uns sehr nützlich, wenn wir Sie befragen dürften. Sie waren die Person, die Ihrer Frau am nächsten gestanden hat und uns sicherlich wertvolle Hinweise geben könnte.«

Hajo Erken schwieg weiter, schien aber noch in der Leitung zu sein.

»Selbstverständlich würden wir zu Ihnen nach Hamburg kommen, zu einer Zeit, die für Sie günstig ist. Wir können uns bei Ihnen oder auch an jedem anderen Ort treffen.«

»Was soll das bringen?« Seine Stimme klang nicht mehr so gereizt wie zuvor.

»Das kann man vor so einem Gespräch nie sagen, Herr Erken. Wie ich den Akten entnommen habe, hatten Sie nie wirklich Gelegenheit, Ihre Sicht der Dinge darzustellen. Selbstverständlich würden wir Sie auch weiterhin über die Ermittlungen auf dem Laufenden halten. Das Gespräch wäre auf freiwilliger Basis. Sie können es jederzeit abbrechen.«

»Kann ich hundertprozentig sicher sein, dass Sie nicht gegen mich ermitteln würden?«

»Das dürften wir überhaupt nicht, Herr Erken. Wir sind an klare Regeln gebunden und wür…«

»Wenn Sie meine Akte gelesen haben, wissen Sie ja, dass das nicht alle bei der Polizei so eng sehen.«

»Schwarze Schafe gibt es überall. Was Ihnen passiert ist, ist unverzeihlich. Ich kann es nicht rückgängig machen, aber ich kann dafür sorgen, dass der Täter gefasst wird. Das wäre letztendlich auch in Ihrem Sinne.«

»Ich muss darüber nachdenken. Und mit meinem Anwalt sprechen.«

»Das ist überhaupt kein Problem, Herr Erken. Soll ich Sie wieder anrufen oder melden Sie sich?«

»Ich rufe Sie an.«

Enna gab ihm die Festnetznummer und ihre Handynummer durch und verabschiedete sich von Hajo Erken.

Seufzend stand Enna auf. Sie konnte Hajo Erkens Zurückhaltung verstehen. Sein ganzes Leben war durch die Festnahme und den anschließenden Prozess auf den Kopf gestellt worden. Juristisch war er unschuldig, wie das aber sein Umfeld sah, war etwas vollkommen anderes. Trotzdem war es ihr schwergefallen, so zurückhaltend zu agieren. Müsste Hajo Erken nicht auch ein Interesse haben, dass der Fall endgültig aufgeklärt wird? Sollten sie den Täter ermitteln, wäre seine Unschuld auch für alle Zweifler eindeutig nachgewiesen und er wäre vollkommen rehabilitiert.

Enna ging zu Jens in den ersten Stock, klopfte kurz an die offene Tür und trat ein. »Hast du die Adresse von Antje Holm?«

Jens nickte. »Sie arbeitet übrigens in einem Oldenburger Innenstadthotel als Geschäftsführerin. Fünf Sterne. Hotel Holtmann am Rande der Fußgängerzone.«

»Kenne ich. Ich war mal in dem Restaurant des Hotels.«

»Wow! Teuer?« Jens reichte ihr einen Notizzettel. »Ihre Nummer dort habe ich auch notiert. Handynummer war nicht zu finden, aber im Hotel können sie dir sicher weiterhelfen, falls sie heute nicht arbeitet.«

»Danke.« Enna machte kehrt, wandte sich aber kurz vor der Tür noch einmal zu ihm um. »Hatte ich dir schon gesagt, dass du eine wirkliche Bereicherung für unser Team bist?«

Jens lächelte leicht verlegen. »Ich glaube schon. Trotzdem danke. Ich arbeite auch gerne hier und mit euch.«

»Freut mich. Und wegen der Außeneinsätze …«

Jens hob abwehrend die Hand. »Schon gut, ich verstehe das ja. Mach dir keine Gedanken. Wenn ich hin und wieder mal rauskomme, ist es gut, ansonsten habe ich mich ja auf genau diese Stelle beworben und wusste, was auf mich zukommt.«

Enna hob den Notizzettel hoch. »Danke nochmals.«

»Holm!« Eine energische Frauenstimme meldete sich. »Was kann ich für Sie tun?«

Enna stellte sich vor und erläuterte kurz ihr Anliegen. »Können wir uns kurzfristig treffen? Ich kann auch gerne zu Ihnen ins Hotel kommen.«

Antje Holm zögerte, räusperte sich schließlich und fragte: »Wann?«

»Ich könnte jetzt direkt losgehen. In zehn Minuten kann ich bei Ihnen sein.«

»Eine halbe Stunde, mehr kann ich Ihnen nicht einräumen.«

»Bis gleich, Frau Holm.«

Enna schrieb Jens eine Nachricht und eilte aus dem Haus. Die ausgedehnte Oldenburger Fußgängerzone lag etwa fünf Gehminuten vom Sitz der LKA-Einheit entfernt, das Hotel noch einmal weitere drei Minuten.

Antje Holm empfing sie in einem großzügig geschnittenen Büro im vierten Stock des Hauses. Deckenhohe Fenster gaben eine beeindruckende Sicht über Oldenburg frei.

»Kaffee, Tee, Wasser?«

»Ein Cappuccino wäre wunderbar«, sagte Enna und nahm an dem gläsernen Besprechungstisch Platz.

Antje Holm griff zum Telefon und bestellte die Getränke. Enna hätte ihre Gesprächspartnerin auf Ende zwanzig geschätzt, wusste aber, dass sie mehrere Jahre älter sein musste. Halblanges blondes Haar, das sie offen trug, dezent geschminkt, Hosenanzug, weiße Bluse.

»Was möchten Sie wissen?«, fragte Antje Holm, als sie sich zu Enna gesetzt hatte.

Enna reichte ihr eine Visitenkarte. »Wie ich Ihnen schon am Telefon sagte, untersucht meine Einheit den Tod von Frau Erken neu. Sie waren eine langjährige Freundin von Rieke Erken. Mich interessiert die Persönlichkeit von Frau Erken und das Jahr vor ihrem Tod.«

»Sie suchen den Mörder?«

Enna nickte.

»Ist das nicht müßig? Hajo war es. Freispruch hin, Freispruch her.«

»Sie verstehen sicher, dass wir unvoreingenommen an den Fall herangehen müssen. Können Sie mir etwas über Ihre Freundin erzählen? Sie waren bereits in der Schule Freundinnen?«

Antje Holm schloss die Augen und schien in Gedanken in die Zeit ihrer Jugend abzugleiten. Erst als Enna sich leise räusperte, sah sie auf und lächelte. »Wir sind zusammen eingeschult worden. Vom ersten Tag an haben wir uns gut verstanden, saßen zusammen, haben uns fast jeden Tag getroffen und sind später auch zusammen aufs Gymnasium gegangen.« Sie atmete tief durch. »Sie wissen, dass Riekes Mutter gestorben ist, als wir in der sechsten Klasse waren?«

»Ja, natürlich.«

»Der Krebs wurde spät entdeckt, Riekes Mutter ging es dann schnell sehr schlecht. Für Rieke war das …« Sie schluckte. »Sie aß kaum noch etwas und sackte in der Schule völlig ab. Die Lehrer haben natürlich Rücksicht genommen, aber recht schnell zählten wieder nur noch die Leistungen. Ich habe irgendwie versucht, sie da durchzuziehen. Rieke war so häufig, wie es nur ging, bei mir zu Hause. Meine Horrorvorstellung war, dass sie sitzen bleiben würde. Dann ist ihre Mutter gestorben und …« Antje Holm brach mitten im Satz ab.

Enna wartete und fragte nach, als Antje Holm nicht weitersprach.

»Es fällt mir schwer, darüber zu sprechen. Zusammen haben wir mit Mühe und Not das Schuljahr hinter uns gebracht. Irgendwann in der siebten Klasse hat Rieke auch wieder zugenommen. Klaas, ihr Vater, war mit ihr beim Arzt gewesen und der wollte sie wohl gleich in die Klinik einweisen. Aber gut, dazu ist es nicht gekommen.«

»Rieke hat sich von dem Tod ihrer Mutter erholt?«, fragte Enna, die unweigerlich an ihr eigenes Schicksal denken musste.

»Kann man das? Es ging ihr irgendwann besser, aber normal wurde es nie wieder. Nicht so wie vor dem Tod ihrer Mutter. Das war für uns beide eine schwierige Zeit. Rieke war wie eine Schwester für mich, und ihre Mutter«, Antje Holm lächelte in sich hinein, »hat mich sozusagen adoptiert. Mein Elternhaus war eher … aber egal.« Sie sah auf und lächelte. »Aber was soll das alles mit dem Mord zu tun haben?«

»Ich muss Rieke kennenlernen. Erst so kann ich mich in sie hineinversetzen, kann nachspüren, wie die letzten Wochen und Monate für sie gewesen sind.«

»Klingt anstrengend. Das wäre nichts für mich.«

Es klopfte an der Tür. Holm rief »Herein!«, eine junge Frau servierte die Getränke und ging wieder.

Antje Holm trank einen Schluck Cappuccino. »Was wollen Sie konkret wissen?«

»Ihre Freundin hat früh geheiratet. Wie kam es dazu?«

»Ja, das war wohl ihr größter Fehler. Ich habe damals nicht mehr in Leer gewohnt. Studium in Hamburg und … wie das so ist, man verliert sich etwas aus den Augen. Nicht, dass Sie glauben, ich mache mir Vorwürfe. Rieke war erwachsen, aber ich glaube, als sie diesen Mann kennengelernt hat, war ihr Leben sozusagen aus der Spur.«

»Herr Erken studierte in Leer?«

Antje Holm nickte. »Ja, Rieke nannte ihn immer Seebär. Sie kennen diesen Mann?«

»Nein, abgesehen von einem kurzen Telefongespräch hatte ich noch nichts mit ihm zu tun.«

»Er ist groß und kräftig. Wie man sich einen Seemann so vorstellt. Ich habe ihn erst auf der Hochzeit kennengelernt und da war es natürlich zu spät.« Antje Holm lachte kurz auf. »Ich hätte ja aufstehen und meinen Einspruch herausschreien können, aber das habe ich nicht getan. Dieser Mann war mir ab der ersten Sekunde unsympathisch und das hat sich auch später nicht mehr geändert. Rieke und ich hätten uns deshalb fast zerstritten, aber ich habe dann nachgegeben. Ich musste ja nicht mit ihm zusammenleben.«

»Wieso mochten Sie Hajo Erken nicht?«

»Rieke ist vom Regen in die Traufe gekommen. Klaas war nach dem Tod von Riekes Mutter ständig besorgt um Rieke. Er hat jeden ihrer Schritte kontrolliert und ihr kaum Luft zum Atmen gelassen. Das war fürsorglich gemeint, aber im Grunde genommen hat Klaas sie damit in die Arme dieses Mannes getrieben.«

»Sie sprachen von ›vom Regen in die Traufe‹?«

»Hajo hat Rieke überbehütet, er hat ihr Leben regelrecht bestimmt. Gut, ich muss zugeben, dass sie über beide Ohren in ihn verliebt war. Er hatte ja auch einen gewissen Charme. Und ja, er war überhaupt nicht mein Typ. Trotzdem, der hat ihr quasi das Leben genommen.«

»Was genau muss ich mir darunter vorstellen?«

»Rieke hat ein wirklich gutes Abitur hingelegt. Sie wollte auch studieren, aber nicht sofort. Sie könne ihren Vater nicht alleine lassen, hat sie mir gesagt. Ich habe sie bekniet, mit mir nach Hamburg zu kommen, wohl weil ich irgendwie ahnte, dass sie sich niemals von alledem lösen würde. So kam es ja schließlich auch. Dieser Mann tauchte dann auf, und ja, mir kam es so vor, als wenn Rieke das als Doppellösung angesehen hat. Sie hatte einen Grund, aus dem Elternhaus auszuziehen, konnte aber gleichzeitig in der Nähe ihres Vaters bleiben. Ich habe sie damals gewarnt, dass es für eine Heirat viel zu früh ist und dass sie das Studium danach vergessen kann. Aber sie hat nicht auf mich gehört. Wie gesagt, zu dem Zeitpunkt kannte ich diesen Mann ja noch gar nicht, sonst hätte ich mich sicher weit mehr ins Zeug gelegt.«

»Was genau hat Sie an Riekes Mann gestört?«, fragte Enna.

»Er hat sie kontrolliert und ihr alles Mögliche vorgeschrieben. Und krankhaft eifersüchtig war er auch. Rieke hat das immer nur angedeutet, aber mir ist schnell klar geworden, was da läuft. Und der Gipfel: Als er dann Arbeit hatte und ein gutes Einkommen, wollte er doch tatsächlich, dass Rieke ihre Stelle bei der Stadt kündigt.« Antje Holm schnaubte empört. »Das ist vorletztes Jahrhundert. Zum Glück hat Rieke sich in dem Fall gegen ihn durchgesetzt. Ich habe so lange auf sie eingeredet, bis sie mir versprochen hat, nicht zu kündigen.« Antje Holm beugte sich leicht vor. »Stellen Sie sich vor, dieser Mensch hatte sie wirklich so weit, dass sie sich seinem Willen beugen wollte, wenn ich nicht dagegengehalten hätte.«

Enna hatte nicht nur auf Antje Holms Worte geachtet, sondern ihre Mimik und Körpersprache im Blick behalten. Sie fragte sich, wie sehr die Meinung von Riekes Freundin von ihren Vorurteilen gegenüber einer bestimmten Art Männer gefärbt war. »Und später? Die Ehe dauerte ja noch viele Jahre.«

»Er war dann auf See, monatelang unterwegs und zwischendurch wieder in Leer. Nie lange, vielleicht vier oder sechs Wochen. Bevor da seine Manipulationsstrategien richtig griffen, war er schon wieder weg.«

»Änderte sich das, als …«

»Leider«, unterbrach Antje Holm Enna. »Wahrscheinlich hat er gespürt, dass Rieke ihm mehr und mehr entgleitet. Das war zumindest mein Eindruck. Wenn dieser Mensch auf See war, konnte ich Rieke auch mal in Leer besuchen. Ich bin dann zwei, drei Tage geblieben und wir haben etwas unternommen. Als er dann seinen Job als Kapitän aufgegeben hat, hat er ihr verboten, sich mit mir zu treffen.« Antje Holm legte den Kopf in den Nacken und atmete tief durch. »Verboten! Einer erwachsenen Frau vorschreiben wollen, wer mit ihr befreundet ist. Mehr brauche ich ja wohl kaum zu sagen, oder?«

»Hat Frau Erken Ihnen das so gesagt?«

»Nein, sie hat diesen Mann doch immer wieder in Schutz genommen. Da musste ich schon zwischen den Zeilen lesen. Sozusagen. Aber glauben Sie mir, so war es.«

»Haben Sie in der Zeit keinen Kontakt zu Frau Erken gehabt?«

Antje Holm verzog ihr Gesicht. »Müssen Sie immer diesen Namen nennen? Erken. Selbst Rieke mochte ihn nicht und sie würde sich im Grabe umdrehen, wenn sie Sie jetzt hören könnte.«

»Hatten Sie in den drei Jahren Kontakt zu Rieke?«

»Ja, natürlich. Telefonieren konnte er ja nicht verhindern. Allerdings hat sich Rieke doch tatsächlich ein Zweithandy angeschafft. So ein einfaches, mit dem man nur telefonieren kann. Und SIM-Karten zum Aufladen. Das hat sie im Büro liegen lassen, weil sie Angst hatte, dass er es entdeckt. Stellen Sie sich das mal vor! Wir haben allerdings über ihre normale Nummer telefoniert.«

»Warum hat Rieke ihren Mann nicht verlassen?«

Antje Holm zuckte mit den Schultern. »Was meinen Sie, wie häufig ich mir die Frage gestellt habe. Wahrscheinlich hatte Rieke Angst vor diesem Mann. Und bevor Sie fragen, nein, er hat sie nie geschlagen. Zumindest hat mir Rieke nichts davon erzählt.«

»Hätte sie es getan?«

»Ich glaube schon. Dass ihr Vater Polizist ist, also damals war, wissen Sie ja sicher. Sie hätte ihm nur einmal erzählen müssen, dass dieser Mensch sie geschlagen hat, und Klaas hätte alle Hebel in Bewegung gesetzt, um ihn ...« Antje Holm stockte. »Ja, ich weiß. Angeblich soll Klaas die Beweise manipuliert haben, damit dieser Mensch verurteilt wird. Richtig bewiesen wurde das aber ja nie. Und sollte Klaas das wirklich gemacht haben, wäre das falsch gewesen. Da gibt es für mich keinen Spielraum.«

»Sie sind sich also absolut sicher, dass Riekes Ehemann sie psychisch unter Druck gesetzt hat?«

»Ich bin keine Psychologin, aber das war für mich so was von deutlich.« Antje Holm hielt kurz inne. »Ich weiß, was Ihre nächste Frage sein wird. Ja, ich habe bei der Polizei damals angegeben, dass Rieke massive Eheprobleme gehabt hat. Und ja, vor Gericht wurde mir durch den Anwalt dieses schrecklichen Menschen jedes Wort im Mund umgedreht. Aber ich bleibe dabei, Rieke war einem massiven Psychoterror ausgesetzt. Dieser Mensch hat sie über Jahre so manipuliert, dass Rieke nicht mehr in der Lage war, sich dagegen zu wehren. Sie konnte nicht mal mehr über Auswege nachdenken. Ich habe sie ab einem bestimmten Punkt nicht mehr erreicht. Es war für Rieke ein einziges Martyrium.« Antje Holm sah Enna an, als erwartete sie eine Bestätigung ihrer Meinung über Hajo Erken. Schließlich stieß sie einen lauten Seufzer aus. »Sie können mir das wirklich glauben. Ich war Riekes beste Freundin und ich mache mir immer noch Vorwürfe, dass ich Rieke da nicht eher rausgeholt habe.«

Enna wartete eine Weile, bevor sie zur nächsten Frage überging. »Sie wissen ja sicher, dass Rieke im zweiten Monat schwanger war.«

»Das habe ich erst aus der Presse erfahren«, sagte Antje Holm, bevor Enna weitersprechen konnte.

»Wissen Sie, wer der Vater des Kindes war?«

Antje Holm verdrehte die Augen. »Hätte ich das nicht schon damals gesagt? Spätestens vor Gericht? Nein, ich wusste ja nicht einmal, dass Rieke schwanger war. Entweder hat sie es mir bewusst verschwiegen oder sie wusste es selbst noch nicht. Und nein, ich weiß natürlich auch nicht, wer der Vater des

Kindes sein könnte. Rieke hat mir nie erzählt, dass sie jemanden kennengelernt hat. Oder denken Sie an eine Vergewaltigung?«

»Gab es dafür Anzeichen?«, fragte Enna, ohne die Frage zu beantworten.

Antje Holm zuckte die Achseln. »Kann ich nicht sagen. Ich bin mir nicht mal sicher, ob Rieke mir davon erzählt hätte. Sie war der Typ Frau, der alles mit sich selbst ausmacht. Vermutlich hätte sie sich selbst die Schuld gegeben und nicht dem Mann.«

»Sie haben damals angegeben, dass Sie Rieke zwei Wochen vor ihrem Tod getroffen haben.«

»Ja, eines unserer Geheimtreffen in Oldenburg. Sie hatte sich einen Tag Urlaub genommen und mich darum gebeten.«

»War das sehr spontan?«

Antje Holm senkte den Kopf und schien nachzudenken. »Wenn Sie so fragen, ja, normalerweise haben wir unsere Treffen immer gut geplant. Manchmal hatte ich in Oldenburg zu tun, dann habe ich Rieke rechtzeitig Bescheid gegeben und sie hat versucht, freizubekommen und eine Ausrede für ihren Mann zu finden. Meistens hat sie vorgegeben zu shoppen. Deshalb mussten wir auch durch die Läden ziehen und zumindest ein Teil kaufen.«

»Das letzte Treffen vor ihrem Tod war also anders als die üblichen?«

Antje Holm nickte nachdenklich. »Ja, wie gesagt, Rieke hat mich einen Tag vorher darum gebeten.«

»Sie haben telefoniert?«

»Ja.«

»Klang es sehr dringend?«

»Kann sein.« Antje Holm hob entschuldigend die Hände. »Das ist über fünf Jahre her. Ja, es muss wohl dringend gewesen sein, sonst hätte ich mich nicht so kurzfristig auf den Weg gemacht.«

»Wo haben Sie sich getroffen?«

»Vermutlich im Oldenburger Schlossgarten. Da sind wir gerne spazieren gegangen. Das sind ja nur ein paar Meter von dort zur Fußgängerzone mit den ganzen Geschäften.«

»Waren Sie an diesem Tag auch shoppen?«

»Nein, ich glaube nicht«, sagte Antje Holm.

»Über was haben Sie gesprochen? Rieke scheint ja ein dringendes Anliegen gehabt zu haben, oder?«

Antje Holm stand auf, öffnete kurz das Fenster und schloss es wieder. Als sie an ihrem Schreibtisch vorbeikam, bestellte sie zwei weitere Cappuccinos. Zurück am Tisch schwieg sie eine Weile. »Diese Fragen hat mir die Polizei damals nicht gestellt. Warum nicht?«

»Das kann ich nicht sagen, Frau Holm. Es gab wohl einige Fehler, die nicht hätten passieren dürfen.«

»Verstehe.« Antje Holm nickte nachdenklich. »Über was haben wir damals gesprochen? So richtig hat Rieke nicht damit rausgerückt. Ich hatte das Gefühl, dass sie endlich diesen Menschen verlassen wollte. Auch deshalb habe ich ja damals bei Ihren Kollegen ausgesagt, dass die Ehe der beiden absolut am Ende war und es ununterbrochen Konflikte gegeben hat.«

»Aber davon hat Rieke nicht gesprochen?«

Antje Holm schüttelte den Kopf. »Nein, nicht wirklich. Sie hat alles Mögliche gefragt. Es ging um Wohnungssuche und darum, wo ich hinziehen würde, wenn ich die freie Auswahl hätte.«

»Sie?«, fragte Enna.

Antje Holm lächelte matt. »Ja, so war Rieke. Immer vorsichtig. Natürlich habe ich geahnt, was sie wirklich fragen wollte, aber wir hatten da so eine unausgesprochene Vereinbarung. Ich durfte sie nicht unter Druck setzen. Dazu gehörte auch, dass ich ihre Fragen oder Antworten nicht offen hinterfragte. Also habe ich wie immer so getan, als wenn ich nichts merken würde.«

Jemand klopfte an die Tür. Die junge Frau trat ein und servierte ihnen den Cappuccino. Antje Holm bedankte sich, Enna wartete mit ihrer nächsten Frage, bis die Tür wieder hinter der Assistentin geschlossen war.

»Hat Rieke denn bei diesem Treffen über ihre Ehe gesprochen?«

»Das tat sie selten. Sie hat diesen Menschen ja auch noch in Schutz genommen, alle möglichen Erklärungen für sein absurdes Verhalten gefunden. Nein, ich musste ihr die Infos immer regelrecht entlocken. Was er wann wieder gemacht oder gesagt hatte. Irgendwann wird einem das zu viel. Ich konnte und wollte es nicht mehr hören.« Sie schluckte schwer. »Vielleicht hätte ich gerade an diesem Tag nachfragen sollen. Aber ich habe es nicht getan.« Die letzten Worte hatte sie leise gesprochen, ihren Blick gesenkt.

»Rieke hat also Ihrer Meinung nach geplant, aus ihrem bisherigen Leben auszubrechen?«

Antje Holm nickte.

»Wohnung, Arbeit, neue Stadt. Gab es weitere Themen?«

»Sie wollen sicher wissen, ob sie über einen neuen Mann gesprochen hat. Wenn, hätte sie höchstens Andeutungen gemacht. Vielleicht habe ich nicht genau genug hingehört. Vielleicht wollte sie mir etwas erzählen und ich war einfach nicht aufmerksam genug. Mein Job war damals sehr aufreibend. Ich bin zu fast nichts mehr gekommen und wahrscheinlich war ich schon schlecht gelaunt nach Oldenburg gefahren. Ich weiß es nicht mehr.«

Vier

Enna verließ das Hotel. Sie hatte Antje Holm noch eine halbe Stunde weiterbefragt, ohne dass es nennenswerte Erkenntnisse gab. Enna war sich nicht sicher, ob sie Antje Holms Aussage hundertprozentig vertrauen konnte. Sie schien Hajo Erken vom ersten Augenblick an nicht gemocht zu haben. Enna hatte während des Gesprächs keine Anzeichen gefunden, dass Antje Holm sie bewusst angelogen hatte. Die Ehe der Erkens war vermutlich nicht glücklich gewesen, zumindest nicht während der letzten Monate, bevor Rieke Erken starb. Ob Hajo Erken tatsächlich krankhaft eifersüchtig seine Frau manipuliert hatte, müsste erst durch weitere Befragungen untermauert werden. Trotzdem war Enna klar, dass ihre Ermittlungen auch zu dem Schluss kommen konnten, dass doch Hajo Erken der Täter war beziehungsweise er am Tod seiner Frau beteiligt gewesen war. Im Moment gab es aber keine Indizien, die ihn mit der Tat direkt in Verbindung brachten. Ohne die falschen DNA-Spuren auf der Plastikfolie wäre es nie zu einem Prozess gekommen.

Nach einem kurzen Abstecher ins Büro fuhr Enna nach Hause. Kaum hatte sie die Haustür geöffnet, lief Elias auf sie zu und ließ sich von ihr hochziehen.

»Wie war es im Kindergarten?«, fragte Enna, nachdem sie Elias wieder abgesetzt hatte.

»Gut! Wir haben gebastelt. Und wir waren im Wald.«

»War Lukas auch da?«

Elias strahlte. »Ja. Ich habe mit ihm Fußball gespielt.«

Alina kam aus dem Wohnzimmer und gesellte sich zu den beiden. »Sarah hat gefragt, ob ich Lukas morgen mit abholen kann. Ist das in Ordnung, wenn die beiden hier spielen?«

Enna zog ihre Jacke aus. »Klar, wenn dir das nicht zu viel wird.«

Sie gingen zusammen in die Küche, Enna setzte Teewasser auf und ließ sich von Elias erzählen, was sie im Wald gesehen und gefunden hatten.

»Wie war dein Urlaub?«, fragte Enna, als Elias zurück in sein Zimmer gelaufen war, um eine Musik-CD zu hören.

Alina nickte leicht verlegen. »Sehr schön.«

Enna zögerte. Sollte sie Alina detaillierter auf die Polen-Reise ansprechen oder sich zurückhalten? Alina hatte sich lange dagegen gesträubt, Pias vorsichtigen Avancen nachzugeben. Sie fürchtete sich vor den Reaktionen ihrer Familie und schien sich auch selbst noch nicht so ganz klar über ihren Weg zu sein.

»Wir waren in Polen«, fuhr Alina fort. »Nicht bei meiner Familie, aber …« Sie schluckte.

»Lass dir Zeit. Du musst dir selbst ganz sicher sein. Ich vermute aber, dass es auch dann nicht leicht wird.«

»Ich habe mit einer Freundin in Polen gesprochen. Sie hat mich nicht verstanden, als ich von Pia gesprochen habe. Ich habe dann nichts mehr gesagt.«

Enna beugte sich vor und streichelte Alinas Hand. »Im Moment ist es ja nicht so wichtig, deiner Familie von Pia zu erzählen. Vielleicht kommt irgendwann eine gute Gelegenheit. Oder ihr besucht zusammen deine Familie. Ich bin mir sicher, Pia wird nichts machen oder sagen, was du nicht möchtest.«

Alina nickte. »Vielleicht im nächsten Jahr.« Sie atmete tief durch. »Aber unsere Reise durch Polen war wunderschön.«

»Pia hat ein wenig erzählt. Sie war von dem Land begeistert.«

Alina lächelte. »Ich weiß.«

»Aber?«, fragte Enna nach einer Weile.

Alina zögerte. Schließlich seufzte sie leise. »Irgendwann ist mein Jahr hier herum. Dann gehe ich nach Polen zurück und …« Alina brach ab.

»Du kannst auch in Deutschland studieren. Vielleicht sogar in Oldenburg. Hier gibt es viele Studiengänge.«

Alina schwieg.

»Meinst du, deine Eltern würden das nicht unterstützen?«

Alina schüttelte den Kopf. »Sie gehen fest davon aus, dass ich zurückkomme. Ich glaube auch nicht, dass sie mir Geld geben würden. Ohne kann ich hier nicht studieren.«

»So weit sind wir noch nicht. Viele Studenten finanzieren sich durch Jobs. Ich brauche auch nach deiner Zeit als Au-pair jemanden für Elias. Du kannst auch gerne weiter hier wohnen, wenn du in Oldenburg studierst. Das wäre kein Problem.«

Alina warf ihr einen erstaunten Blick zu. »Meinst du wirklich?«

In diesem Augenblick rief Elias nach Enna. Sie stand auf. »Ich gehe mal schnell nach dem Kleinen schauen.« An der Tür drehte sie sich zu Alina um. »Ja, das war mein voller Ernst. Du kannst hierbleiben.«

Enna lag mit einem Buch auf dem Sofa, neben ihr auf dem Beistelltisch stand ein Glas Weißwein. Elias schlief, Alina war unterwegs zu Pia und würde rechtzeitig am nächsten Morgen wieder zurück sein.

Als Ennas Handy klingelte, angelte sie mit der linken Hand nach dem auf dem Boden liegenden Gerät. Auf dem Display leuchtete der Name des Anrufers auf.

»Aaron! Bist du gut nach Frankfurt gekommen?«

»Leider hatte mein Auto keine Panne kurz nach Oldenburg. Sonst wäre ich sicher noch bei dir und …«

Enna lachte. »Aaron! Und ich dachte, du wärst der ehrgeizigste und korrekteste Anwalt, den ich kenne.«

»Das muss wohl in einem anderen Leben gewesen sein.«

»Bist du gerade aus dem Büro gekommen?«, fragte Enna, um das Thema zu wechseln.

»Noch schlimmer. Eins dieser langweiligen Meetings, die nie zu Ende gehen wollen. Am Schluss ist man genauso schlau wie vorher.«

»Du Armer. Leider kann ich dir kein Glas Wein anbieten.«

Aaron seufzte. »Den muss ich mir gleich wohl selbst aus dem Kühlschrank holen. Und? Wie war dein erster Tag?«

»Neuer Fall. Wir haben mal wieder ausgelost.«

»Wird's schwierig?«

»Wahrscheinlich kennst du den Fall sogar. Kommt dir der Name Erken bekannt vor?«

»Der Ehemann, der freigesprochen wurde?«, fragte Aaron. »Selbstverständlich kenne ich den. Stimmt, das war da oben bei euch irgendwo. Wie lange ist das jetzt her?«

»Etwas über fünf Jahre.«

»Und du bist dir sicher, dass das …«

»Aaron«, fiel Enna ihm ins Wort. »Paulsen hat mich heute das Gleiche gefragt. Ja, wir übernehmen den Fall. Mit den ersten Zeugen habe ich heute schon gesprochen. Und Paulsen und Pia waren in Leer.«

Aaron schwieg.

»Traust du mir das nicht zu?«

»Was soll ich sagen? Der Fall deiner Eltern liegt natürlich ganz anders. Grothe ist verurteilt worden. Aber eventuell zu Unrecht. Und das wäre dem Ehemann in deinem Fall auch um ein Haar passiert.«

»Alles gut, Aaron. Du machst dir zu viele Gedanken.«

»Besser als zu wenig.«

»Du hast mir nie wieder etwas von dem Privatermittler erzählt, den du engagiert hast. Hängt das auch mit deiner Fürsorge zusammen?«

»Ich war mir nicht sicher, ob …« Aaron verstummte.

»Mein Lieblingsthema ist das nicht, aber ich habe beschlossen, nicht mehr davor wegzulaufen.«

Enna hatte vor ihrem Urlaub zum ersten Mal die Prozessakte gelesen. In den Jahren zuvor hatte sie einen weiten Bogen um das Thema gemacht und Roland Grothe, der mit ihr in Verbindung treten wollte, gerichtlich untersagt, Kontakt zu ihr aufzunehmen.

»Denis Adler, also der Privatermittler, ist noch nicht sehr weit.« Er hielt inne. »Interessiert dich das wirklich? Ich meine …«

»Ich gebe ja zu, dass der erste Schritt nicht einfach war. Aber diese Tat hat mein ganzes Leben dominiert und wenn ich jetzt daran denke, dass der Mörder vielleicht frei herumläuft, werde ich wütend. Ich habe jeden Tag mit Ermittlungen zu tun, die, sagen wir mal, nicht so gut gelaufen sind. Weil die Kollegen unfähig waren oder gar korrupt. Soll ich jetzt wirklich bei dem Fall wegschauen, der mich am meisten betrifft?«

»Schon, aber ich ha…«

»Außerdem ist das ein Teil deiner Arbeit«, unterbrach ihn Enna. »Du willst ein Wiederaufnahmeverfahren für Grothe erreichen. Und ich will nicht, dass das irgendwann zwischen uns steht.«

»Ich könnte das Mandat abgeben«, sagte Aaron.

»Würde das nicht auch irgendwann zwischen uns stehen? Nein, du bringst das jetzt zu Ende und ich möchte wissen, was dieser Privatdetektiv herausfindet.«

»Okay. Aber nicht am Telefon. Wenn du die Berichte wirklich lesen willst, bringe ich sie dir das nächste Mal mit.«

»Einverstanden! Und jetzt reden wir über etwas anderes.«

Fünf

»Guten Morgen«, rief Enna in den Flur herein. »In zehn Minuten in der Küche?«

Pia trat auf den Flur. »Dann setze ich schon mal Kaffee auf.« Sie drehte sich um und rief zur geöffneten Tür am Ende des Ganges. »Hast du mich gehört, Paulsen?«

»Bin ja nicht taub!«

Pia wandte sich grinsend zu Enna um. »Der junge Mann ist heute nicht so gut gelaunt«, sagte sie leise. »Hat wohl einen Drink zu viel genossen.«

Pia reichte die Kaffeekanne herum. Jens Lange hatte eine Schale mit selbst gebackenen Keksen auf den Tisch gestellt, während Paulsen mürrisch seinen Stuhl zurückzog und sich setzte.

Enna lächelte in die Runde. »Guten Morgen, allerseits! Soll ich anfangen?« Pia und Jens nickten, Paulsen brummte zustimmend. »Mit Hajo Erken habe ich kurz gesprochen. Begeistert war er von meinem Anruf nicht, selbst von den neuen Ermittlungen wollte er nichts wissen. Dabei war ich über Gebühr freundlich und zurückhaltend.«

»Sollte er nicht ein Interesse daran haben, dass der wahre Täter gefunden wird?«, fragte Jens.

»Wenn es denn einen gibt«, murmelte Paulsen.

Pia warf Paulsen einen giftigen Blick zu. »Davon sollten wir ja wohl erst mal ausgehen.« Sie nickte Jens zu. »Dasselbe habe ich gerade auch gedacht. Aber vielleicht will er ja einfach seine Ruhe haben und hat mit dem Teil seines Lebens komplett abgeschlossen.«

»Ich habe ihn um ein Gespräch vor Ort gebeten. Er konnte sich nicht dazu durchringen, aber ich hoffe, dass er sich noch einmal meldet. Wir werden sehen. Ein langes Gespräch habe ich allerdings mit Antje Holm geführt.« Enna berichtete von den Einzelheiten.

»Warum findet sich davon kaum etwas in den Akten wieder?«, fragte Jens, als Enna den Bericht abgeschlossen hatte.

»Sie ist wohl nicht danach befragt worden. Und wie du schon gestern gesagt hast, war sie bei der zweiten Runde nicht mehr in Deutschland.«

Pia beugte sich leicht vor. »In meinen Ohren klingt das, als wäre Rieke das prädestinierte Opfer. Wer hält es schon so lange in solch einer toxischen Beziehung aus?«

Paulsen räusperte sich. »Toxische Beziehung?«

Pia schien sich gerade noch das Augenrollen verkneifen zu können. »Kurz gesagt handelt es sich um Beziehungen, in denen eine Person die andere dominiert und manipuliert oder, noch kürzer, sie unglücklich macht.«

Enna wiegte bedächtig den Kopf. »Wir sollten Rieke Erken nicht vorschnell als labile Persönlichkeit hinstellen. Ich sehe auch starke Charaktereigenschaften. Und auch Antje Holms Aussage ist nicht in Stein gemeißelt. Ich bin mir nicht so sicher, wie voreingenommen ihre Sichtweise ist. Aber machen wir erst mal weiter. Was habt ihr erreicht?«

Pia sah zu Paulsen, der nicht reagierte. »Dann also ich.« Sie klappte ihr Notizbuch auf. »Viel Zeit war gestern ja nicht mehr, aber wir haben immerhin Julia Kistner erreicht und eine Volleyballspielerin. Zur Arbeitskollegin von Rieke Erken: Sie ist zehn Jahre älter als Rieke, ist verheiratet und hat drei Kinder. Frau Kistner ist fantastisch mit ihrer Kollegin ausgekommen – das war jetzt O-Ton – und ihr ist nie etwas in Richtung Ehekrise oder Ähnliches aufgefallen. Mit anderen Worten: Sie haben sich über das Wetter und den nächsten Urlaub unterhalten.«

Paulsen räusperte sich. »Na, ganz so naiv, wie du sie jetzt darstellst, ist Frau Kistner auch nicht.«

»Da wollte ich gerade drauf kommen, lieber Paulsen. Wir haben natürlich nicht lockergelassen und weitergebohrt. Frau Kistner hat dann eingeräumt, dass Rieke Erken hin und wieder bedrückt wirkte. Verstärkt ist ihr das wohl aufgefallen, wenn Riekes Mann auf Landurlaub war und später, als er nicht mehr zur See fuhr. So weit, so bekannt. Wichtiger ist da wohl, dass es in den Monaten vor der Tat eine Art Gegenbewegung gegeben hat. Rieke Erken war nicht nur gut gelaunt, sondern sie sprühte fast vor Lebensfreude. Das war jetzt nicht O-Ton, sondern meine Interpretation.« Pia legte das Aufnahmegerät in die Mitte. »Ich spiele euch mal die Passage vor. Dann habt ihr einen besseren Eindruck.«

»Haben Sie Frau Erken auf ihre dauerhaft gute Laune angesprochen?«, fragte Pia in der Aufnahme.

»Nicht so direkt. Das macht man ja nicht. Aber wenn man genau hinhört, kann man sich seinen Teil doch denken.«

»Und was war das für ein Teil, den Sie sich dachten?«, fragte Paulsen.

»Man will ja über niemanden schlecht reden.« Julia Kistner legte eine kurze Pause ein. »Über Tote schon gar nicht.«

»Selbstverständlich nicht, Frau Kistner«, sagte Pia mit ruhiger Stimme. »Aber Sie verstehen sicher, dass es darum nicht geht. Stellen Sie sich vor, dass in Leer noch ein Mörder herumläuft. Und das schon seit fünf Jahren. Für uns ist im Moment wichtig, wirklich alles zu erfahren.«

»Ich weiß nicht«, sagte Julia Kistner zaghaft. »Rieke hat mir doch gar nicht genau erzählt, was passiert war.«

»Aber Sie vermuten etwas?«

Wieder entstand eine Pause.

»Na ja, jeder von uns war schon mal so richtig verliebt, oder?«

»Natürlich«, sagte Pia.

»Es ist nämlich so, Rieke hat mich hin und wieder gebeten ... also, es kam schon mal vor, dass ihr Mann kontrolliert hat, ob sie bei der Arbeit war.«

»Wie hat er das gemacht?«

»Na ja, er hat halt nicht auf dem Handy angerufen. Da kann man ja auch überall sein. Er hat die Festnetznummer gewählt.«

»Und in diesem Zusammenhang hat Frau Erken Sie um etwas gebeten?«

»Ja, sozusagen. Ich sollte – also wenn ihr Ehemann anrufen würde – sagen, dass sie gerade bei einer Besprechung ist oder so. Auf jeden Fall etwas, wo sie nicht sofort zurückrufen konnte.«

»Frau Erken hatte sich dann also früher freigenommen?«

»Wir haben ja flexible Arbeitszeiten. Wenn man sehr früh kommt, kann man auch schon mal um vierzehn Uhr gehen. Das ist kein Problem. Einen ganzen Nachmittag freinehmen kann man sich natürlich auch.«

»Wie häufig ist es denn vorgekommen, dass Ihre Arbeitskollegin früher gegangen ist?«, fragte Pia.

»Das kann ich jetzt gar nicht mehr sagen. Einige Male schon.«

»Wie hat sie es denn begründet, dass Sie Herrn Erken anflunkern sollten?«

»Danach habe ich doch nicht gefragt. Wir waren Kollegen und wenn man um etwas gebeten wird, dann macht man das auch. Das war ja nicht gegen das Gesetz oder so. Ihr Mann war halt etwas merkwürdig. Immer diese Anrufe. Das war doch wohl nicht richtig.«

»Mussten Sie denn einmal ein solches Gespräch entgegennehmen?«, fragte Pia weiter.

»Zwei- oder dreimal. Ich habe dann Rieke eine Nachricht geschrieben und sie wird ihn dann wohl angerufen haben.«

»Wie hat Herr Erken damals reagiert?«

»Seine Stimme klang dann so richtig ärgerlich, aber ich glaube, er hat sich immer schnell beruhigt. Wenn es wirklich Streit deshalb gegeben hätte, hätte Rieke mir das bestimmt erzählt.«

»Sie haben nie gefragt, wo Ihre Kollegin während der freien Zeit war?«

»Nein. Das gehört sich nicht.«

»Sie hatten aber schon eine Vermutung?«, fragte Pia.

Julia Kistner schwieg.

Pia griff nach dem Aufnahmegerät und stellte es ab. »Jetzt habt ihr ungefähr eine Vorstellung, wie schwierig es war. Paulsen und ich haben noch mehrfach nachgefragt, aber Frau Kistner hat bestritten, dass sie etwas von einer neuen Beziehung ihrer Kollegin wusste.«

»Sie hat uns angelogen«, sagte Paulsen, dessen Laune sich inzwischen leicht gebessert zu haben schien. »Ich bin mir sicher, dass sie etwas weiß oder zumindest ahnt, wer es sein könnte. Dass Rieke Erken schwanger war und ihr Mann nicht der Vater war, ging damals doch auch durch die Presse.«

Jens nickte. »Ja, das ist von jemandem durchgestochen worden. Es wurde wohl vermutet, dass der Vater des Opfers etwas damit zu tun hat.«

»Noch mal zu Frau Kistner. In diesen Büros wird doch getratscht bis zum Umfallen«, sagte Paulsen. »Ich möchte mich in der Verwaltung noch etwas umhören. Denke, dass ich schon jemand finde, der redet.«

»Das sind doch Gerüchte aus vierter Hand«, sagte Pia leicht gereizt. »Ich glaube kaum, dass wir da noch mehr rausholen können.«

»Kommt auf einen Versuch an«, antwortete Paulsen trocken.

»Das entscheiden wir später«, warf Enna ein. »Ihr habt noch jemanden aus der Volleyballgruppe befragt?«

»Willst du?«, fragte Pia mit Blick auf Paulsen.

»Ja, eine Frau in Rieke Erkens Alter«, nahm Paulsen den Faden auf. »Frauke Peters. Sie ist inzwischen nicht mehr in der Gruppe, wie wohl viele andere auch nicht mehr. Sie war neben Rieke Erken die einzige Frau ohne Partner, sprich, der Rest der Gruppe waren Paare, bis auf unseren Weltenbummler, Patrik Blohm. Die Gruppe bestand aus einundzwanzig Leuten.«

»Die allerdings nur selten alle aufeinandertrafen«, fügte Pia hinzu. »Es sind wohl meistens so um die zehn Personen zum Volleyballspielen zusammengekommen, bei Vereinsfeiern auch mal mehr.«

»Ja, danke, Pia«, sagte Paulsen leicht verschnupft. »Dadurch, dass Frau Peters zu dieser Zeit erst seit Kurzem in Leer war, hatte sie auch keine persönlichen Bindungen zu den anderen Gruppenmitgliedern. Was für uns durchaus vorteilhaft ist, da sie so Klartext mit uns reden konnte. Ihr selbst ging es mehr um den Sport und weniger um das Drumherum. Uns hat natürlich vor allem Rieke Erken interessiert.« Er warf einen Blick zu Pia. »Kannst du mal die Stelle abspielen?«

Pia nickte, spulte das Aufnahmegerät vor und legte es wieder in die Mitte des Tisches.

»Sie hatten Kontakt zu Rieke Erken?«, fragte Paulsen in der Aufnahme.

»Ja, wir beide waren die einzigen Frauen in der Gruppe ohne Partner. Da kommt man sich automatisch etwas näher. Außerdem war sie mir vom ersten Augenblick an sympathisch.«

»Sie haben sich also auch privat unterhalten?«

»Ja, nach dem Spiel haben wir, also die Gruppe, uns fast immer noch in der Kneipe getroffen. Rieke und ich sind meistens zu Fuß gelaufen. Da kommt man schnell ins Gespräch.«

»Sie können sich vermutlich vorstellen, auf was unsere Fragen hinauslaufen«, sagte Paulsen.

»Natürlich. Vor fünf Jahren waren ja Ihre Kollegen bei mir und wohl auch bei den anderen. Sie wollten in erster Linie wissen, ob Rieke mit jemandem in unserer Gruppe etwas angefangen hat.«

»Sie haben es damals verneint«, sagte Paulsen. »Sehen Sie das heute immer noch so?«

»Ehrlich gesagt war es mir damals unangenehm, irgendwelche Gerüchte in die Welt zu setzen. Es ging immerhin um Mord und wer will da schon leichtfertig … Sie wissen schon.«

»Sehen Sie das aus der Distanz anders?«, stellte Pia die nächste Frage.

»Na ja. Ich wollte eigentlich Sport machen, also zumindest in erster Linie.«

»Aber?«, fragte Pia, als Frauke Peters nicht weitersprach.

»Ich sag mal so: Ich hatte den Eindruck, als sei das auch eine Kontaktbörse für Affären. Natürlich nicht offiziell, aber …« Sie seufzte. »Kann ich davon ausgehen, dass meine Informationen vertraulich behandelt werden?«

»Soweit sie nicht prozessrelevant werden«, sagte Pia, »sind Ihre Informationen selbstverständlich vertraulich.«

»Das klingt jetzt etwas vage …« Frauke Peters machte eine Pause. »Aber gut, ich bin schon seit Jahren nicht mehr in der Gruppe. Also: Ich habe einmal zwei aus unserer Gruppe unter der Dusche erwischt. Sie dachten wohl, dass alle die Halle verlassen hatten.«

»Würden Sie uns die Namen der beiden Personen nennen?«, fragte Pia, die jetzt die Gesprächsführung übernommen hatte.

»Markus Hölscher und Claudia Mungard. Adressen habe ich nicht und ich glaube auch kaum, dass das etwas mit Riekes«, Frauke Peters atmete geräuschvoll ein und wieder aus, »also ihrem Tod zu tun hatte. Es war jetzt mehr ein Beispiel. Ich hatte durchaus den Verdacht, dass die beiden nicht die Einzigen waren.«

»Stand Rieke Erken denn jemandem in der Gruppe näher?«

»Darüber habe ich lange nachgedacht, als ich von Riekes Schwangerschaft gehört habe. Ja, Markus hat mit Rieke geflirtet, aber ich habe nie gesehen, dass sie darauf reagiert hätte.« Es entstand eine kurze Pause. »Auf der anderen Seite war Rieke aber eher der verschlossene Typ. Wenn tatsächlich etwas mit Markus gelaufen ist, hätte sie es sicher verheimlicht.«

»Andere Männer?«, fragte Pia.

»In der Volleyballgruppe meinen Sie? Da war ja noch ein Single, zumindest hat er sich als solcher ausgegeben. Warten Sie, wie war noch gleich sein Name … stimmt, Patrik. Seinen Nachnamen habe ich vergessen … oder, Augenblick … ja, Patrik Blohm. Ich habe später von ihm in der Zeitung gelesen, dass er eine Weltreise gemacht hat. Quasi ohne Geld.«

»Dieser Patrik wollte auch etwas von Frau Erken?«, fragte Paulsen.

»Sie haben ja sicher Fotos von Rieke gesehen, sie sah wirklich gut aus. Dafür brauchte sie sich nicht einmal groß zu schminken. Aber sie selbst schien sich daraus nichts zu machen und hatte eine Art, die bei manchen Männern sofort den Beschützerinstinkt hervorruft. Sie wirkte verletzlich und gleichzeitig schutzlos. Ich glaube aber nicht, dass sie das wirklich war.

Wenn man sie, so wie ich, näher kennenlernte, spürte man, dass sie auch eine starke Seite hatte.«

»Wie passte das zusammen?«, fragte Paulsen weiter.

»Gute Frage.« Wieder entstand eine Pause. Enna konnte sich lebhaft vorstellen, wie schwierig es für Paulsen gewesen sein musste, nicht direkt nachzuhaken und Frau Peters Zeit zum Nachdenken zu geben.

»Rieke konnte zuhören und wenn sie sich eine Meinung gebildet hatte, hat sie auch danach gehandelt. Egal, welche Konsequenzen das für sie hatte. Sie wollen jetzt sicher ein Beispiel. Also ...« Jemand räusperte sich. Enna vermutete, dass es Paulsen war. »Nach unseren Sportabenden sind wir meistens zusammen in eine Kneipe in der Nähe der Halle gegangen. Aber das sagte ich, glaube ich, schon. Nun gut, einmal hatte einer von den Männern – er war an diesem Abend ohne seine Frau da – deutlich zu viel getrunken. Das zeichnete sich gleich ab, als wir erst kurz in der Kneipe waren. André hatte, so haben Rieke und ich es uns zusammengereimt, wohl reichlich Stress mit seiner Frau. Wie sich später herausstellte, war er sogar aus dem gemeinsamen Haus ausgezogen und wohnte seit ein paar Tagen im Hotel.«

»Und was passierte dann?«, fragte Paulsen, dem die Ungeduld in seiner Stimme deutlich anzuhören war.

»André trank als Erstes einen doppelten Whisky, anschließend Bier und dann wieder ein hartes Getränk. Rieke hatte mich schon gleich zu Beginn in der Halle darauf hingewiesen, dass André reichlich bedrückt wirkte. Später, als wir dann in der Kneipe saßen, hat sie sich neben ihn gesetzt und mit ihm geredet. Sie ist dann viel länger geblieben als üblich, obwohl ich mir sicher bin, dass sie zu Hause Ärger mit ihrem Mann bekommen hat. Als André dann noch selbst fahren wollte, hat sie ihm einfach den Schlüssel weggenommen und so lange auf ihn eingeredet, bis er zu ihr ins Auto gestiegen ist. Sie hat ihn dann ins Hotel gefahren und ihn sogar noch bis ins Zimmer gebracht, wie sie mir eine Woche später erzählt hat.«

»Gab es nach diesem Abend einen engeren Kontakt zwischen den beiden?«, fragte Pia.

»Nein, und zwar aus einem einfachen Grund. André ist nicht wieder zum Sport gekommen. Die Trennung von seiner Frau war wohl endgültig, wie ich gehört habe, und er hat sich dann einen anderen Job in einer anderen Stadt gesucht. Aber das habe ich auch nur aus zweiter Hand. Jemand in der Gruppe hat es mal erzählt.«

»Ich komme noch einmal auf Patrik Blohm zurück. Ich hatte Sie gefragt, ob er und Rieke Erken sich nähergekommen sind.«

»Nähergekommen? Woher soll ich das wissen? Aber Patrik war sehr an Rieke interessiert. Das ist mir schon aufgefallen. Wenn wir nach dem Sport in der Kneipe waren, saß er meistens neben ihr, wenn sie ging, ging er auch. Wenige Monate, bevor das alles passiert ist, haben wir eine Boßeltour gemacht. Sie kennen das?«

»Natürlich, da wird eine Kugel eine festgelegte Strecke entlanggeworfen.«

»Richtig. Zwei Mannschaften, die abwechselnd die Kugel möglichst weit werfen. Immer die Straße entlang. Dabei fließt meistens reichlich Alkohol. Patrik war natürlich in Riekes Mannschaft. Also er tänzelte reichlich um sie herum, hat ihr Schnaps eingeschenkt und mit ihr getrunken.«

»Und dabei sind sie sich nähergekommen?«

»Zumindest sah es so aus. Vielleicht lag es auch nur am Alkohol, dass Rieke sich so hat umgarnen lassen. Ich war in der gegnerischen Gruppe und … nun gut, vielleicht täusche ich mich auch.«

Paulsen griff nach dem Aufnahmegerät und stellte es aus. »Ich habe noch weiter nachgebohrt, aber da kam nicht mehr viel. Auf jeden Fall sollten wir Blohm etwas näher unter die Lupe nehmen. Und dieser André ist nicht auf unserer Liste, weil er zum Zeitpunkt der Tat schon seit einem Jahr nicht mehr in der Gruppe war. An den Nachnamen erinnert sich Frauke Peters nicht, aber das sollte kein Problem sein.«

»Paulsen und ich denken«, sagte Pia, »dass er vielleicht auch als Kandidat für einen Vaterschaftstest infrage käme.«

Enna nickte. »Wir sollten ihn auf jeden Fall finden und uns mit ihm unterhalten. Hatte Frau Peters weitere interessante Informationen für uns?«

Paulsen schüttelte den Kopf. »Nein, da war nichts mehr.«

Enna warf einen Blick zu Jens. »Wie weit bist du mit dem Aktenstudium?«

»Dauert. Ein bis zwei Tage brauche ich mindestens noch, eventuell auch länger, wenn etwas dazwischenkommt. Da hat sich ganz schön was angesammelt. Zwei vollkommen voneinander unabhängige Ermittlungen mit unterschiedlichen Stoßrichtungen.«

»Okay.« Enna sah auf die Uhr. »Paulsen will sich weiter in der Behörde umhören. Pia befragt die ehemaligen Volleyballer und ich spreche mit der Tante von Rieke und Patrik Blohm.« Sie wandte sich an Pia. »Wir brauchen den Nachnamen von André. Wenn du ihn hast, sagst du Jens Bescheid, damit er seine Daten recherchiert. Wir haben jetzt zehn Uhr vormittags. Wenn die Zeit heute nicht mehr reicht, um später alles zusammenzufassen, sehen wir uns morgen in alter Frische.«

Sechs

Enna fuhr auf der A 28 Richtung Leer. Sie hatte Gesa Martinsen, Rieke Erkens Tante mütterlicherseits, telefonisch erreicht und mit ihr einen Termin um vierzehn Uhr vereinbart. Patrik Blohm hatte sie eine Nachricht mit der Bitte um Rückruf hinterlassen. Den restlichen Vormittag hatte sich Enna mit dem Teil der alten Akten beschäftigt, der mit Riekes Tante und den Befragungen der Personen aus der Volleyballgruppe zu tun hatte.

Gesa Martinsens Haus befand sich in Logabirum, einem Leeraner Stadtteil weit im Nordosten des Stadtgebietes. Das kleine Siedlungshaus stand in einer Reihe von Gebäuden ähnlicher Bauart. Der gepflegt aussehende Vorgarten war durch einen hüfthohen Jägerzaun zur Straße abgegrenzt. Enna öffnete die Pforte und ging auf die Haustür zu, als diese geöffnet wurde. Gesa Martinsen hatte graue Haare, die mit einem einfachen Haargummi zu einem Pferdeschwanz zusammengebunden waren. Enna schätzte das Alter der Frau auf Mitte sechzig. Sie hielt Enna die Hand entgegen. »Moin! Sind Sie die Dame von der Oldenburger Polizei?«

»Guten Tag, Frau Martinsen. Enna Andersen, wir hatten heute Vormittag telefoniert.«

»Kommen Sie doch bitte rein. Ich habe uns einen Tee aufgesetzt.« Sie warf ihr einen fragenden Blick zu. »Sie trinken doch Tee?«

»Gerne.«

Gesa Martinsen führte sie durch den Flur des Hauses in die geräumige Küche. Enna hatte nach dem eher konservativen Vorgarten erwartet, dass sich der Stil im Haus fortsetzen würde. Aber schon der weiß gestrichene Flur mit gerahmten Zeichnungen an den Wänden und geölten alten Dielen gab ein anderes Bild ab. Die geräumige Wohnküche strahlte eine wohlige Wärme aus. Neben neuen Küchenmöbeln standen Antiquitäten: ein alter ostfriesischer Küchenschrank aus dunklem Holz, ein Tisch aus Eiche mit vier Binsenstühlen und ein dazu passender Buffetschrank.

Gesa Martinsen schien Ennas Blicke bemerkt zu haben und schmunzelte. »Innen war mein Reich, alles außen hat mein verstorbener Mann gemacht. Wir sind uns da sozusagen nicht in die Quere gekommen.« Sie zeigte auf einen der Stühle. »Setzen Sie sich doch bitte.«

Auf dem Tisch stand eine Kanne Tee auf einem Stövchen. Gesa Martinsen reichte Enna die Schale mit den Kluntjes und wartete, bis Enna sich eins der weißen Kandiszuckerstücke in ihre Teetasse gelegt hatte, bevor sie ihr eingoss. Es knisterte leise.

»Möchten Sie etwas Teesahne?«

Enna nickte. »Ja, bitte.« Sie nahm das Kännchen entgegen und ließ die Sahne vorsichtig in die dunkelbraune Flüssigkeit gleiten.

»Sie suchen jetzt neu nach Riekes Mörder? Habe ich das richtig verstanden?«, fragte Gesa Martinsen.

»Ja, wir haben den Fall neu aufgerollt. Darf ich Ihnen ein paar Fragen zu Ihrer Nichte stellen?«

»Ja, natürlich. Deshalb sind Sie sicher hergekommen.«

»Hatten Sie nach dem Tod Ihrer Schwester weiter regelmäßig Kontakt zu Ihrem Schwager und Rieke?«

»Ich habe selbst keine Kinder und bin Riekes Taufpatin. Es war ja quasi meine Pflicht, mich um die beiden Kinder zu kümmern. Ich war dann auch so oft im Haus, wie es irgend ging.«

»Ihre zweite Nichte, Maike, ist ja drei Jahre nach dem Tod Ihrer Schwester ausgezogen.«

Gesa Martinsen nickte. »Nach dem Abitur ist sie nach München zum Studieren. Weit entfernt, denken Sie jetzt sicher. Und das ist auch richtig. Ich glaube, Maike hat den Studienort danach ausgesucht.«

»Darf ich fragen, warum?«

»Klaas, der Vater der beiden … Er war schon immer sehr streng mit seinen Töchtern, aber als meine Schwester nicht mehr da war, hat er übertrieben. Er hat die beiden permanent kontrolliert und ihnen vorgeschrieben, was sie zu tun und zu lassen hatten. Rieke war noch jung und hat es zunächst nicht so schwergenommen, aber Maike war bereits sechzehn und sie wollte sich nicht so rumkommandieren lassen. Es kam ständig zu Streit. Ich habe immer versucht, zwischen den beiden zu vermitteln, aber irgendwann hat das nicht mehr geklappt. Als Maike dann im Streit das Haus verlassen hat, ist Klaas noch schlimmer geworden und hat Rieke alles und jedes vorgeschrieben. Ich weiß ja, dass er es gut meinte und Angst hatte, die zweite Tochter zu verlieren, aber das hat dem Kind nicht gutgetan. Ich habe alles versucht, was ich konnte, aber irgendwann hat Klaas mich sozusagen aus dem Haus gejagt.«

»Sie durften sich nicht mehr um Rieke kümmern?«

»Rieke war da inzwischen sechzehn und brauchte natürlich nicht mehr das ständige Umsorgen. Und ja, ich durfte das Haus für einige Jahre nicht mehr betreten. Später hat sich mein Verhältnis zu Klaas zwar wieder etwas gebessert, aber es war einfach zu viel geschehen und gesagt worden.«

»Sie haben trotzdem während der ganzen Zeit Kontakt zu Rieke gehalten?«

»Aber natürlich. In dem Alter war es ja kein Problem, dass sie nach der Schule zu mir gekommen ist. Sie hat häufig bei uns mit zu Mittag gegessen und ihre Hausarbeiten hier erledigt.«

»Rieke hat ja nicht den Weg ihrer Schwester gewählt und ist bei ihrem Vater geblieben. Zumindest bis zu ihrer Hochzeit mit …«

Gesa Martinsen hob den Zeigefinger und fiel Enna ins Wort. »Bitte! Den Namen möchte ich in meinem Haus nicht hören.«

»Wie Sie wünschen, Frau Martinsen. Rieke ist also erst ausgezogen, als sie geheiratet hat.«

»Beides war ein Fehler. Dass sie nicht auch zum Studieren weggegangen ist und vor allem, dass sie geheiratet hat. Wie sagt man, vom Regen in die Traufe.« Sie schloss die Augen und atmete tief durch. »Ich spreche nicht gerne darüber. Zwar weiß ich nicht, wer Rieke das angetan hat, aber ich weiß, dass sie ohne Klaas und diesen Mann noch leben würde.«

Gesa Martinsen goss Tee nach und saß eine Weile schweigend da. Enna wartete einen Moment, bevor sie die nächste Frage stellte.

»Wie Sie wissen, war Rieke im zweiten Monat schwanger. Hat sie Ihnen erzählt, wer der Vater ist?«

»Nein. Aber ich weiß, dass sie in ihrer Situation kein Kind wollte. Ach, was sage ich. Sie wollte schon irgendwann Kinder, aber nicht von diesem Ehemann.« Die Verachtung, die im Wort »Ehemann« mitschwang, war nicht zu überhören. »Und ich kann mir auch nicht vorstellen, dass sie ein Kind aus einer Affäre haben wollte.«

Enna sah ihre Gesprächspartnerin erstaunt an. »Sie meinen, Rieke hätte sich für einen Schwangerschaftsabbruch entschieden?«

Gesa Martinsen nickte. »Sie hat mir einmal erzählt, dass sie nie wieder einem Mann würde vertrauen können. Das war vielleicht ein Jahr vor ihrem Tod. Es mag ja sein, dass sie zu diesem Zeitpunkt den Vater ihres ungeborenen Kindes noch nicht kennengelernt hatte, aber sie hat es gesagt. Das weiß ich noch wie heute.«

»Hätte Rieke denn keine moralischen oder religiösen Bedenken gegen einen Schwangerschaftsabbruch gehabt?«, fragte Enna.

»Das glaube ich nicht. Wir haben sogar einmal drüber gesprochen. Das war Jahre zuvor, als dieser Mann noch zur See fuhr. Sie hatte Angst, dass sie schwanger sein könnte, und ist damit zu mir gekommen. Wir haben ganz offen über die Möglichkeit einer Abtreibung geredet. Zumindest damals hat Rieke das erwogen. Warum also nicht auch später?«

Enna nickte. »Ja, da haben Sie recht.« Sie hielt kurz inne, bevor sie die nächste Frage stellte: »Was waren die Gründe für Riekes damalige Überlegungen?«

»Es war Rieke zu früh und ihr war klar, dass ein Kind sie noch mehr ans Haus ketten würde. Sie selbst hätte auch nicht gleich wieder arbeiten wollen, aber nach einer gewissen Zeit schon. Und sie wäre ja alleine mit dem Kind gewesen, weil dieser Mensch ja immer Monate auf See war. Wir haben damals nicht darüber gesprochen, aber ich glaube auch, dass sie da schon gespürt hat, dass sie den falschen Mann gewählt hat.«

Gesa Martinsen stand auf und griff nach der Kanne. »Ich setze noch einmal frischen Tee auf. Sie trinken doch noch einen mit?«

Wenige Minuten später stand die Kanne wieder auf dem Stövchen. Enna hatte Zeit gehabt, ihre vorbereiteten Fragen neu zu sortieren.

»Nach allem, was ich bisher von Rieke gehört und in den Akten gelesen habe, scheint sie eine sehr unsichere und schwache Frau gewesen zu sein. Wie würden Sie Ihre Nichte beschreiben?«

»Unsicher vielleicht, aber schwach ganz sicher nicht. Ich weiß, nach außen hin sieht das schnell so aus, als hätte Rieke alles ertragen. Das ist nicht so. Gerade in den letzten Jahren hat sie immer weniger gemacht, was dieser Mann ihr gesagt hat. Sie hat ihr eigenes Leben gehabt. Sie ist gegen seinen Willen in eine Volleyballgruppe gegangen, sie hat sich gegen eine Schwangerschaft entschieden, obwohl es der sehnlichste Wunsch dieses Mannes war, ein Kind zu haben. Sie hat sich nicht vorschreiben lassen, ob und wo sie arbeitet, sie ist ausgegangen, wann sie wollte. Und am Schluss war ihr auch klar, dass sie aus dieser Ehe herauswollte.«

Enna nickte. »Sie haben mit Ihrer Nichte über eine Scheidung gesprochen?«

»Natürlich. Ich habe ihr auch einen Anwalt in Oldenburg gesucht. Leider kam es ja nicht mehr zu einem Termin.«

»Das alles steht nicht in den Akten. Sind Sie damals nicht danach gefragt worden?«

»Nein. Hier war ein Kriminalbeamter und der hat mich nur gefragt, ob ich wüsste, wer der Vater des Kindes sei. Das wusste ich damals und auch heute nicht. Und dann hat er wissen wollen, ob ich Rieke seit ihrer Abreise aus Leer gesehen oder mit ihr gesprochen hätte. Hatte ich ja nicht und dann wollte er nichts mehr wissen.«

»Rieke hat früh geheiratet. Wie ist es dazu gekommen?«

Gesa Martinsen seufzte leise. »Wenn ich das wüsste. Sie hat selbst vor mir die Bekanntschaft mit diesem Menschen geheim gehalten. Wahrscheinlich wollte sie nicht, dass ihr noch einmal das Gleiche passiert wie bei Joost.«

»Joost?« Enna hob fragend die Augenbrauen.

»Ach, entschuldigen Sie. Das können Sie ja gar nicht wissen. Rieke hat Joost mit neunzehn kennengelernt. Sie war in Emden bei einer Freundin übers Wochenende und – genau weiß ich das ehrlich gesagt nicht – da ist sie ihm begegnet. Er hatte wohl gerade an der Fachhochschule mit dem Studium angefangen. Er wollte Sozialpädagoge werden. Kann man das da studieren?«

»Ja, der Studiengang heißt ›Soziale Arbeit‹.«

»Genau, das hat er mir erzählt, als Rieke ihn mir vorgestellt hat.«

»Joost war Riekes erster Freund?«

»Der erste richtige Freund, ja. Ein wirklich netter Junge und ich glaube, Rieke war über beide Ohren in ihn verliebt. Umgekehrt war es genauso.« Gesa Martinsen lächelte. »Ich habe ihn natürlich nicht danach gefragt, aber so wie er Rieke ansah, musste man das auch nicht.«

Enna hatte aufmerksam zugehört. Dass Rieke vor ihrer Ehe einen Freund gehabt hatte, war nirgendwo in den Akten aufgetaucht. »Wie lange waren die beiden ein Paar?«

»So ganz genau weiß ich das nicht. Rieke hat ihn mir erst vorgestellt, als sie schon eine Weile zusammen waren. Aber was viel wichtiger ist, ihr Vater hat die beiden auseinandergebracht.«

»Was genau ist passiert?«, fragte Enna.

»Im Grunde genommen war ich wohl schuld daran. Als ich bei Klaas im Haus war, ist mir eine Bemerkung herausgerutscht. Klaas hat dann eins und eins zusammengezählt und Rieke gezwungen, dass sie ihm Joost vorstellt. Ich hätte sie damals warnen sollen, aber sie war mir wegen meines Patzers böse und hat ein paar Tage nicht mehr mit mir gesprochen. Und da war es schon zu spät.«

»Was ist passiert?«

»Ganz sicher bin ich mir nicht. Rieke hat es mir auch später nicht erzählt, aber Klaas hat es geschafft, ihr den Jungen madig zu machen. Vielleicht hat er auch mit Joost gesprochen und ihn eingeschüchtert. Zutrauen würde ich ihm das. Auf jeden Fall haben die beiden sich ungefähr zwei Monate später getrennt.

Rieke sich von Joost oder er sich von ihr.« Gesa Martinsen sah Enna direkt an. »Verstehen Sie jetzt, was ich meinte? Rieke hat es bis zum Schluss geheim gehalten, dass sie diesen Menschen kennengelernt hat. Sie hatten sich schon verlobt, auch heimlich, und das Aufgebot bestellt.« Sie schnaubte. »Sie hätte sich gar nicht die Mühe machen müssen. Dieser Mann war durchaus in Klaas' Sinne. Lieber hätte er es zwar gesehen, dass Rieke auf ewig bei ihm bleibt, aber … Nun ja, so ist es gewesen.«

»Können Sie mir den Nachnamen von Joost nennen?«

»Oh! Ich glaube, den weiß ich gar nicht. Er kam auf jeden Fall irgendwo aus Schleswig-Holstein. Auch von der Küste, glaube ich. Nordfriesland. Das hat er mir erzählt.«

Enna nickte. »Darf ich noch einmal auf Hajo Erken zurückkommen?«

»Sicher.«

»Ich frage mich, warum Rieke gerade ihn gewählt hat. Ich verstehe zwar, dass sie aus der eingefahrenen Vater-Tochter-Beziehung herauswollte und dass das ein Grund für ihre frühe Ehe war …«

»Wo die Liebe halt hinfällt«, sagte Gesa Martinsen. »Auch wenn es mir schwerfällt, das zu sagen, aber …« Sie seufzte. »Rieke war wohl tatsächlich in diesen Mann verliebt. Entweder hat er sich am Anfang so verstellt, dass Rieke nichts gemerkt hat, oder …« Sie zuckte die Achseln. »Vielleicht ist das mit der Eifersucht auch erst später so schlimm geworden. Rieke hat nie so richtig darüber gesprochen. Es war ja für beide die erste Ehe. Und wenn ich mich richtig erinnere, hat Rieke mir einmal erzählt, dass dieser Mann auch noch nicht mit einer Frau zusammengelebt hatte.«

Sieben

Enna kontrollierte ein weiteres Mal ihr Handy. Patrik Blohm hatte sich immer noch nicht gemeldet. Sie zögerte kurz, gab dann aber seine Adresse ins Navi ein und startete den Motor.

Gesa Martinsen hatte sich trotz mehrfachen Nachfragens nicht mehr an den Nachnamen von Riekes erstem Freund erinnern können. Auf dem Weg zum Auto hatte Enna Jens Lange im Büro angerufen und ihn gebeten, bei der Fachhochschule in Emden anzurufen. Mit etwas Glück würden sie zumindest den Nachnamen des Mannes bekommen. Die Wahrscheinlichkeit, dass Joost Rieke in dem Jahr vor ihrem Tod noch einmal getroffen hatte, war gering, aber Enna wusste, wie wichtig bei Cold-Case-Ermittlungen jeder Hinweis auf weitere, bisher noch unbekannte Zeugen war.

Enna umrundete die Stadt auf der B 70 und bog dann auf den Südring ab, der sie direkt auf die Hafenanlagen an dem Fluss Leda führte. Der ehemalige Hafenbereich auf der Altstadtseite war in den letzten zwei Jahrzehnten mit Wohn- und Geschäftshäusern bebaut worden. Blohm wohnte in einem relativ neuen siebenstöckigen Gebäude direkt am Ausläufer der Leda. Enna parkte etwa fünfzig Meter vom Haus entfernt. Von Weitem sah sie die ungewöhnliche spitz zulaufende Dreiecksform des Gebäudes, in dessen ersten beiden

Geschossen sich Geschäfte, Büros und Gastronomie befanden. An der Eingangstür suchte Enna nach Blohms Namen und fand ihn neben einem Klingelknopf der fünften Etage. Sie wartete, bis die Tür von innen geöffnet wurde, und fuhr anschließend mit dem Aufzug nach oben. Vor der Wohnungstür wählte sie Blohms Nummer und horchte. Ein leises Handyklingeln war zu hören. Als niemand das Gespräch annahm, drückte sie auf den Klingelknopf und stellte sich außerhalb des Sichtbereichs des Türspions. Als die Tür einen Spaltbreit geöffnet wurde, trat sie vor. Ein Mann Mitte dreißig in Jogginghose und weitem Sweatshirt stand vor ihr.

»Enna Andersen, Landeskriminalamt. Herr Patrik Blohm?«

Der Mann nickte.

»Ich hatte Sie angerufen und eine Nachricht geschrieben. Ich würde gerne mit Ihnen sprechen.«

»Das ist gerade nicht so gut.«

»Vielleicht haben Sie trotzdem ein paar Minuten für mich. Für Sie wäre es auf jeden Fall bequemer, als wenn ich Sie nach Oldenburg vorladen würde.«

»Vorladen? Rieke ist über fünf Jahre tot.«

Enna hatte ihm in der Nachricht mitgeteilt, wer sie war und warum sie ihn sprechen wollte.

»Wir haben den Fall wieder aufgenommen.« Enna schaute sich um. »Wollen wir das nicht lieber in Ihrer Wohnung besprechen als hier auf dem Flur?«

Patrik Blohm trat mit mürrischem Gesichtsausdruck zur Seite und führte Enna anschließend ins Wohnzimmer. Die Raumgröße schätzte Enna auf über vierzig Quadratmeter. Aus den deckenhohen Fenstern hatte man einen herrlichen Blick über Leer. Blohm bot ihr einen Platz auf dem Sofa an und setzte sich selbst auf die Lehne eines der zwei Sessel.

»Was wollen Sie denn wissen? Ich kannte Rieke nur aus der Volleyballgruppe.«

»Erzählen Sie doch. Wie war Frau Erken so?«

»Das ist ewig her. Nett war sie. Nett und aufgeschlossen. Ihr Talent im Volleyball hielt sich allerdings in Grenzen.«

»Wie ich von anderen Mitgliedern der Gruppe gehört habe, haben Sie auch privat hin und wieder etwas gemacht.«

»Rieke und ich? Nein.«

»Ich meine als Gruppe. Nach dem Sport ist die Gruppe zu …«

»Ja, das stimmt«, fiel Blohm Enna ins Wort. »Viel mehr war aber nicht. Ein Bier trinken und etwas klönen. Okay, einmal im Jahr gab es das Grünkohlessen. Aber ich weiß gar nicht, ob ich die letzten Jahre dabei war. Vor Weihnachten gab es wahrscheinlich auch eine kleine Feier. Mehr nicht.«

»Sie hatten also schon etwas mehr Kontakt zu Rieke Erken als nur in der Halle. Aufgeschlossen, sagten Sie. Und sonst?«

Patrik Blohm rollte mit den Augen. »Nichts sonst. Small Talk halt. Das war alles mehr oberflächlich. Was soll ich sonst noch sagen? Ich hatte nicht so viel Kontakt zu ihr.«

»Vielleicht haben Sie ja mitbekommen, dass Rieke Erken im zweiten Monat schwanger war. Gab es …«

»Ach, herrje! Daher weht der Wind.« Patrik Blohm hatte Enna zum zweiten Mal unterbrochen. »Ich hatte kein Verhältnis mit Rieke, falls Sie darauf hinauswollen.«

»Sie waren seinerzeit der Einzige der Gruppe, dem kein DNA-Abstrich abgenommen wurde.« Enna zog ein Plastikröhrchen aus der Tasche. »Macht es Ihnen etwas aus, wenn wir den Test nachholen?«

Patrik Blohm stand auf. »Das macht mir sehr wohl etwas aus. Ich habe Ihnen doch gerade gesagt, dass ich keine Affäre mit Rieke gehabt habe. Wie soll ich sie da geschwängert haben?«

Enna legte das Plastikröhrchen auf den kleinen Beistelltisch. »Es würde Sie ausschließen und mein Team und ich könnten uns um andere Spuren kümmern.« Sie zeigte auf den Sessel. »Setzen Sie sich doch bitte wieder.«

»Warum? Wenn ich richtig informiert bin, brauche ich nicht mal mit Ihnen zu sprechen. Weder sitzend noch stehend.«

Enna lächelte. »Rechtlich ist das absolut korrekt. Uns würde es allerdings die Arbeit erleichtern, wenn Sie kooperieren. Und Ihnen auch Zeit sparen.« Sie hielt kurz inne, aber Patrik Blohm reagierte nicht. »Sie hatten also keinen intimen Kontakt zu Rieke Erken?«

Patrik Blohm schüttelte verächtlich den Kopf. »Auf solche dämlichen Fragen antworte ich nicht.« Er hob seine Hand Richtung Zimmertür. »Wenn ich Sie jetzt bitten darf. Ich habe wirklich Wichtigeres zu tun, als mir so etwas anzuhören.«

Enna griff nach dem Plastikröhrchen für den DNA-Abstrich und legte es langsam zurück in ihre Tasche, bevor sie aufstand. »Darf ich kurz Ihre Toilette benutzen?«

Im ersten Moment schien Patrik Blohm die Frage bejahen zu wollen, schnaubte aber schließlich verärgert. »Nein, suchen Sie sich jemand anderes für Ihre Spielchen.«

Als Enna aus dem Haus trat, schaute sie noch einmal hoch in den fünften Stock und sah Patrik Blohm am Fenster stehen. Im selben Augenblick wich er zurück. Ihre Frage nach der Toilette war ein kleiner Test gewesen. In jedem zweiten Fernsehkrimi ging einer der Ermittler auf die Toilette und suchte nach Haaren in der Bürste, aus denen die DNA gewonnen werden konnte. Blohm schien Angst gehabt zu haben, dass Enna etwas Ähnliches vorgehabt hatte. Dass solche Beweise vor Gericht nicht nur nicht anerkannt würden, sondern Enna damit auch ihren Job aufs Spiel setzen würde, schien sich bis zu Blohm noch nicht herumgesprochen zu haben.

Zurück im Auto rief sie Jens an und fragte nach Joost.

»Wie zu erwarten, hat die Hochschule sich quergestellt. Ich bin gerade der Facebook-Gruppe der ehemaligen Studenten der Hochschule Emden beigetreten. Die hat weit über zweitausend Mitglieder. Vielleicht werde ich ja da fündig. Oder meinst du, dass wir einen Beschluss bekommen?«

»Eher nicht. Die Verbindung zu Rieke Erken liegt zu lange zurück und bisher haben wir nur die Aussage der Tante.«

»Dachte ich mir schon. Es gibt auch noch eine offizielle Seite der Hochschule, aber da ist wahrscheinlich nicht viel zu holen.«

»Okay, Jens. Ich bin noch in Leer und fahre jetzt zurück. Sind Pia und Paulsen schon zurück?«

»Nein, aber sie haben beide angerufen. Sie kommen heute nicht mehr rein.«

»Dann bis morgen, Jens.«

Elias empfing Enna mit einem Freudenschrei und ließ sich von ihr im Kreis durch die Luft wirbeln. Beim gemeinsamen Abendessen mit Alina erzählte er von seinem Tag im Kindergarten und fragte wieder einmal, wie lange es noch dauere, bis er in die Schule kommen werde.

»Das ist noch mehr als ein halbes Jahr«, sagte Enna lachend. »Kannst du es nicht mehr abwarten?«

Elias nickte freudestrahlend. »Wir haben heute unseren Namen geübt. Ich kann schon ›Elias‹ schreiben.«

Alina strich ihm mit der Hand über den Kopf. »Na dann musst du wirklich bald in die Schule.«

»Bringst du mich dann immer hin, Alina?«, fragte Elias und sah sie dabei mit großen Augen an.

»Vielleicht.«

»Musst du doch nicht zurück zu deiner Mama?«

»Ich war doch gerade erst da, Elias. Und du weißt doch, dass ich schon groß bin und nicht immer bei meinen Eltern wohne.«

Elias sprang auf und schmiegte sich kurz an Alina. »Du gehörst jetzt ja auch zu uns.« Er drückte ihr einen Kuss auf die Wange und hüpfte zurück auf seinen Stuhl.

»Und jetzt wird gegessen, kleiner Mann«, mahnte Enna ihn mit einem Augenzwinkern.

Acht

Enna schloss die Eingangstür auf und ließ Pia, die kurz nach ihr aus dem Auto gestiegen war, den Vortritt.

»Ist Paulsen noch gar nicht da? Ich habe sein Auto nicht gesehen. Oder fährt er neuerdings mit dem Fahrrad?«

»Sicher nicht«, lachte Enna. »Wir setzen uns in einer Stunde zusammen.«

Enna betrat ihr Büro und schrieb die beiden Protokolle zu den Befragungen des letzten Tages. Am Abend, als Elias eingeschlafen war und Alina sich wieder auf den Weg zu Pia gemacht hatte, hatte sie im Netz ausgiebig zu Patrik Blohms Reiseblog und seinen inzwischen drei Büchern recherchiert. Blohm, ausgebildeter Sport- und Englischlehrer, hatte nach seinem Referendariat seine erste Stelle am Leeraner Gymnasium bekommen. Kurz nach Riekes Tod hatte er ein Sabbatjahr genommen und war wenige Tage später auf Weltreise gegangen. Den Plan hatte er laut seiner eigenen Website seit seiner Schulzeit. Als Sechzehnjähriger hatte er als Austauschschüler ein halbes Jahr in Spanien und ein weiteres halbes Jahr in Brasilien verbracht. Während des Studiums hatte er regelmäßig in den Semesterferien in sozialen Projekten in Lateinamerika gearbeitet und war anschließend für ein paar Wochen durch das jeweilige Land gereist. Die Weltreise hatte Blohm sich durch sein Reisetagebuch im Internet und mit verschiedenen Jobs hier und da finanziert. Ein Jahr und über zweihunderttausend Follower später kehrte er nach Deutschland zurück, schrieb drei Bücher über seine Reise und wohnte seit zwei Jahren wieder in Leer. Seinen Job als Lehrer hatte er gekündigt. Auf seiner Homepage hatte er bereits vor drei Monaten angekündigt, dass er Pläne für eine weitere, mindestens einjährige Reise durch Asien schmiede.

Als Enna Schritte auf dem Flur hörte, packte sie ihre Sachen zusammen und machte sich auf den Weg in die Küche.

»Guten Morgen!«, rief sie in die Runde. Paulsen nickte ihr zu, Pia lächelte und Jens erwiderte ihren Gruß.

»Kaffee?«, fragte Paulsen und schenkte Enna ein.

Enna trank einen Schluck, stand auf und ging zur Flipchart, auf der sie in der Mitte eines neuen Blattes Rieke Erkens Namen schrieb und rot umkreiste. »Ich habe mit der Tante gesprochen und ein leider nur kurzes Gespräch mit Patrik Blohm geführt, der ausgesprochen unkooperativ war.« Enna notierte unter Riekes Namen den ihrer Tante und fasste mit wenigen Worten die Befragung zusammen. »Jens ist gerade dabei, Joost ausfindig zu machen.«

Jens Lange nickte. »Das ist nicht so einfach. Ich habe mich jetzt in eine Facebook-Gruppe gemogelt, in der über zweitausend ehemalige Studenten der Hochschule angemeldet sind. Aufgenommen wurde ich aber erst gestern spätabends. Ich habe die ersten Kommentare bereits durchgesehen. Kurz und gut: Es könnte viel Arbeit werden, Joost zu finden.«

Enna wandte sich zur Flipchart um und schrieb »Patrik Blohm«. »Im Grunde genommen wollte der junge Weltenbummler nicht mit mir reden. Er ist weder ans Telefon gegangen noch hat er auf meine Nachricht reagiert. Als ich ihn quasi überrumpelt habe, hat er mich widerwillig in die

Wohnung gelassen.« Enna fasste mit wenigen Worten zusammen, was Patrik Blohm gesagt hatte.

»Bekommen wir einen Beschluss für seine DNA?«, fragte Jens.

Enna schüttelte den Kopf. »Ich habe bereits mit der Staatsanwältin Dr. Brambach gesprochen. Sie kennt den Fall und hat mir bei der momentanen Beweislage davon abgeraten, einen Beschluss zu erwirken. Schon damals, als die Männer der Volleyballgruppe überprüft wurden, war der Beschluss umstritten. Also der Weg bleibt uns so lange verschlossen, bis wir weitere Indizien für eine mutmaßliche Vaterschaft vorweisen können. Das Problem ist, dass Blohm schon angekündigt hat, dass er wieder auf Reisen geht. Wann es losgeht, scheint noch nicht genau festzustehen.«

Jens hob seinen Arm. »Hast du ihm bewusst nicht die Frage gestellt, wie seine Planung ist?« Als Enna nickte, fuhr er fort. »Ich habe einen Freund in Osnabrück, der für eine Stadtillustrierte arbeitet. Die bringen häufig Reportagen über solche Leute. Ich könnte ihn bitten, dass er ihn interviewt und dabei natürlich diese Frage stellt.«

»Sehr gute Idee«, sagte Enna. »Dann hätten wir da zumindest Klarheit. Vielleicht erfahren wir so auch etwas über seine Einstellung zu Frauen und warum er damals die erste Reise angetreten hat. Kannst du ihn diesbezüglich instruieren?«

Jens schmunzelte. »Kein Problem. Das wird er gerne machen. Er ist Fan jeglicher Kriminalliteratur.«

»Super!« Enna warf einen Blick auf Paulsen. »Willst du weitermachen?«

Paulsen richtete sich leicht auf. »Warum nicht. Ich war ja undercover in der Stadtverwaltung unterwegs.« Er grinste. »Nun gut, ich habe mich natürlich ausgewiesen und die Genehmigung vom Dienstherrn hatte ich auch.«

»Paulsen im Klatsch-und-Tratsch-Milieu«, sagte Pia. »Es geschehen noch Zeichen und Wunder.«

Paulsen reagierte nicht auf Pias kleine Stichelei, schaute auf seine Notizen und fuhr fort. »Rieke Erken war durchaus beliebt. Was wir bisher nicht wussten: Sie war im Personalrat und hatte daher ziemlich viel Kontakt zu ihren Kollegen. Nicht nur das, sie war auch für ein Jahr freigestellt, sprich, sie hat während dieser Zeit nicht in ihrem eigentlichen Job gearbeitet, sondern ausschließlich als Personalrätin.«

»Und davon wusste ihre direkte Kollegin nichts?«, fragte Jens. »Die habt ihr doch schon vorgestern befragt.«

»Da haben wir wohl nicht die richtigen Fragen gestellt«, gab Paulsen zerknirscht zu. »Allerdings soll Julia Kistner kein gutes Verhältnis zum Personalrat haben, wie mir gesteckt wurde. Insofern also nicht verwunderlich, dass sie das eine Jahr nicht erwähnt hat. Normalerweise lässt man sich auch über eine ganze Wahlperiode freistellen, also vier oder fünf Jahre, aber sie hat einen Kollegen ersetzt, der gestorben ist. Nach der neuen Wahl hat sie sich nicht wieder für die Freistellung beworben. Nun gut. Auf jeden Fall hat dieses eine Jahr die Auswahl an Kontakten erheblich vergrößert. Deshalb hat es gestern bei mir auch so lange gedauert. Dafür mache ich es jetzt mal kurz: So ein Mauerblümchen, wie wir bisher angenommen hatten, war Rieke Erken offensichtlich nicht.«

Pia zog die Augenbrauen hoch. »Mauerblümchen? Wo lebst du denn?«

»Jetzt lass mal gut sein, Pia«, sagte Paulsen. »Rieke war nicht nur kontaktfreudig, sondern scheint auch nichts gegen einen kleinen Flirt gehabt zu haben. Wie weit der dann jeweils gegangen ist, darüber gab es sehr unterschiedliche Meinungen.«

»Seit wann ist das verboten?«, murmelte Pia und erntete dafür einen strengen Blick von Enna.

»Nein, verboten ist es nicht«, konterte Paulsen. »Aber es scheint mir schon wichtig, ob wir weitere Vaterschaftskandidaten haben. Einige ihrer Kolleginnen haben gestern, anders als damals direkt nach Rieke Erkens Tod, kein Blatt mehr vor den Mund genommen.«

»Konntest du geeignete Kandidaten ausmachen?«

Paulsen streckte ihr zwei Finger entgegen. »Zwei. Einen von ihnen habe ich auf der Arbeit befragt beziehungsweise bei einem kleinen Spaziergang im nahen Park. Den anderen habe ich zu Hause erwischt, glücklicherweise war seine Ehefrau auf einer Shoppingtour in Oldenburg unterwegs.«

»Und?«, fragte Pia.

»Letzterer heißt Stefan Ristau. Sechs Jahre älter als Rieke, verheiratet, drei Kinder beziehungsweise zwei zu der Zeit, als es passierte. Weihnachtsfeier, zu viel Alkohol, irgendwann sind sie in der Besenkammer gelandet. Das war ein Freitagabend, am Montag zunächst das große Schweigen. Sie haben sich noch einmal im Hotel außerhalb von Leer getroffen, anschließend war Schluss. Das war ungefähr drei Jahre nach Rieke Erkens Hochzeit.«

»Bist du sicher, dass nichts weiter passiert ist?«, fragte Enna.

»Eine Affäre bringt nun mal mit sich, dass alles im Verborgenen abläuft. Und nein, ich bin mir natürlich nicht absolut sicher, aber mein Bauchgefühl sagt mir, dass nach den wenigen Malen Schluss war. Ristau war ziemlich kleinlaut und zitterte nicht vor mir, sondern vor seiner Frau, der ich es vielleicht erzählen würde.«

Pia räusperte sich. »Nummer zwei?«

»Daniel Held. Zwei Jahre älter als Rieke, unscheinbarer Typ, Einzimmerwohnung. Wenn ihr mich fragt, war sie seine große Liebe, aber für Rieke Erken war es wohl mehr ein soziales Projekt. Zu der Zeit wohnte Daniel noch bei seiner Mutter. Getroffen haben sie sich hin und wieder zum Quatschen – das war jetzt O-Ton Held – und dann soll es einmal passiert sein, als seine Mutter im Urlaub war. Ob das eine Mal wirklich passiert ist, wage ich zu bezweifeln. Aber ich habe es erst mal so aufgenommen und nicht weiter nachgebohrt. Held war sehr daran gelegen, dass die Kollegen nichts mitbekommen, deshalb auch die Spaziergang-Befragung.«

»Wie schätzt du ihn ein?«, fragte Enna.

»Er ist ein Weichei …« Paulsen hielt beide Hände halbhoch. »Sorry für den Ausdruck, aber er passt. Trotzdem, Weicheier können durchaus gefährlich sein. Ich schätze ihn als heimlichen Stalker ein, einen dieser Typen, die ihr Opfer quasi unsichtbar verfolgen. Was er allerdings nicht geheim halten konnte: Er hat wohl Rieke Erken bis zu ihrem Tod angeschmachtet. Ich würde ihn also mit auf die Liste setzen wollen.«

Enna nickte und schrieb den Namen oben links aufs Blatt.

»Vielleicht noch eine kurze Toneinlage«, sagte Paulsen und legte sein Handy auf den Tisch. »Wie gesagt, wir waren draußen. Es gibt ein paar Nebengeräusche, aber ich habe ihm das Gerät unter die Nase gehalten, damit ihm die Ernsthaftigkeit der Befragung klar wurde.«

Paulsen aktivierte die Aufnahme.

»Sie waren also in Rieke verliebt?«, fragte Paulsen, dessen Stimme schlecht zu verstehen war.

»Ja«, antwortete eine junge männliche Stimme, die besser als Paulsens zu hören war. »Rieke war nicht nur wunderschön. Das war mir gar nicht so wichtig. Sie war ein fantastischer Mensch, warmherzig und verständnisvoll. Verstehen Sie, was ich meine?« Daniel Held klang flehend, als wolle er von Paulsen die Absolution.

»Durchaus! Rieke hat Ihr Verhältnis aber anders als Sie gesehen?«

»Anders? Was meinen Sie? Rieke war halt verheiratet und aus dem Grund ja gebunden. Ich habe ihr nie Vorwürfe deshalb gemacht. Sie konnte damals gar nicht anders, als unsere«, es entstand eine kurze Pause, »ja, unsere Beziehung aufzulösen.«

»Sie beide hatten also eine geheime Beziehung?«

»Ja. So könnte man es nennen. Ich wollte Rieke natürlich nicht unter Druck setzen. Das ist nicht meine Art. Aber ich habe sie geliebt. Dagegen kann man nichts machen. Natürlich habe ich mich zurückgehalten und akzeptiert, dass sie nicht frei war. Es war ein Traum, ein schöner Traum.«

Paulsen griff nach dem Handy und stoppte die Aufnahme.

Pia beugte sich leicht vor. »Und du meinst, diese Piepsstimme wäre in der Lage, eine Frau zu töten?« Sie hatte dieses Mal ohne den abfälligen Unterton gefragt.

»Der lebt und lebte doch in einem Paralleluniversum. Auf jeden Fall ist die Piepsstimme, wie du ihn nennst, kein Zwerg, sondern hat meine Größe und Statur. Gut, übergewichtig ist er schon, aber ich denke, die Kraft hätte er problemlos gehabt.«

»Hatte er damals ein Auto? Oder überhaupt einen Führerschein?«

»Das weiß ich alles noch nicht«, gab Paulsen auf Pias Frage zu. »Aber es wird kein großes Problem sein, das herauszubekommen. Das war's erst mal von meiner Seite.« Er warf Pia einen verschmitzten Blick zu. »Und ja, der Klatsch-und-Tratsch-Nachmittag hat mir für mindestens ein Jahr gereicht.«

Pia musste unwillkürlich grinsen. Sie hob entschuldigend die Hand. »War nicht so gemeint, Paulsen.«

Er lächelte zurück. »Ich weiß.«

Enna räusperte sich. »Dann wäre das ja geklärt. Zum Fall: Unser Blick auf Rieke Erken scheint sich mit jeder neuen Befragung ein wenig mehr zu verändern oder zu erweitern.«

Sie wandte sich an Pia. »Du hast weitere Volleyballspieler getroffen?«

»Ja. Quasi im Schnelldurchgang habe ich mit sieben Volleyballern gesprochen. Sie haben bestätigt, dass Rieke Erken aufgeschlossen und kontaktfreudig war und gut in die Gruppe passte. Zwischen den Zeilen klang es schon hin und wieder so, als habe sie wenig Berührungsängste gegenüber den Männern in der Gruppe gehabt. Alles in allem war mein Tag nicht so erfolgreich wie eurer.«

»Hast du mit Markus Hölscher gesprochen?«, fragte Paulsen. »Der in der Dusche mit …«

»Schon klar«, sagte Pia. »Ja, er war einer der sieben. Da gab es keine Zwischentöne. Rieke war nett und alles war super. Ob da mehr war zwischen Rieke und ihm, wirst du mich gleich fragen. Ich glaube nicht, dass er Riekes Typ war. Sein DNA-Test war ja auch negativ. Und ja, ich gebe zu, dass ich persönlich ihn zum Kotzen fand, diese Art Macho-Typ, der sich selbst unglaublich anziehend und unwiderstehlich findet. Das war es aber gar nicht. Seine Art, über Rieke zu sprechen, war so, als wenn er sie nicht für voll genommen hätte, als hätte sie nicht in sein Beuteschema gepasst.«

»Dann sollten wir ihn fürs Erste zurückstellen«, schlug Enna vor. »Wie sieht es mit André aus?«

»Ja, ich habe den Nachnamen. Pagel, André Pagel. Ich muss noch nach ihm suchen, aber ich habe die Telefonnummer der Ex-Frau. Die wollte ich als Erstes anrufen.«

Enna sah auf die Flipchart. »Viel ist das noch nicht, aber wir sind ja auch noch am Anfang. Von Joost brauchen wir den Nachnamen. André Pagels Ehefrau und später er selbst müssen befragt werden. Weiter stehen Patrik Blohm und Daniel Held auf unserer Liste. Ich halte den Einwand von Pia vorhin für bedenkenswert. Wissen wir inzwischen mehr über den Ablageplatz der Leiche?«

Jens nickte. »Ja, da habe ich mich drum gekümmert. Das Wäldchen ist damals wie heute frei zugänglich, aber nicht stark besucht. Zum Joggen und Spazierengehen ist es zu klein und die Wege sind nicht breit genug. In einem Bericht stand, dass sie häufig zugewachsen sind. Die Erde an der Fundstelle war durchaus geeignet zum Graben, sprich, hier waren nicht so viele Baumwurzeln oder Ähnliches. Aber trotzdem muss es schwer gewesen sein, das relativ flache Erdloch auszuheben. Bei einem Test ganz in der Nähe haben die Kollegen damals fast zwei Stunden gebraucht, und das, obwohl sie sich zu dritt abgewechselt haben.«

»Wir können also davon ausgehen, dass die Person, die das Loch gegraben hat, über Kraft verfügt?«, fragte Pia.

Jens nickte. »Oder erheblich länger für die Arbeit gebraucht hat.«

»Okay, Vorschläge, wie wir weiter vorgehen?«, fragte Enna.

Paulsen zeigte auf die Flipchart. »Es fehlt noch jemand auf der Liste. Hajo Erken.«

»Paulsen, das bringt doch nichts«, sagte Pia. »Er ist raus. Wir kommen in Teufels Küche, wenn wir in der Sache gegen ihn ermitteln.«

»So ist es. Aber vielleicht gibt es ja einen anderen Straftatbestand, der im Zusammenhang mit dem Tod seiner Ehefrau zutreffen könnte.«

Pia warf ihm einen fragenden Blick zu. »Kannst du mal aufhören, in Rätseln zu sprechen?«

»Wenn ich das richtig sehe, ist Erken nicht wegen Anstiftung angeklagt worden, sondern ausschließlich wegen Mordes an seiner Frau. Wenn das stimmt – das müsste ein Jurist im Detail klären –, könnte er wegen Anstiftung zum Mord angeklagt werden. Vorausgesetzt natürlich, er war entsprechend beteiligt.«

Enna nickte nachdenklich. »Paulsen könnte recht haben. Ich werde die Staatsanwältin darauf ansprechen. Begeistert wird sie sicher nicht sein, aber das ist nicht mein Problem.«

Paulsen nickte. »Sehe ich auch so.«

»Ich weiß nicht«, sagte Pia. »So wie Hajo Erken bisher von den Zeugen beschrieben wurde, scheint er cholerisch und aggressiv zu sein. Wenn er tatsächlich etwas damit zu tun hat, dann war er es selbst: Totschlag im Affekt.«

Enna überlegte kurz. »Ich werde ihn vorerst nicht mit auf die Liste nehmen. Sollten wir bei den weiteren Ermittlungen Hinweise in Richtung Anstiftung finden, gehen wir dem offiziell nach.« Sie hielt kurz inne. »Ich versuche mal eine Zusammenfassung des momentanen Ermittlungsstandes. Ergänzt oder korrigiert mich doch bitte.« Sie holte tief Luft. »Wie jedes Mal haben wir uns dem Opfer über das Umfeld angenähert. Rieke Erken kristallisiert sich schon jetzt als sehr widersprüchliche Persönlichkeit heraus. Auf der einen Seite blieb sie nach dem Abitur beim Vater, der sie seit dem Tod der Mutter extrem behütet und in seinem Sinne gelenkt hat. Anstatt sich ein eigenes Leben aufzubauen, bindet sie sich nach einer gescheiterten Liebe an einen Mann, der sie, zumindest im Verlauf der Ehe, noch stärker kontrolliert und manipuliert als der Vater. Über viele Jahre schafft oder wagt sie es nicht, den Schritt aus dem – zumindest aus unserer Sichtweise – einengenden und vorgezeichneten Leben zu machen. Andererseits wehrt Rieke Erken sich durchaus. Sie beschließt, vorerst kein Kind von ihrem Ehemann zu bekommen, weigert sich, ihre Arbeit aufzugeben, und sucht Anschluss an andere Menschen über die Volleyballgruppe und auch auf ihrer Arbeitsstelle. Mehr noch: Sie versucht, sich noch mehr Raum zu schaffen, und geht auch auf Männer zu und hat zumindest eine kurze Affäre mit einem von ihnen. Als sie getötet wird, ist Rieke im zweiten Monat schwanger. Bisher haben wir keine Hinweise, dass sie vergewaltigt wurde. Ebenso wenig wissen wir, ob sie eine heimliche Beziehung mit jemandem eingegangen ist.«

Enna sah fragend in die Runde und erhielt zustimmendes Nicken.

»Okay, gehen wir in die Details.« Enna sah auf ihre Notizen. »Wo war Rieke Erken in den Tagen vor ihrem Tod? Sie könnte bis zu fünfhundert Kilometer mit ihrem eigenen Auto gefahren sein. Wohin? Warum war ihr Handy ausgeschaltet? Hat sie ihr Zweithandy benutzt, von dem wir durch ihre Freundin erfahren haben? Was ist in den Wochen vor ihrem Tod passiert? Die Andeutungen, die Rieke Erken gegenüber ihrer Freundin Antje Holm gemacht hat, lassen darauf schließen, dass sie sich endgültig von ihrem Mann trennen und in eine andere Stadt ziehen wollte. Riekes Tante hat ja sogar von einem Termin beim Anwalt gesprochen, zu dem es nicht mehr gekommen ist. Unser Problem ist, dass Rieke Erken ausgesprochen misstrauisch war und sich niemandem voll und ganz anvertraut hat.«

Pia nickte. »Auf den Punkt gebracht: Wir stehen vor einem großen Rätsel!«

»Es wird verdammt schwer«, murmelte Paulsen. »Rieke Erken hatte Kontakte zu vielen Männern. Von dieser Seite sieht es nach einem Motiv im privaten Bereich aus. Die fehlenden Spuren könnten allerdings auch auf Profis hinweisen.«

»Profis? Du spielst damit auf deine Anstiftungstheorie an?«, fragte Pia.

Paulsen nickte. »Ja, auch wenn das ortsnahe Ablegen der Leiche wieder dagegenspricht. Aber vielleicht ist das ja bewusst gemacht worden, damit von einem Mord im näheren Umfeld von Rieke Erken ausgegangen wird. Oder es steckt noch ganz etwas anderes dahinter, was wir im Moment nicht sehen. Will sagen, wir sollten uns nicht ausschließlich auf die privaten Kontakte von Rieke Erken stürzen.«

»Hört sich ein wenig nach Verschwörungstheorie an, Paulsen«, warf Pia ein. »Wen soll eine kleine Verwaltungsangestellte der Stadt Leer so geärgert haben, dass sie beseitigt wird? Das meinst du doch, oder?«

»Ich weiß, das klingt abwegig. Aber mein Bauchgefühl sagt mir, dass auch mehr dahinterstecken könnte.«

»Sich einseitig nur auf einen Ermittlungsstrang zu konzentrieren ist nie richtig«, sagte Enna. »Paulsens Gedanken behalten wir im Hinterkopf. Jetzt zur Aufgabenverteilung.« Sie sah zu Pia und Paulsen. »Ihr habt ja vermutlich noch einige Protokolle zu schreiben.«

»Ja, schon, aber ich habe heute Morgen mit dem Leiter der zweiten SoKo gesprochen«, sagte Paulsen. »Er sitzt in Aurich und hätte heute Nachmittag Zeit für mich. Mir sind da einige Details in den Akten nicht so ganz klar. Spricht etwas dagegen, dass ich mich mit ihm treffe?«

»Nein«, sagte Enna. »Ich kenne Kollege Bendig aus einer anderen SoKo. Etwas brummig und mit Frauen hat er manchmal ein paar Probleme, aber fachlich war er immer top. Willst du nicht Jens mitnehmen, er kennt die Akten doch inzwischen am besten?«

»Das wäre meine nächste Frage gewesen.« Paulsen wandte sich an Jens. »Wie sieht's aus?«

»Jederzeit bereit«, erwiderte Jens fröhlich.

Enna nickte. »Ich werde mit der Schwester von Rieke sprechen. Sie hat heute Zeit für mich.«

Pia stand auf. »Und ich spreche zuerst mit Andrés Ex und danach mit ihm. Außerdem muss ich noch meine Befragungen ins System tippen.«

Neun

Die Staatsanwältin bestätigte Enna, dass Hajo Erken angeklagt werden könnte, sollte er zum Mord an seiner Ehefrau angestiftet haben. Gleichzeitig lehnte sie die Eröffnung eines Ermittlungsverfahrens ab, solange Ennas Team keine konkreten Hinweise oder Indizien hatte.

»Der Fall ist viel zu sensibel, als dass wir uns damit auf brüchiges Eis begeben könnten«, fuhr Dr. Julia Brambach fort. »Zumindest vor fünf Jahren hatte Herr Erken einen ausgesprochen medienaffinen und gleichzeitig aggressiven Anwalt. Glauben Sie mir, ich hatte schon mehrfach mit ihm zu tun.«

»Ich verstehe Ihren Standpunkt. Wie immer gehen wir bei den Ermittlungen vorsichtig vor. Ich melde mich in den nächsten Tagen bei Ihnen.«

Sie verabschiedeten sich. Enna setzte in der Küche Kaffee auf, als Pia vorbeischaute.

»Auch einen Kaffee?«

Pia nickte und schloss die Tür. »Weißt du, was mit Paulsen los ist? Wenn mich nicht alles täuscht, habe ich jetzt schon den dritten Tag Alkohol gerochen.«

»Ich nicht. Dann ist er mir wohl nicht nah genug gekommen. Hat er irgendwas gesagt?«

Pia schüttelte den Kopf. »In den letzten Tagen nicht, aber kurz vor dem Urlaub hat er davon gesprochen, dass er jemand kennengelernt hat. Nicht direkt, du kennst ihn ja. Ich habe mir das so zusammengereimt. Vielleicht ist da ja was schiefgegangen.«

»Frag ihn einfach. Wenn er dir antworten will, wird er es tun, wenn nicht, wird er seine Gründe haben.«

Pia grinste. »Wenn ich sagen darf, dass du mir das geraten hast ...«

Enna schenkte Pia und sich selbst Kaffee ein. »Vielleicht fängst du damit an, ihn nicht so häufig zu provozieren.«

»Ich versuch's, aber ob ich das schaffe, kann ich dir nicht versprechen. Vielleicht ist das ja die Art, wie Paulsen und ich miteinander klarkommen. Keine Ahnung.«

»Ich bin mir nicht sicher, ob Paulsen das auch so sieht.« Enna zeigte auf ihre Armbanduhr. »Ich habe gleich die Videoschalte mit Riekes Schwester.«

Zurück im Büro aktivierte sie das Programm, setzte sich einen Kopfhörer auf und richtete das Mikrofon aus. Kurz darauf trat Maike Japsen in den Videokonferenzraum.

»Moin, Frau Japsen!«, begrüßte Enna sie.

Maike Japsen sah ihrer Schwester nicht ähnlich. Sie trug ihr Haar kurz, was ihr rundes Gesicht noch stärker betonte. Weder schien sie die strahlend blauen Augen der Schwester zu haben noch die natürlich-freundliche Ausstrahlung, die selbst auf den Fotos von Rieke Erken zu erkennen war.

»Guten Tag, Frau Andersen. Was kann ich für Sie tun?«, fragte Maike Japsen distanziert.

»Wir haben die Ermittlungen zum ...«

»Ich bin im Bilde«, unterbrach Maike Japsen Enna. »Meine Tante hat mir von Ihrem Besuch erzählt. Es spart uns Zeit, wenn Sie mich zu meinem Vater und ... Herrn Erken nicht weiter fragen. Ich bin da der gleichen Meinung wie meine Tante.«

»Hatten Sie in den letzten Jahren vor Riekes Tod Kontakt zu ihr?«

»Ja, natürlich.«

»Darf ich fragen, wie häufig Sie mit ihr gesprochen haben?«

»Das dürfen Sie, aber ich sehe keinen Sinn in Ihrer Frage.«

Enna entschied sich für eine neue Strategie. »Sie halten also Herrn Erken für den Täter. Das kann ich in gewisser Weise verstehen. Aber haben Sie schon einmal darüber nachgedacht, dass es auch jemand anderes gewesen sein könnte? Haben Sie kein Interesse daran, dass diese Person gefunden und bestraft wird? Ist Ihnen das vollkommen egal?«

»Was wissen Sie schon?«, fauchte Maike Japsen Enna an. »Ihre Schwester ist nicht ermordet worden.«

»Das ist richtig. Ich habe keine Schwester, aber einen Vater und eine Mutter. Beide sind in unserem Haus ermordet worden. Ich hatte Glück, weil ich in der Nacht bei einer Freundin übernachtet habe. Überlebt habe ich, mehr aber auch nicht. Ich war quasi noch ein Kind, als das passiert ist. Der verurteilte Mörder hat ›lebenslänglich‹ bekommen und war anschließend in Sicherheitsverwahrung. Inzwischen ist er draußen. Er hat nie gestanden und versucht gerade, das damalige Urteil aufheben zu lassen. Ich habe mich lange dagegen gewehrt, diesen Mann, der für mich der Mörder meiner Eltern war, überhaupt nur anzuhören. Inzwischen bin ich mir nicht mehr sicher, dass seinerzeit der richtige Mann ins Gefängnis gegangen ist. Glauben Sie mir, ich weiß, von was Sie sprechen.«

Enna atmete tief durch. Sie hatte schnell gesprochen, ohne ihre Worte bewusst zu wählen. Das war kein taktisches Manöver gewesen, sondern aus ihr herausgeplatzt. Zum ersten Mal hatte sie zugegeben, dass Ronald Grothe zu Unrecht verurteilt worden sein könnte. »Entschuldigung«, sagte Enna in die entstandene Stille hinein. »Es ist eigentlich nicht meine Art, mich selbst in den Vordergrund zu drängen.«

Maike Japsen räusperte sich leise. »Sie müssen sich nicht entschuldigen. Wenn überhaupt jemand einen Fehler gemacht hat, dann war ich das. Dieser Mann hat sich mir als Mörder meiner Schwester ins Gehirn eingebrannt. Ich habe sogar Schwierigkeiten, seinen Namen auszusprechen. Ich hasse ihn von ganzem Herzen. Aber darum geht es jetzt nicht. Wenn Sie sagen, dass es jemand anderes gewesen sein könnte, dann sollte ich Ihnen zuhören und helfen.« Sie stöhnte leise. »Und ich will natürlich nicht, dass – sollte es jemand anderes gewesen sein – dieser Mensch frei herumläuft.« Sie hielt eine Weile inne und fügte hinzu: »Was genau wollen Sie wissen?«

»Danke«, sagte Enna, deren Atmung sich inzwischen wieder beruhigt hatte. »Sie hatten auch nach Ihrem Auszug ein inniges Verhältnis zu Ihrer Schwester?«

»Eigentlich ja. Eigentlich, weil sie es mir am Anfang sehr übel genommen hat, dass ich sie verlassen habe. Genau so hat sie das empfunden. Quasi war sie zum zweiten Mal verlassen worden. Ja, ich war eine Art Ersatzmutter für meine Schwester. Heute weiß ich, dass ich mit der Rolle heillos überfordert war. Ich war selbst noch ein Kind und hatte auch meine Mutter verloren.«

»Ihr Verhältnis hat sich aber wieder normalisiert?«

Maike Japsen wiegte mit dem Kopf. »So intensiv wie zuvor ist es nie wieder geworden. Trotzdem waren wir Schwestern und ich war so häufig wie möglich in Leer, von den vielen Telefongesprächen einmal ganz abgesehen.«

»Ich weiß nicht, ob Sie meine nächste Frage beantworten können oder wollen, aber ich stelle sie einmal. Wir, also mein Team und ich, haben uns gefragt, wieso Ihre Schwester sich zu Hajo Erken hingezogen gefühlt hat. Wir fragen uns, warum Rieke nicht früh gemerkt hat, wie manipulativ und besitzergreifend ihr Mann ist.«

Maike Japsen seufzte leise. »Meine Tante hat Ihnen ja bereits die Geschichte mit Joost erzählt. Wir vermuten beide, dass Rieke diesen Menschen deshalb so lange vor uns geheim gehalten hat. Aber das beantwortet natürlich nicht Ihre Frage. Ich muss dafür etwas weiter ausholen. Sie wissen ja, dass ich nach dem Abitur nach München gegangen bin. Mein Vater hatte ein zu hohes Gehalt, als dass ich den BAföG-Höchstbetrag bekommen hätte. Mir fehlten noch mindestens vierhundert Euro, aber mein Vater hat sich strikt geweigert, mich finanziell zu unterstützen. Ich konnte froh sein, dass er mir seine Gehaltsabrechnung gegeben hat, damit ich den BAföG-Antrag stellen konnte. Ihn zu verklagen war ich zu stolz, also habe ich während des ganzen Studiums nebenher gearbeitet. Das war verdammt hart, weil mir das Lernen nicht so leichtgefallen ist wie anderen.« Maike Japsen nickte nachdenklich und schien für einen Augenblick in ihre Studienzeit zurückgeworfen zu sein. »Sie fragen sich jetzt sicher«, fuhr sie fort, »was das mit Rieke zu tun hat. Nun, sie hat mitbekommen, wie schwer mir das alles gefallen ist, und hat immer wieder gesagt, dass sie nicht studieren will. Hat sie dann ja auch nicht. Was ich damit sagen will: Rieke hat schon früh eine Angst davor entwickelt, dass sie nicht genügend Geld haben und irgendwann auf der Straße landen würde. Natürlich war das irrational, aber vielleicht gehörte das mit zu Riekes Verlustängsten, dass sie die Kontrolle über ihr Leben verlieren könnte. Und hier kommt dieser Mensch ins Spiel. Er hat Rieke Sicherheit vermittelt, nicht nur finanzielle, sondern auch emotionale. Er hat ihr geschworen, mit ihr durch dick und dünn zu gehen. Rieke hat mir das genau so erzählt. Das hat er natürlich nicht eingehalten oder nur so eingehalten, wie er es verstanden hatte. Aber zumindest über die finanzielle Seite musste sich Rieke nie Gedanken machen. Schon kurz nach dem Studium hat dieser Mensch ihr ein Haus gebaut mit allem Drum und Dran. Ich weiß nicht, wo er das Geld herhatte.

Von der Bank? Ich fand das schon merkwürdig. Aber gut, für Rieke war es genau das, was sie sich erträumt hatte.«

»Hat Ihre Schwester aus finanziellen Gründen auf ein Studium verzichtet? Wenn ich es richtig in Erinnerung habe, hatte sie gute Zensuren in der Schule.«

»Gute? Sie war die Beste des Jahrgangs. Und was macht sie damit? Eine Ausbildung bei der Stadtverwaltung, die sie auch mit einem niedrigeren Abschluss bekommen hätte. Es hat sie fasziniert, dass sie vom ersten Tag an ein Gehalt bekommen hat und nach drei Jahren quasi direkt übernommen werden würde. Wie gesagt, Sicherheit stand für sie hoch im Kurs.«

Enna machte sich Notizen. Bisher hatte kein Zeuge von diesem Persönlichkeitsmerkmal gesprochen. In den Berichten der SoKo war ebenfalls nichts davon zu lesen gewesen.

»Hielt Ihre Schwester auch deshalb so lange an der Ehe fest?«

»Das ist zumindest meine Vermutung. Zugegeben hätte Rieke das nie. Sie hat immer Wert darauf gelegt, möglichst viel für sich zu behalten. Und außerdem, mit meinem Vater ist sie ja auch zurechtgekommen. Wahrscheinlich hat ihr das Verhalten dieses Mannes keine große Angst gemacht. Ich glaube auch, dass es erst so richtig schlimm wurde, als er nicht mehr zur See gefahren ist.«

»Bisher deuten einige Zeugenaussagen darauf hin, dass Ihre Schwester aus der Beziehung ausbrechen wollte«, sagte Enna.

»Ja, ich weiß.«

»Sie haben mit ihr darüber gesprochen?«

Maike Japsen nickte gedankenverloren, schwieg aber.

»Wann haben Sie sich mit ihr darüber unterhalten?«, fasste Enna nach.

»Das war«, Maike Japsen dachte nach, »es war ungefähr vier Wochen vor ihrem Tod. Ich hatte beruflich in Hamburg zu tun, Rieke rief mich an und wollte unbedingt mit mir unter vier

Augen reden. Obwohl ich einen Flug zurück nach München gebucht hatte, habe ich dann den Zug nach Oldenburg genommen. Da haben wir uns gesehen.« Wieder schien Maike Japsen in Gedanken zu versinken. Schließlich sah sie auf. »Sie hat mich um Geld gebeten. Viel Geld. Fünfzigtausend. Ich hatte mir kurz zuvor eine Eigentumswohnung gekauft und dafür einen hohen Kredit aufgenommen. Mein Rahmen war mehr als ausgeschöpft, ich hatte das Geld nicht.« Sie senkte den Blick. »Selbst wenn ich es gehabt hätte, ich bin mir nicht sicher, ob ich es ihr gegeben hätte.«

»Wie hat Ihre Schwester reagiert?«

»Zuerst war sie wütend. Und ich fassungslos über ihre Reaktion. Dann hat sie mich angefleht und anschließend ist sie fast zusammengebrochen. Was sollte ich machen? Die Wohnung gleich wieder verkaufen? Das wäre so schnell nicht gegangen. Und Rieke wollte mir nicht sagen, warum sie damals gerade in dem Augenblick Leer verlassen wollte. Ich habe ihr vorgerechnet, dass ihr Gehalt für eine kleine Wohnung ausreichen würde, aber davon wollte sie nichts wissen. Später ist mir natürlich klar geworden, worum es ging. Sie war schwanger und wollte das Kind behalten.« Maike Japsens Augen waren feucht geworden. Sie wischte eine Träne mit der Hand weg. »Warum hat sie mir das nicht gesagt? Wir hätten eine Lösung gefunden. Sie hätte erst bei mir wohnen können und …« Sie schluckte schwer. »Irgendeine Lösung hätten wir gefunden. Hätte ich gefunden. So haben wir es doch immer gehalten. Warum?« Maike Japsen verschwand aus dem Bild, Enna hörte, wie sie sich schnäuzte. Kurz darauf erschien sie wieder und lächelte matt in die Kamera. »Entschuldigen Sie. Ich habe das noch nie jemandem erzählt. Ich war damals so sehr mit mir und meiner Karriere beschäftigt, dass ich Riekes Verzweiflung nicht erkannt habe. Ich mache mir immer noch jeden Tag Vorwürfe, dass ich nicht …« Maike Japsen hielt die Hand vor den Mund

und stand auf. Es dauerte Minuten, bevor sie wieder auf dem Bildschirm erschien.

»Geht es Ihnen besser?«, fragte Enna. »Wir können das Gespräch auch ein anderes Mal fortsetzen.«

Maike Japsen schüttelte den Kopf. »Nein, fragen Sie weiter.«

»Das Treffen hier in Oldenburg war Ihr letzter Kontakt zu Ihrer Schwester?«

»Nein, wir haben bestimmt noch zwei- oder dreimal telefoniert, aber Rieke ist nicht wieder auf das Thema zurückgekommen. So war sie. Wenn sie einmal mit etwas abgeschlossen hatte, war es für sie tabu.«

»Und Sie haben es auch nicht wieder angesprochen?«

»Doch. Ich habe ihr vorgeschlagen, dass sie zu mir nach München kommt.«

»Wie hat sie reagiert?«, fragte Enna.

»Sie könne mir nicht auf der Tasche liegen. Und sie sagte, dass sie eine Lösung finden würde.«

»Eine Lösung? Was meinte Ihre Schwester damit?«

»Das habe ich auch gefragt, aber keine Antwort bekommen. Rieke konnte schrecklich stur sein. Wenn sie sich etwas in den Kopf gesetzt hatte, konnte sie niemand davon abbringen. Mal ganz davon abgesehen, dass es durch ihre Geheimniskrämerei meistens sowieso niemand wusste.«

»Gab es bei Ihrem Treffen in Oldenburg und später bei den Telefongesprächen etwas Ungewöhnliches, etwas, was Ihnen in Erinnerung geblieben ist?«

Maike Japsen fuhr sich mit der flachen Hand über die Stirn. »Bei den Telefongesprächen klang Rieke anders als sonst. Erwachsener, obwohl das natürlich bei ihrem Alter Unsinn war. Sie war ja schon lange erwachsen.«

»Klang sie ernster als sonst?«, hakte Enna nach.

»Ja, vielleicht auch klarer. Ohne Zweifel. Aber das kann ich mir natürlich auch eingebildet haben. Gesagt hat sie nichts, auch nicht dazu, ob sie ihre Pläne weiterverfolgen wollte oder aufgegeben hatte.«

Enna notierte sich die letzte Bemerkung. »Wir suchen Joost. Sie haben ihn ja schon am Anfang angesprochen. Kennen Sie seinen Nachnamen?«

»Warten Sie ... Joost ... nein, ich dachte, er liegt mir auf der Zunge, aber jetzt bin ich mir nicht mal sicher, ob ich ihn jemals kannte. Ich habe ihn auch nur einmal in Oldenburg getroffen. Rieke hatte ihn mit zu einem unserer Treffen gebracht.«

»Dass er damals in Emden studiert hat, wissen wir inzwischen. Seinen Heimatort konnte uns Ihre Tante nicht sagen. Sie sprach von Schleswig-Holstein.«

»›Meine große Liebe‹, so hat Rieke ihn genannt. Und Sie meinen, die beiden haben sich wieder getroffen? Dass vielleicht sogar er der Vater des ungebor...« Es schien ihr die Sprache zu verschlagen. »Aber warum sollte Joost sich dann nicht gemeldet haben? Der Prozess war doch überregional in den Zeitungen.«

»Wir gehen jeder Spur nach, Frau Japsen. Wissen Sie, wo Joost aufgewachsen ist?«

»Ja, ich fand das damals so toll. Kennen Sie Sankt Peter-Ording? An der Nordseeküste, dieser Ort mit dem unglaublich breiten Strand. Ich war mal mit der Schule dort. Sport-Leistungskurs. Aber da wird er ja nicht mehr wohnen.«

»Nein, vermutlich nicht. Aber vielleicht hilft uns das trotzdem weiter.«

»Gut, das ist gut.«

»Noch einmal zu Ihrer Schwester. Sie sagten, dass sie sehr konsequent sein konnte, wenn sie sich einmal zu etwas entschieden hatte.«

»Ja, das stimmt.«

»Dann könnte man also davon ausgehen, dass sie versucht hat, anderweitig ausreichend finanzielle Mittel für – ich nenne es jetzt einmal – ihre Flucht zu bekommen?«

Maike Japsen nickte. »Aber woher? Dieser Mann hätte ihr bestimmt nichts gegeben und ich weiß, dass sie getrennte Konten hatten. Darauf hat Rieke immer bestanden.«

»Sie haben also keine Idee, wie Rieke an Geld gekommen wäre. Ihr Vater?«

»Das ist jetzt nicht Ihr Ernst«, lachte Maike Japsen. »Nein, das halte ich für unwahrscheinlich. Wenn mein Vater übrigens der Meinung gewesen wäre, dass dieser Mann Rieke etwas angetan hätte, wäre das Problem auf eine andere Art und Weise gelöst worden. Ansonsten …« Sie hielt kurz inne. »Nein, ich weiß niemanden.«

»Ihre Tante?«

Maike Japsen schüttelte den Kopf. »Sie lebt von einer kleinen Rente. Gut, damals lebte noch unser Onkel, aber auch er hatte nichts angespart. Da bin ich mir sicher.«

»Das waren erst mal meine Fragen. Kann ich Sie erreichen, wenn …«

»Ja, natürlich«, unterbrach Maike Japsen, »jederzeit.« Sie gab Enna ihre Handynummer. »Heute habe ich frei, ansonsten bin ich beruflich sehr eingebunden. Ich rufe aber zurück.«

Zehn

Enna klopfte an den Rahmen von Pias geöffneter Tür und trat ein. »Hast du mit der Ex-Frau von André gesprochen?«

»Ja, ich habe sie erreicht. André Pagel lebt ihres Wissens hier in Oldenburg beziehungsweise hat hier gelebt. Ich bin gerade im System und suche ihn.« Pia tippte etwas in ihre Tastatur. »Wer sagt's denn? Ich habe ihn. Dann schauen wir doch mal, ob ich eine Telefonnummer finde.« Nach einer Weile nickte Pia und schrieb etwas auf ein Notizblatt. »Soll ich anrufen oder willst du?«

»Mach ruhig. Kannst ja laut stellen.«

Pia nickte und wählte.

»Pagel!«

»Guten Tag, Herr Pagel. Pia Sims vom Landeskriminalamt in Oldenburg. Haben Sie einen Augenblick Zeit für mich?«

»Polizei? Um was geht's?«

»Sie erinnern sich sicher an Rieke Erken, die mit Ihnen zusammen in einer Leeraner Volleyballgruppe gespielt hat?«

»Natürlich.«

»Wir haben den alten Fall wieder aufgenommen und befragen noch einmal alle, die mit Frau Erken Kontakt hatten. Können wir uns kurzfristig treffen? Sie können natürlich auch in unser Büro kommen.« Pia nannte ihm die Straße und Hausnummer.

»Bin ich dazu verpflichtet?«

»Nein. Wir können Sie allerdings offiziell vorladen. Dann …«

»Ich habe Ihnen nichts zu sagen«, fiel Pagel Pia ins Wort. »Lassen Sie mich mit dem ganzen Scheiß in Ruhe. Einen guten Tag noch.«

Es klickte in der Leitung und gleich darauf ertönte das regelmäßige Piepen. Pia starrte auf den Telefonhörer. »Was war das denn?«

»Den ganzen Scheiß?«, wiederholte Enna kopfschüttelnd. »Was meint er? Hattest du mit seiner Ex-Frau über ihre Eheprobleme gesprochen?«

»Nein, ich habe sie nur kurz zu Rieke Erken befragt, aber sie hatte kaum Kontakt zu ihr. Die beiden waren sich wohl nicht so grün.«

»Schau mal, was du in unseren Datenbanken zu André Pagel findest, und dann wirst du wohl noch einmal mit seiner Ex sprechen müssen.«

Pia stöhnte leise. »Wir treten auf der Stelle, oder? Volleyballgruppe. Kleine Liebeleien. Ja und? Deshalb bringt doch niemand sie um.«

»Wie lange sind wir jetzt dabei? Seit Montag. Pia, wir müssen weitergraben. Am Anfang haben wir bisher jedes Mal festgesessen und irgendwann kam dann der Durchbruch. Zwei SoKos haben an dem Fall gearbeitet. Was hast du erwartet?«

»Keine Ahnung«, seufzte Pia achselzuckend und stand auf. »Ich mach mich auf den Weg nach Leer. Ich glaube nicht, dass Pagels Ex-Frau mir am Telefon etwas sagt.«

Enna nickte. »Ja, vielleicht ist das das Beste.«

Pia grinste. »Dann musst du wohl hier die Stellung halten. Paulsen und Jens haben sich vor einer halben Stunde bei mir abgemeldet.«

Enna blätterte die Seite um. Paulsens Einwand, dass Hajo Erken zwar vielleicht nicht der Täter war, aber den Mord in Auftrag gegeben haben könnte, ließ sie nicht mehr los. Dass der Todeszeitpunkt von Rieke Erken nur sehr ungenau mit einem Zeitraum von zwanzig Stunden angegeben werden konnte, hatte die Überprüfung von Hajo Erkens Alibi nicht leicht gemacht. Für die Vormittagsstunden des mutmaßlichen Todestags konnte er Zeugen benennen, die ihn zu Hause besucht hatten oder mit denen er telefoniert hatte. Von der Arbeit hatte er sich freistellen lassen, seit er seine Frau vermisst gemeldet hatte. Für den Nachmittag ab vierzehn Uhr konnte er allerdings kein Alibi vorweisen. Sein Handy war während dieser Zeit an vielen Stellen rund um Leer eingeloggt gewesen, allerdings nicht in der Nähe des Fundortes. Er hatte angegeben, nach Rieke gesucht zu haben, weil ihm zu Hause die Decke auf den Kopf gefallen sei. In den Abend- und Nachtstunden war er angeblich allein zu Hause gewesen, hatte aber keine Anrufe vom Festnetztelefon getätigt oder konnte anderweitig nachweisen, dass er sich im Haus aufgehalten hatte. Sein Mobiltelefon war allerdings während dieser Zeit in dem Knotenpunkt eingeloggt gewesen, der zum Standort des Hauses passte.

Die Kollegen der ersten SoKo hatten sich auch intensiv mit Erkens Arbeitsstelle auseinandergesetzt. Seine Kollegen hatten ihn überwiegend positiv beurteilt, auch wenn häufiger von seiner cholerischen Art gesprochen worden war, die allerdings auf die aufreibende Arbeit im Hafen zurückgeführt wurde. Mit den wenigen Frauen in seinem beruflichen Umfeld kam er weniger gut aus. Sie attestierten ihm herablassendes Verhalten. Drei der Frauen sprachen auch von Grenzüberschreitungen. Erken hatte ihnen gegenüber sexistische Bemerkungen gemacht und eine sprach von unangenehmen Berührungen an der Schulter, am Rücken und an der Taille.

Ennas Handy klingelte. Sie schaute aufs Display und nahm das Gespräch an. »Alina! Ist etwas passiert?«

»Nein, alles in Ordnung. Elias und ich stehen hier vor dem Haus. Der kleine Mann wollte dich unbedingt besuchen.«

Enna stand auf und ging über den Flur zur Eingangstür.

»Mama!«, rief Elias und lief auf Enna zu. »Kommst du mit in den Botanischen Garten?«

Enna hob ihren Sohn hoch und küsste ihn auf die Stirn. »Du weißt doch, dass ich noch etwas arbeiten muss.«

»Bitte!« Elias sah sie mit flehendem Blick an.

Alina hob entschuldigend die Hände. »Er wollte unbedingt zu dir. Das mit dem Botanischen Garten höre ich gerade aber zum ersten Mal.«

Enna sah auf die Uhr. Zwei Stunden vor der Zeit.

»Bitte!«, wiederholte Elias.

Enna lachte. »Gut. Dann mache ich für heute Schluss. Kommt kurz mit rein. Einen kleinen Augenblick dauert es noch.«

Im Büro schloss sie ihre Waffe in den Schrank ein, klappte den Laptop zu und räumte die Akten zur Seite. Als Letztes schrieb sie eine Nachricht an Paulsen und Pia.

»So, jetzt können wir. Gehen wir zu Fuß? Eure Fahrräder holen wir später wieder ab.«

Der Botanische Garten lag gut zehn Gehminuten von Ennas Büro entfernt. Elias liebte die vielen Pflanzen und Bäume, das kleine Subtropengebäude mit der hohen Luftfeuchtigkeit und dem Schildkrötenteich und vor allem das Hobbithaus mit dem dazugehörigen Vorgarten. Im November gab es nicht so viel zu sehen wie im Frühjahr und Sommer, aber Elias rannte von einer kleinen Attraktion zur nächsten.

»Geht es dir gut?«, fragte Enna Alina, als Elias wieder einmal vorausgelaufen war.

Alina nickte. »Ich fühle mich wohl in Deutschland und vor allem bei euch. Und natürlich bei Pia.«

»Hast du noch einmal über meinen Vorschlag nachgedacht?«

»Ja.« Alina zögerte. »Wird denn nicht irgendwann Aaron bei dir einziehen? Dann braucht er doch sicher ein Arbeitszimmer und …«

»Aaron hat doch seine Kanzlei in Frankfurt. Selbst wenn er irgendwann nach Oldenburg kommen würde – und das liegt ganz sicher noch in weiter Ferne –, hätte das keinen Einfluss auf mein Angebot.«

»Aber das Haus wäre doch zu klein für so viele Menschen.«

»Darüber mach dir doch bitte keine Gedanken. Meinst du nicht auch, dass du irgendwann mit Pia zusammenziehen willst?«

Alina schwieg.

»Entschuldige, ich wollte dir nicht zu nahe treten«, sagte Enna.

Alina lächelte matt. »Nein, schon gut. Pia hat mich auch schon gefragt.« Sie sah auf und winkte Elias zu, der bei dem Vogelhaus auf sie wartete.

»Du bist doch fast jede Nacht bei ihr«, sagte Enna. »Der Schritt, bei Pia einzuziehen, ist doch nicht groß.«

»Doch, ist er.« Alina winkte Elias. »Er wartet auf uns.«

Kurz bevor die Dämmerung einsetzte, verließen sie den Botanischen Garten und gingen zurück zum Kommissariat. Enna legte Elias' Fahrrad in den Kofferraum ihres Passats, während Alina sich bereits mit dem Fahrrad auf den Weg gemacht hatte.

Enna beugte sich nach hinten zu Elias. »Dann wollen wir mal sehen, dass wir Alina einholen.«

Elias nickte eifrig. »Wir wollen gewinnen.«

»Unbedingt!«, rief Enna und startete den Motor.

Fast gleichzeitig trafen sie vor dem Haus ein. Elias sprang aus dem Auto und rannte auf Alina zu. »Wir haben alle gewonnen!«

Alina lachte. »Dann sollten wir jetzt ganz schnell Abendessen machen. Du willst doch noch etwas vorgelesen bekommen?«

Als Enna, das Kinderfahrrad schiebend, bei den beiden ankam, klingelte ihr Handy. Alina nahm ihr das Fahrrad ab und schloss die Haustür auf.

»Andersen, LKA!«

»Hajo Erken. Wir haben vorgestern kurz telefoniert.«

»Hallo, Herr Erken. Haben Sie noch einmal über meinen Vorschlag nachgedacht, dass wir uns in Hamburg treffen?«

Erken räusperte sich. »Das wird nicht nötig sein. Ich bin in Oldenburg. Können wir uns noch heute sehen?«

Enna stand inzwischen im Flur ihres Hauses. »Geht es nicht morgen früh? Oder übernachten Sie nicht in Oldenburg?«

»Ich habe ein Hotel, ja. Aber mir wäre es lieber, wenn wir uns gleich treffen. Morgen ist …« Er brach mitten im Satz ab.

»Wann und wo?«

»Sie kennen das Staatstheater?«

»Ja, natürlich.«

»Ich warte auf Sie hinter dem Gebäude. Gehen Sie einfach von der Roonstraße in die Cäcilienstraße und dann direkt nach rechts in den kleinen Weg, der hinter dem Theater entlangläuft. Um zwanzig Uhr bin ich da. Ich will nur Sie sprechen. Haben Sie mich verstanden?«

»Schon, Herr Erken. Aber das ist ein relativ ungewöhnlicher Treffpunkt für …«

»Bis später!«, unterbrach Hajo Erken sie und legte auf.

Enna starrte verdutzt auf ihr Handy. Wieso war Erken in Oldenburg? Warum dieser merkwürdige Treffpunkt?

»Wir sind in der Küche«, rief Alina, die in den Flur schaute. »Ich decke jetzt auf. Ist das in Ordnung?« Elias erschien an ihrer Seite, in der Hand einen Teller.

»Ja, ich komme.«

Elf

Enna betrat das Kommissariat und ging direkt in ihr Büro, um ihre Waffe aus dem Waffenschrank zu holen. Sie hatte weder Pia noch Paulsen erreicht und sich gegen neunzehn Uhr dreißig entschlossen, allein zu gehen. Der Weg hinter dem Theater war allenfalls hundertfünfzig Meter lang und wurde von Fußgängern und Fahrradfahrern gerne als Abkürzung zwischen zwei parallel laufenden Straßen benutzt. Enna konnte sich nicht vorstellen, dass von Hajo Erken eine Gefahr ausging. Trotzdem hatte sie Pia, deren Wohnung nicht weit entfernt lag, eine Nachricht geschrieben und sie informiert, wo sie sich mit Hajo Erken treffen würde.

Auf dem Parkplatz neben dem Theater stellte Enna ihr Fahrzeug ab, rief noch einmal Pia an und sprach ihr auf die Mailbox.

»Ich treffe mich jetzt mit Hajo Erken. Hast du meine Nachricht bekommen? Erken hat vorgeschlagen, dass wir uns hinter dem Theater treffen. Du kennst sicher den Fahrradweg, der die Roonstraße mit der Herbartstraße verbindet. Ich habe keine Ahnung, weshalb er auf geheimnisvoll macht, aber wenn du die Nachricht abhörst, ruf mich kurz an. Bis später.«

Enna überquerte die Straße und stand vor dem eindrucksvollen Bau des Staatstheaters, lief an der Südseite des Gebäudes vorbei und erreichte kurz darauf den Weg, von dem Hajo Erken gesprochen hatte. Weit und breit war niemand zu sehen. Enna ging ein Stück den Weg hinunter, der auf beiden Seiten von Bäumen flankiert wurde, und rief halblaut Erkens Namen, aber niemand antwortete. Die erste Weglaterne schien defekt zu sein, erst weiter hinten flackerte eine zweite Laterne unregelmäßig. Enna lief ein paar Meter vor, horchte und sah sich um, bevor sie einen Blick auf ihre Uhr warf. Sie war pünktlich. Als sie kurz davor war, Erken anzurufen, sah sie eine große Gestalt auf sich zukommen. Erst als sie zwei Meter vor ihr stand, konnte sie das Gesicht erkennen.

»Guten Abend, Herr Erken«, sagte Enna.

Der Mann sah sich um, als suche er die Gegend ab. »Hallo! Wollen wir ein paar Schritte gehen?«

Enna nickte und zeigte in Richtung der nahen Straße.

Hajo Erken schüttelte den Kopf. »Lieber hier entlang.«

Langsam gingen sie auf die flackernde Laterne zu.

»Haben Sie Angst vor jemandem?«, fragte Enna. »Oder warum treffen wir uns hier?«

»Das tut nichts zur Sache.« Erken ging weiter, Enna blieb nichts anderes übrig, als ihm zu folgen. Sie hatte sich entschlossen, unter diesen Bedingungen keine reguläre Befragung durchzuführen, und wartete darauf, was Hajo Erken sagen würde.

»Haben Sie eine neue Spur?«, fragte er, als sie bei der flackernden Laterne angekommen waren. Als Enna nicht antwortete, fuhr er fort: »Sie sagten mir am Telefon, dass Sie gegen mich nicht ermitteln dürften. Also müssen Sie doch einen neuen Ansatz haben, oder?«

»Wir ermitteln in alle Richtungen, Herr Erken.« Enna schaute nach vorne. Der Weg machte eine leichte Krümmung und würde kurz danach in eine hell erleuchtete Straße münden.

»Und welche Richtungen?«, fragte Erken, der stehen geblieben war.

Enna wandte sich zu ihm um. Aus dem Augenwinkel sah sie den nahen Spielplatz zwischen den Bäumen, der im Dunkeln lag. »Herr Erken, solche Ermittlungen sind vertraulich. Ich darf nicht darüber sprechen. Haben Sie denn inzwischen einen Verdacht, den Sie seinerzeit nicht geäußert haben?«

»Ich bin doch nicht die Polizei. Kann es nicht sein, dass meine Frau da irgendwo reingeraten ist und …«

Im selben Moment hörte Enna einen dumpfen Knall und Hajo Erken sackte neben ihr zusammen. Enna warf sich instinktiv zur Seite und versuchte gleichzeitig, ihre Waffe aus dem Holster zu ziehen. Sie schlug hart auf dem gepflasterten Weg auf. Sie spürte einen stechenden Schmerz in der Seite, im nächsten Augenblick prallte ihr Kopf auf etwas Hartes und ihr wurde schwarz vor Augen.

»Enna!« Jemand berührte ihre Hand. Ihr Daumen wurde leicht nach oben gebogen und berührte eine kalte Fläche. »Ich brauche dein Handy. Mein Akku …«

Enna stöhnte auf. Ihr Kopf schien zu explodieren, während sie in die Baumwipfel starrte. Was machte sie hier? Es war viel zu kalt, um auf der Erde zu liegen. Sie schloss die Augen und versuchte, sich zu erinnern, was passiert war. Wer schrie da so laut? Enna kannte die Stimme. Mühsam rollte sie auf die Seite, öffnete die Augen und sah keine zwei Meter von ihr entfernt einen Mann auf dem Weg liegen. Neben ihm kniete eine kleine Gestalt, die etwas an ihr Ohr presste. Jetzt schaute sie zurück zu ihr. Enna stützte sich auf ihren rechten Oberarm und richtete sich weiter auf. War das Pia, die vor dem liegenden Mann kniete? In der Ferne war Sirenengeheul zu hören. Ein Fahrzeug bremste hart, Türen sprangen auf, Enna kniete jetzt am Boden und versuchte aufzustehen. Ein Rettungswagen hielt wenige Meter von ihr entfernt, Sanitäter sprangen aus dem Auto. Ein Notarzt folgte ihnen. Pia stand inzwischen neben dem Mann und wich weiter zurück, als der Notarzt sich zwischen sie und den Sanitäter drängte.

»Wie geht es dir?«, fragte Pia, als sie sich Enna zugewandt hatte und ihr ihr Handy reichte. »Ich musste es mir ausleihen.« Sie lächelte matt. »Und auch deinen Daumen.«

Enna starrte aufs Handy und brauchte eine Weile, um zu verstehen, was Pia ihr gerade gesagt hatte. Mit Pias Hilfe richtete sie sich auf. Schließlich fasste sie sich an den Kopf und tastete ihn ab. »Blute ich?« Sie senkte den Kopf, hielt aber in der Bewegung inne, als ihr schwindelig wurde.

»Ich sehe nichts. Hast du Schmerzen?« Pia zeigte auf ihre Brust.

Enna senkte vorsichtig den Arm und spürte in der Rippengegend ein Ziehen. Erst jetzt registrierte sie die Schmerzen im Brustkorb und stöhnte leise auf. Sie zog die Jacke aus und betastete die Stelle. »Ich muss irgendwo aufgeschlagen sein.«

Ein zweites Rettungswagenteam kam auf Enna und Pia zugelaufen. Enna beantwortete kurz die Fragen und weigerte sich, ins Krankenhaus gebracht zu werden. Der Rettungssanitäter schüttelte verständnislos den Kopf, wandte sich aber schließlich ab und ging zu seinen Kollegen, die sich um Hajo Erken kümmerten.

Enna und Pia entfernten sich ein paar Meter von der Gruppe. »Wo ist er getroffen worden?«, fragte Enna.

»In den Rücken. Sieht übel aus.« Pia raufte sich die Haare. »Verdammt, Enna. Was war hier los?«

»Hast du den Schützen gesehen? Oder die Schützen? Wann bist du dazugekommen?«

»Ich habe den Schuss gehört und bin dann losgelaufen.« Sie zeigte in Richtung Theater. »Ich war noch ungefähr hundert Meter entfernt.«

»Hast du jemanden gesehen?«

»Nicht wirklich. Eine Gestalt lief durch die Bäume auf den kleinen Park zu. Anschließend habe ich ein Auto wegfahren hören.«

»Mann, Frau?«

»Enna! Du siehst doch, wie dunkel das hier ist. Es ging alles so schnell. Von den Bewegungen her war es ein Mann. Mehr ist nicht drin.«

Enna nickte und sah zur Straße, wo ein Mann mit den uniformierten Beamten sprach. Kurz darauf kam er auf sie zu. Enna kannte ihn aus ihrer Zeit in der Oldenburger Polizeidirektion, Oberkommissar Klaus Behrend.

»Hallo Klaus«, sagte Enna.

»Du hier?« Behrend sah zwischen Pia und ihr hin und her. »Ihr wart nicht zufällig hier, oder?«

»Nein, Klaus. Rufst du bitte die Kollegen der Kriminaltechnik? Ich habe mich hier mit einem Zeugen einer laufenden Ermittlung getroffen. Wir haben nur wenige Worte gewechselt, als auf uns geschossen wurde.«

»Ermittlungen? Ich dachte, ihr bearbeitet nur …«

»Das stimmt, Klaus. Können wir das alles später besprechen? Und bitte, keine Informationen über die Identität des Opfers an die Presse.«

»Wofür hältst du mich?«, entgegnete Klaus Behrend leicht verschnupft.

»Entschuldige, Klaus. War nicht so gemeint.«

Er sah sie mit zusammengezogenen Augenbrauen an. »Wer ist es?«

»Hajo Erken, ehemals wohnhaft in Leer, jetzt in Hamburg.«

»Doch nicht der Erken …« Als Enna nickte, atmete Behrend tief ein und wieder aus. »Ich verstehe.«

Wenige Meter weiter legten die Sanitäter Erken auf eine Trage. »Kannst du kurz nachfragen, wie der Stand ist?«, fragte Enna an Pia gewandt.

Pia nickte und eilte auf den Notarzt zu.

Klaus Behrend räusperte sich leise. »Kannst du mir mal erklären, wieso du dich so spät und im Dunkeln hier mit einem Zeugen triffst?«

»Er hat darauf bestanden. Am frühen Abend hat er mich angerufen.«

»Aber alleine?«, fragte Klaus Behrend.

Enna seufzte. »Die Kollegen waren nicht erreichbar, Klaus. Es war absolut nicht absehbar, dass so etwas passiert. Nicht im Mindesten.«

»Und jetzt?«, fragte Behrend. »Übernehmt ihr den Fall? Das kann doch kein Zufall gewesen sein, dass er hier in Oldenburg während eines Treffens mit dir angeschossen wurde.«

Enna setzte zu einer Antwort an, als Pia wieder zu ihnen trat. »Er wird in die Städtischen Kliniken gebracht. Mehr, als dass Erken noch lebt und sie ihn stabilisieren konnten, hat der Notarzt mir nicht verraten. Aus der Unterhaltung der Rettungssanitäter habe ich aber herausgehört, dass sie ihm keine große Chance geben.«

»Verdammt«, murmelte Enna.

»Was wollte er denn von …«, setzte Pia an und brach mit Blick auf Klaus Behrend ab.

»Schon gut, Klaus weiß Bescheid. Nein, er konnte mir nicht viel sagen. Ich war allerdings auch kurz davor, das Gespräch abzubrechen, weil nichts Substanzielles von ihm kam.«

»Was machen wir jetzt?«, fragte Klaus Behrend zum zweiten Mal.

»Ich versuche, die Staatsanwältin zu erreichen«, schlug Enna vor. »Dann sehen wir weiter.«

Enna trat einige Schritte zur Seite und wartete, bis der Rettungswagen mit angeschalteter Sirene losgefahren war. Julia Brambachs Mailbox sprang nach dem dritten Klingelton an.

»Enna Andersen. Entschuldigen Sie die späte Störung, Frau Brambach. Ich habe mich heute mit Hajo Erken in Oldenburg getroffen und dabei sind wir beide von einem Heckenschützen angegriffen worden. Herr Erken ist …«

»Brambach, hallo Frau Andersen«, unterbrach die Staatsanwältin Enna. »Was ist passiert?«

Enna schilderte ihr in kurzen Worten den Anruf von Hajo Erken und ihr Treffen hinter dem Theater.

»Meine Güte, was für ein Schlamassel. Die Presse wird sich auf die Geschichte stürzen und uns …« Die Staatsanwältin brach ab. »Sie wollen sicher wissen, wer die Ermittlungen leitet.« Sie hielt kurz inne. »Das kann ich nicht alleine entscheiden. Ich versuche, den Oberstaatsanwalt zu erreichen. Ich melde mich gleich wieder.«

»Danke. Ich warte.«

Auf dem Weg zu ihren Kollegen rief Enna bei Alina an und sagte ihr, dass es spät werden könne.

»So, die Staatsanwältin muss sich von oben das Okay holen. Ich schlage vor, wir fahren in unser Büro, sobald die Kriminaltechniker hier sind, und schreiben schon mal die Protokolle.«

Zwölf

Pia goss das heiße Wasser in die Teekanne und stellte sie auf den Tisch.

Klaus Behrend sah sich in der Küche um. »Nett habt ihr es hier.«

Pia deutete auf den Schrank mit dem Geschirr. »Mach dich mal etwas nützlich, Kollege.«

Klaus Behrend schmunzelte, holte aber Tassen und Untertassen aus dem Schrank und stellte sie auf den Tisch, bevor er sich zu Enna setzte. »Wie geht es dir?«

»Wird schon. Wahrscheinlich eine leichte Gehirnerschütterung.«

Pia reichte ihr die Schale mit Keksen. »Vielleicht solltest du …«

Enna hob die Hand, Pia verstummte und klappte den Laptop auf. In den nächsten zwanzig Minuten formulierten sie das Protokoll. Als sie es ausgedruckt und unterschrieben hatten, machte sich Ennas Telefon bemerkbar.

»Frau Staatsanwältin!«, begrüßte Enna Julia Brambach.

»Tut mir leid, es hat etwas länger gedauert. Ihre Einheit übernimmt die Ermittlungen, weil wir erst mal davon ausgehen, dass beide Fälle etwas miteinander zu tun haben. Wie ich hörte, ist Herr Behrend bereits am Tatort gewesen. Er wird fürs Erste Ihrer Einheit zugeordnet. Ich versuche, noch weitere Beamte für die Ermittlungen zu bekommen.«

»Mia Jörgensen hat uns bei einem der letzten Fälle unterstützt«, warf Enna ein. »Vielleicht kann das Oldenburger Kommissariat sie ja entbehren.«

»Ich kläre das morgen. Ich brauche jeden Tag einen ausführlichen Bericht von Ihnen. Wir versuchen, die Presse herauszuhalten. Vielleicht haben wir ja Glück. Andernfalls brauche ich Sie für eine Pressekonferenz.«

»Kein Problem. Ich melde mich morgen am späten Nachmittag bei Ihnen.«

»Gut! Viel Glück.«

Enna hatte kaum das Gespräch beendet, als jemand das Haus betrat. Pia hatte Paulsen und Jens informiert, die beide sofort zugesagt hatten, direkt ins Büro zu kommen.

»'n Abend«, murmelte Paulsen, warf einen kurzen Blick in die Runde und nickte Enna zu. »Wie geht es dir? Pia sagte, dass du auf den Ko…«

»Alles gut so weit«, unterbrach Enna ihn, stellte Klaus Behrend vor und zeigte auf den Platz neben sich. »Tee?«

Mit zusammengezogenen Augenbrauen setzte sich Paulsen zu ihr, während Pia zwei weitere Tassen aus dem Schrank holte.

»Was ist das denn für eine verdammte Scheiße?«, platzte Paulsen unvermittelt heraus. »Mitten in Oldenburg? Und dann noch dieser Erken. Das passt doch hinten und vorne nicht zusammen.«

Ein weiteres Mal wurde die Haustür geöffnet und kurz darauf kam Jens in die Küche, nickte in die Runde und setzte sich mit an den Tisch.

Enna berichtete von Hajo Erkens Anruf und seinem Wunsch, sich hinter dem Theater zu treffen. Sie versuchte, sich detailliert an jedes Wort von Erken zu erinnern, war sich aber nicht sicher, ob ihr Bericht vollständig war. Im Anschluss erzählte Pia, dass der Akku ihres Handys leer gewesen sei und sie erst zu Hause die Nachricht abgehört und sich dann direkt auf den Weg gemacht habe. Am Tatort habe sie Ennas Handy auf der Erde liegen sehen, sich kurz vergewissert, dass sie nicht ernsthaft verletzt war, um dann das Handy mit Ennas Daumen freizuschalten. Nach dem Anruf hatte sie sich um Erken gekümmert, bis die Sanitäter und der Notarzt eingetroffen waren.

»Du kannst nichts zu dem Täter sagen?«, fragte Paulsen.

Pia schüttelte den Kopf. »Ich war zu spät. Es war ein Mann und inzwischen meine ich auch, dass er von den Bewegungen her eher jung als alt war. Oder durchtrainiert. Aber das alles bringt uns nicht weiter.«

»Wer wusste von deinem Termin?«, fragte Jens an Enna gewandt.

»Alina, mein Au-pair, aber sie kennt keine Zusammenhänge und wusste auch nicht, wohin ich gehen würde. Paulsen habe ich angerufen und nicht erreicht, das Gleiche bei Pia.« Sie sah ihre Kollegin an. »Dir habe ich ja auf die Mailbox gesprochen. Also wusste letztlich niemand von dem Termin.«

»Bist du observiert worden?«

»Mir galt das nicht, Erken ist getroffen worden. Ihm muss jemand gefolgt sein und als er dann mit mir gesprochen hat – und das auch noch an diesem geheimen Ort –, ist er liquidiert worden. Es galt ihm.«

»Er wollte also von dir wissen, ob wir eine neue Spur verfolgen?«, fragte Paulsen. »Hat er das irgendwie begründet?«

Enna schüttelte den Kopf. »Nein, er meinte, das sei naheliegend, da ja nicht mehr gegen ihn ermittelt werden könne.«

»Es ging ihm also nicht darum, dass er vielleicht wieder in unseren Fokus geraten würde?«, fragte Paulsen.

»Nein, ich hatte nicht den Eindruck. Er war auch nicht wirklich nervös oder schien sich verfolgt zu fühlen.« Enna stutzte. »Obwohl, ein paarmal umgesehen hat er sich schon und dann dieser Treffpunkt auf dem dunklen Weg, der zu dieser Zeit kaum benutzt wird …«

»Genau!«, sagte Pia. »Wenn sich jemand verfolgt fühlte, dann ja wohl Erken.«

»Vielleicht agiert er immer so vorsichtig, wenn er in der Nähe seiner alten Heimat ist«, warf Jens ein.

Enna massierte ihre Stirn. Schließlich sah sie auf. »›Kann es nicht sein, dass meine Frau da irgendwo reingeraten ist …‹ Genau das hat Erken gesagt. Irgendwo reingeraten ist. Was kann er damit gemeint haben?«

Paulsen schüttelte den Kopf. »Und warum kommt er erst jetzt damit? Das macht doch alles keinen Sinn. Hatte er doch Angst, dass wir wieder gegen ihn ermitteln?« Er hob abwehrend die Hand. »Ja, ich weiß. Er ist im Moment das Opfer. Er sollte mutmaßlich zum Schweigen gebracht werden.«

»Was ja wahrscheinlich auch geklappt hat«, sagte Klaus Behrend, der sich bisher zurückgehalten hatte. »Erken muss für jemanden gefährlich geworden sein. Das liegt doch auf der Hand.«

»Wir legen unsere Ermittlungen immer möglichst breit an«, erklärte Enna, »und schließen nichts aus.« Sie wandte sich an Pia. »Wurde Erken in den Rücken geschossen?«

»Ja. Er lag auch auf dem Bauch.«

»Ich bin mir nicht sicher, aber es könnte sein, dass Erken in die Schusslinie geraten ist und tatsächlich ich gemeint war. Er hat sich kurz vor dem Schuss bewegt.«

In der Küche wurde es schlagartig still. Alle schienen für einen Moment die Luft anzuhalten und über Ennas Aussage nachzudenken.

Paulsen räusperte sich. »Okay! Wir wissen nicht, auf wen es der Schütze tatsächlich abgesehen hatte. Also werden wir in beide Richtungen ermitteln müssen. Und du«, er warf Enna einen besorgten Blick zu, »gehst nirgendwo mehr alleine hin und auch nicht ohne Schutzweste.« Als Enna gerade protestieren wollte, kam Paulsen ihr zuvor. »Keine Widerrede. Dieses eine Mal bist du nicht die Chefin.«

»Vielleicht hast du recht. Ich sollte eine Weile vorsichtig sein.« Enna sah auf die Uhr. »Es ist schon spät. Morgen Punkt neun?«

Enna betrachtete ihren nackten Körper im Spiegel. In der linken Rippengegend war eine faustgroße Stelle rot angelaufen, die in den nächsten Tagen mehrfach die Farbe wechseln würde. Die betroffenen Rippen schmerzten, schienen aber nicht angebrochen zu sein.

Pia war auf der Rückfahrt hinter Enna hergefahren und hatte anschließend darauf bestanden, bei Alina zu übernachten.

Enna atmete tief durch, zog ein T-Shirt über und ging ins Schlafzimmer. Seit sie das Kommissariat verlassen hatte, war sie in Gedanken immer wieder die Situation kurz vor dem Schuss durchgegangen. War Hajo Erken tatsächlich ruckartig in die Schusslinie gerückt? Sie war sich fast sicher, dass der Schütze sie beide gesehen haben musste, da sie versetzt zu ihm gestanden hatten. Wenn er es wirklich auf sie abgesehen hatte, warum hatte er dann nicht ein zweites Mal geschossen? Sie hatte sich gleich auf den Boden fallen lassen und war dadurch sicher schwer auszumachen gewesen. Außerdem musste der Täter Pia gesehen haben, die auf sie zugelaufen kam. Enna stöhnte. Warum hatte sie sich nur auf den ungewöhnlichen Treffpunkt eingelassen? Sie hätte auf einen geschlossenen Raum bestehen müssen, am besten am nächsten Tag.

Sie beschloss, noch kurz im Krankenhaus anzurufen, aber hier konnte man ihr nur sagen, dass Erken noch im Operationssaal war. Sie bat darum, sofort informiert zu werden, sollte der Zustand des Patienten sich verschlechtern. Als Enna endlich im Bett lag, kam sie nicht zur Ruhe und ihr Kopf schmerzte. Zum gefühlt hundertsten Mal wechselte sie die Schlafposition und schielte zur Uhr. Kurz nach zwei. Sie zwang sich, an etwas Positives zu denken, und schlief schließlich ein.

Enna reckte sich vorsichtig und tastete ihren Kopf ab. Unter Schmerzen stand sie auf und musste sich kurz am Schrank festhalten, als ihr schwindelig wurde. Mit jedem Schritt aufs Bad zu wurde sie klarer im Kopf. Unter der Dusche wechselte sie mehrmals zwischen heiß und kalt, bevor sie sich vorsichtig die Haare wusch.

Gegen acht saßen sie zu viert am Küchentisch. Elias freute sich über Pias Besuch und erzählte ihr von der Projektwoche im Kindergarten. Kurz vor halb neun verließen sie zusammen das Haus.

Pia hielt Enna die schwere Holztür auf. »Hast du noch Schmerzen?«

Am Küchentisch hatten sie das Thema vermieden, um Elias nicht zu verunsichern.

»Mir ging es schon mal besser«, antwortete Enna. »Aber es geht. Ich kann mich jetzt nicht zwei Wochen krankschreiben lassen. Nicht nach gestern Abend.«

Sie gingen nebeneinander durch den Flur auf ihre Büros zu.

»Sei vorsichtig. Du wirst noch gebraucht. Und nicht nur von Elias«, sagte Pia und strich ihr sanft über die Schulter. »Wenn ich mal ein Kind bekomme, wünsche ich mir einen Kleinen wie deinen Sohn.«

Enna nickte. »Ja, er ist mein ganzer Stolz.« Sie öffnete ihre Bürotür. »Bis gleich.«

Dreizehn

Mia Jörgensen klopfte an die geöffnete Tür und ging auf Enna zu.

Enna lächelte und reichte ihr die Hand. »Das ging aber schnell. Herzlich willkommen.«

»Hallo Enna! Ich weiß es auch erst seit einer halben Stunde. Bin dann direkt von zu Hause zu euch gefahren.«

»Perfekt. Es geht auch gleich los.« Enna stand auf und verzerrte vor Schmerzen ihr Gesicht.

Mia Jörgensen sah sie verwundert an.

»Ich bin unglücklich gestürzt«, sagte Enna. »Alles halb so wild. Gleich mehr dazu.«

Sie gingen zusammen in die Küche, wo der Rest der Gruppe bereits wartend um den großen Tisch saß und sich unterhielt.

Klaus Behrend nickte seiner Kollegin zu und reichte ihr einen Kaffeebecher.

Enna stellte sich vor die leere Flipchart. »Ich hoffe, ihr habt alle besser geschlafen als ich.« Sie strich sich mit der Hand über die schmerzende Stelle. »Dann wollen wir mal loslegen. Gibt es Neuigkeiten aus der Klinik?«

Jens hob die Hand. »Ich habe mich vor zehn Minuten erkundigt. Hajo Erken hat die Operation gut überstanden. Er liegt jetzt im künstlichen Koma. Wann er da rausgeholt wird, konnte mir niemand sagen. Es hängt wohl davon ab, ob es zu Komplikationen kommt. Er hat sehr viel Blut verloren.«

»Wollen wir das Beste hoffen. Wir müssen aber einplanen, dass er so schnell nicht mit uns sprechen kann, und leider auch, dass er eventuell nicht überlebt. Deshalb werden wir mit den Ermittlungen nicht warten. Ich fasse jetzt noch einmal den Stand der Dinge für unsere beiden Neuen zusammen, anschließend berichtet ihr von euren gestrigen Befragungen und dann teilen wir die Arbeit auf.«

Nach Ennas Zusammenfassung der letzten Tage schilderte Pia ihr Gespräch mit André Pagels Ex-Frau: »Eva Siegers, sie hat ihren Geburtsnamen wieder angenommen, war sehr auskunftsfreudig in Bezug auf ihren Ex. Sie hatte André Pagel über eine Singlebörse im Netz gefunden beziehungsweise sie haben sich gegenseitig gefunden. Nach einem Jahr in einer gemeinsamen Wohnung haben sie geheiratet und kurz darauf begannen die Probleme in der Ehe. Pagel hatte eine Affäre mit einer anderen Frau, Eva Siegers hat ihn erwischt, er hat alles gestanden und versprochen, sich zu bessern. Wenig später hatte Frau Siegers wieder den Verdacht, hat ihn wieder erwischt und alles ging von vorne los. Beim dritten Mal hat er sich nicht mehr entschuldigt, sondern zugeschlagen. Anschließend gab es die in solchen Fällen übliche Entschuldigungsorgie mit Blumenstrauß und Ring. Einige Monate ist nichts passiert, bis André Pagel wegen eines nichtigen Anlasses wieder zugeschlagen hat. Dieses Mal hat sie unsere Kollegen in Leer gerufen, die Pagel mitgenommen haben. Als er zwei Stunden später zurück ins Haus wollte, hatte Eva Siegers das Schloss ausgewechselt und zwei Koffer mit seinen Sachen vor die Tür gestellt. Er ist dann wohl regelrecht ausgeflippt, die Kollegen sind wieder angerückt und haben ihm einen Platzverweis für den Tag erteilt. Das Drama war damit noch nicht zu Ende, aber ich mache es mal kurz. Über Wochen hat er seine zu dem Zeitpunkt Noch-Ehefrau verfolgt, hat sie immer wieder angefleht, die Trennung rückgängig zu machen. Während dieser Zeit hatte er ein Zimmer in einem Hotel. Immer wieder mussten die Kollegen einschreiten, ihm einen Platzverweis erteilen oder Ähnliches. Nach vier Wochen war das Schlimmste vorbei. Ein Jahr später war der Scheidungstermin. Eva Siegers hat seitdem keinen Kontakt mehr zu ihrem Ex.«

»Vom Profil her könnte es passen«, sagte Jens. »Wann hat Rieke Erken ihn ins Hotel gefahren?«

Pia hob den Zeigefinger. »Das ist genau die richtige Frage. Nach meinen Recherchen war das, kurz bevor er seine Frau in Ruhe gelassen hat.«

»Er könnte seinen Fokus also auf Rieke Erken verlegt haben«, nahm Jens den Faden auf. »Sie hatten eine Weile heimlich eine Affäre, bis Rieke es beendet hat, was wiederum von …«

Enna hob die Hand und unterbrach damit Jens' Redefluss. »Sehr spekulativ. Wir brauchen mehr.«

Pia nickte. »Ja, das ist mir klar.«

»Machen wir erst mit dem zweiten Bericht weiter.« Sie wandte sich an Paulsen. »Wie lief es bei euch?«

Paulsen richtete sich auf. »Gut, würde ich sagen. Auf jeden Fall hat sich das Treffen gelohnt. Gerade auch in Hinsicht auf die gestrige Entwicklung.« Er schlug sein Notizbuch auf. »Kollege Bendig«, er warf Mia Jörgensen und Klaus Behrend einen Blick zu, »er war der Leiter der zweiten SoKo, also nach dem Freispruch von Hajo Erken.« Die beiden Angesprochenen nickten. »Okay, Bendig konnte sich gut an die Fakten des Falls erinnern. Sie hatten seinerzeit die strikte Auflage, nicht gegen Hajo Erken zu ermitteln und noch nicht einmal den Anschein zu erwecken, dass Erken noch verdächtig sei. Nun gut, Bendig hat natürlich trotzdem drauf bestanden, Erken als Zeugen zu befragen. Er hat dreimal mit ihm zusammengesessen, insgesamt über fünf Stunden.«

»Davon ist aber wenig in den Akten gelandet«, warf Pia ein.

»Richtig. Dort findet sich letztlich nur eine kurze Zusammenfassung.« Paulsen hob einen Datenstick hoch und grinste. »Und hier haben wir die Aufzeichnung. Bendig hat sie in seinem Privatarchiv gehabt. Die Zeit gestern reichte leider nicht mehr, um die Aufnahmen anzuhören. Das mache ich später, aber wir haben von Bendig eine Zusammenfassung bekommen. Vorweg, Bendig ist und war überzeugt, dass Erken der Täter ist beziehungsweise am Mord beteiligt war. Er meint, ohne die Dummheit von Klaas Japsen – Originalton Bendig –, also ohne die Manipulation der Plastikfolie, wäre Erken verurteilt worden. Da die Beweislage durch die DNA auf der Folie so klar war, wurde seiner Meinung nach nicht ausreichend Gewicht auf andere Indizien und Beweise gelegt. Gut, ich lasse das mal als Meinung des Auricher Kollegen im Raum stehen und komme zu den Befragungen von Hajo Erken, die laut Bendig deutliche Widersprüche aufwiesen. Hauptsächlich ging es um das Verhältnis der Eheleute untereinander, das Erken mal so und dann wieder anders darstellte, und die entscheidenden Tage vor Rieke Erkens Tod. Zu der Beziehung der Eheleute haben wir ja inzwischen einiges auf dem Tisch, deshalb konzentriere ich mich mal auf den zweiten Schwerpunkt der Befragungen.«

Klaus Behrend hob die Hand. »Gibt es denn kein Bewegungsprofil von Hajo Erken für diese Tage? Ist das nicht bereits während der Ermittlungen vor dem Prozess Hauptthema gewesen?«

Paulsen wiegte den Kopf hin und her. »Nicht wirklich. Sein Handy war häufig ausgestellt und Erken selbst hat wenig dazu gesagt. Sein größter Trumpf war sein Staranwalt aus Hamburg. Er war bei jeder der Vernehmungen vor dem Prozess dabei. Erken hat kaum etwas gesagt, der Anwalt hat für ihn gesprochen. Die Kollegen waren diesem gewieften Taktiker wohl nicht gewachsen und haben gedacht, sie wären nach dem DNA-Fund auf der sicheren Seite.«

»Staranwalt?«, fragte Jens.

»Dr. Ludwig von Lombach. Er übernimmt nur die großen Fälle als Strafverteidiger. Allerdings hat er sich nach dem Prozess zurückgezogen, was wiederum Kollege Bendig überhaupt die Möglichkeit gegeben hat, Erken ohne ständige Störungen als Zeuge zu befragen.«

»Jetzt komm mal auf den Punkt, Paulsen«, murmelte Pia.

»Bin ich dabei, Kollegin!« Paulsen schien sich ein Augenrollen zu verkneifen. »Punkt eins: Bendig fand es ausgesprochen merkwürdig, dass Erken seine Frau permanent unter Kontrolle haben wollte, er aber fast drei Tage keinen Kontakt zu ihr hatte, als sie nach Hannover verreist war. Erst am Ende des dritten Tages hat er die Freundin, bei der Rieke angeblich war, angerufen und hat seine Frau selbst dann noch nicht als vermisst gemeldet, sondern erst am nächsten Tag.«

Enna nickte. »Das wäre sicher auch meine Frage an Erken gewesen. Hat der Auricher Kollege hier etwas herausbekommen?«

»Nicht wirklich, aber Erken hat sich hier permanent in Widersprüche verwickelt. Wie gesagt, ich muss mir die Befragungen noch anhören.«

»Widersprüche?«, fragte Pia.

»Einmal wollte er gar nicht gewusst haben, wohin seine Frau aufgebrochen ist, und hat nur zufällig nach drei Tagen die Freundin angerufen. Ein anderes Mal war die Reise lange geplant und auch von ihm sozusagen genehmigt. Erken behauptete anfangs, er habe während der drei Tage quasi durchgehend in Emden gearbeitet und dort auch im Büro übernachtet, später erwähnte er, dass er die Vermutung hatte, dass seine Frau Leer überhaupt nicht verlassen hat, und er nach ihrem Auto gesucht hat.«

»Er ist einfach so herumgefahren?«, fragte Mia Jörgensen.

»Nein, er war da, wo er das Auto vermutete. Die Sporthalle, bei allen Mitgliedern der Volleyballgruppe …«

»Er kannte alle?«, fragte Enna.

Paulsen schmunzelte. »Gut aufgepasst. Nein, er war nie beim Training oder bei Wettkämpfen mit anderen Volleyballgruppen dabei. Ebenso wenig ist er zu den Weihnachtsfeiern und zum Boßeln mitgekommen. Bendig ist der Widerspruch auch aufgefallen. Als er ihn fragte, meinte Erken, er habe nach der Mitgliederliste im Zimmer seiner Frau gesucht und sie auf dem Schreibtisch gefunden. Das hätte aber nicht sehr glaubwürdig geklungen, sagte Bendig. Übrigens konnten Erkens Kollegen nicht bestätigen, dass Erken in den Tagen so viel gearbeitet oder im Büro übernachtet hat. Und bevor ihr fragt, das steht auch nicht in den Protokollen, weil es wohl mehr eine inoffizielle Befragung war. Grund ist ja bekannt.«

»Was wusste er von den Volleyballfreunden?«, fragte Pia.

»Auch hier Widersprüche: Einmal musste er erst nach der Liste suchen, dann schien er die Männer der Gruppe alle mit Namen zu kennen. Bendig meinte, Erken habe sehr genau über die Strukturen im Verein Bescheid gewusst. Das Gleiche gilt übrigens für die Arbeitsstelle. Auch hier schien er sich bestens auszukennen.«

»Was gab es außer über Hajo Erken von Kollege Bendig?«, fragte Enna. »Die Befragungen wirst du dir ja noch anhören und kannst uns dann berichten.«

»Zunächst mal, Bendig steht immer für Fragen und Tipps bereit. Dass er damals mit seiner Mannschaft nicht weitergekommen ist, scheint ihn heute noch zu wurmen. Die SoKo hat sich seinerzeit, wie wir ja aus den Akten wissen, unter anderem mit der Volleyballgruppe beschäftigt, hat ja auch den DNA-Test bei den männlichen Mitgliedern durchgeführt und sich schließlich entschieden, dass hier kein Blumentopf zu gewinnen ist.«

»Patrik Blohm?«, fragte Pia.

»Die SoKo hat versucht, ihn zu kontaktieren, aber er hat nicht reagiert. Für einen internationalen Haftbefehl gab es keine ausreichenden Verdachtsmomente. Er ist erst nach der Auflösung der SoKo nach Deutschland zurückgekehrt. Und ja, Bendig hatte natürlich ein Augenmerk auf ihn, aber wie gesagt keinen Zugriff. Ansonsten ist die Volleyballgruppe von ihm als harmlos bezeichnet worden.«

»Gab es Ermittlungsstränge oder -ergebnisse, die sich nicht in den Akten befinden?«, fragte Enna.

»Von Joost hatte Bendig noch nichts gehört. Aber das hast du nicht gefragt. Die SoKo hat vor allem nach dem Vater des ungeborenen Kindes gesucht. Den gleichen Ansatz haben wir ja auch verfolgt. Bendig hatte einen Schwerpunkt auf Rieke Erkens Arbeitsstelle gelegt und sich hier nicht auf mögliche Affären, wie wir es gemacht haben, sondern auf ihre eigentliche Arbeit konzentriert.«

Jens hob die Hand. »Vielleicht kann ich da kurz etwas zu ausführen.«

»Leg los!«, sagte Paulsen.

»Rieke Erken hat ja in der Verwaltung gearbeitet und hier vor allem im Bürgerbüro, das unter anderem für Personalausweise und Pässe zuständig ist. Der Gedanke war, ob sie sich mit Kriminellen eingelassen hatte.«

»Ausweisfälschungen?«, fragte Enna.

»Sozusagen. Es wären dann keine Fälschungen im eigentlichen Sinne gewesen, sondern letztlich echte Dokumente, die aber aufgrund von falschen Angaben ausgegeben wurden.«

»Genau!«, warf Paulsen ein. »Allerdings sind keine Ermittlungen eingeleitet worden, da die SoKo zurückgepfiffen wurde. Nach dem riesigen Skandal wegen der gefälschten Beweise wollte niemand riskieren, dass die Presse Vorwürfe in der Richtung macht. Von wegen: das Opfer wird als Kriminelle hingestellt, um die alten Fehler zu vertuschen.«

»Gab es Hinweise oder Indizien?«, fragte Enna.

»Es waren wohl drei oder vier gefälschte Personalausweise in den Jahren zuvor entdeckt worden«, sagte Jens. »Mehr Anhaltspunkte gab es nicht.«

»Okay. Dann sollten wir die nächsten Schritte besprechen. Wir sind jetzt zu sechst. Also drei Zweierteams.«

Paulsen hob die Hand. »Ich bin gesetzt.«

Enna sah ihn verwundert an.

Er zeigte auf Enna und anschließend auf sich. »Wir beide. Darauf bestehe ich.«

Pia schaute zwischen Enna und Paulsen hin und her, schließlich nickte sie. »Ja, Paulsen hat recht. Es ist keinesfalls sicher, dass nicht du gestern Abend gemeint warst.« Sie warf einen Blick zu Mia Jörgensen. »Frauenpower?«

Die Polizistin grinste und nickte zustimmend.

Enna seufzte leise. »Klaus, kannst du mit Jens zusammenarbeiten?«

»Kein Thema«, sagte Klaus Behrend.

»Eigensicherung hat Vorrang. Schutzwesten für alle, solange wir nicht die Hintergründe des gestrigen Angriffs kennen.« Enna stand auf und stellte sich an die Flipchart. »Gehen wir zunächst einmal davon aus, dass gestern Hajo Erken gemeint und ich sozusagen Kollateralschaden war.« Sie schrieb »Hajo Erken« auf die Mitte der Seite. »Ein Team fährt nach Hamburg, spricht dort mit Erkens Arbeitgeber und mit seinen Kollegen. Macht ihr das?« Sie hatte sich an Pia und Mia Jörgensen gewandt.

Beide nickten. »Sollen wir auch sein privates Umfeld recherchieren?«, fragte Pia.

»Ja. Zurückfahren lohnt sich vermutlich nicht. Richtet euch auf zwei bis drei Tage ein. Ich telefoniere gleich mit dem Hamburger LKA. Sie werden euch sicher einen Kollegen oder eine Kollegin zur Seite stellen. Ihr kommt morgen per Videoschalte zu unserer Besprechung. Acht Uhr.«

Enna notierte auf dem Flipchart-Blatt »Hamburger Umfeld« und zog eine Linie zu »Hajo Erken«.

»Was ist mit den Recherchen zu unserem unbekannten Studenten aus Emden, Jens?«

»Ich habe heute eine Anfrage an einige User der Facebook-Gruppe verschickt mit der Frage, ob sie Kontakt zu Joost haben. Wir müssen abwarten, ob jemand antwortet.«

Enna nickte und wandte sich an Klaus Behrend. »Kannst du dich heute um die Kriminaltechnik kümmern? Was ist mit der Kugel? Wir brauchen schnellstens Klarheit, ob die Waffe schon einmal irgendwo aufgetaucht ist.«

»Notiert.«

»Erken war in einem Hotel abgestiegen. Wir müssen wissen, wo. Ich habe schon gestern mit der Staatsanwältin besprochen, dass sie uns einen Beschluss besorgt. Für seine Handyverbindungen, aber auch für seinen Laptop und sonstige Unterlagen, die wir im Hotelzimmer finden.«

»Hat er erwähnt, wo er abgestiegen ist?«, fragte Klaus Behrend.

»Nein, aber da er das Theater als Treffpunkt gewählt hat, wird es irgendwo in der Innenstadt sein.«

»Übernehmen wir dann auch.« Klaus Behrend notierte sich etwas in seine Kladde, während Enna weitere Punkte auf die Flipchart schrieb.

Enna tippte auf den letzten Punkt, den sie notiert hatte. »Paulsen und ich werden uns um Erkens alten Arbeitsplatz und sein Umfeld in Emden kümmern. Außerdem müssen wir mit Klaas Japsen sprechen. Er hatte schon nach dem geplatzten Prozess Drohungen gegen Erken ausgestoßen.« An Jens gewandt sagte sie: »Ich will sofort informiert werden, wenn sich Erkens Zustand ändert. Ich denke, das wär's für den Moment. Dann lasst uns an die Arbeit gehen.«

Vierzehn

Eineinhalb Stunden später gingen Enna und Paulsen auf ihre Autos zu.

Paulsen hielt Enna die geöffnete Hand hin. »Gibst du mir deinen Schlüssel? Ich fahre.«

Enna verdrehte die Augen. »Das schaffe ich schon noch.«

»Schlüssel!«, wiederholte Paulsen. »Es reicht, wenn du eine Stunde in dem engen Auto sitzen musst. Ich sehe doch, dass du Schmerzen hast.«

Enna griff in die Tasche und warf Paulsen den Schlüssel zu. »Bevor wir hier überhaupt nicht mehr wegkommen.«

Paulsen grinste. »Geht doch!«

Als sie auf die Autobahn aufgefahren waren, warf Paulsen Enna einen kurzen Blick zu. »Wie geht es dir?«

»Bis auf die Schmerzen ganz gut. Habe ich das nicht mindestens schon zweimal erwähnt?«

Paulsen schwieg eine Weile. »Selbst wenn die Kugel nicht für dich bestimmt war, hätte sie dich treffen können. Dann würdest du jetzt gerade auf der Intensivstation um dein Leben kämpfen.«

»Kann sein. Aber es war nicht so.«

»Enna, jetzt erzähl mir nicht, dass du das mal eben nach ein paar Stunden Schlaf wegsteckst. Das kann niemand.«

Enna sah aus dem Seitenfenster. Auf der Weide nahe der Autobahn standen mehrere Pferde. Der Himmel war bewölkt, wahrscheinlich würde sich die Sonne heute nicht sehen lassen.

»Jeden anderen von uns würdest du zum Psychologen schicken«, fuhr Paulsen fort.

»Es ist nichts passiert, Paulsen«, sagte Enna leise. »Hätte ich den Fall abgeben sollen? Wohl kaum. Wir ziehen das jetzt durch. Gerade jetzt.«

»Verdammt, Enna. Das kann doch jetzt nicht dein Ernst sein. Hätte ich so ein Statement losgelassen, hättest du mir die Ohren lang gezogen.«

»Paulsen, ich weiß, dass du es gut meinst und dich um mich sorgst. Das ist in Ordnung, aber ich muss mit der Angelegenheit alleine klarkommen. Das war nicht das erste Mal, dass auf mich geschossen wurde.«

Paulsen schwieg und schüttelte fast unmerklich den Kopf.

»Lass uns lieber über Erken und Emden reden«, schlug Enna vor.

Sie hatten sich bei Sven Hansen, dem Leiter des Port Office, angemeldet, der Abteilung, die unmittelbar den Schiffsverkehr im Hafen organisierte und unter sich hatte. Zusätzlich hatten sie noch einmal in den Akten der ersten SoKo zu Ermittlungen in Emden nachgelesen. Die Kollegen hatten hier nur routinemäßig abgeklärt, ob und wann Hajo Erken gearbeitet hatte, nachdem seine Frau Leer Richtung Hannover verlassen hatte.

»Wir müssen da ganz von vorne anfangen«, sagte Paulsen. »Wenn der Überfall gestern etwas mit Erkens Zeit in Emden zu tun gehabt hat, muss er dort in kriminelle Machenschaften verwickelt gewesen sein.«

»Du denkst an Drogen?«, fragte Enna.

»Liegt das bei einem Seehafen nicht nahe? Raus gehen vor allem Autos von VW. Aber in anderer Richtung wäre es doch möglich, dass so etwas läuft beziehungsweise lief.«

»Ich habe mich gestern bei einem Kollegen in Emden informiert. Der letzte große Drogenfund war vor drei Jahren. Neunzig Kilogramm Kokain, das auf einem Frachtschiff aus Italien sichergestellt worden ist. Sprich, das war nach Erkens Zeit.«

»Frachtschiff?«, fragte Paulsen.

»Ich glaube, die hatten Baumaschinen geladen. Die Kollegen hatten einen Tipp von einer Behörde im Ausland bekommen. Kurz darauf ist ihnen ein zweiter Fund gelungen. Ein Schiff aus Brasilien, ebenfalls mit Straßenbaumaschinen.«

»Also nach Erkens Zeit. Könnte das nicht trotzdem etwas mit ihm zu tun haben? Er war nicht mehr da und …«

»Ein Schritt nach dem anderen«, sagte Enna. »Wir sprechen erst mal mit Sven Hansen, dann sehen wir weiter.«

»Und Klaas Japsen? Wollen wir einfach so bei ihm auftauchen?«

»Das war mein Plan. Auf der Rückfahrt schauen wir bei ihm in Leer vorbei. Vielleicht haben wir ja Glück.«

Enna schloss die Augen. In der Nacht hatte sie einen Albtraum gehabt. Eine dunkle Gestalt war auf sie zugerannt und hatte mehrfach auf sie geschossen. Während sie von der Wucht der Kugel zurückgeworfen wurde, begann der Traum von vorne. Dieses Mal war sie vorbereitet gewesen, hatte ihre Waffe gezogen und nach einem Warnruf abgedrückt. Der Schuss verfehlte die Gestalt, obwohl sie nur noch wenige Meter von ihr entfernt war. Die Person blieb stehen, lachte höhnisch und richtete in aller Ruhe die Pistole mit langem Schalldämpfer auf sie. Wieder endete der Traum, als sie durch die Luft flog. Beim dritten Mal nahm Enna den Angreifer früh wahr und richtete ihre Waffe auf ihn. Die Person ignorierte ihre Rufe, lief einfach weiter, Enna gab einen Warnschuss ab und schoss, als die Person eine Waffe auf sie richtete. Die Kugel traf die Gestalt mitten in die Brust, aber es passierte nichts. Im nächsten

Moment wurde wieder Enna getroffen und fiel. Nachdem sie endlich aus dem Traum erwacht war, musste Enna aufstehen und in die Küche gehen, um ein Glas Wasser zu trinken.

»In fünf Minuten sind wir am Hafen«, hörte Enna Paulsen sagen.

Enna rieb sich die Augen. »Ich glaube, ich bin etwas eingenickt.«

»Du hast mindestens zwanzig Minuten geschlafen.« Paulsen setzte den Blinker und fuhr von der Autobahn ab auf eine vierspurige Straße. »Da hinten fängt gleich das Gelände des Volkswagenwerkes an.« Er zeigte nach rechts. »Geradeaus kommen wir zum Hafen.«

»Du warst schon mal hier?«

»Das ist schon ein paar Jahre her. Wir haben hier jemanden befragt.«

Rechts und links sah Enna die ersten Hafenanlagen. Kurz darauf parkten sie in der Nähe des Gebäudes, in dem das Port Office untergebracht war. Enna zog ihre Schutzweste über, stieg aus und wartete auf Paulsen.

»Scheißteil«, murmelte er und bewegte die Schultern in der schweren Weste auf und ab.

»Du hast dir deinen Job als Bodyguard selbst ausgesucht«, lachte Enna. Sie zeigte auf das Gebäude. »Hansen erwartet uns.«

Sven Hansen hatte die gleiche kräftige Statur wie Paulsen. Seine blonde Frisur ähnelte der von Boris Johnson, dem englischen Premierminister, sein Händedruck war kräftig und sein Lächeln strahlte zugleich Gutmütigkeit und eine gewisse Härte aus.

»Darf ich Sie in mein Büro bitten?«, fragte er und ging voraus.

Auf dem Tisch in Hansens Büro standen kalte Getränke. Hansen fragte, ob sie etwas Warmes trinken wollten, und bestellte schließlich eine Kanne Kaffee.

»Sie sagten, Sie kommen wegen meines Vorgängers?«, fragte Sven Hansen, als sie schließlich am Tisch saßen, jeder eine Tasse Kaffee vor sich.

»Sie haben mit Hajo Erken zusammengearbeitet?«, fragte Enna.

»Fünf Jahre, ich war seine rechte Hand oder, wenn Sie es offiziell wollen, sein Stellvertreter.«

»Haben Sie noch Kontakt zu ihm?«

»Was damals passiert ist, wissen Sie ja. Hajo ist ja zunächst lange in Untersuchungshaft gewesen. Während dieser Zeit habe ich seine Aufgaben mit übernommen.« Er seufzte leise. »Dafür ist ja ein Stellvertreter auch da. Als Hajo wiederkam, hatte er wohl das Gefühl, hier nicht mehr willkommen zu sein. Kann man es den Kollegen verübeln, dass sie so reagiert haben? Die Presse hatte monatelang kein gutes Haar an Hajo gelassen und dann ist er wegen dieser Dummheit des Vaters freigesprochen worden. Da hat sich der eine oder andere schon seinen Reim drauf gemacht. Kurz und gut: Hajo hat vier Wochen nach seiner Rückkehr um Auflösung seines Vertrags gebeten.« Sven Hansen stockte. »Ich hoffe, dass ich Ihnen das jetzt überhaupt erzählen darf.«

»Das ist kein Problem, wir kennen die Eckdaten«, sagte Enna. »Wir würden gerne mehr über die Zeit vor seiner Inhaftierung wissen.«

Sven Hansen nickte. »Darf ich Sie auch etwas fragen?«

»Bitte!«

»Damals hat Hajo mir erzählt, also nach dem Gerichtsprozess, dass die Sache – so hat er es genannt – mit dem Freispruch jetzt endgültig vorbei wäre. Jetzt kommen Sie heute und ermitteln doch wieder?«

Enna hatte mit der oder einer ähnlichen Frage gerechnet und sich bereits vor der Befragung für einen Weg entschieden. »Herr Erken ist gestern angeschossen worden und liegt auf der

Intensivstation. Ich muss Sie bitten, diese Information absolut vertraulich zu behandeln. Kann ich mich auf Ihre Diskretion verlassen?«

Sven Hansen starrte sie mit weit aufgerissenen Augen an. »Angeschossen? Mordanschlag?«

»Davon gehen wir im Moment aus. Wir suchen hier wie in Hamburg nach Hinweisen auf den oder die Täter.«

»Wie geht es Hajo?«

»Das kann ich Ihnen nicht genau sagen. Die Operation ist so weit gut gelaufen, aber seine Verletzungen sind wohl gravierend. Die nächsten Tage werden zeigen, wie es weitergeht.«

»Er schwebt also in Lebensgefahr?« Sven Hansen rutschte auf seinem Stuhl hin und her und schien immer noch nicht fassen zu können, was er gehört hatte.

»Das weiß ich leider nicht, Herr Hansen. Können wir noch einmal zu der Zeit zurückkehren, in der Sie und Herr Erken zusammengearbeitet haben?«

Sven Hansen nickte.

»Wie war Ihr Verhältnis zu Hajo Erken? Als sein Stellvertreter haben Sie sicherlich eng mit ihm zusammengearbeitet.«

»Ja, natürlich. Sehr eng. Hier geht alles Hand in Hand. Wir sind dreihundertfünfundsechzig Tage im Jahr im Einsatz, vierundzwanzig Stunden erreichbar. Da muss man sich aufeinander verlassen können.«

Paulsen räusperte sich. »Konnten Sie sich auf Herrn Erken verlassen?«

»Ich war nicht sein Chef. Er konnte sich auf mich verlassen und auf alle, die hier am Hafen fürs Port Office arbeiten.«

Paulsen zeigte auf Enna. »Ich kann mich immer auf meine Chefin verlassen. Sie sich natürlich auch auf mich.«

Sven Hansen zögerte lange, bevor er antwortete. »Ich weiß natürlich, worauf Sie anspielen. Hajo war nicht immer ein Teamplayer, um es mal so auszudrücken. Es gibt verschiedene

Ansätze, so einen Laden wie den hier zu schmeißen. Hajo war mehr der Macher und nicht so sehr der kommunikative Typ.«

Paulsen nickte. »Er hat also auch mal mit der Faust auf den Tisch geschlagen. Meinen Sie das?«

»Wenn Sie es so nennen wollen. Das heißt aber nicht, dass Sie hier nach irgendeinem Irren suchen müssen, der Hajo mal eben abknallt, fünf Jahre nachdem er hier aufgehört hat.«

»Wir suchen nicht nach Reibereien, die es in jedem Team gibt«, sagte Enna. »Gab es größere Konflikte? Ist jemand entlassen worden oder fühlte sich extrem ungerecht behandelt?«

Sven Hansen stöhnte theatralisch. »Wie stellen Sie sich das vor? So einfach geht das nicht, mal eben jemanden rausschmeißen. Es gibt einen Betriebsrat, es gibt Arbeitsgerichte und ich zum Beispiel könnte ohnehin nicht über eine Entlassung eines Mitarbeiters entscheiden.«

»Na ja, das ist uns schon klar«, sagte Paulsen. »Aber es gibt auch andere Wege und Möglichkeiten, einem Mitarbeiter das Leben schwer zu machen. Das muss nicht immer gleich die Kündigung sein.«

»Wenn es unbedingt sein muss.« Sven Hansen stand auf und griff zum Telefon. »Ich brauche eine Liste von den Mitarbeitern, die uns in den letzten zehn Jahren verlassen haben. Ist das schnell möglich? Okay, danke, Nadine.« Sven Hansen kam zurück zum Tisch. »Ein paar Minuten wird es wohl dauern. Haben Sie noch weitere Fragen?«

Enna nickte. »Sie erwähnten vorhin, dass Herr Erken nach seiner Rückkehr keinen leichten Stand hatte und er auch deshalb seine Stelle hier aufgegeben hat. Kann ich davon ausgehen, dass ein Großteil der Belegschaft hier am Hafen Herrn Erken abgelehnt hat?«

Sven Hansen zuckte mit den Schultern. »Ich habe damals keine Umfrage gemacht, aber ja, es war wohl so. Wie gesagt, die Medien hatten einiges dafür getan, dass die Stimmung gegen

Hajo – und das nicht nur hier bei uns –, also die Stimmung war sehr aggressiv, ja fast explosiv.«

»Und wie war Ihr Verhältnis zu Ihrem Chef?«, fragte Paulsen.

Sven Hansen schien die direkte Frage nicht erwartet zu haben. Er zögerte, setzte zu einer Antwort an, hielt dann aber inne. Schließlich schenkte er sich ein Glas Mineralwasser ein und trank einen Schluck. »Nun gut, was soll ich darum herumreden. Hajo war nicht begeistert von dem, was ich in seiner Abwesenheit hier verändert hatte. Ich sagte ja schon, dass ich einen eher kommunikativen Ansatz pflege. Man muss die Leute mitnehmen, sie begeistern, anstatt sie unter Druck zu setzen.« Er verzog leicht das Gesicht, als spräche er nicht gerne über diese Zeit, und schwieg.

»Verstehe ich das richtig?«, fragte Enna. »Sie geben Ihren Mitarbeitern mehr Verantwortung und binden Sie mehr in alle Prozesse der Arbeit mit ein?«

»Das haben Sie schön formuliert«, sagte Sven Hansen lächelnd. »Das klappt nicht immer und es ist manchmal ein harter Weg, also für mich, aber auch für meine Mitarbeiter. Aber am Ende des Tages zahlt es sich aus.«

Enna beschloss, die Daumenschrauben etwas mehr anzuziehen. »Vor drei Jahren haben unsere Kollegen in einem Frachter aus Italien eine große Menge Kokain sichergestellt. Kurze Zeit später sind sie in einem Schiff aus Brasilien fündig geworden. Ich hätte gar nicht gedacht, dass der ja relativ kleine Emder Hafen für kriminelle Kreise so attraktiv ist.«

Sven Hansen wich leicht zurück, schluckte schwer. »Da bin ich nun wirklich der falsche Ansprechpartner. Ihre Kollegen vom Zoll können Ihnen da besser Auskunft geben.«

Enna hatte Hansen aufmerksam beobachtet. Das Thema schien ihm überhaupt nicht zu behagen, er wirkte plötzlich fahrig, atmete flach und hatte seinen Blick für mehrere Sekunden gesenkt.

»Ja, das ist eine gute Idee«, sagte Enna, »die Kollegen können uns da sicher weiterhelfen.«

»Gab es in den Jahren davor schon ähnliche Vorfälle?«, setzte Paulsen direkt nach.

»Wie gesagt, das hat wenig mit unserer Arbeit hier zu tun. Hin und wieder wird jemand auf der Fähre nach Borkum erwischt, aber das sind wohl nur kleine Fische, wie ich gehört habe. Ansonsten, nein. Ich glaube nicht, dass Emden ein Umschlagplatz für Drogen ist.«

Sven Hansen stand auf, setzte sich an seinen Schreibtisch und druckte eine Seite aus. »Ich weiß jetzt gar nicht, ob ich Ihnen einfach so die Namen geben darf.« Er kam zurück an den Besprechungstisch. »Fluktuation haben wir schon, aber gekündigt worden sind in der Zeit nur zwei Personen.« Er griff nach einem Notizblock, schrieb etwas darauf und riss das Blatt ab. »Hier sind Vor- und Zunamen der beiden Männer. Ich weiß nicht, wo sie im Moment wohnen, aber das werden Sie sicher schnell herausbekommen.« Sein Grinsen misslang. »Sie sind ja von der Polizei.«

Paulsen griff nach dem Zettel. »Mit den beiden gab es Probleme?«

»Nicht zusammen. Reichel ist zwei Jahre vor der Geschichte mit Hajo gegangen, Prott circa anderthalb Jahre später. Das hatte, soweit ich mich erinnere, nichts miteinander zu tun.« Er hielt kurz inne. »Die Personalakte kann ich Ihnen jetzt nicht geben, das verstehen Sie sicher. Ich würde Sie auch bitten, meinen Namen nicht zu erwähnen, wenn Sie mit den beiden sprechen.«

Fünfzehn

Paulsen warf die Schutzweste auf den Rücksitz und stieg auf der Fahrerseite ein.

»Der weiß mehr, als er uns verraten hat«, sagte Paulsen und schlug mit der flachen Hand aufs Armaturenbrett.

Sie hatten noch fast eine halbe Stunde versucht, mehr aus Sven Hansen herauszubekommen. Am Schluss hatte er wiederholt auf seine Armbanduhr geschaut und immer kürzere, nichtssagendere Antworten gegeben.

»Er hat Angst«, sagte Enna. »Wovor auch immer.«

»Ich sag dir, er weiß über Erkens Machenschaften Bescheid, vielleicht hat er sogar davon profitiert. Die Drogensache ist sehr hochgegriffen, das gebe ich zu. Aber vielleicht geht es um ganz etwas anderes. Falschgeld, das so ins Land gebracht wird. Was weiß ich.«

»Lass uns fahren. Wir hören uns im Büro noch einmal die ganze Befragung an. Vielleicht haben wir in der Eile etwas nicht mitbekommen.«

Paulsen startete den Motor und fuhr dieselbe Strecke zurück zur Autobahn. Enna gab die Adresse von Klaas Japsen ins Navigationsgerät ein und lehnte sich auf dem Sitz zurück. Die Befragung von Sven Hansen hatte Kraft gekostet. Immer wieder hatte sie sich zwingen müssen, sich auf das Gespräch zu konzentrieren und nicht an den vergangenen Abend zu denken. Was wäre mit Elias geschehen, wenn sie anstatt Hajo Erken getroffen worden wäre? Ihre Schwiegermutter war die einzige Verwandte, die Elias hatte. Weder sie selbst noch Elias' Vater hatte Geschwister gehabt, zu weiter entfernten Verwandten hatten sie keinen Kontakt. Sollte Enna für diesen Fall vorsorgen und ein Schriftstück mit ihren Wünschen aufsetzen? So sehr sie Greta, Elias' Großmutter, mochte, so wenig konnte sie sich vorstellen, dass Elias bei ihr aufwachsen würde. Gäbe es eine andere Möglichkeit? Sollte sie ihre Freundin Sarah fragen, ob sie Elias im Fall der Fälle aufnehmen würde? Enna stöhnte leise und schloss die Augen.

»Schmerzen?«, fragte Paulsen besorgt.

»Nein, jetzt hör auf, dir Sorgen um mich zu machen.«

»Wenn du aufhörst, mir etwas vorzumachen, werde ich mich zurückhalten. Großes Ehrenwort.«

Enna schwieg. Hatte Paulsen recht? Nahm sie den Vorfall hinter dem Theater zu leicht und riskierte damit, ihre Kollegen in Gefahr zu bringen? Als Leiterin der Einheit musste sie in jedem Augenblick voll da sein, Entscheidungen treffen und Verantwortung übernehmen.

»Ich versuche es«, murmelte Enna, ohne Paulsen anzusehen.

»Gut!« Er schwieg eine Weile. »Dieser Staranwalt, der Hajo Erken verteidigt hat, geht mir nicht aus dem Kopf. Kosten diese Leute nicht Unsummen?«

»Davon kann man ausgehen.«

»Woher hatte Erken das Geld?«

»Das weiß ich nicht. Vielleicht war das für den Anwalt eine Art Werbemaßnahme.«

Paulsen überholte einen Lkw und fädelte sich wieder rechts ein. »Eine reine PR-Aktion, meinst du? Hat der das damals noch nötig gehabt? Und wie lange hat der Prozess gedauert? Drei oder vier Wochen doch sicher. Und die Vorbereitung darauf. Vermutlich hat er ein Team von Anwälten und Privatschnüfflern, die auch bezahlt werden müssen.«

»Selbst wenn es so wäre, das wird uns niemand verraten. Weder der Anwalt noch Erken.«

Sie schwiegen eine Weile. Paulsen fuhr von der Autobahn ab und folgte den Anweisungen aus dem Lautsprecher. Klaas Japsen wohnte in einem der westlich gelegenen Stadtviertel von Leer. Hier standen Einfamilienhäuser aus den Siebzigerjahren, roter Backstein, eineinhalbstöckig, umzäunter Vorgarten.

Paulsen parkte zwanzig Meter vor Japsens Haus und stellte den Motor ab. »Was machen wir, wenn er nicht mit uns sprechen will?«

Enna griff nach hinten und holte ihre Schutzweste nach vorne. »Dann bleibt uns nichts anderes übrig, als ihn vorzuladen.«

Als sie durch die Gartenpforte gingen, wurde die Haustür geöffnet. Ein Mann Ende sechzig, braune Cordhose, gemusterte Strickjacke, nickte ihnen zu.

»Herr Japsen?«, fragte Enna und zog ihren Ausweis aus der Tasche. »Enna Andersen, LKA, und das ist mein Kollege Jan Paulsen.«

Der Mann nickte. »Lassen Sie Ihren Ausweis stecken. Ich habe Sie schon erwartet.« Er trat zur Seite und bat Enna und Paulsen mit einer Handbewegung ins Haus.

»Die zweite links, bitte.«

Enna betrat die Küche, Klaas Japsen folgte ihr. Hinter ihm kam Paulsen herein.

»Setzen Sie sich doch. Möchten Sie eine Tasse Tee?«

»Vielen Dank«, antwortete Enna. »Im Moment nicht.«

»Lebt er noch?«, fragte Klaas Japsen, als sie alle am Tisch saßen. Als Enna nicht reagierte, lächelte Japsen. »Ich weiß, was passiert ist. Waren Sie bei ihm?«

»Sie sprechen von Hajo Erken?«, fragte Enna.

»Von wem denn sonst? Und bevor Sie fragen, wieso ich das schon weiß: Es gibt durchaus noch Kollegen im aktiven Dienst, die zu mir halten.« Japsen warf Enna einen triumphierenden Blick zu. »Da hat jemand bekommen, was er verdient, und Sie haben nichts Besseres zu tun, als postwendend bei mir aufzutauchen. Gratulation! Wahrscheinlich kann ich froh sein, dass kein SEK meine Tür eingetreten hat.«

Japsen stand auf und ging zum Küchenschrank. Er griff nach einem Blatt, das er Enna reichte. »Mein Alibi. Die beiden Herren sind beziehungsweise waren auch Kollegen. Wir haben gestern von neunzehn bis dreiundzwanzig Uhr Skat gespielt. Wie jede Woche.« Er setzte sich wieder an den Tisch. »Adressen und Telefonnummern habe ich Ihnen notiert. Ich denke, damit sind alle Fragen geklärt.«

»Danke, Herr Japsen. Das erleichtert uns die Arbeit sehr. Dürfen wir Ihnen noch ein paar Fragen stellen?«

»Ich wüsste nicht, wie ich Ihnen helfen könnte.«

Enna lächelte. »Lassen wir es doch einfach drauf ankommen.«

Japsen nickte widerwillig.

»Herr Erken hatte seinerzeit einen sehr renommierten Anwalt, der ihn verteidigte.«

Klaas Japsen schien aufzuhorchen. Er warf Enna einen erstaunten Blick zu, zog die Augenbrauen kurz zusammen und nickte schließlich. »Hat mich auch gewundert. Diese Leute kosten doch Geld.«

»Davon gehen wir auch aus«, sagte Enna, die sich vorsichtig vortasten musste, um nicht den Eindruck zu erwecken, dass sie gegen Hajo Erken ermittelten.

»Ich weiß leider nicht, woher er das Geld hatte, falls Sie das fragen wollen. Das Haus hatte schon viel mehr verschlungen, als er sich leisten konnte. Er muss hoch verschuldet gewesen sein.«

»Haben Sie damals eigentlich etwas von Ihrer Tochter geerbt?«, fragte Paulsen in sachlichem Ton. »Soweit ich weiß, gab es ja außer Ihnen und Maike keine weiteren Angehörigen.«

»Da war nicht viel zu erben. Dieser Mensch hatte auf einen Ehevertrag bestanden.«

»Herr Erken hat das Haus später verkauft?«, fragte Enna weiter.

»Ja, das stand mit über achthunderttausend in der Zeitung. Ich weiß nicht, wer das gekauft hat. Hat aber eine Weile gedauert. Hier in Leer hat ihm doch niemand mehr über den Weg getraut. Waren sicher Zugezogene.«

»Herr Japsen, wir untersuchen nicht nur den Anschlag auf Herrn Erken, sondern haben auch die Ermittlungen zum Tod Ihrer Tochter wieder aufgenommen.«

Klaas Japsen sah sie erstaunt an. Darüber schien ihn noch niemand informiert zu haben.

»Und dann fragen Sie mich nach dem Anwalt?«

»Herr Erken ist seinerzeit freigesprochen worden. Sie wissen, was das bedeutet. Wir dürfen in dieser Sache nicht mehr gegen ihn ermitteln.« Das Wort »dieser« hatte Enna deutlich hervorgehoben.

Klaas Japsen schwieg und schien zu überlegen, was Ennas Worte bedeuteten. Er musterte sie mit einem scharfen Blick. »So ganz verstehe ich das noch nicht.«

»Sie können uns vertrauen, Herr Japsen. Wir ermitteln in alle Richtungen.«

Klaas Japsen lachte herablassend. »Nichts für ungut, aber auf diese Tricks falle ich nicht rein. Was wollen Sie wirklich von mir?«

»Wir werden den Tod Ihrer Tochter aufklären«, sagte Paulsen mit Nachdruck. »Ob Sie uns nun helfen oder nicht. Ist Ihnen vollkommen egal, wer Ihre Tochter getötet hat?«

Klaas Japsen richtete sich auf und funkelte Paulsen wütend an. Einen Moment dachte Enna, dass Japsen die Befragung abbrechen würde, aber dann sank er zurück auf den Stuhl. »Dieser verdammte Mistkerl war es. Da gibt es nichts aufzuklären.«

»Aber er ist nicht dafür bestraft worden«, sagte Paulsen ruhig. »Was ist, wenn Sie sich geirrt haben? Oder lagen Sie noch nie falsch mit Ihrem Bauchgefühl? Ich schon. Und das nicht nur einmal.«

»Und wenn er's war? Bestraft werden kann er nicht mehr.«

»Für den Mord nicht«, sagte Enna.

»Aber für was sonst?«, zischte Klaas Japsen. Im nächsten Augenblick stutzte er, rieb sich mit der flachen Hand mehrfach über die Stirn und stöhnte leise. »Jetzt verstehe ich. Clever!« Er sah Enna und Paulsen abwechselnd an. »Und das ist Ihr Ernst oder wieder nur ein Trick?«

Enna wartete eine Weile, bevor sie antwortete. »Vertrauen Sie uns oder nicht. Das ist Ihre Entscheidung. Sie wissen, dass wir Sie zu keiner Aussage zwingen können.«

»Ich habe verdammt viel wegen dieses Menschen verloren. Ich weiß selbst, dass ich Mist gebaut habe damals. Er hätte lebenslang bekommen können, wenn ich nicht …« Japsen brach ab, senkte den Kopf und schwieg eine Weile. Schließlich schaute er hoch. »Was wollen Sie wissen?«

Enna holte tief Luft. »Warum waren Sie so überzeugt, dass Herr Erken der Täter war?«

Klaas Japsen ließ sich Zeit mit einer Antwort. Schließlich räusperte er sich und begann. »Ich kannte ihn vor der Hochzeit fast gar nicht. Rieke war da sehr geheimnisvoll. Ich muss leider sagen, dass ich in den ersten Jahren ganz angetan von ihm war. Bodenständig, hier aus dem Norden, Seemann und auch noch studiert. Das hat mir alles gut gefallen. Ja, ich war ganz froh über die Wahl meiner Tochter.« Er zuckte mit den Schultern. »So kann man sich täuschen.«

»Wann hat sich Ihre Meinung über Herrn Erken geändert?«, fragte Paulsen.

Klaas Japsen stützte den Kopf in die Hände. Schließlich sah er auf. »Ich habe ihm viel zu lange die Stange gehalten. Das werfe ich mir immer noch jeden Tag vor. Rieke war mein Ein und Alles. Ja, vielleicht war ich zu streng und habe zu viel in ihr Leben reingefunkt. Aber ich meinte es doch nur gut. Vielleicht war ich sogar schuld daran, dass Rieke in die Arme dieses Menschen gelaufen ist.«

Klaas Japsen hielt inne und schien in seinen Gedanken zu versinken. Enna gab Paulsen ein Zeichen, dass sie warten würden.

»Aber Sie haben etwas gefragt«, fuhr Japsen fort. »Wann ich meine Meinung über diesen Mann geändert habe? Das war wohl eine Weile, nachdem er nicht mehr zur See gefahren ist. Hin und wieder machte Rieke eine Bemerkung, die ich am Anfang nicht verstanden habe. Vielleicht wollte ich sie auch nicht verstehen. Irgendwann habe ich dann nachgefragt. Erst hat sie ihn in Schutz genommen, aber dann auch erzählt, was bei ihr zu Hause los war. Er drehte wohl manchmal so am Rad, dass es unerträglich für Rieke wurde. Solch eine Eifersucht ist eine schreckliche Sache. Ich habe meiner Tochter dann irgendwann geraten, dass sie mit ihm zu einer Eheberatung gehen soll. Wir haben hier in Leer so was von der Kirche. Das ist sogar kostenlos.«

»Hat Rieke Ihren Rat befolgt?«, fragte Enna.

Klaas Japsen schüttelte den Kopf. »Sie hat es wohl einmal vorgeschlagen, aber er hat es strikt abgelehnt. Ach, was sag ich, er hat rumgewütet, hat sie sogar bedroht. Aber das habe ich erst später erfahren. Als schon alles zu spät war.«

»Wann?«, fragte Enna.

»Das war zwei oder drei Wochen vor Riekes«, Klaas Japsen schluckte schwer, »vor Riekes Tod. Sie war zu mir gekommen und hat geweint. Und dann hat sie mir mehr erzählt als sonst. Ich glaube, sie hatte da begriffen, dass eine Scheidung der einzige Weg ist.«

»Hat Ihre Tochter Sie um Geld gebeten?«

»Nein. Wieso fragen Sie?«

Enna entschied sich, die Wahrheit zu sagen. »Rieke hat ihre Schwester gebeten, ihr einen größeren Betrag zu leihen.«

Klaas Japsen sah Enna erschrocken an. »Warum … ich hätte ihr was gegeben. Ich habe selbst nicht viel, aber das hätte sie bekommen.« Er wischte sich achtlos über die feuchten Augen. »Nein, Rieke hat mich nicht gefragt.« Er stand auf. »Ich muss etwas holen. Warten Sie doch bitte.«

Japsen verließ die Küche. Enna warf Paulsen einen fragenden Blick zu, der hob die Schultern. Sie hörten, wie er die knarrende Treppe hinaufstieg, im ersten Stock herumging und wenig später wieder herunterkam. Klaas Japsen öffnete die Küchentür. In der Hand hielt er einen Ordner. Als er wieder am Tisch saß, schlug er ihn auf. »Zwei Tage nach Riekes Tod habe ich es hier nicht mehr ausgehalten. Hier im Haus. Ich war damals felsenfest davon überzeugt, dass dieser Mensch der Täter war. Was soll ich sagen, ich habe ihn dann über zwei Wochen observiert. Sooft ich konnte. Die Beerdigung musste ich ja auch organisieren. Zwei Wochen, bis er dann in Untersuchungshaft kam.« Japsen schob den geöffneten Ordner über den Tisch zu Enna. »Ich habe alles aufgeschrieben und immer Fotos gemacht, wenn ich ihn mit jemandem zusammen vor die Linse bekam.«

Enna blätterte die Seiten durch. Akribisch waren dort Datum und Uhrzeit und die jeweiligen Beobachtungen aufgezeichnet. Es folgten Seiten mit eingeklebten Fotos, die durchnummeriert waren.

»Warum haben Sie das Material nie weitergegeben?«

»Ich glaubte nicht, dass ich etwas rausgefunden hatte, was diesen Menschen hätte überführen können. Dann kam die Sache mit der DNA. Und ich dachte, alles wäre gelaufen und er sitzt in der Falle, aus der er nicht wieder rauskommt. Wenn nur dieser verflixte Anwalt nicht gewesen wäre.«

Enna zeigte auf eins der Fotos im Ordner. »Wissen Sie, wer das ist?« Die Aufnahme zeigte Hajo Erken mit einem anderen Mann in seinem Alter. Das Foto musste mit einem extremen Teleobjektiv aufgenommen worden sein, da es leicht verwackelt war. Die beiden Männer standen in der freien Natur.

»Wer das ist, habe ich nie herausbekommen«, sagte Japsen. »Er hat sich zweimal mit dem Typen getroffen. Beide Male am Deich. Einmal haben sie gestritten, das konnte ich durchs Fernglas deutlich sehen. Weit gegangen sind sie auch nie.«

»Wie lange hat das Treffen gedauert?«

»Zehn Minuten, vielleicht auch etwas länger.« Klaas Japsen beugte sich leicht vor. »Steht das nicht dabei? Unter dem Foto stehen Zahlen. Die erste davon ist die Seite, auf der die Notizen stehen.«

Enna blätterte zurück.

»Suchen Sie jetzt nach der zweiten Zahl. Die muss jeweils vor den Einträgen stehen«, fuhr Japsen fort.

Enna nickte. »Ja, hier habe ich es.«

»Für mich sah das ganz nach einem konspirativen Treffen aus. Ich bin beim zweiten Mal dem Typen da«, er tippte mit dem Finger auf das Foto, »gefolgt. Hat leider nicht geklappt. Er hatte einen dicken BMW und hat mich locker auf der Autobahn abgehängt.«

»Richtung Oldenburg?«, fragte Paulsen.

»Ja, genau. Das Kennzeichen des BMW habe ich natürlich notiert.«

»Haben Sie …«

»Na klar habe ich das in der Datenbank nachgeschaut«, fiel Japsen Paulsen ins Wort. »Entweder habe ich mich in der Eile verschrieben oder das Kennzeichen war gefälscht.«

»Wie nah waren Sie dran?«, fragte Paulsen weiter.

»Es geht so. Ich wollte ja auch nicht auffallen und«, er stöhnte leise, »ich bin jetzt auch kein Observationsprofi. Es könnte tatsächlich sein, dass es falsch war. Übrigens ein Hamburger Kennzeichen.«

»Gab es weitere Auffälligkeiten?«, fragte Enna.

»Er ist schon am zweiten Tag wieder zur Arbeit gegangen. Stellen Sie sich das vor. Gut, er war an manchen Tagen nur wenige Stunden da, aber er war da. Ich habe da einige gute Fotos machen können. Auffälligkeiten? Ich weiß es nicht. Besser, Sie schauen sich das mal in Ruhe an.«

Enna schloss den Ordner. »Wir können die Unterlagen mitnehmen?«

»Ja, natürlich. Deshalb habe ich sie doch geholt.«

»Danke. Das könnte sehr helfen.« Enna hielt inne. »Ihre Tochter hatte vor der Ehe mit Herrn Erken einen Freund namens Joost. Sie erinnern sich an ihn?«

Klaas Japsen nickte.

»Leider konnte uns bisher niemand den Nachnamen sagen. Kennen Sie ihn?«

»Den Jungen kenne ich, aber seinen Nachnamen? Das ist lange her. Irgendetwas mit … nein, darüber muss ich nachdenken.«

Sechzehn

Paulsen hielt Enna die Tür vom Passat auf. Sie zog ihre Schutzweste aus und stieg ein. »Danke!«

Paulsen setzte sich auf den Fahrersitz und steckte den Schlüssel ins Schloss. »Damit habe ich nun wirklich nicht gerechnet.«

»Nein, ich auch nicht.« Enna hatte den Ordner zusammen mit ihrer Weste auf den Rücksitz gelegt. »Jetzt können wir nur hoffen, dass wir in seinen Unterlagen einen Ansatzpunkt finden. Ich gehe davon aus, dass der Anschlag mit Erkens Vergangenheit zu tun hat. Alles andere würde keinen Sinn ergeben.«

Paulsen startete den Motor, wendete auf der Straße und folgte den Anweisungen der freundlichen Frauenstimme aus dem Navi.

»Ein verrückter Fall«, sagte er, als sie die Autobahn erreicht hatten. Er warf einen Blick zu Enna. »Bist du eigentlich halbwegs gut durch den Tag gekommen?«

»Ich bin erschöpft«, seufzte sie matt. »Meine Superfrau-Kräfte scheinen doch begrenzter zu sein, als ich dachte.«

»Soll ich dich nach Hause fahren und dich morgen wieder abholen?«

»Das wäre für dich ein Riesenumweg. Ich kann …«

»Kein Thema«, unterbrach Paulsen Enna. »Also abgemacht. Sieben Uhr dreißig? Oder später?«

»Sieben Uhr dreißig ist gut.« Enna schloss die Augen. Natürlich hatte Paulsen recht gehabt. Der gestrige Abend nagte an ihr. Sie kam sich vor wie ein Luftballon, der bis zum Bersten aufgeblasen und losgelassen worden war. Übrig geblieben war ein Stück Gummihaut, das schlaff auf dem Boden landete.

Sie öffnete die Augen. »Wir müssen diesen Mann auf dem Foto finden. Das kann doch nicht so schwer sein.«

»Wenn ich dich abgesetzt habe, fahre ich direkt ins Büro und setze Jens darauf an. Ich habe ihm schon eine Nachricht per Whatsapp geschickt.«

»Danke, Paulsen. Auch für den Chauffeurdienst.«

»Mama, Mama«, rief Elias, als Enna in den Flur ihres Hauses trat. Der kleine Junge kam auf sie zugelaufen, in der Hand ein großes bemaltes Blatt. »Kuck mal, was ich im Kindergarten für dich gemalt habe.«

Enna zog ihre Jacke aus und beugte sich zu Elias hinunter. »Zeig mal her.« Elias reichte ihr die Zeichnung, auf der fünf Menschen vor einem Haus standen. Er zeigte auf das Kind in der Reihe. »Das bin ich. Und das bist du und Aaron.«

»Und wer sind die beiden da?«, fragte Enna und zeigte auf zwei Figuren, die rechts von Elias standen.

»Das sind doch Alina und Pia. Kuck, Pia hat doch kurze Haare und Alina lange.«

Enna umarmte ihren Sohn. »Das hast du schön gemalt.«

Alina stand inzwischen im Flur und wartete, bis Enna sich aufgerichtet hatte. Elias griff nach dem Bild und lief zurück in sein Zimmer.

»Alles gut bei euch gelaufen?«, fragte Enna.

Alina nickte und warf ihr einen Blick zu, den Enna nicht deuten konnte. »Pia hat mir erzählt, was gestern passiert ist. Wie geht es dir?«

»Etwas erschöpft, aber ansonsten ganz gut.« Enna lächelte. »Und ich habe Hunger. Was hältst du von Spaghetti?«

»Ja!«, rief Elias, der in seiner Zimmertür stand.

Punkt sieben Uhr dreißig stand Paulsen am nächsten Morgen mit dem Passat vor Ennas Haus. Elias bestand darauf, seine Mutter bis zur Tür zu begleiten. Er schien intuitiv zu spüren, dass sich in den letzten zwei Tagen etwas geändert hatte. Enna drückte ihm einen Kuss auf die Stirn, wünschte ihm einen schönen Tag im Kindergarten und verabschiedete sich von ihm.

»Gut geschlafen?«, fragte Paulsen, als Enna neben ihm saß.

»Wie ein Stein.«

»Und heute Morgen, als du aufgewacht bist?«

Enna wusste, auf was Paulsen anspielte. Nach einer traumlosen Nacht hatte sie, kaum dass sie die Augen aufgeschlagen hatte, wieder die Angst gespürt. Sie hatte eine Weile starr im Bett gelegen, bevor sie sich auf den Weg zum Badezimmer gemacht hatte.

»Geht so«, murmelte Enna.

»Es wird mit jedem Tag besser. Lass dir Zeit.«

»Übernimmst du jetzt meine Rolle, Paulsen?« Zu spät merkte Enna, wie ungehalten ihre Stimme geklungen hatte. »Entschuldige!«

Paulsen startete den Motor. »Kein Thema.«

Enna atmete tief durch. Die Schutzweste, die sie im Flur ihres Hauses angezogen hatte, drückte auf die immer noch schmerzende Stelle und fühlte sich heute noch unbequemer an als am Tag zuvor.

»Mit dem Kennzeichen sind wir gestern nicht mehr weitergekommen. Wir haben alle möglichen Varianten durchgespielt.«

»Habt ihr statt Hamburg Bremen probiert?«

»Natürlich.«

Paulsen parkte den Wagen in der Nähe des Kommissariats. Als sie auf die Eingangstür zugingen, kam Jens ihnen von der anderen Seite entgegen. Klaus Behrend wartete bereits auf dem Gehweg vor dem Haus.

»Alle pünktlich«, rief Paulsen grinsend und schloss die Tür auf.

Eine Viertelstunde später saßen sie in der Küche, Tee und Kaffee standen bereit und auf dem großen Bildschirm, den Jens am Vortag aufgestellt hatte, winkten ihnen Pia und Mia Jörgensen zu, die sich noch auf ihrem Hotelzimmer aufhielten.

»Hajo Erken liegt weiter im künstlichen Koma«, begann Enna nach einer kurzen Begrüßung. »Ich habe vorhin mit einem Arzt gesprochen. Erken hat die Nacht ohne Komplikationen überstanden, aber zufrieden klang der Arzt nicht. Mehr konnte ich nicht aus ihm herauslocken. Wir werden warten müssen.«

Enna berichtete als Erste von den Befragungen in Emden und Leer. Als sie die Observation von Hajo Erken kurz nach dem Tod seiner Frau erwähnte, ging ein Raunen durch die Reihen.

»Wir hatten aber noch keine Zeit, die Unterlagen zu sichten«, fügte sie hinzu. »Das wird eine Weile dauern.«

»Vielleicht sollte ich dann gleich weitermachen«, schlug Pia vor. »Kurze Info vorweg: Der Durchsuchungsbeschluss für Erkens Wohnung kam gestern zu spät. Wir haben heute elf Uhr angesetzt. Aber erst mal zu Erkens Arbeitsplatz. Er ist in einer großen Reederei beschäftigt, die ihren Sitz im Hamburger Hafen hat. Dort ist er zuständig für die Koordination der Schiffe. Das sind achtunddreißig Containerschiffe, die überwiegend zwischen Asien und Europa pendeln. Angestellt ist er hier seit drei Jahren. Die Mitarbeiter, aber auch seine Vorgesetzten sind voll des Lobes über seine fachlichen Qualitäten. Im Team scheint es keine Konflikte zu geben, auch wenn Erkens Ton von manch einem wohl als etwas zu rau empfunden wird. Es scheint aber bei Weitem nicht die Ausmaße zu haben, wie ihr es aus Emden berichtet habt.«

»Wo war er vorher beschäftigt?«, fragte Paulsen.

»Da hatte er einen ähnlichen Job wie in Emden. Allerdings ist der Hamburger Hafen etwas größer als der in Emden, wie man uns bei der Hafenverwaltung, kurz HPA, gesagt hat. Erken hat dort ein gutes Jahr gearbeitet, hat selbst gekündigt und ist direkt zur Reederei gewechselt. Das ist an und für sich wohl nichts Ungewöhnliches, meinte sein ehemaliger Chef bei der HPA, aber er war damals trotzdem erstaunt, dass Erken so schnell gewechselt hat. Hier gab es übrigens mehr Ärger im Team. So richtig reden wollte mit uns aber keiner der Mitarbeiter.«

»Für was genau war Erken bei seiner ersten Arbeitsstelle zuständig?«, fragte Enna.

»In den ersten Monaten hat er eine ganze Reihe von Abteilungen durchlaufen. Zwischen den Zeilen habe ich herausgehört, dass Erkens Chef ihn nicht nur für viele Jahre eingeplant hatte, sondern ihn auch als seinen Nachfolger aufbauen wollte. Nun gut, das hat wohl nicht geklappt.«

»Das klingt aber danach, als hätte Erken eine große Chance in den Wind geschlagen«, meinte Klaus Behrend.

»Sehe ich auch so«, sagte Mia Jörgensen, die sich zum ersten Mal zu Wort meldete. »Auch deshalb war Erkens Chef wohl so irritiert, als er von jetzt auf gleich gekündigt hat.«

Pia nickte. »Nach der Einführungsphase hat Erken dann in einem Team gearbeitet, das die Organisation der Containerplätze unter sich hatte. Das wäre seine erste Station gewesen, von der er dann nach ein oder zwei Jahren ins Management gewechselt hätte.« Pia hob beide Arme. »Das wäre so weit die Kurzfassung unseres gestrigen Tages. Wie gesagt kommt heute Vormittag Erkens Wohnung dran und später wollten wir uns noch um sein privates Umfeld kümmern. Ob wir heute oder morgen zurückkommen, ist noch nicht sicher.«

»Danke, Pia. Bleibt doch noch kurz in der Leitung für die restlichen Berichte.« Enna wandte sich an Jens und an Klaus Behrend.

»Ja, dann bin ich wohl dran«, sagte Behrend. »Ich habe nach zahlreichen Anrufen das Hotel gefunden, einen Beschluss bekommen und war dann in Erkens Zimmer. Er hatte einen kleinen Koffer dabei mit dem üblichen Inhalt für einen Kurztrip. Laptop oder Tablet habe ich nicht gefunden, irgendwelche Unterlagen in schriftlicher Form hatte er auch nicht dabei.«

»Gab es Anzeichen für eine Durchsuchung des Zimmers?«, fragte Enna.

»Nein, nicht direkt. Aber ausschließen kann ich es nicht. Sie haben dort Schlüsselkarten und der Manager hat nach mehrfacher Nachfrage dann zugegeben, dass eine der Putzkräfte ihre Universalkarte verloren hat. Die Karte wurde später von einem Gast abgegeben, der sie im Aufzug gefunden hat. Ich habe dann mit der Putzkraft gesprochen. Die Karte ist an einem Haken immer direkt an ihrem Kittel befestigt. Sie meint, dass sie sie auf keinen Fall im Aufzug verloren haben kann. Es war allerdings am Ende ihrer Schicht, als sie den Verlust bemerkt hat. Zu dem Zeitpunkt hatte sie seit etwa einer halben Stunde keine Türen mehr damit geöffnet.«

»Und war auch nicht im Fahrstuhl?«, fragte Enna nach.

»So behauptet sie es wenigstens. Der Verlust einer solchen Karte muss sofort gemeldet werden. Was die Putzkraft dann auch gemacht hat. Die Karte kann dann elektronisch gesperrt werden, aber da war bereits fast eine Stunde vergangen.«

»Wie häufig passiert so etwas?«, fragte Paulsen.

»Selten, sehr selten sogar, hat der Manager gemeint.«

»Warten wir ab, was die Wohnungsdurchsuchung in Hamburg erbringt«, sagte Enna. »Was sagt die Kriminaltechnik?«

»An seinem Handy sind sie dran. Es ist leider bei dem Anschlag in Mitleidenschaft gezogen worden. Die Kollegen waren sich nicht sicher, ob sie das hinkriegen. Der Standort des Schützen wurde ermittelt. Er stand am Rande des Spielplatzes etwa fünfundzwanzig Meter entfernt von dir und Erken. Es muss also ein geübter Schütze gewesen sein, auch angesichts der schlechten Sichtverhältnisse. Die Hülse ist trotz intensiver Suche nicht gefunden worden. Also können wir davon ausgehen, dass der Täter so professionell war, sie noch in aller Ruhe aufzusammeln.«

»Erstaunlich«, murmelte Paulsen.

Klaus Behrend nickte. »Absolut. Das haben die Kollegen der Kriminaltechnik auch so gesehen. Weitere Spuren gab es bis auf Fußabdrücke, die mutmaßlich dem Täter gehören, nicht. Größe sechsundvierzig, Profil ist nur leicht abgelaufen und es gibt nur wenige kleine Einkerbungen, die wahrscheinlich eine spätere Identifizierung des Schuhes möglich machen. Genau lässt sich das aber erst sagen, wenn wir das Gegenstück liefern. Das Gewicht des Täters – wir können bei der Schuhgröße wohl von einem Mann ausgehen – liegt zwischen siebzig und neunzig Kilogramm. Von der Seite also nicht viel. Zu der Kugel gibt es noch nichts. Sie ist erst gegen Mittag in der Kriminaltechnik eingetroffen. Wir müssen uns da noch etwas gedulden.« Er warf einen Blick zu Jens. »Machst du weiter?«

Jens schlug sein Notizbuch auf. »Ich bin ja immer noch auf der Suche nach Joost. Ich habe jetzt Kontakt mit jemandem, der zwei Semester über unserem Gesuchten war und ihn flüchtig kannte. Von daher weiß er auch nur den Vornamen. Aber«, Jens hielt kurz inne und schien die Situation zu genießen, »dieser ehemalige Student hat mir einen Namen von einem weiteren Ehemaligen genannt, der seiner Meinung nach mit Joost befreundet war. Da ich gestern zum Teil mit Klaus unterwegs war, konnte ich mich damit noch nicht beschäftigen.«

»Okay, dann sind wir so weit durch?«, fragte Enna mit Blick in die Runde. »Die Hamburger haben ihre Aufgaben.«

Pia nickte. »Dann klicken wir uns schon mal raus. Bis morgen! Analog oder digital.« Sie winkte noch einmal in die Kamera, bevor das Bild verschwand.

»Könnt ihr beide, Klaus und Jens, nach Emden fahren und mit den beiden ehemaligen Mitarbeitern von Hajo Erken sprechen?«

»Die Adressen habe ich gefunden«, sagte Jens, dem Enna am Tag zuvor die Namen telefonisch durchgegeben hatte.

»Zu Erkens Charakter haben wir genügend Aussagen. Das kann allenfalls der Aufhänger sein. Wir müssen wissen, warum sie seinerzeit entlassen wurden und ob es Anzeichen dafür gab, dass Erken irgendwelche kriminellen Machenschaften am Laufen hatte. Den letzten Punkt bitte so vorsichtig wie irgend möglich fragen. Wir ermitteln gegen Erken nicht wegen des Todes seiner Frau, sondern suchen mögliche Verbindungen ins kriminelle Milieu. Fragt nach ihrem Alibi für vorgestern Abend. Das wird dann im Protokoll der Anlass für die Befragung sein.«

Klaus Behrend stand auf und nickte Jens zu. »Dann wollen wir mal sehen, ob wir mit den beiden einen Termin ausmachen können.«

Als sie die Küche verlassen hatten, murmelte Paulsen: »Und dann waren es nur noch zwei.«

Enna schmunzelte. »Welches der Protokolle übernimmst du?«

»Emden?«

»Okay, dann übernehme ich Leer und werde dann gleich auch Japsens Alibi überprüfen und mit den beiden Skatbrüdern sprechen. Anschließend sehen wir weiter.«

Siebzehn

Mit wenig Elan machte sich Enna an das Protokoll der Befragung von Klaas Japsen. Jede Bewegung schmerzte in der Rippengegend und erinnerte sie an den Schuss hinter dem Theater. Auch wenn sie den ersten Schock überwunden hatte, spürte sie eine tief sitzende Angst. Sie war nicht zum ersten Mal in einer brenzligen Situation gewesen, aber bisher hatte sie ihre Gegner gekannt und hatte sich auf sie einstellen können.

Am Abend zuvor hatte sie lange mit Aaron telefoniert. Als er von dem Zwischenfall gehört hatte, hatte Enna ihn nur mit Mühe davon abhalten können, sofort ins Auto zu springen und nach Oldenburg zu fahren. Jetzt würde er nach seinem letzten Termin am späten Nachmittag fahren und mit Glück vor Mitternacht in Oldenburg sein.

Enna griff nach dem Notizzettel, auf dem Klaas Japsen ihr die beiden Zeugen aufgeschrieben hatte. Den Pensionär erreichte sie zu Hause. Er bestätigte ihr Japsens Alibi und gab an, dass er von etwa neunzehn Uhr bis kurz nach elf bei seinem Freund gewesen sei. Den zweiten Zeugen, der noch im aktiven Polizeidienst tätig war, erreichte Enna über die angegebene Handynummer. Auch er gab an, bei Klaas Japsen gewesen zu sein. Die Zeit wich leicht von den Angaben der beiden anderen ab. Enna schrieb ein Protokoll und speicherte es gerade in der

Datenbank, als ihr Handy sich bemerkbar machte. Sie warf einen Blick aufs Display und nahm das Gespräch an.

»Hallo Pia, seid ihr schon in der Wohnung?«

»Ja, und da hat uns eine kleine Überraschung erwartet. Die Wohnung ist komplett durchwühlt worden. Das totale Chaos. Wir warten jetzt auf die Kriminaltechnik, bevor wir uns selbst einen Überblick verschaffen.«

»Einbruchspuren an der Tür?«

»Nichts zu sehen. Das waren Profis, wenn du mich fragst. Ich glaube auch kaum, dass die in der Wohnung Spuren hinterlassen haben. Wir werden jetzt erst mal die Nachbarn befragen.«

»Okay, melde dich, wenn es etwas Neues gibt.«

Enna stand auf und ging zu Paulsen ins Büro. Sie zog sich einen Stuhl an seinen Schreibtisch und erzählte ihm von den Neuigkeiten.

Paulsen nickte. »Also ging es doch um Erken und nicht in erster Linie um dich.«

»Das würde ich auch so interpretieren.«

»Was aber gleichzeitig heißt, dass der Fall immer verworrener wird. Wer wollte Erken warum ausschalten und was haben diese Leute bei ihm in der Wohnung gesucht? Vermutlich sind sie ja auch im Hotelzimmer gewesen. Und das Ganze hat etwas mit dem Mord an Rieke Erken zu tun?«

Enna legte den Kopf in den Nacken und schloss die Augen. »Ich sehe so langsam unsere Felle davonschwimmen.«

»Wir haben nicht einmal eine Woche rum, Enna. Seit wann bist du so ungeduldig?«

»Ich weiß nicht. Irgendwas macht mich unruhig. Und nein, es hat nichts mit vorgestern zu tun. Zumindest nicht direkt.«

Paulsen schien nicht überzeugt. »Sehe ich etwas anders, aber das bringt uns jetzt auch nicht weiter. Wir sollten lieber anfangen, die Dinge zu ordnen und nach einem roten Faden zu suchen.«

Enna hob ihren Daumen. »Erzähl, was geht dir im Kopf herum?«

Paulsen stand auf. »Lass uns eine Runde gehen. Da kann ich besser denken.«

Kurz darauf liefen sie durch die Straßen des Ziegelhofviertels, vorbei an einer Grundschule, in die Elias in einem halben Jahr eingeschult werden würde, und erreichten nach zehn Minuten den Botanischen Garten. Bis dahin hatten sie sich nur einige Stichwörter zugeworfen, ohne an einer konkreten Theorie zu arbeiten.

»Gehen wir einmal davon aus, dass Erken Ziel des Anschlags war«, schlug Paulsen vor.

»Okay.«

»Weiter gehe ich davon aus, dass es einen Zusammenhang gibt zwischen unseren Ermittlungen und dem Anschlag.«

Enna nickte.

»Erken war nicht untergetaucht. Hätte ihn jemand finden wollen, wäre das überhaupt kein Problem gewesen«, fuhr Paulsen fort. »Von daher denke ich, es war keine Rache für den Tod seiner Frau. Das würde keinen Sinn ergeben. Also komme ich zu dem Schluss, dass es etwas mit eurem Treffen zu tun haben muss.«

»Gut, lass uns das zu Ende denken. Irgendjemand hatte Erken also unter Beobachtung. Ansonsten hätte diese, ich nenne sie einfachheitshalber mal ›Organisation‹«, Enna malte Anführungszeichen in die Luft, »nicht so schnell reagieren können.«

Paulsen blieb stehen. »Er ist also observiert worden. Warum? Schon länger? Eher unwahrscheinlich. Also wird es etwas mit unseren Ermittlungen zu tun haben, zumindest indirekt. Du hast Erken am Montag angerufen, am Mittwochnachmittag hat er sich auf den Weg nach Oldenburg gemacht. Zu dem

Zeitpunkt muss die ›Organisation‹, wie du sie genannt hast, Erken bereits observiert haben.«

»Woher wussten diese Leute von meinem Anruf? Wir werden ja wohl kaum abgehört. Unsere Ermittlungen haben erst am Montag begonnen, sprich, die ›Organisation‹ kann die Information nur von Erken selbst haben.«

»So weit logisch, aber warum sollte sich Erken mit diesen Leuten in Verbindung setzen?«, spann Paulsen den Gedanken weiter. »Er muss doch geahnt haben, dass er dann in Gefahr ist.«

»Offensichtlich nicht. Vielleicht hat er ja auch nicht direkt mit der ›Organisation‹ gesprochen, sondern mit jemandem, der diesen Leuten nahesteht oder für sie arbeitet.«

Enna zeigte nach vorne. »Lass uns weitergehen. Mir wird kalt.«

Sie gingen am Tropenhaus vorbei und drehten eine weitere Runde durch den Botanischen Garten.

»Erkens Telefonverbindungen haben wir noch nicht?«, fragte Paulsen.

Enna schüttelte den Kopf. »Jens hat sie beantragt. Vor Montag oder Dienstag wird das nichts. Ich habe vorhin noch bei der Kriminaltechnik angerufen. Sie haben jetzt aufgegeben, noch was aus dem Handy herauszuholen.«

»Dann gehen wir jetzt einfach davon aus, dass Erken sich nach deinem Anruf mit jemandem in Verbindung gesetzt hat. Entweder direkt mit der ›Organisation‹ oder mit jemandem, der die ›Organisation‹ informiert hat. Liegt es da nicht nahe, dass diese Leute etwas mit dem Tod von Rieke Erken zu tun haben?«

»Und sie hatten jetzt Angst, dass Erken auspackt?«

»Warum nicht? Das wäre doch die naheliegendste Erklärung. Ja, ich weiß, so einfach ist das in den meisten Fällen nicht, aber es gibt auch Ausnahmen. Wir haben jetzt so viele Vermutungen angestellt, da können wir auch noch weiterspekulieren. Warum musste Rieke Erken sterben? Was hat sie mit der ›Organisation‹ zu tun? Kriminelle Machenschaften? Drogen oder Falschgeld, das mithilfe von Erken über den Emder Hafen ins Land gekommen ist? Rieke Erken hat Geld gebraucht und von den Machenschaften ihres Mannes gewusst. Ihr Fehler war, dass sie die ›Organisation‹ erpresst hat.«

»Und wie kommt Hajo Erken da jetzt rein?«, fragte Enna skeptisch.

»In diesem Szenarium wäre Erken nur ein Helfershelfer einer kriminellen Vereinigung und hat mit dem Tod von Rieke nicht direkt etwas zu tun. Vielleicht war er der Ansicht, dass seine Taten verjährt waren.«

»Womit er durchaus recht haben könnte«, sagte Enna. »Es hängt von den Umständen ab, ob eine fünfjährige Verjährungsfrist greift.«

»Noch besser! Gehen wir also davon aus, dass er in Hamburg nicht mehr für die ›Organisation‹ gearbeitet hat und er von der Verjährung seiner Emder Straftaten ausgegangen ist. Da kommen wir plötzlich ins Spiel und nehmen die Ermittlungen wieder auf. Seine Chance, den Tod seiner Frau, den er nicht in Auftrag gegeben hat, zu rächen. Natürlich hat er damals geahnt, dass es etwas mit der ›Organisation‹ zu tun haben könnte, aber er konnte nichts sagen, ohne sich selbst zu belasten.«

»Hätte Erken seiner Frau wirklich von seinen kriminellen Aktivitäten erzählt?« Enna schüttelte vehement den Kopf. »Niemals! Sie hätte dann etwas gegen ihn in der Hand gehabt.«

»Ja, das ist die Schwachstelle in meiner Theorie«, gab Paulsen zu. »Eine Lösung habe ich leider auch nicht.«

Sie gingen auf den Ausgang des Botanischen Gartens zu. Enna schaute in den Himmel. Die Novembersonne hatte sich inzwischen hinter den Wolken verkrochen und es sah nach Regen aus.

»Es gibt zwei Möglichkeiten«, sagte sie. »Entweder hängen die beiden Fälle unmittelbar zusammen oder wir haben es hier mit zwei mehr oder weniger unabhängigen Fällen zu tun. Uns wird nichts anderes übrig bleiben, als beide Varianten zu verfolgen.«

»Ich tippe auf die erste«, sagte Paulsen. »Und da Erken im Koma liegt, bleibt uns nur sein ehemaliger Stellvertreter. Wenn wir wieder im Büro sind, werde ich ihn so lange durchleuchten, bis ich etwas gefunden habe.«

Enna lachte. »Der Arme.« Und bevor Paulsen etwas antworten konnte, fügte sie hinzu: »Ich denke auch, dass Hansen unsere Aufmerksamkeit benötigt.«

»Dann sind wir uns ja einig.«

»Und ich werde mich um die Observationsaufzeichnungen von Klaas Japsen kümmern.«

»Dann werde ich mir noch einmal die Aufnahme von Bendigs Befragung reinziehen. Bisher habe ich immer nur Teile davon gehört. Es muss sich doch dort ein Anhaltspunkt finden.«

Oder auch nicht, dachte Enna.

Enna scannte zwei der besten Fotos ein, die Japsen von Erken und dem mysteriösen BMW-Fahrer gemacht hatte. Sie vergrößerte die Bilder und schnitt den Mann aus. Einmal war er von vorne zu sehen, ein anderes Mal von der Seite. Anschließend ging sie die zwölf Fotos der beiden Treffen durch. Schon Erkens Körperhaltung verriet Enna, dass er seinem Gegenüber nicht wohlgesinnt gewesen war. Er schien Abstand zu halten, fixierte den BMW-Mann aber auf jedem Foto. Für Enna sah es aus, als misstraue er dem Mann. Auf drei der Fotos schrie Erken den Mann mit wutentbranntem Gesicht an. Diese Aufnahmen hatte Japsen beim ersten Treffen der beiden Männer geschossen. Der BMW-Mann war etwa im gleichen Alter wie Erken, trug beide Male einen dunklen Anzug über weißem Hemd. Seine schwarzen, kurz geschnittenen Haare waren glatt nach hinten gekämmt. Der Mann schien auf Erkens Abneigung gelassen zu reagieren, als stünde ein Kind vor ihm, dessen Wutanfall er nur abzuwarten brauchte.

Das erste Treffen hatte eine Woche nachdem Riekes Leiche gefunden worden war, stattgefunden, das zweite fünf Tage später, kurz vor Erkens Verhaftung. Enna schob die Fotos zurück in die dafür gekennzeichnete Plastikhülle und nahm sich die nächsten Aufnahmen vor. Sie zeigten Erken vor einer Bank, die er gerade betrat. Sie starrte auf das Foto und schlug sich mit der flachen Hand an die Stirn. Jens Lange hatte bei einer ihrer Besprechungen berichtet, dass er die Bankunterlagen, die die erste SoKo zusammengestellt hatte, durchgegangen sei, sie aber noch nicht im Detail geprüft habe. Enna griff nach ihrem Handy und suchte nach der Kurzwahltaste.

»Hallo, Enna«, sagte Jens. »Wir sind noch auf dem Weg zur zweiten Befragung.«

»Deshalb rufe ich nicht an. Sag mal, die Bankunterlagen von Hajo Erken hattest du noch nicht komplett durch?«

Jens stöhnte leise. »Nein, tut mir leid. Es kam immer wieder etwas dazwischen. Ich habe sie nur einmal überflogen.«

»Weißt du, in welchem Karton ich sie finde?«

»Ich habe die Kartons durchnummeriert. Das ist der dritte, relativ weit unten solltest du die Unterlagen finden. In einer roten Mappe.«

Enna bedankte sich, während sie bereits auf dem Weg zur Treppe war. Jens hatte Post-it-Zettel auf die Pappkartons geklebt. Enna griff nach der roten Mappe und zog sie heraus. Nach einem kurzen Blick auf den Inhalt kehrte sie zurück in ihr Büro.

Auf Hajo Erkens Girokonto lagen zu dem Zeitpunkt der Abfrage fünfeinhalbtausend Euro, ein Sparkonto umfasste dreiundzwanzigtausend. Weitere Konten hatten die Ermittler nicht gefunden. Enna ging die Kontoauszüge für ein halbes Jahr durch, fand aber keine Bareinzahlungen oder anderen verdächtigen

Überweisungen. Bei derselben Leeraner Bank hatte Erken die Kredite für sein Haus laufen. Die gesamten Baukosten beliefen sich laut einer Aufstellung auf fünfhundertdreißigtausend Euro, die Eigenmittel lagen bei zehn Prozent, der Rest der Summe lief über die Finanzierung. Nach fünf Jahren hatte Erken fast die gesamte Summe abbezahlt, lediglich ein Restbetrag von dreißigtausend Euro lief weiter über den Kredit.

Enna rief erneut Jens an, die Mailbox sprang an. Enna schrieb ihm eine Nachricht mit der Frage, ob es Nachforschungen der SoKo zu dem hohen Betrag gegeben habe, mit dem Erken das Haus abgezahlt hatte.

In einem weiteren Teil der Akte waren Rieke Erkens Bankunterlagen hinterlegt. Ihr Kontostand auf dem Girokonto belief sich auf fünfhundertdreißig Euro. Enna blätterte die Kontoauszüge durch. Rieke Erken hatte regelmäßig Bargeld abgehoben und diverse Zahlungen per Bankkarte getätigt. Ihr Nettoeinkommen betrug knapp zweitausend Euro.

Enna legte die Akte zur Seite und konzentrierte sich wieder auf die Observationsunterlagen. Sie leerte eine Plastikhülle nach der nächsten, sah sich die Fotos an und suchte in den Aufzeichnungen nach Datum, Uhrzeit und dem mutmaßlichen Grund des jeweiligen Treffens.

Die fünfte Hülle umfasste dreißig Fotos. Gleich auf den ersten Blick sah Enna, dass die Aufnahmen im Emder Hafen gemacht worden sein mussten. Hajo Erken war zusammen mit unterschiedlichen Personen auf den Fotos, überwiegend trugen sie Jacken, auf deren Rückseite und deren Ärmeln das Logo der Hafenbetreiber prangte, das aus einer stilisierten Welle in Dunkelblau und einem roten Quadrat bestand.

Drei der Fotos zeigten Erken mit seinem Stellvertreter Sven Hansen im Hafenbereich, fünf waren durch die Fenster der Büros aufgenommen. Die Aufnahmen im Freien waren nichtssagend. Die Männer schienen sich zu unterhalten, einmal wies Erken mit der Hand auf etwas, ein anderes Mal sein Stellvertreter. Die Büro-Schnappschüsse waren aufschlussreicher für Enna. Nach Japsens Aufzeichnungen waren sie an drei aufeinanderfolgenden Tagen geschossen worden und auf jedem der Fotos schienen Erken und Hansen im Streit zu sein. Auf dem letzten stand Erken leicht nach vorne gebeugt vor Hansen, er schien seinem Gegenüber einen kräftigen Stoß gegen die Brust zu geben. Enna suchte in den Notizen und fand die entsprechende Stelle. Japsen beschrieb die Situation als ausgesprochen aggressiv und vermutete, dass nur durch Hansens Zurückweichen eine massive körperliche Auseinandersetzung verhindert worden war. Hansen hatte kurz nach dem Angriff Erkens Büro verlassen.

Als Enna gerade eine weitere Plastikhülle mit Fotos in Angriff nehmen wollte, rief Jens an.

»Ich bin kurz rausgegangen«, sagte er. »Du hast nach der hohen Summe gefragt, mit der Erken seinen Kredit abbezahlt hat?«

»Ja, genau.«

»Ich habe da etwas drüber gelesen. Warte mal. Ja, stimmt. Er hat geerbt. Eine Tante hatte ihm als Student ein Haus an der Ostsee vermacht. Das hat er verkauft und wohl damit den Kredit weitestgehend abbezahlt. Du findest das im Karton zwei relativ weit oben. Hoffe ich zumindest.«

»Das hilft mir schon weiter. Läuft alles bei euch?«

»Ich glaube schon. Ich muss aber jetzt wieder rein.«

»Alles klar. Bis später!«

Achtzehn

Enna lief zum zweiten Mal die Treppe hoch und fand schnell den Karton mit der Nummer zwei. Die Akte lag obenauf. Einer der SoKo-Kommissare hatte den Auftrag bekommen, sich vor Ort zu erkundigen. Das Haus der kinderlosen Tante stand in der Nähe des Ostseebads Graal-Müritz und war Anfang des letzten Jahrhunderts von einem dänischen Künstler als Feriensitz gebaut worden. Der Ehemann von Erkens Tante war der Enkel des Malers gewesen und hatte das Haus von seinen Eltern übernommen. Der Kommissar hatte mit dem Notar gesprochen, der den Verkauf beurkundet hatte, und sich die Unterlagen zeigen lassen. Dabei stellte sich heraus, dass es einen Fehlbetrag im Verhältnis zu Erkens Angaben von hundertfünfzigtausend Euro gab. Diese Summe war vom Käufer des Hauses entweder am Finanzamt vorbei an Erken bezahlt worden oder stammte aus einer anderen Quelle. Die neuen Besitzer beharrten darauf, dass der im Vertrag genannte Kaufbetrag die einzige Zahlung gewesen sei, die sie geleistet hatten, Erken hatte bei einer weiteren Befragung dazu geschwiegen. Da die Ermittler den Vorgang nicht als relevant für die Mordanklage sahen, war der Vorgang zu den Akten gelegt worden. Die zweite SoKo hatte sich ebenfalls nicht mit dem nicht nachweisbaren Geldbetrag beschäftigt.

Enna verließ ihr Büro und suchte nach Paulsen, den sie in der Küche fand.

»Auch einen Kaffee?«, fragte er.

»Wie weit bist du mit dem Abhören der Befragung?«

»Noch ganz am Anfang. Warum?«

Enna erklärte ihm, auf was sie gestoßen war. »Kannst du bitte darauf achten, ob Kollege Bendig Erken dazu befragt hat?«

Paulsen nickte und reichte Enna eine Tasse. »Vorsicht, heiß!«

»Danke.« Enna goss Milch in die Tasse und trank einen Schluck.

»Du meinst, das könnte Geld von der ›Organisation‹ sein?«, fragte Paulsen.

»Ansonsten habe ich beziehungsweise die Kollegen in den SoKos nichts gefunden. Entweder hatte Erken ein ausländisches Konto oder er hat es geschafft, das Geld irgendwie im Zusammenhang mit dem Hauskauf unterzumischen.«

Paulsen grinste. »Folge der Spur des Geldes. Wo kommt das Zitat noch her?«

Enna schüttelte augenrollend den Kopf, nickte ihm zu und verließ die Küche. Die nächsten Fotos aus der Japsen-Observation warteten auf sie.

Nach einer weiteren Stunde hatte sie alle Aufnahmen gesichtet und die dazugehörigen Angaben gelesen. Erken hatte sich in den knapp zwei Wochen nur drei Tage im Emder Hafen aufgehalten, die anderen Tage hatte er in seinem Haus verbracht, Besorgungen gemacht oder sich mit Leuten getroffen. Außer dem unbekannten BMW-Fahrer hatte Japsen alle Personen identifiziert und als irrelevant eingestuft.

Enna schickte die zwei Porträtfotos vom BMW-Mann an einen befreundeten Kollegen vom LKA Hamburg und fragte nach, ob der Mann ihm bekannt sei. Anschließend telefonierte Enna kurz mit einem Bremer Kollegen, dem sie ebenfalls die Fotos zugeschickt hatte. Er versprach ihr, sich umzuhören.

Als Nächstes nahm sich Enna die Aufzeichnung ihrer Befragung von Sven Hansen vor. Sie hörte die Aufnahme einmal durch und spulte dann zu drei Stellen zurück, die sie sich mehrfach anhörte. Hansens Stimme war die Nervosität anzuhören, als sie auf die Drogenfunde im Emder Hafen zu sprechen kamen. Zweimal verwies er auf den Zoll, der besser als er Bescheid wisse. Beim letzten Mal war seine Stimme zwar fester, zitterte aber immer noch leicht.

Das gleiche Phänomen hörte Enna bei der Stelle, die sich um Erkens Rückkehr nach Emden drehte. Wieder veränderte sich die Stimmlage ein wenig. Rein äußerlich war ihr Hansen ruhig und gelassen vorgekommen. Er schien damit die Unsicherheit in seiner Stimme überspielt zu haben oder Enna war noch vom Anschlag am Abend zuvor so mitgenommen gewesen, dass sie sich nicht hatte ausreichend konzentrieren können.

Inzwischen war sie sich sicher, dass Erkens Rückkehr nicht nur vom Port-Office-Team abgelehnt worden war, sondern dass Hansen auch seinen Anteil an der Kündigung seines Chefs gehabt hatte. Lag dies daran, dass Hansen sich zu dem Zeitpunkt bereits als Nachfolger sah, oder gab es andere Gründe? Immerhin hatten sich die beiden Männer auf einigen der Fotos ausgesprochen feindlich gegenübergestanden. Um was war es bei dem Konflikt gegangen? Hatte Hansen ihm die Gefolgschaft aufgekündigt oder war die Zusammenarbeit der beiden Männer nie so harmonisch gewesen, wie Hansen es dargestellt hatte?

Paulsen klopfte an den Rahmen der offenen Tür. »Ich habe die Stelle jetzt gefunden, an der Bendig auf das Geld zu sprechen kommt.«

Enna zeigte auf den Stuhl vor ihrem Schreibtisch, Paulsen setzte sich und reichte ihr den Stick. »Schieb mal rein. Bei Minute 2:13 wird es interessant.«

Enna schob den Stick in ihren Laptop und startete die App. Nachdem sie die von Paulsen angegebene Stelle gefunden hatte, startete sie die Aufnahme.

»Ich habe geerbt. Von meiner Tante«, hörten sie Hajo Erken sagen. »Was spielt das hier für eine Rolle?«

»Wie gesagt, es geht um ein Gesamtbild, Herr Erken. Sie hatten doch eingewilligt, uns zu helfen«, sagte eine tiefe Männerstimme, die Enna dem SoKo-Leiter Dirk Bendig zuordnete.

Jemand stöhnte theatralisch. »Meine Tante war kinderlos und sie hat halt mir alles vererbt.«

»Und mit dem Erlös aus dem Hausverkauf haben Sie Ihren Kredit abgelöst?«

»Sozusagen. Ich musste natürlich noch Erbschaftssteuer bezahlen. Aber den Rest habe ich ins Haus gesteckt.«

»Sie haben seinerzeit fünfhunderttausend Euro für das Haus bekommen, wenn ich da noch Erbschaftssteuer abziehe, sind Ihnen noch etwas über dreihundertachtzigtausend Euro geblieben. Sie haben allerdings fünfhundertdreißigtausend abbezahlt. Da bleibt eine Differenz von hundertfünfzigtausend.«

»Sie müssen sich verrechnet haben. Außerdem hatte ich auch noch Geld gespart.« Erken schnaubte. »Was sollen die ganzen Fragen zu meiner Hausfinanzierung? Ich weigere mich, da weiter drüber zu sprechen.«

»Es wäre schon gut, wenn wir das klären könnten, Herr Erken. Nur für die Akten, bevor irgendwann jemand darauf kommt, dass hier etwas nicht stimmt.«

»Welche Akten? Finden Sie einfach diesen Scheißkerl, der meiner Frau das angetan hat. Sie haben doch die DNA von diesem Ba…, dem Embryo. Da wird es doch kein Problem sein, den Mann zu finden.«

»Das läuft alles, Herr Erken. Auf Hochtouren sogar. Kommen wir noch einmal zu Ihrer Finanzierung zurück. Sie sagen also, Sie hätten noch eine bestimmte Summe gespart. Wie muss ich mir das vorstellen?«

»Ich habe das Geld zur Seite gelegt«, sagte Erken mit einer Stimme, der man anhörte, wie verärgert er über das Thema war.

»Wir haben aber keinen Beleg gefunden, weder bei Ihrer Hausbank noch bei einer anderen Bank.«

Enna wunderte sich, wie weit Dirk Bendig ging. Er hatte, nach eigener Auskunft, strikte Anweisung gehabt, Erken nicht als Verdächtigen zu behandeln. Auch Erken musste verstanden haben, auf was die Argumentation hinauslief. Entweder hatte er das Geld beim Hausverkauf unterschlagen, um Erbschaftssteuer zu sparen, oder es kam aus einer anderen Quelle. Warum verweigerte sich Hajo Erken in dieser Situation nicht? Hatte er Angst, dass der Ermittler die dubiose Quelle des Geldes finden und dies gleichzeitig mit dem Mord an seiner Frau in Verbindung bringen würde?

»Ich bin lange zur See gefahren. Verdammt, was meinen Sie, wie langweilig das sein kann? Da spielt man halt, auch mal um Geld. Ich bin gut im Poker, sehr gut sogar. Wollen Sie mir das allen Ernstes jetzt anhängen? Nach den ganzen Fehlern, die Ihre Kollegen gemacht haben? Wissen Sie überhaupt, wie das im Knast für mich war? Unschuldig und immer in Gefahr, mein Leben lang weggesperrt zu werden? Und Sie wollen mir jetzt irgendetwas anhängen, was nicht nur längst verjährt ist, sondern auch nichts, aber auch gar nichts mit dem Mord an meiner Frau zu tun hat.«

Enna konnte sich regelrecht vorstellen, wie Hajo Erken sich energisch nach vorne gebeugt und dabei Bendig direkt in die Augen geschaut hatte. Seine Stimme klang klarer und aggressiver als zuvor, als habe er sich plötzlich daran erinnert, dass er nicht Beschuldigter war.

»Nun beruhigen Sie sich bitte«, sagte Dirk Bendig. »Wir sind nun mal angehalten, den Fall noch einmal von vorne aufzurollen. Da kann jeder Aspekt wichtig sein. Sie haben doch am eigenen Leib erfahren, was passiert, wenn nicht gründlich ermittelt wird. Soll das noch einmal passieren?« Er legte eine Kunstpause ein. »Das will doch niemand von uns. Dann notiere ich hier, dass die Restsumme für Ihr Haus von Ihnen erspart wurde, vor allem während der Zeit, als Sie zur See gefahren sind.«

Paulsen hob die Hand, Enna stoppte die Aufnahme.

»Mehr habe ich bisher nicht gefunden. Vielleicht kommt er ja noch mal gegen Ende der Befragung darauf zurück.«

»Kollege Bendig hat die hundertfünfzigtausend in eurem Gespräch nicht erwähnt?«

»Schon, aber nur am Rande. Er hat dem wohl letztendlich keine Bedeutung zugemessen. Dass da Schmu gelaufen ist, wird er auch gesehen haben. Sonst hätte er in der Befragung den Punkt nicht angeschnitten.«

»Glücksspiel, glaubst du daran?«

Paulsen lachte. »Nein, ganz sicher nicht. Ich kenne Erken nicht persönlich, aber alles, was ich bisher von ihm gehört habe – auch hier die Aufnahme –, klingt nicht nach einem abgebrühten Pokerspieler. Da halte ich eher Schwarzgeld für wahrscheinlich oder mehr noch die Bezahlung für seine Dienste für die ›Organisation‹.«

»Ich glaube kaum, dass wir das im Moment klären können. Die neuen Hausbesitzer – falls sie nicht schon wieder verkauft haben – werden uns da nicht helfen und Erken liegt im Koma.«

»Die Sache ist doch verjährt. Weder die Käufer noch Erken hätten etwas zu befürchten. Wenn du nichts dagegen hast, rufe ich die Leute an, die das Haus gekauft haben.«

»Das kannst du machen.« Enna sah auf die Uhr. »Ich bestelle mir eine Pizza. Willst du auch etwas?«

Neunzehn

Jens schaute in Ennas Büro. »Wir sind wieder da. Setzen wir uns noch zusammen?«

Enna warf einen Blick auf die Uhr. »In zehn Minuten in der Küche. Ich versuche, die Hamburgerinnen zu erreichen.«

Pia meldete sich nach dem ersten Klingelton. Sie waren gerade wieder im Hotel eingetroffen und hatten gegen Spätnachmittag und am Abend zwei weitere Zeugenbefragungen eingeplant.

»Könnt ihr euch in fünf Minuten zuschalten?«, fragte Enna. »Jens und Klaus sind gerade aus Emden zurück. Dann können wir uns noch vor dem Wochenende austauschen.«

Pia winkte ihnen am Bildschirm zu, neben ihr saß Mia Jörgensen.

»Okay, dann sind wir ja alle zusammen«, sagte Enna und skizzierte kurz ihre und Paulsens Ermittlungen, bevor sie Jens und Klaus Behrend bat, von den Befragungen in Emden zu berichten.

»Wir hatten ja die beiden Kündigungskandidaten am Wickel«, begann Klaus Behrend. »Nummer eins können wir so weit abhaken. Karl Reichel hatte ein starkes Alkoholproblem, das auch Erken nicht ignorieren konnte. Reichel war übrigens voll des Lobes über seinen Chef und hat ihm keinerlei Vorwürfe gemacht, im Gegenteil. Erken hat ihn unterstützt und ihm einen Therapieplatz vermittelt. Geholfen hat es wenig, Reichel hat Mist gebaut und einen Schaden von weit über zehntausend Euro verursacht. Die Folge war eine Abmahnung, die zweite ließ nicht lange auf sich warten und nach einer weiteren Runde in der Klinik hat Erken Reichel eine letzte Chance eingeräumt. Kurz und schlecht, er hat auch die versemmelt. Erken blieb, laut Reichel, nichts anderes übrig, als seine Kündigung vorzuschlagen. Ansonsten wäre er in arge Schwierigkeiten gekommen. Das Letzte war jetzt O-Ton Reichel.«

»Wann hat sich das abgespielt?«, fragte Paulsen.

»Das war zwei Jahre vor Rieke Erkens Tod. Reichel ist inzwischen seit fünf Jahren trocken und hegt, wie gesagt, keinerlei Groll gegen seinen früheren Chef.«

»Wer hätte das gedacht«, warf Pia ein. »Bisher haben wir nichts Gutes über Erken ausgegraben.«

»Reichel meinte«, fuhr Klaus Behrend fort, »dass Erken wohl selbst mal Probleme mit Alkohol gehabt habe und ihn auch deshalb so unterstützt habe. Ansonsten hat er schon bestätigt, dass Erken ein harter Knochen sei, wieder O-Ton, und ein ziemlicher Einzelgänger.«

»Okay«, sagte Enna, die sich vorgenommen hatte, spätestens gegen siebzehn Uhr zu Hause zu sein. »Und der zweite Kandidat?«

Klaus Behrend warf einen Blick zu Jens. »Willst du?«

Jens richtete sich auf. »Ja, Rainer Prott, er wurde ungefähr vier Monate vor Rieke Erkens Tod entlassen beziehungsweise sein Vertrag wurde in gegenseitigem Einvernehmen aufgelöst. Ihm wurde vorgeworfen, über Monate Waren gestohlen zu haben. Prott hat uns gegenüber allerdings abgestritten, dass er etwas damit zu tun hatte.«

»Sagtest du nicht gerade, dass sein Vertrag mit seiner Zustimmung aufgelöst wurde?«, fragte Paulsen.

»Das ist richtig. Prott behauptet, er sei unter Druck gesetzt worden. Er hatte nur die Wahl zuzustimmen oder die angeblichen Diebstähle wären angezeigt worden.«

Paulsen hob fragend eine Augenbraue. »Erken?«

»Ja, so sagt es zumindest Prott. Das eigentlich Interessante ist, dass Prott vor seinem Weggang Verdacht geschöpft hatte, dass Drogen über den Hafen ins Land geschmuggelt wurden.«

»Sieh an!«, warf Paulsen ein.

Jens nickte. »Dachten wir uns auch und haben uns sehr ausführlich mit Rainer Prott unterhalten. Schon ein Jahr zuvor hatte er verdächtige Aktivitäten rund um bestimmte Lieferungen bemerkt. Die Schiffe kamen allesamt aus Südamerika. Brasilien, Venezuela, Kolumbien. Da er Erken in Verdacht hatte, etwas damit zu tun zu haben, ist …«

»Warum?«, unterbrach Paulsen seinen Kollegen.

»Da komme ich gleich zu«, fuhr Jens fort. »Also, Prott hatte Erken in Verdacht, wollte aber nicht gleich eine Stufe höher gehen, um die Vorfälle zu melden. Wie gesagt, es war nur ein Verdacht, er hatte weder Fotos noch andere Beweise. Warum Erken? Die Frage haben wir natürlich auch gestellt. Prott meint, dass nur Erken den freien Zugang zu allen Waren gehabt hat, und vor allem hat er ihn mehrfach mit, wie es Prott formuliert hat, verdächtigen Personen zusammen gesehen. Um es kurz zu machen, Prott ist zu Sven Hansen gegangen und hat ihm von seinem Verdacht erzählt. Hansen sei sehr interessiert gewesen, habe ihn aber gebeten, sich vorerst ruhig zu verhalten. Er, also Hansen, wollte sich selbst um die Angelegenheit kümmern. Dazu ist es dann nicht mehr gekommen. Vier Wochen nach diesem Gespräch hat Erken Prott in sein Büro gebeten und ihn mit den angeblichen Diebstählen konfrontiert. Prott hat dann um zwei Tage Bedenkzeit gebeten, sich mit einem Anwalt und einem Gewerkschaftssekretär getroffen, die ihm aber beide dazu geraten haben, den Arbeitsplatz zu wechseln. Der Anwalt hat dann noch eine Abfindung herausgeholt, es ging da wohl um zehntausend Euro, und Prott wurde dann zwei Wochen nach dem Gespräch mit Erken freigestellt.«

»Als wie glaubwürdig schätzt ihr Rainer Prott ein?«, fragte Enna.

Jens sah zu Klaus Behrend, der nickte und antwortete: »Die Geschichte klang logisch, Prott hat sich nicht in Widersprüche verwickelt, obwohl wir alles mindestens dreimal durchgegangen sind. Er hat übrigens schnell einen neuen Job gefunden und die ganze Sache abgehakt. Er machte auf mich nicht den Eindruck, als wollte er es Erken im Nachhinein heimzahlen.«

»Im Gegenteil, durch die Abfindung und den neuen Job scheint er sich sogar bessergestellt zu haben«, fügte Jens hinzu. »Auch auf mich wirkte es nicht so, als trüge er Erken etwas nach.«

»Als Schütze können wir also beide ausschließen«, fasste Paulsen zusammen. »Aber die Information von Prott passt perfekt in unseren Ermittlungsansatz, der Erken mit dem Tod seiner Frau in Verbindung bringt.«

»Du meinst, Rieke Erken ist hinter die Machenschaften ihres Mannes gekommen und hat ihn erpresst?«, fragte Pia. »Hatten wir das nicht schon so oder so ähnlich abgehakt?«

Enna räusperte sich. »Ich denke, wir sollten zwei Ermittlungsstränge verfolgen. Erstens: Rieke Erkens Tod und der Anschlag auf Hajo Erken haben nicht direkt etwas miteinander zu tun. Wir werden hier die persönlichen Kontakte von Rieke Erken weiterverfolgen. Zweitens: Beide Taten haben direkt miteinander zu tun. Als Ausgangspunkt nehmen wir hier den Anschlag am Mittwoch. Wer wollte Erken töten und warum? Wenn die Fälle unmittelbar zusammenhängen, werden wir mit hoher Wahrscheinlichkeit auch über diesen Weg Rieke

Erkens Mörder finden.« Enna sah auf die Uhr. »Wir machen für heute Schluss und treffen uns am Montag um neun Uhr, um die weitere Vorgehensweise zu besprechen. Einverstanden?«

In der Runde gab es zustimmendes Nicken. Enna wartete, bis sich Pia und Mia Jörgensen aus der Videoschaltung verabschiedet hatten, bevor sie aufstand und ihre Tasse in die Spülmaschine stellte.

Elias hatte viel zu erzählen und fragte zwischendurch immer wieder, wann Aaron kommen würde. Als Enna ihm am frühen Abend eine Geschichte vorlas, schlief er nach wenigen Minuten ein. Sie deckte ihn zu und gab ihm einen vorsichtigen Gutenachtkuss, bevor sie sich rausschlich und an Alinas offener Tür anklopfte.

»Darf ich reinkommen?«

Alina lächelte. »Natürlich. Du musst nicht immer fragen.«

Enna trat ein. »Ist mir aber lieber. Etwas Privatsphäre brauchst du auch.«

»Ich fühle mich hier wohl, Enna.« Alina seufzte. »Ich kann mir noch gar nicht vorstellen, was …« Sie verstummte.

»Meine Mutter sagte immer: Kommt Zeit, kommt Rat.«

Alina lächelte. »Bei uns heißt das: *Poczekamy, zobaczymy!* Abwarten, was kommt. Leider bin ich nicht so gut darin.«

»Da haben wir etwas gemeinsam. Als ich jünger war, wollte ich immer mit dem Kopf durch die Wand, egal wie dick sie war.«

»Heute nicht mehr?«

»Manchmal schon«, gab Enna zu, »aber Elias bremst mich dann. Wenn ich sehe, wie er den Tag genießen kann, sich über jede Kleinigkeit freut und auch seine kleinen Rückschläge ohne viel Aufsehen wegsteckt, dann werde ich wieder ziemlich schnell geerdet.«

»Geerdet? Was ist das?«

»Mit beiden Beinen auf dem Boden zu stehen und keine Angst vor dem nächsten Tag, der nächsten Woche oder dem nächsten Jahr zu haben.«

»Du hast Angst?«, fragte Alina mit ungläubiger Miene.

»Jeder Mensch hat Angst und macht sich Sorgen um dies und das. Und das ist auch gut so. Nur wenn es zu viel wird und die Angst das Leben komplett dominiert, zieht es dir sozusagen den Boden unter den Füßen weg.«

»Ist das dann das Gegenteil von geerdet sein?«, fragte Alina lächelnd.

Enna nickte. »Darf ich dich etwas Persönliches fragen?«

»Ja«, sagte Alina.

»Warum hast du nicht gleich studiert, sondern erst einmal ein Jahr im Ausland eingeplant?«

»Das machen viele«, sagte Alina zögerlich.

»Aber warum du?«

»Ich wollte etwas von der Welt sehen.« Alina stöhnte leise. »Und ich wollte weg aus Polen, aus dieser Enge. Ich habe Angst gehabt, dass ich da ersticke.« Sie hatte leise gesprochen, den Blick gesenkt. »Ich schäme mich etwas dafür. Es sind doch meine Eltern. Wie kann ich sie im Stich lassen?«

»Kinder ziehen nun mal aus, wenn sie erwachsen sind. Du lebst jetzt ein paar Hundert Kilometer weiter von deinem Elternhaus entfernt. Es gibt Flugzeuge und selbst mit dem Auto ist die Strecke gut zu schaffen. Ist es wirklich die Entfernung, die dir Sorgen macht?«

Nach einer Weile schüttelte Alina den Kopf. »Nein, das ist es nicht.«

Enna nickte und schwieg.

»Ich habe mich auch früher schon zu Frauen hingezogen gefühlt«, fuhr Alina leise fort, »aber meine Gefühle nie zugelassen. Das hat mir Angst gemacht. In Polen ist es nicht so einfach wie hier. Und meine Eltern …« Ihre Augen waren feucht geworden, eine Träne löste sich und lief über ihre Wange. »Aber es ist doch mein Leben.« Sie sah Enna direkt an. »Oder?«

»Ja, es ist dein Leben.«

In diesem Augenblick klingelte Alinas Handy, das auf dem Beistelltisch lag. Der Name »Pia« leuchtete auf dem Display auf.

Enna stand auf. »Dann lasse ich euch mal alleine.«

Kurz vor ein Uhr poppte auf Ennas Handy die ersehnte Nachricht auf. Enna eilte zur Haustür und ließ Aaron herein. Er stellte seine Reisetasche ab und zog Enna an sich. »Ich hätte den Zug nehmen sollen. Tut mir leid, dass du so lange warten musstest.«

Enna küsste ihn auf den Mund. »Alles gut. Komm doch erst mal rein. Wo genau war der Stau?«

Aaron zog seinen Mantel aus und folgte Enna ins Wohnzimmer.

»Kurz nach der Abfahrt Vechta. Ein Lkw hat sich quer gelegt. Die haben eine Ewigkeit gebraucht, um überhaupt eine Fahrbahn freizubekommen.«

»Ein Glas Wein?«

Aaron zögerte. »Ein Whisky wäre mir lieber.«

Enna holte ein zweites Glas aus dem Schrank und schenkte Aaron ein. Er trank einen großen Schluck und ließ sich nach hinten aufs Sofa fallen. »Nächste Woche nehme ich mir Freitag frei und fahre mit dem Zug.«

Enna zog ihn an sich. »Jetzt bist du ja da. Wir schlafen gleich erst mal und morgen sieht die Welt schon wieder freundlicher aus. Elias hat dich übrigens schon fest eingeplant. Er will mit dir zum Woldsee und seine Drohne starten lassen.«

Aaron hatte Elias wenige Wochen zuvor eine Drohne geschenkt, mit der er inzwischen wie ein Profi fliegen konnte.

Aaron schmiegte sich bei Enna an. »Ich hoffe doch, dass du mitkommst.«

»Natürlich. Wir können mit dem Fahrrad fahren.« Enna stockte. In der Garage stand Simons Fahrrad. Seit seinem Tod hatte sie es nicht wieder benutzt und es auch nicht geschafft, es zu verkaufen. »Ich muss aber schauen, ob das Fahrrad …« Sie schluckte.

»Lass uns doch mit dem Auto fahren«, sagte Aaron leise.

»Ja, vielleicht ist das besser.«

Eine Weile schwiegen sie, bis Aaron sich von Enna löste und vorschlug, ins Bett zu gehen.

Die Sonne schien ins Schlafzimmer. Enna reckte sich, warf einen Blick auf den Wecker und drehte sich zu Aaron um.

»Schon wach?«, fragte Aaron lächelnd.

Enna robbte zu ihm unter die Decke und küsste ihn zärtlich. Als Aaron sie an sich zog, hielt sie kurz die Luft an. Die Stelle in der Rippengegend schmerzte.

»Entschuldige«, sagte Aaron. »Ist das von …«

Enna nickte. »Ich fürchte, wir müssen etwas vorsichtiger als sonst sein.«

Aaron zog ihr T-Shirt langsam hoch und betrachtete die inzwischen grün-violette Verfärbung der Haut. »So schlimm?«

»Es geht. Die Rippen sind etwas geprellt. Sieht schlimmer aus, als es ist.« Sie zog das T-Shirt über den Kopf und schmunzelte. »Wenn ich oben bin, sollte es eigentlich gehen.«

Zwanzig

Kurz vor halb neun betrat Enna das Kommissariat. Kaum hatte sie ihren Mantel aufgehängt, kam Paulsen zu ihr ins Büro.

»Hattest du ein erholsames Wochenende?«, fragte er.

»Absolut. Und du?«

Anstatt einer Antwort legte er ein ausgedrucktes Foto auf ihren Schreibtisch und griff nach einem Stuhl.

Enna musterte die Aufnahme. Zwei Männer, die an einem relativ dunklen Ort voreinanderstanden und sich zu unterhalten schienen. Der eine Mann war nur von hinten zu sehen, der zweite im Profil. Enna erkannte ihn sofort.

»Woher hast du das Foto?«

»Selbst geschossen. Leider stand ich sehr weit entfernt.« Er tippte auf einen der Männer. »Das ist Sven Hansen.« Paulsen machte eine kurze Pause, bevor er fortfuhr. »Und das ist unser BMW-Mann, wie du sicher schon bemerkt hast.«

»Wann und wo?«

»Samstagnacht, in der Nähe des Liberty-Clubs. Es war kurz vor zwei, als Hansen den Klub verließ und zu dem Auto ging. Der BMW-Mann ist dann ausgestiegen und hat sich genau drei Minuten mit ihm unterhalten.«

»Und was hast du zu der Zeit in Emden gemacht?«, fragte Enna.

»Enna, du weißt doch genau, was ich dort gemacht habe. Ich habe Hansen observiert. Keine Angst, nur von zehn bis vier. Dazu bedarf es ja noch keines richterlichen Beschlusses.«

»Und gestern? Wo warst du da?« Enna schüttelte den Kopf. »Paulsen, dir ist doch klar, dass das grenzwertig ist. Ja, wir brauchen erst nach mehr als zwei Tagen einen Beschluss, aber ich habe die Arbeit unseres Teams zu verantworten. Ich!« Enna tippte sich mit dem Zeigefinger auf die Brust. »Und ich weiß nicht, wenn einer meiner Kollegen einen Zeugen zwei Nächte observiert? Und wenn etwas passiert wäre?«

»Ist es aber ja nicht. Und ich habe es dir doch gesagt. Jetzt krieg dich mal ein.«

»Bitte Paulsen, das war das letzte Mal. Habe ich dein Wort darauf?«

»Ja, verdammt«, sagte Paulsen zerknirscht.

»Okay, Schwamm drüber. Hast du das Kennzeichen des BMW?«

»Nein. Ich stand zu unglücklich und wie gesagt zu weit entfernt. Als ich endlich eine bessere Position hatte, war der BMW-Mann bereits verschwunden. Ich habe mit allem gerechnet, aber nicht damit, dass dieser Typ da mitten in der Nacht auftaucht. Ich wollte nicht riskieren, dass Hansen mich entdeckt.«

»Was ist das für ein Klub?«

»Ein Nachtklub mit angeschlossenen Separees. Teuer. Eine Flasche Champagner liegt bei vierhundert Euro. Edelchampagner beim Dreifachen. Hansen war auch am Sonntag da, zwei Stunden. Um kurz nach Mitternacht war er wieder zu Hause. Ich bin dann noch in den Klub …« Er hob schützend die Hände. »Keine Angst, ohne Spesenrechnung. Ich habe nur ein Bier getrunken und mich mit dem Barmann etwas unterhalten. Hansen kommt regelmäßig und hat eine Favoritin unter den Damen.«

Enna warf ihm einen skeptischen Blick zu. »Und das hat er dir freiwillig erzählt?«

»Nicht ganz. Der gute Mann hat vor Jahren in Osnabrück gearbeitet. Ebenfalls in einem Klub, allerdings erheblich seriöser. Er hat dort Koks verkauft, ein Informant hatte uns einen Tipp gegeben, wir haben den Klub hopsgenommen. Die Presse hat davon Wind bekommen, was wiederum nicht so gut fürs Image des Klubs war, in dem auch die gehobene Gesellschaft der Stadt verkehrte. Der Besitzer war eine ganze Weile auf der Suche nach seinem Mitarbeiter.« Paulsen grinste. »Wie kann man so dämlich sein und in Emden untertauchen? Nun gut, ich musste ihm versprechen, niemandem von seinem neuen Leben zu erzählen. Dafür war er bereit, mir ein paar Informationen zu geben.«

»Kannte er auch den BMW-Mann?«

Paulsen nickte. »Allerdings nur vom Sehen. Er weiß nichts über ihn oder wollte es mir nicht verraten. Was wiederum für die Gefährlichkeit des Typen sprechen würde. Name und Adresse der Dame, die Hansen anhimmelt, habe ich.«

»Gute Arbeit. Ich hole mir einen Beschluss für eine längerfristige Observation. Wir sprechen gleich weiter, wenn wir alle zusammensitzen.«

Paulsen nickte, stand auf und verließ ihr Büro. Enna rief die Staatsanwältin an und erklärte ihr die Situation.

»Woher kommen die Fotos, die Herrn Erken mit dem unbekannten Mann zeigen?«, fragte Julia Brambach.

Enna war auf die Frage vorbereitet. »Die wurden uns zugespielt. Hajo Erken ist kurz nach dem Tod seiner Frau zwölf Tage observiert worden. Wir haben den gesamten Ordner bekommen.«

»Zugespielt? Oder sollte ich nicht weiter nachfragen?«

»Wir haben die Fotos und halten sie für authentisch«, wich Enna der Frage aus.

»Haben Sie überhaupt die Kapazitäten, um Herrn Hansen über längere Zeit zu observieren?«

»Für ein paar Tage beziehungsweise Nächte wird es reichen. Sollten sich weitere Verdachtsmomente ergeben, brauchen wir Unterstützung.«

»Für eine Woche kann ich Ihnen die Observation genehmigen, anschließend brauchen wir einen Beschluss. Sehen Sie zu, dass Sie dann mehr haben als heute.«

»Danke.«

»Wie geht es Herrn Erken?«

»Ich habe gestern Abend mit dem Oberarzt gesprochen. Er ist immer noch in einem kritischen Zustand. Mehr konnte er mir nicht sagen. Die Bewachung vor Ort sollte auf jeden Fall weiterbestehen.«

Julia Brambach stöhnte leise. »Lange bekomme ich das nicht mehr durch. Wir brauchen Ergebnisse, Frau Andersen. So ungern ich Sie zeitlich unter Druck setzen möchte …«

»Der Fall ist kompliziert beziehungsweise wir haben mindestens zwei Fälle.«

»Mindestens?«

»Einer unserer Ermittlungsstränge verfolgt den Ansatz, dass Hajo Erken als Leiter des Port Office mit der Organisierten Kriminalität zusammengearbeitet hat.«

»Drogen?«

»Das wissen wir noch nicht. Wie gesagt, es ist einer der Ermittlungsstränge, die wir im Moment verfolgen.«

»Sehen Sie zu, dass davon nichts an die Öffentlichkeit gelangt. Bisher hat die Presse noch keinen Wind davon bekommen, wem der Anschlag galt. Sie können sich vorstellen, was passiert, wenn diese Details öffentlich werden.«

»Für mein Kernteam kann ich die Hand ins Feuer legen. Mit den beiden Kollegen aus der Oldenburger Polizeidirektion werde ich noch einmal separat sprechen.«

Die Staatsanwältin räusperte sich. »Ich will Ihnen nicht verschweigen, dass die ersten Stimmen laut werden, die anzweifeln, ob Ihr Team zwei Fälle gleichzeitig stemmen kann. Es wird von der Notwendigkeit einer großen SoKo gesprochen.«

»Wer spricht davon?«

»Sie haben leider nicht nur wohlgesinnte Kollegen in dem Gebiet, wo Sie bisher tätig geworden sind. Sie können sich denken, woran das liegt.«

»Ja, jeder nachträglich aufgeklärte Fall bedeutet ein bloßgestelltes Team vor Ort oder besser gesagt Kollegen, die sich auf die Füße getreten fühlen.«

»Ungerechtfertigterweise, möchte ich deutlich hinzufügen.«

»Danke«, sagte Enna.

»Ich habe mich für Ihr Team verbürgt, Frau Andersen. Zwei Wochen kann ich die Meute im Zaum halten. Danach kann ich für nichts mehr garantieren.«

»Das könnte knapp werden. Aber danke für Ihr Vertrauen.«

»Keine Ursache. Bitte informieren Sie mich täglich über die Fortschritte. Sie erreichen mich jederzeit unter meiner Handynummer.«

Enna warf einen Blick in die Runde. »Guten Morgen. Ich hoffe, alle haben sich etwas erholt von der anstrengenden letzten Woche. Leider wird die kommende Woche nicht weniger aufreibend. Unsere Neider scharren mit den Hufen und trauen uns die Arbeit an zwei Fällen gleichzeitig nicht zu. Die Staatsanwältin tut ihr Bestes, aber in spätestens zwei Wochen müssen wir liefern. Zumindest in einem der Fälle.«

Ein leises Raunen ging durch die Gruppe.

»Wir stehen nicht zum ersten Mal unter Zeitdruck. Das ist nicht immer leicht, aber wir werden trotzdem einen Schritt nach dem anderen machen. Wenn wir jetzt hektisch werden, fällt uns das schnell auf die Füße.«

Enna erhielt zustimmendes Nicken.

»Okay, wer fängt an?«

Jens hob die Hand. »Dann lege ich mal los. Mein Freund bei der Osnabrücker Stadtillustrierten hat Patrik Blohm interviewt. Dabei kam heraus, dass Blohm eigentlich erst in einem Monat starten wollte, allerdings den Termin kurzfristig vorverlegt hat. Er wird in zehn Tagen von Hannover aus nach Thailand fliegen. Dort beginnt seine Reise. Also leider keine guten Nachrichten.«

»Nein«, sagte Enna.

»Des Weiteren habe ich mich am Wochenende auf Facebook herumgetrieben. Wie ihr wisst, habe ich mich ja in die Ehemaligengruppe der Hochschule aufnehmen lassen. Bisher bin ich noch nicht fündig geworden, warte aber immer noch auf die Antwort eines neuen Kontaktes. Tut mir leid, dass ich da noch nichts habe.«

»Du tust dein Bestes«, sagte Enna. »Das scheint im Moment unser einziger Weg zu sein, um dort weiterzukommen.«

»Die Telefondaten von Erkens Handy sind leider auch noch nicht da. Ich habe heute Morgen schon Druck gemacht. Drückt mir die Daumen, dass es etwas genutzt hat.« Jens sah auf seine Notizen. »Die Kriminaltechnik hat jetzt die Kugel, die Hajo Erken getroffen hat, untersucht und abgeglichen. Kein Treffer. Die Waffe ist bisher bei keiner anderen Tat aufgefallen. Das wär's von meiner Seite.«

»Okay.« Enna wandte sich an Pia, die am späten Freitagabend aus Hamburg zurückgekommen war. »Was ist noch aus Hamburg zu berichten?«

»Zuerst zu Erkens Wohnung.« Pia reichte einige Fotos herum. »Es war nicht zu übersehen, dass dort jemand etwas gesucht hat. Laptop oder Rechner sind keine gefunden worden. Allerdings gibt es einen WLAN-Anschluss in der Wohnung, was vermuten lässt, dass er außer seinem Handy noch andere Endgeräte hatte. Die Kollegen haben ein Netzgerät entdeckt, das zu einem MacBook passt. Fingerabdruckabgleich wird dauern, aber wir sollten uns nicht zu viele Hoffnungen machen. Das waren Profis. DNA ist ebenfalls gefunden worden. Auch da werden wir sicher noch eine Woche und länger warten müssen.«

»Wurden außer dem MacBook, was ja vermutlich in der Wohnung oder im Hotel gelegen hat, Wertsachen gestohlen?«, fragte Enna.

Pia schüttelte den Kopf. »Nein. Eine relativ wertvolle Uhr ist liegen geblieben, zweihundertfünfzig Euro Bargeld in einer Dose ebenfalls. Digitalkamera, Fernseher, Musikanlage und Beamer sind noch da. Das sieht nicht nach einem klassischen Einbruch aus.«

»Die Nachbarn?«

»Haben bis auf einen älteren Herrn nichts mitbekommen. Herr Meier, einundachtzig, aber mit gutem Gehör, hat Mittwochnacht Geräusche gehört. Er hat die Wohnung direkt neben Erken. Er klang glaubwürdig. Hätte er gewusst, dass Erken verreist war, hätte er unsere Kollegen in Hamburg informiert. Das sagt er jedenfalls. So ist er davon ausgegangen, dass Erken etwas umräumt.«

»Mitten in der Nacht?«, murmelte Paulsen.

»Wir sprechen von kurz nach zwölf. Erken war wohl häufiger bis spätabends wach, hat Musik gehört oder ferngesehen.«

»Okay«, sagte Enna. »Ihr wolltet noch Freunde oder Bekannte befragen?«

»Ja, wir haben mit zwei Arbeitskollegen und Erkens Freundin gesprochen.«

»Freundin?«, fragte Paulsen. »So richtig?«

Pia schüttelte den Kopf. »Nur so halb richtig, würde ich sagen. Sprich, sie sind kein Liebespaar, falls das deine Frage war, aber wohl kurz davor. Zunächst zu Erkens Arbeitskollegen, die sich als sehr gute Bekannte von Erken ausgegeben haben. Erken hat übrigens beiden erzählt, dass seine Frau gestorben sei und er anschließend die Stadt gewechselt hat. Was tatsächlich passiert ist, wussten beide nicht. Die drei spielen hin und wieder Karten und waren auch schon mal zusammen fischen. Sie beschreiben Erken als ausgeglichenen Menschen, etwas eigenbrötlerisch, aber ansonsten immer gerne dabei, wenn sie zu dritt etwas unternommen haben. Wie gesagt, über seine Vergangenheit hat Erken ihnen nicht viel verraten, aber ansonsten war er nicht so verschlossen. Von den beiden haben wir auch den Namen der Freundin. Sandra Klose.«

»Habe ich das richtig verstanden?«, fragte Jens. »Erken wurde von seinen guten Bekannten ganz anders beschrieben, als wir es aus den übrigen Zeugenbefragungen gehört haben?«

»Ja, hast du. Weder ist er als aufbrausend beschrieben worden noch als cholerisch oder sonst wie auffällig. Dass er mit seiner Geschichte nicht gerade hausieren geht, ist ja mehr als verständlich.«

»Allerdings«, sagte Mia Jörgensen, »kannte Sandra Klose Erkens Vergangenheit. Ihr hat er es erzählt.« Mia Jörgensen warf einen fragenden Blick zu Pia und fuhr fort, als sie nickte. »Pia sagte ja schon, dass Erken und Klose kein Liebespaar sind, es aber wohl irgendwann in Zukunft darauf hinauslaufen wird.« Sie stockte und fügte schnell hinzu: »Zumindest, wenn Erken durchkommt.« Sie sah auf ihre Notizen. »Frau Klose wollte sich übrigens freinehmen und heute nach Oldenburg kommen, um Erken im Krankenhaus zu besuchen. Wir haben gestern dort schon Bescheid gegeben, dass sie zu ihm durchgelassen wird.«

»Jetzt macht es nicht so spannend«, sagte Paulsen.

Mia Jörgensen schmunzelte. »Also, Sandra Klose hat regelmäßig mit Erken Kontakt, sie telefonieren und unternehmen etwas am Wochenende. Sie kennen sich seit eineinhalb Jahren und sind sich zufällig über den Weg gelaufen. Uns hat natürlich interessiert, was Erken ihr über seine Vergangenheit erzählt hat. Er hat ihr die Zeit nach dem Tod seiner Frau als Martyrium beschrieben, als Albtraum sondergleichen. Aber er hat auch zugegeben, dass er nicht unschuldig an seiner Ehekrise gewesen ist, hat von Eifersuchtsattacken gesprochen und von Kontrollwut. Und jetzt kommt's. Angeblich hat er eine Therapie gemacht und sich geändert. Deshalb auch der offene Umgang mit seiner Vergangenheit.«

»Wer's glaubt«, murmelte Paulsen.

»Wir können nur das wiedergeben, was uns Sandra Klose erzählt hat«, konterte Pia. »Und das klang durchaus glaubwürdig.«

Mia Jörgensen nickte. »Kann ich unterschreiben. Frau Klose hat Erken als rücksichtsvollen Mann beschrieben, ja geradezu liebevoll. Menschen ändern sich. Was aber nicht heißen soll, dass er nichts mit dem Tod von Rieke Erken zu tun hat.«

»Die drei Zeugenaussagen finde ich hochinteressant«, sagte Enna. »Hier haben wir tatsächlich die ersten relevanten Aussagen über den heutigen Hajo Erken. Hatte sie seit Montag keinen Kontakt mehr zu Erken?«

»Sie war nicht in Hamburg. Irgendeine Geschäftsreise. Mehr war von ihr nicht zu erfahren, sie ist mehr oder weniger zusammengebrochen. Wir haben noch auf ihre Freundin gewartet, die sie zuvor schon angerufen hatte, und sind dann gegangen. Ich wollte sie heute im Krankenhaus abpassen und noch einmal mit ihr sprechen.«

»Das übernehme ich«, sagte Enna. »Es fehlt jetzt noch ein Bericht. Paulsen hat sein freies Wochenende geopfert, um Sven Hansen zu observieren.« Sie nickte Paulsen zu, der in kurzen Worten seine letzten zwei Tage in Emden skizzierte und dabei ein Foto des Treffens zwischen Hansen und dem unbekannten Mann herumgehen ließ.

»Alle Achtung!«, durchbrach Pia die Stille, nachdem Paulsen seinen Bericht beendet hatte. »Das ist ja mal der Hammer.«

Paulsen grinste. »Sehe ich auch so.«

Enna stand auf und stellte sich vor die Flipchart. »Es haben sich in der letzten Woche zwei Ermittlungsansätze herausgeschält. Auf der einen Seite haben wir Rieke Erkens private Kontakte. Hier sind uns inzwischen mehrere Personen aufgefallen, die wir jetzt eine nach der anderen durchleuchten müssen. Auf der anderen Seite haben wir den Anschlag auf Hajo Erken, dessen Zeitpunkt und Umstände nahelegen, dass Erken, trotz Freispruch, tiefer in den Fall verwickelt ist, als bisher angenommen wurde.«

Enna sah in die Runde und erhielt zustimmendes Nicken.

»Gleichzeitig sind unseren Ermittlungen zeitliche Grenzen gesetzt. Nicht nur, weil Patrik Blohm in zehn Tagen auf Weltreise geht und dann für vermutlich ein Jahr nicht mehr deutschen Boden betritt, sondern auch, weil der Staatsanwältin die Hände gebunden sind, wenn wir nicht in den nächsten zwei bis drei Wochen die ersten handfesten Ergebnisse vorzuweisen haben.« Enna holte tief Luft und fuhr fort. »Deshalb werden wir jetzt die Mannschaft aufteilen. Mein Vorschlag ist, Pia und Mia werden sich mit Unterstützung von Jens um die privaten Kontakte von Rieke Erken kümmern.«

Sie griff nach dem Filzstift, teilte die Seite senkrecht mit einem Strich und schrieb »Patrik Blohm« unter Punkt eins.

»Er hat sich letztlich unseren Fragen und dem DNA-Abgleich verweigert. Wir brauchen mehr Informationen, um ihn bei einer offiziellen Vorladung unter Druck setzen zu können.«

Enna wandte sich wieder der Flipchart zu und schrieb den nächsten Namen. »André Pagel. Er hat ebenfalls nicht kooperiert. Was wir bisher über ihn herausgefunden haben, würde gut ins Profil passen. Wie kommen wir an ihn heran?«

Ein weiteres Mal schrieb Enna einen Namen auf die Flipchart: »Julia Kistner«. »Die Arbeitskollegin von Rieke Erken scheint uns etwas zu verschweigen. Wenn Rieke Erkens

Tod etwas mit ihrer direkten Arbeit bei der Stadtverwaltung zu tun hat, dann kann uns Julia Kistner mehr darüber sagen. Auch über sie müssen wir mehr erfahren.«

Enna wandte sich wieder um und schrieb »Daniel Held« auf die Flipchart. »Last, but not least: Held könnte nach bisherigen Erkenntnissen eine Art unsichtbarer Stalker gewesen sein. Wir wissen bisher noch wenig über ihn. Das muss sich ändern.«

Pia hob die Hand. »Ich habe Rieke Erkens Hausarzt in der letzten Woche nicht erreicht, da er verreist war. Ich werde mich da heute auch drum kümmern. Es ging darum, inwieweit Rieke Erken in psychologischer Behandlung war.«

Enna nickte und schrieb auf der rechten Seite der Flipchart die Namen von Hajo Erken und Sven Hansen. »Wer ist der BMW-Mann? Er ist vor fünf Jahren aufgetaucht und am Wochenende erneut. Erken und Hansen, in welcher Beziehung stehen sie zu dem Unbekannten? Gibt es tatsächlich kriminelle Verstrickungen im Zusammenhang mit der Arbeit im Port Office? Wusste Rieke Erken davon und musste sie deshalb sterben? Wollte Hajo Erken mich letzte Woche Mittwoch darauf aufmerksam machen? Wurde deshalb auf uns geschossen? Diesen Bereich werden Klaus, Paulsen und ich übernehmen. Sollte es in einem der Bereiche zum Durchbruch kommen, klären wir die Zuständigkeiten neu. Alle so weit einverstanden?« Enna sah in die Runde. »Gut, dann komme ich noch zum unangenehmen Teil. Die Staatsanwältin hat einer langfristigen Observation von Sven Hansen zugestimmt. Wir werden in Zweierteams Sven Hansen abends und in der Nacht observieren. Paulsen und ich fangen heute an, Klaus und Jens sind die Nächsten, dann Pia und Mia. Und wieder alles von vorne.«

Ein leises Stöhnen ging durch die Runde.

»Tut mir leid, Leute. Es geht erst mal um zwei Durchgänge, also sechs Tage. Sobald Hansen am Abend zu Hause ist oder wenn er bis zwölf nicht das Haus verlassen hat, brechen wir ab. Ich habe das Foto des Unbekannten nach Hamburg und Bremen geschickt. Sollte ihn dort jemand kennen, kommen wir vielleicht schneller ans Ziel. Eigensicherung geht vor. Es geht in erster Linie um Informationen, mit denen wir Hansen bei einer Vernehmung hier vor Ort festnageln können. Niemand spielt hier den Helden. Sind wir uns da einig?« Als niemand widersprach, löste Enna das Meeting auf und bat Mia Jörgensen und Klaus Behrend darum, noch kurz mit ihr in der Küche zu bleiben.

Einundzwanzig

»Team Hajo«, sagte Paulsen grinsend, als sie zu dritt bei Enna im Büro saßen. »Oder welchen Namen geben wir uns?«

»Etwas ernsthafter«, mahnte Enna. »Wo stehen wir?«

»Im tiefen Nebel«, sagte Klaus Behrend. »Wir haben keinerlei Anhaltspunkte zum Motiv des Anschlags, das Opfer können wir nicht befragen, die mutmaßlichen Zusammenhänge liegen mindestens fünf Jahre zurück. Ich würde sagen, das ist unter einem Meter Sichtweite.«

»Zwei bis drei Meter sind es schon«, kommentierte Paulsen die Kurzanalyse seines Kollegen. »Aber auch das ist nicht viel. Wir müssen Hansen und Co. aufscheuchen, und zwar mit einer gewaltigen Menge Dynamit.«

»Sehr bildlich gesprochen, ihr beide«, sagte Enna. »Wie und wo wohnt Sven Hansen?«

»Schickes Haus am Stadtrand von Emden. Unverbaubarer Blick ins Grüne, großes Grundstück. Er lebt alleine, zumindest ist dort niemand anderes gemeldet.«

»Sprich, er lebt über seine Verhältnisse«, sagte Klaus Behrend.

»Wenn er nicht auch geerbt hat«, murmelte Paulsen.

»Okay, Punkt eins, wir brauchen Einsicht in seine Finanzen. Einen Beschluss werden wir nicht bekommen, also müssen wir das Pferd am Schwanz aufzäumen. Seit wann lebt er in dem Haus, ist es im Grundbuchamt auf seinen Namen eingetragen, wie teuer war das Objekt?«

Klaus Behrend nickte. »Was für ein Auto fährt er?«

»SUV. Mercedes GLE Coupé. Noch nicht sehr alt, würde ich sagen. Je nach Ausstattung muss man da schon achtzigtausend auf den Tisch legen.«

»Was wird er verdienen?«, fragte Klaus Behrend.

Enna blätterte in den Unterlagen, die sie am Freitag gesichtet hatte. »Erken hatte vor fünf Jahren ein Jahreseinkommen von fünfundneunzigtausend Euro. Vielleicht sind es inzwischen ein paar Tausender mehr, die Sven Hansen bekommt.«

»Das sind dann ungefähr fünftausendfünfhundert netto«, sagte Klaus Behrend. »Okay, sagen wir zweitausend für den Hauskredit, fünfhundert für die Nebenkosten, sollte das Auto finanziert sein, wird er dafür auch achthundert bezahlen müssen. Versicherungen und so weiter, da kommen sicher noch einmal dreihundert hinzu. Dann bleiben ihm, wenn ich richtig gerechnet habe, unter zweitausend Euro im Monat. Allzu viele Besuche in dem Nachtklub sollte er damit nicht finanzieren können. Von Urlaub und den sonstigen Ausgaben wie Klamotten und hin und wieder einer Mahlzeit einmal ganz abgesehen.«

»Alles schlüssig«, sagte Paulsen, »aber bringt uns das weiter?«

Enna lag eine bissige Bemerkung auf der Zunge, die sie aber hinunterschluckte. »Ein Schritt nach dem nächsten. Wird der Barmann einschätzen können, wie viel Geld Hansen im Klub lässt?«

Paulsen griff nach seinem Handy. »Dann wollen wir ihn doch mal aus dem Bett schmeißen.« Er stand auf und ging auf den Flur.

»Du hältst nichts von Dynamit?«, fragte Klaus Behrend, als Paulsen die Tür hinter sich geschlossen hatte.

»Das ist kein Krieg, Klaus. Klar, wir können Hansen aufscheuchen, aber das muss Hand und Fuß haben. Wenn er die Sache durchschaut, ist er gewarnt.«

Klaus Behrend schenkte sich Kaffee aus der Thermoskanne nach. Sie saßen eine Weile schweigend am Tisch, bis Paulsen zurück ins Büro kam und sich zu ihnen setzte.

»Der junge Mann war nicht erfreut, schon wieder von mir zu hören. Verstehe ich gar nicht, so nett wie …«

»Paulsen«, mahnte Enna. »Und?«

»Bis zu viertausend im Monat, hat er geschätzt. Da kommt noch die Prostituierte obendrauf. Der Barkeeper meint, da läuft nichts unter dreihundert pro Nacht.«

»Dann sind wir schnell bei einem Fehlbetrag von über fünftausend Euro im Monat, je nachdem, wie oft er sie besucht«, sagte Klaus Behrend.

»Mindestens«, fügte Enna hinzu. »Wir müssen mehr über Sven Hansen wissen. Berufliche Laufbahn, wo war er vor Emden, wie lange und warum hat er dort aufgehört, persönliche Kontakte, Eltern, Geschwister, Schullaufbahn. Wir brauchen jedes Detail.« Sie wandte sich an Paulsen. »Kann Klaus bei dir im Büro einen Platz bekommen?«

Paulsen stand auf. »Kein Thema.« Er gab Klaus Behrend einen Wink. »Dann machen wir uns mal an die Arbeit. Darüber, wo wir die Bombe zünden, können wir uns ja später noch unterhalten.«

Allein im Büro griff Enna nach dem Telefonhörer, wählte die Nummer des Klinikums Oldenburg und ließ sich zum Oberarzt durchstellen.

»Guten Morgen, Dr. Reimann. Wie geht es Herrn Erken?«

»Er hat die Nacht gut überstanden. Vermutlich werden wir ihn heute aus dem künstlichen Koma holen.«

»Wann könn…«

»Frau Hauptkommissarin, dazu kann ich Ihnen im Moment überhaupt nichts sagen. Es kann Wochen dauern, bis der Patient wieder ansprechbar ist beziehungsweise ich Ihnen erlauben kann, ihn zu befragen. Es kann aber auch schneller gehen. Sie haben mein Wort, dass ich Sie als Erste informiere, wenn die Zeit gekommen ist.«

»Ich verstehe Ihren Standpunkt durchaus und ich will auch kein Risiko eingehen. Die Gesundheit Ihres Patienten geht selbstverständlich vor.«

»Ich höre da ein ›aber‹.«

»Eventuell können wir weitere Anschläge verhindern, wenn wir rechtzeitig mit Herrn Erken sprechen können.«

Der Oberarzt seufzte. »Geben Sie Herrn Erken ein paar Tage. Ich informiere Sie, sobald ich absehen kann, dass Sie mit ihm sprechen können.«

»Entschuldigen Sie noch einmal meine penetranten Anrufe. Ich werde mich dann in den nächsten Tagen etwas zurückhalten.«

»Entschuldigung angenommen. Und Sie können sich wirklich auf mich verlassen.«

Enna bedankte sich noch einmal und verabschiedete sich von Dr. Reimann. Als sie ihr Handy auf den Schreibtisch legte, klingelte es. Nach einem Blick aufs Display nahm sie das Gespräch an. »Ist Frau Klose eingetroffen?«

Enna hatte den Beamten, der tagsüber vor Erkens Zimmer saß, gebeten, sie zu informieren, wenn Erkens Freundin sich im Krankenhaus bei ihm melden würde.

»Ja, die Dame ist jetzt bei dem Patienten. Ich habe den Ausweis geprüft.«

»Okay, ich mache mich jetzt auf den Weg. Bitten Sie sie bitte, auf mich zu warten.«

»In Ordnung. Aber wie gesagt, sie ist gerade erst ins Zimmer.«

Enna wartete eine Viertelstunde auf dem Flur der Station, bevor Sandra Klose die Intensivstation verließ. Sie bat sie um ein kurzes Gespräch und schlug die Cafeteria vor.

»Werden Sie heute hier in Oldenburg bleiben?«, fragte Enna, nachdem sich Sandra Klose eine Tasse Kaffee geholt hatte.

»Ja, ich habe ein Hotel gebucht. Zwei Tage habe ich frei, anschließend muss ich nach Hamburg zurück.«

»Ihre Beziehung zu Herrn Erken ist sehr eng?«

»Wir sind befreundet. Nicht mehr und nicht weniger.« Sie schwieg eine Weile. »Ja, Sie haben recht. Bisher hat keiner von uns beiden den entscheidenden Schritt gemacht. Hajo weiß, dass ich in meiner vorherigen Beziehung …« Sie atmete tief durch. »Was soll ich lange herumreden. Mein Ex-Freund hat mich vergewaltigt und fünf Tage festgehalten. Ich hatte davor Schluss gemacht und er konnte es nicht akzeptieren.«

»Sie haben ihn ange…«

»Ja, natürlich«, unterbrach Sandra Klose Enna. »Er wurde zu drei Jahren Haft verurteilt. Er sitzt noch im Gefängnis. In einem halben Jahr kommt er raus.«

»Sie haben meinen Kolleginnen gesagt, dass Sie um Herrn Erkens Vergangenheit wissen.«

»Ja, ich weiß alles und ich kann Ihnen nur noch einmal sagen, dass es den alten Hajo nicht mehr gibt.« Sie hielt kurz inne. »Wenn es ihn so, wie einige ihn wohl gesehen haben, überhaupt jemals gegeben hat. Hajo hat hart an sich gearbeitet und seine Eifersuchtsprobleme in den Griff bekommen. Glauben Sie mir, ich würde es merken, wenn es nicht so wäre.«

»Meine Kolleginnen haben das schon gefragt, aber vielleicht ist Ihnen ja noch etwas eingefallen. Hat Herr Erken sich in irgendeiner Weise bedroht gefühlt?«

»Wann genau hat Hajo erfahren, dass die Ermittlungen wieder aufgenommen wurden?«

»Ich habe ihn genau vor einer Woche angerufen. Am Mittwoch habe ich mich dann auf seine Initiative hin abends hier in Oldenburg mit ihm getroffen. Er hat den Ort vorgeschlagen.«

»Ich bin am Montag zu einer Geschäftsreise aufgebrochen. Ich betreue unsere Franchise-Unternehmen in ganz Deutschland und zweimal im Jahr …« Sie brach ab. »Ich bin erst am Freitag zurückgekommen.«

»Sie haben nicht mehr mit Herrn Erken gesprochen?«, fragte Enna.

»Doch, am Dienstagabend habe ich ihn zu Hause erreicht. Ich war müde, wollte aber kurz mit Hajo sprechen. Er war anders als sonst. Das ist doch sicher Ihre Frage.«

»Ja, das wäre sie gewesen. Können Sie mir genau schildern, wie das Gespräch lief?«

»Ich versuche es. Zuerst habe ich von meiner Geschäftsreise erzählt. Hajo hat nicht viel dazu gesagt, das ist mir gleich aufgefallen. Aber ich habe mir nichts dabei gedacht. Eigentlich erzählt Hajo auch selbst viel. Aber am Dienstag war er sehr schweigsam.«

»Erinnern Sie sich bitte ganz genau. Es könnte wichtig sein. Was hat Herr Erken gesagt?«

»Ich musste mehrfach nachfragen, wie seine beiden Tage gewesen waren. Dann hat Hajo aber gesagt, dass wieder nach dem Mörder seiner Frau …« Sie stutzte. »Oder sagt man Ex-Frau?«

»Eigentlich nicht, sie waren ja nicht geschieden.«

Sandra Klose nickte. »Ich denke wohl immer an sie als Ex-Frau. Hajo nennt sie beim Vornamen.« Sie nahm die Tasse in die Hände und hielt sie, als wollte sie sich daran wärmen. »Wo war ich stehen geblieben?«

»Herr Erken hatte Ihnen erzählt, dass die Ermittlungen wieder aufgenommen wurden.«

»Ja, stimmt. Ich habe ihm dann gesagt, dass das doch gut sei und vielleicht jetzt endlich …« Sandra Klose stockte. »Sie wissen schon. Er sagte dann etwas Komisches, was ich überhaupt nicht verstanden habe.«

»Ja?«, fragte Enna, als Sandra Klose nicht fortfuhr.

Sie sah auf. »Hajo meinte, dass er vielleicht doch schuld am Tod seiner Frau gewesen sei. Ich habe natürlich gleich gefragt, wie er das meint. Sie können sich vorstellen, wie erschrocken ich war, als ich das gehört habe.«

Enna nickte.

»Hajo ist dann gleich zurückgerudert, als er gemerkt hat, wie ich reagiere. Er meint es natürlich nicht so, hat er gesagt. Er hat dann von einer Mitschuld gesprochen, weil er …« Sandra Klose versuchte, sich mit geschlossenen Augen zu erinnern. Enna wartete, bis sie die Augen wieder öffnete und weitersprach. »Hajo hat es mir nicht genau erklärt. Er meinte nur, er habe es jetzt verstanden und würde dafür sorgen, dass der Mörder gefasst würde.« Sandra Klose zuckte mit den Schultern. »Es tut mir leid, ich hätte vielleicht weiter nachfragen sollen. Hajo hat mir dann erzählt, dass er noch irgendwo hinmuss und sich am nächsten Tag melden wird.« Sie schluckte schwer. »Das hat er ja dann nicht mehr gekonnt.«

»Sie sind sich ganz sicher, dass Herr Erken nicht noch mehr gesagt hat?«

»Eigentlich schon. Es tut mir wirklich leid, Frau«, Sandra Klose sah auf die Visitenkarte, die Enna ihr zu Beginn des Gesprächs gegeben hatte, »Frau Andersen. Aber ich kann Sie ja anrufen, wenn mir noch etwas einfällt.« Sie nahm die leere Tasse in die Hand und stand auf. »Jetzt möchte ich gerne wieder zu Hajo gehen.«

Zweiundzwanzig

Zurück im Büro rief Enna beim Zollamt in Emden an und ließ sich mit dem Zollamtsrat Martin Gräfe verbinden.

»Was kann ich für Sie tun, Frau Hauptkommissarin Andersen?«, fragte Gräfe, nachdem sich Enna vorgestellt hatte.

»Mein Team bearbeitet sogenannte Cold Cases. Wir haben den Fall Rieke Erken wieder aufgenommen.«

»Oh, der ist mir natürlich bekannt. Ich war damals gerade ein Jahr hier im Amt. Ihre Kollegen waren seinerzeit auch bei mir. Ich konnte ihnen aber nicht helfen.«

»Darüber habe ich gar nichts in den Akten gefunden. War es ein inoffizielles Gespräch?«

»Mag sein. Es ging um den Ehemann, der ja damals im Port Office hier im Hafen gearbeitet hat. Zu der Zeit war der Prozess aber schon abgeschlossen. Das war dann wohl die neue SoKo, von der ich in der Zeitung gelesen habe. Es lag hier aber nichts gegen den Mann vor.«

»Erinnern Sie sich an den Namen des Kriminalbeamten?«

»Oh, das ist lange her. Ich glaube, er war der Leiter der SoKo.«

Enna nickte. Dirk Bendig schien seine eigene Agenda verfolgt zu haben, die er nicht immer in den offiziellen Akten festgehalten hatte.

»Ich habe gelesen, dass zwei Jahre später auf einem Frachter hier in Emden eine erhebliche Menge Kokain gefunden wurde.«

»Absolut! Das war ein großer Fund. Kurz danach, ungefähr ein halbes Jahr später, konnten wir erneut zuschlagen. Seitdem sind wir noch aufmerksamer.«

»Sie führen also regelmäßige Kontrollen durch?«

»Durchaus! Warum fragen Sie?«

»Wie kurzfristig lässt sich eine solche Kontrolle durchführen?«, fragte Enna.

»Solange meine Mannschaft mehr oder weniger vollständig ist, geht das von heute auf morgen.«

»Also zum Beispiel morgen?«

»Na ja, ohne Anhaltspunkte durchsuchen wir eher selten. Wieso?«

»Es würde uns gut passen, wenn wir bestimmte Personen im Port Office etwas unter Druck setzen könnten.«

Martin Gräfe schwieg eine Weile, schließlich räusperte er sich. »Ich gehe einmal davon aus, dass eine solche Aktion wichtig für Ihre Ermittlungen ist?«

»Auf jeden Fall, auch wenn man nie voraussagen kann, wie Menschen auf Druck reagieren. Doch ja, es wäre wichtig für uns.«

»Es ist so, wir haben morgen eine Aktion geplant. Sie ist aber streng vertraulich. Bisher wissen nur wenige Personen davon.«

»Ist das üblich?«

»Natürlich kündigen wir eine solche groß angelegte Durchsuchung eines Frachters nicht auf dem Schwarzen Brett an, aber intern wird es schon kommuniziert. In diesem Fall …«

Enna wartete, bis Gräfe nach einer kurzen Pause weitersprach.

»Nun gut, es hat seinen Grund, weshalb die Vorgehensweise geändert wurde. Kann ich mich auf Ihre absolute Diskretion verlassen?«

»Selbstverständlich, Kollege. Wir sind hier ein kleines Team und ich werde nur zwei meiner Leute einweihen.«

»Für morgen Nachmittag haben wir etwas in Planung. Ein Frachter aus Venezuela.«

»Keine Routinedurchsuchung?«

»Nicht ganz. Wir haben einen Tipp von den Kollegen aus Rotterdam bekommen. Sie haben wohl vor zwei Jahren in einem der Schiffe der Reederei Kokain gefunden. Es wurde nie aufgeklärt, wer dahintersteckte. Die Chance, dass wir etwas finden, ist durchaus real. Wie gesagt, bisher sind nur mein Stellvertreter und eine weitere Person eingeweiht. Das muss bis morgen auch so bleiben.«

Enna ahnte, dass Gräfe den Verdacht hatte, dass einer seiner Beamten Informationen weitergab, und die Aktion auch nach innen gerichtet war. »Können mein Kollege und ich trotzdem als Beobachter dabei sein? Zumindest zeitweilig?«

Martin Gräfe zögerte. »Eine eher ungewöhnliche Bitte. Sie müssten sich allerdings im Hintergrund halten und hätten einen reinen Beobachterstatus.«

»Das ist kein Problem. Es geht uns, wie gesagt, lediglich um Sichtbarkeit.«

Martin Gräfe schien kurz abzuwägen und stimmte dann der Teilnahme zu.

»Wir sind dann morgen gegen vierzehn Uhr bei Ihnen im Hafen.«

Enna fuhr in die Garage ihres Hauses. Nach einer kurzen Besprechung im Dreierteam hatte sie sich am frühen Nachmittag verabschiedet. Gegen neunzehn Uhr würde Enna Paulsen im Büro abholen und mit ihm zusammen nach Emden fahren.

»Mama!«, rief Elias, als Enna in sein Zimmer trat.

Enna setzte sich zu ihm auf den Boden, wo er mit Lego ein Haus baute. Zuvor hatte sie mit Alina in der Küche gesprochen und sie darum gebeten, bei Elias zu bleiben, bis sie in der Nacht zurückkommen würde.

»Ich hatte heute schon etwas eher frei«, erklärte Enna ihr frühes Kommen. »Dafür kann ich dir aber keine Geschichte heute Abend vorlesen.«

»Alina macht das dann.«

»Ja, das wird sie. Und was baust du da gerade?«

Nach einer Stunde und unzähligen verbauten Legosteinen schlug Enna vor, einen kleinen Spaziergang zu machen. Elias holte sich seinen Roller aus der Garage und fuhr langsam neben Enna her.

»Wann kommt Aaron wieder?«, fragte Elias, als ihnen ein Paar mit zwei Kindern entgegenkam.

»Das dauert noch ein paar Tage. Du weißt doch, dass er in Frankfurt arbeitet. Und das ist weit weg.«

»Aaron kann doch auch in Oldenburg arbeiten, oder?«

»Das ist nicht so einfach, wie du dir das denkst, Elias«, wich Enna der Frage aus.

»Und dann wohnt er bei uns«, sagte Elias, als gäbe es überhaupt keine andere Wahl. Nach einer Weile stoppte er den Roller und sah Enna mit seinen großen Kinderaugen an. »Das wünsche ich mir ganz doll.«

»Wer weiß, vielleicht findet Aaron ja hier oder in Bremen eine Arbeit. Aber das dauert bestimmt noch eine Weile.«

Elias sah sie mit ernster Miene an. »Das willst du doch auch, Mama?«

Enna nickte. »Jetzt lass uns weitergehen. Mir wird kalt.«

Enna hielt vor dem Kommissariat, Paulsen trat im nächsten Augenblick aus dem Haus und lief auf Ennas Wagen zu.

»Ich hoffe, deine Standheizung funktioniert«, sagte Paulsen, als er sich angeschnallt hatte. »Es soll heute Nacht lausig kalt werden.«

»Keine Angst, wenn die Heizung nicht reicht, habe ich noch zwei Wolldecken und reichlich heißen Tee.« Sie fuhr auf die Hauptstraße. »Hoffentlich ist Hansen überhaupt zu Hause.«

»Ist er.«

Enna warf ihm einen erstaunten Blick zu. »Bist du neuerdings Hellseher?«

Paulsen zog sein Handy aus der Tasche, öffnete eine App und hielt Enna das Gerät hin, sodass sie das Display sehen konnte.

»Ist es das, was ich denke?«

»Vermutlich schon«, antwortete Paulsen. »Nicht ganz legal, ich weiß, aber wie wollen wir mit dem Personal eine Observation gewährleisten, die Sinn macht?«

Enna stöhnte leise. Paulsen hatte an Hansens Fahrzeug einen GPS-Tracker angebracht.

»Er ist um achtzehn Uhr von der Arbeit direkt nach Hause gefahren und ist seitdem dort«, fuhr Paulsen fort.

»Wenn das auffliegt, haben wir ein Riesenproblem am Hals, Paulsen. Ich dachte, wir hätten heute geklärt, dass …«

»Das Teil habe ich schon vorgestern angebracht«, unterbrach Paulsen sie.

Enna rollte mit den Augen. »Die Ausrede hätte von Elias kommen können.«

»Du weißt nichts von dem Ding, Klaus werde ich davon nichts sagen und es nur Pia zuflüstern. Das Teil kann nicht zu mir zurückverfolgt werden. Und Hansen wird den Teufel tun, einen großen Aufstand zu machen, wenn er es findet.«

»Paulsen, wir müssen verdammt vorsichtig sein. Es gibt da draußen einige Kollegen, die nur darauf warten, dass wir einen kapitalen Fehler machen.«

»Das ist mir schon klar. Und jetzt lass gut sein. Glaub mir, wir brauchen das Ding. Emden ist keine Großstadt. Dort jemanden zu verfolgen, ohne bemerkt zu werden, ist fast unmöglich.«

Enna schwieg. Natürlich hatte Paulsen mit seiner Einschätzung recht, aber seine Alleingänge nahmen in den letzten Monaten zu. Um ein weiteres Gespräch würde sie nicht herumkommen. Es hatte Zeiten gegeben, in denen Enna kleinere Regelverstöße nicht so eng gesehen hatte und hin und wieder sogar größere Risiken eingegangen war als Paulsen. Ja, sie war vorsichtiger geworden und wollte ihren Job nicht für irgendeine Dummheit aufs Spiel setzen. Zusätzlich bestand immer die Gefahr, dass bei einem späteren Gerichtsverfahren die Unregelmäßigkeiten ans Tageslicht kamen und den Prozess im schlimmsten Fall zum Platzen brachten.

Enna schob die Gedanken zur Seite und konzentrierte sich aufs Fahren. Sie hatten inzwischen ein Drittel der Strecke zurückgelegt und fuhren Richtung Leer, als Paulsen das Schweigen brach. »Das ist übrigens nicht so einfach in der Straße. Ein fremdes Auto fällt da schnell auf. Wir müssen leider außer Sichtweite stehen und hin und wieder einen kleinen Spaziergang machen.« Er griff in seine Tasche und zeigte Enna ein Fernglas. »Es gibt da ein kleines Wäldchen. Von da aus hat man eine halbwegs gute Sicht aufs Haus.«

»Mit Fotos wird es also schwierig?«

Paulsen grinste. »Ich habe mir ein Superteleobjektiv von einem Freund ausgeliehen. Wenn da was im Haus läuft, sollten wir das damit schaffen. Das Problem ist nur die Kälte. Lange halten wir das da draußen nicht aus.«

Paulsen dirigierte Enna über einen kurzen Feldweg, an dessen Ende eine Kette die Weiterfahrt versperrte. Enna parkte am Wegrand, sie stiegen aus. Paulsen schulterte die kleine

Reisetasche und leuchtete mit seiner Taschenlampe den Weg aus. Nach wenigen Minuten erreichten sie den Rand des Wäldchens. Paulsen breitete auf einem Baumstamm die mitgebrachte Decke aus und wartete, bis Enna neben ihm saß. Nachdem er eine Weile durchs Fernglas zu einer etwa zweihundert Meter entfernten Reihe von Häusern gesehen hatte, reichte er Enna das Glas.

»Fünf Häuser. Das von Hansen ist das zweite von rechts.«

Enna griff nach dem Glas und suchte die Häuserreihe ab. Hansens Haus war im Erdgeschoss in Richtung des Wäldchens fast vollständig verglast. Hansen lag auf einem breiten Sofa, ein Glas mit einer hellbraunen Flüssigkeit in der Hand, und sah fern. Auf dem riesigen Bildschirm schien die Tagesschau zu laufen. Jetzt griff Hansen nach etwas, das Bild wechselte, eine Frau mit Mikrofon in der Hand erschien auf dem Bildschirm.

»Alles gut zu sehen«, sagte Enna und reichte Paulsen das Fernglas. »Wie lange wollen wir hierbleiben?«

Paulsen zog den Reißverschluss seiner Jacke hoch. »Ich war immer so eine halbe Stunde hier, dann habe ich mich aufgewärmt. Wir sehen ja auch im Auto, wenn er losfahren sollte. Wir können uns ja abwechseln.«

Enna nickte. »Ich gehe dann wieder zum Auto. Bis gleich.«

Zurück im Auto stellte sie die Standheizung an und griff nach einer der Akten auf dem Rücksitz. Im Schummerlicht ging sie Seite für Seite die Aufzeichnungen der zweiten SoKo durch, las manche Stellen mehrmals und markierte besonders interessante mit gelben Post-it-Zetteln, auf denen sie sich etwas notierte. Nach zehn Minuten schaltete sie die Standheizung aus und verließ rechtzeitig den Wagen, um Paulsen abzulösen.

»War was?«, fragte Enna, als sie neben Paulsen stand.

»Nichts. Er schaltet durch die Programme. Einmal hat er telefoniert.« Paulsen grinste. »Mit wem, konnte ich hier leider nicht hören.«

Sie reichte ihm den Autoschlüssel. »Alles klar. Lass den Motor etwas laufen, damit sich die Batterie wieder auflädt.«

Er nickte und verschwand in der Dunkelheit. Enna hob das Fernglas und stellte es scharf. Sven Hansen lief im Zimmer auf und ab und schien zu telefonieren. Jetzt blieb er stehen, fuchtelte mit der freien Hand in der Luft herum und lief schließlich weiter. Hansen warf das Handy aufs Sofa, lief zu einem Tisch, auf dem mehrere Flaschen standen, und schenkte sich ein Glas halb voll. Ohne etwas daraus zu trinken, stellte er das Glas wieder ab und ging zurück zum Sofa, auf dem sein Handy lag. Hansen wählte, schien zu warten und warf schließlich das Gerät wieder aufs Sofa.

Enna ließ das Fernglas sinken. Wartete Hansen auf einen Anruf oder versuchte er, jemand zu erreichen? Sie wartete, bis Paulsen aus seiner Wärmepause zurückkam, und entschloss sich, den Druck zu erhöhen. Als er ihr zustimmte, griff sie nach ihrem Handy und suchte die Kurzwahltaste, die sie im Kommissariat eingerichtet hatte.

Mit dem Handy am Ohr hob sie erneut das Fernglas, während Paulsen die Kamera mit dem Teleobjektiv ausgerichtet hatte. Als sie die Kurzwahltaste drückte, eilte Hansen zu seinem Telefon, sah aufs Display und zögerte. Schließlich nahm er das Gespräch an.

»Sven Hansen!«, bellte er.

»Guten Abend, Herr Hansen. Andersen, LKA. Entschuldigen Sie die späte Störung. Darf ich Ihnen noch eine Frage stellen?«

»Um was geht's denn?«, fragte er genervt.

»Es handelt sich um eine sehr vertrauliche Angelegenheit. Ich kann auf Ihre Diskretion zählen?«

»Selbstverständlich.«

Sven Hansen war stehen geblieben und schien sich voll und ganz auf das Gespräch zu konzentrieren.

»Es handelt sich um ein Angebot aus einer anonymen Quelle. Es geht um Unterlagen des Port Office aus der Zeit, als Herr Erken noch bei Ihnen tätig war.«

Sven Hansen schwieg und stand immer noch an derselben Stelle.

»Im Grunde genommen interessiert mich, ob in den zwei Jahren, bevor Herr Erken die Stelle gewechselt hat, Dokumente oder andere Unterlagen bei Ihnen vermisst wurden. Können Sie sich noch daran erinnern?«

Hansen räusperte sich. »Unterlagen? Um was genau geht es?«

»Wie gesagt, eine anonyme Quelle, die die Unterlagen nur gegen eine, so wurde es genannt, Aufwandsentschädigung preisgeben möchte. Sie verstehen sicher, dass wir uns da vorher absichern wollen.«

»Absichern?«

»Ja, es soll sich um Originalunterlagen handeln. Im Umkehrschluss müssten diese Unterlagen bei Ihnen fehlen. Sie verstehen, worauf ich hinauswill?«

»Bei uns sind alle Dokumente ordnungsgemäß vorhanden. Ich wüsste davon, wenn etwas entwendet worden wäre.«

»Und da sind Sie sich ganz sicher? Ich würde Sie bitten, das morgen noch einmal zu überprüfen. Ist das möglich, Herr Hansen?«

»Dazu müsste ich in die Hauptstelle. Das wird nicht so schnell gehen.«

»Okay, ich werde mit meinen Vorgesetzten darüber sprechen, wie wir weiter vorgehen. Zunächst einmal vielen Dank, Herr Hansen. Eine erste Information konnten Sie mir ja schon geben. Ich halte Sie auf dem Laufenden. Sie hören dann von mir.«

Enna beendete das Gespräch und sah gespannt auf die immer noch hell erleuchtete Fensterfront. Hansen starrte eine ganze Weile auf das Handy, bevor er es einsteckte. Er tigerte erneut durch das große Wohnzimmer, bis er abrupt stoppte und wieder nach seinem Handy griff. Dieses Mal schien er jemanden zu erreichen. Er wirkte aufgeregt, lief dabei hin und her und gestikulierte wild mit der freien Hand. Schließlich nickte er, schob das Handy in die Tasche und verließ das Zimmer. Kurz darauf wurde das Licht im ganzen Haus gelöscht.

»Wir sollten schleunigst zum Auto zurück«, sagte Paulsen, während er bereits die Kameraausrüstung verstaute.

Sie liefen hintereinander her durch das Unterholz und waren in Rekordzeit beim Auto.

»Ich fahre, du verfolgst ihn auf dem Handy«, sagte Enna, warf ihre Sachen auf den Rücksitz und riss die Fahrertür auf.

»Er entfernt sich vom Haus«, sagte Paulsen, als sie den Feldweg hinter sich gebracht hatten. »Warte noch einen Moment.«

Enna beugte sich zu Paulsen hinüber und sah, wie sich der Punkt von einer kleineren Straße auf eine größere bewegte.

»Jetzt kannst du fahren.«

Enna ließ sich dirigieren, aber nach wenigen Minuten wurde deutlich, dass Hansen sich auf dem Weg zur Autobahn befand. Kurz darauf fuhr er auf die A 31 Richtung Leer auf, Enna ließ sich etwas zurückfallen und folgte ihm in einem Abstand von zwei bis drei Kilometern.

»Wo will Hansen hin?«, fragte Enna.

»Wenn mich nicht alles täuscht, trifft er sich mit dem BMW-Mann.«

»Fragt sich nur, ob das jetzt eine Reaktion auf unsere Finte ist. Oder hat er schon vorher versucht, ihn zu erreichen, und war erst jetzt erfolgreich?«

»Ist das wirklich wichtig?«, sagte Paulsen. »Hauptsache, wir wissen, mit wem wir es zu tun haben.«

Enna nickte unschlüssig. Was konnten sie machen, wenn sich Hansen mit dem unbekannten Mann treffen würde? Weder gegen ihn noch gegen Hansen lag etwas vor, was zu einer Festnahme führen könnte. Sollten sie sich offen zu erkennen geben, wäre die Gefahr groß, dass die Täter gewarnt und vorhandene Beweise vernichtet würden.

Dreiundzwanzig

»Fährt er an der Stadt vorbei?«, fragte Enna, als sie das erste Hinweisschild auf die Abfahrt nach Leer bemerkte.

»Ja, er ist gerade auf die A 28 abgebogen. Jetzt kommt nur noch die Abfahrt Leer-Ost. Ab da sind es noch fünfzig Kilometer bis nach Oldenburg. Bei seiner Geschwindigkeit ist er in zwanzig Minuten da.«

»Wir können nur abwarten«, sagte Enna. »Wenn er weiterfährt, kann es auch bis Hamburg gehen.«

»So, er ist an der Abfahrt vorbei. Der hat mindestens hundertachtzig drauf. Du musst schneller fahren, sonst verlieren wir ihn.«

Enna nickte und erhöhte die Geschwindigkeit.

»Besser. Wir kommen ihm wieder näher. Er musste wohl abbremsen.«

Sie schafften es, an Hansen bis auf zwei Kilometer heranzukommen. Kurz vor Oldenburg bremste er ab und fuhr mit der vorgeschriebenen Höchstgeschwindigkeit über die Stadtautobahn Richtung Bremen. An den ersten drei Oldenburger Abfahrten fuhr er vorbei.

»Doch Bremen?«, murmelte Paulsen.

Enna erhöhte die Geschwindigkeit, bis sie Hansen auf Sichtweite eingeholt hatten.

»Er setzt seinen Blinker«, rief Paulsen. »Wo will er hin? Da ist doch nicht mehr viel.«

»Das Gewerbegebiet«, sagte Enna, die sich ebenfalls auf die Abbiegespur eingefädelt hatte.

»Vorsicht, nicht zu nahe. Er könnte uns erkennen. Da kommen gleich zwei Ampeln.«

Enna sah zu spät, dass sie einen Fehler gemacht hatte. »Verdammt«, zischte sie und verlangsamte die Geschwindigkeit so weit wie möglich, ohne aufzufallen.

»Grün!«, schrie Paulsen. »Er ist drüber. Fahr noch langsamer! Hinter uns kommt niemand. Mit Glück wird es wieder …« Er ballte triumphierend seine Faust. »Rot!«

Enna atmete erleichtert auf und schaute in den Rückspiegel. Wenn ihnen kein Auto folgte, könnten sie eine weitere Ampelphase abwarten und wären auf der sicheren Seite. Die Ampel sprang wieder um. Paulsen hatte sich umgedreht, um die Abfahrt besser im Blick zu haben.

»Und?«, fragte Enna, die die Ampel beobachtete.

»Alles gut, kannst stehen bleiben. Scheiße, da kommt einer.«

Enna legte den Gang ein und wollte gerade anfahren, als die Ampelfarbe auf Gelb wechselte. »Wo ist Hansen?«

»Er überquert gerade die Straße rein ins Industriegebiet.«

»Gut.« Enna wartete auf die Grünphase und fuhr bis zur nächsten Ampel, die auf Rot umsprang, bevor sie sie erreichte.

»Jetzt steht er«, sagte Paulsen mit Blick auf sein Handy. »Das wird schwierig werden. Um diese Zeit ist dort doch kaum Verkehr.«

»Wir stellen das Auto vorher ab und gehen zu Fuß.«

Paulsen nickte. Die Ampel schaltete auf Grün, Enna überquerte die Straße und fuhr ins Gewerbegebiet hinein. Nach dreihundert Metern zeigte Paulsen nach links. »Da müssen wir rein. Und dann die nächste wieder links.«

Sie fuhren an Industriebauten vorbei, vierstöckigen Bürogebäuden mit angeschlossenen Hallen, kleinen Handwerksbetrieben und Autohändlern.

»Such dir am Anfang der Straße einen Parkplatz. Den Rest müssen wir zu Fuß gehen.«

Enna hielt an der Straße, sie stiegen aus. Enna trat zu Paulsen und ließ sich auf seinem Handy zeigen, wo Hansen sein Auto abgestellt hatte.

Enna deutete auf das Display seines Handys: »Wir gehen hier über den Hof und kommen dann von der Seite. Das müsste genügend Schutz geben. Sind das Container?«

Paulsen hatte zuvor auf die Satellitendarstellung umgeschaltet. Auf dem Parkplatz gegenüber dem Gebäude, vor dem Hansen gehalten hatte, standen mehrere kleinere Einheiten, die entweder Garagen waren oder Container. Paulsen stellte auf die 3-D-Ansicht um. »Ja, das sind Container. Ob die noch dort stehen?«

»Wir versuchen es«, sagte Enna und ging vor. Sie überquerte die Straße und lief auf das Grundstück des ersten Gebäudes. Langsam arbeiteten sie sich weiter vor, bis Paulsen die Hand hob und nach links wies. »Jetzt müssten es noch ungefähr fünfzig Meter sein.«

Sie befanden sich in einem Bereich, der nicht durch eine der weit auseinanderstehenden Straßenlaternen erfasst wurde. Enna schaltete ihre Taschenlampe an und leuchtete kurz über das Gelände.

»Die Container sind noch da«, flüsterte sie.

»Direkt gegenüber sollte Hansens Auto stehen. Du zuerst?«

Enna nickte, ging gebückt die letzten dreißig Meter und wartete eng an den Container gepresst auf Paulsen.

»Und?«, fragte er, als er kurz darauf neben Enna stand.

Zwischen zwei Containern war ein kleiner Gang von gerade mal einem Meter frei gelassen worden. Enna zeigte darauf und dann auf Paulsen. »Du kennst das Auto vom BMW-Mann. Geh du vor.«

Paulsen nickte, atmete einmal tief durch und ging gebückt den Gang entlang. Kurz darauf erhielt Enna eine Whatsapp-Nachricht:

Die sind beide hier. Kannst kommen.

Enna griff nach der kleinen Reisetasche, in der das Fernglas und die Kameraausrüstung verstaut waren, und folgte Paulsen. Er kauerte am Ende des engen Ganges hinter einer Mülltonne.

»In dem Gebäude ist Licht. Das sind aber nur zehn bis fünfzehn Meter. Sie könnten uns bemerken.«

»Und wenn wir die Mülltonne etwas zur Seite schieben?«

»Könnte laut werden. Aber einen Versuch ist es wert.«

Sie hockten sich auf die Knie und griffen jeweils an einer Seite unter die Tonne.

Enna drückte die Mülltonne leicht hoch. »Sie ist leer«, flüsterte sie. »Auf drei. Eins, zwei, drei.«

Sie hoben beide gleichzeitig an und schafften es mühelos, die Tonne um wenige Zentimeter nach links zu schieben, damit ein Spalt frei wurde. Paulsen kauerte sich auf den Boden und sah durch die Kamera, auf die er das Teleobjektiv gesteckt hatte. Enna hörte das leise mehrfache Klicken des Auslösers, kurz darauf richtete sich Paulsen wieder hinter der Tonne auf und zeigte Enna die Fotos.

»Das ist er«, flüsterte Paulsen.

Enna nickte. »Eindeutig. Was ist da los?«

»Nur die beiden. In einem Büro, würde ich sagen. Es geht da wohl heftig zur Sache. Auf dem Foto sieht man ja auch, wie rot Hansens Kopf ist. Der andere Typ scheint auch nicht gerade gut drauf zu sein. Ich tauche dann mal wieder ab.«

Zurück auf dem Boden schoss Paulsen weitere Fotos und rollte sich wenige Minuten später zurück zu Enna.

»Was machen wir jetzt?«

»Das Kennzeichen von dem Auto reicht nicht unbedingt. Vielleicht ist der Wagen auf eine Firma angemeldet.« Enna ging in Gedanken die möglichen Optionen durch. Schließlich griff sie zum Handy und forderte eine Streife an, die bei der Haupteinfahrt zum Gewerbegebiet Fahrzeugkontrollen durchführen sollte.

»Wie schnell könnt ihr vor Ort sein?«, fragte Enna.

»Augenblick. In einer Viertelstunde plus/minus«, sagte der für den Einsatz der Streifenwagen verantwortliche Beamte. »Um welches Auto handelt es sich?«

Paulsen hielt ihr das Display der Kamera hin, von dem Enna das Kennzeichen ablas. »Nur eine Routinekontrolle. Ich brauche den Namen des Fahrers.«

»Ist in Ordnung.«

»Rufen Sie mich bitte wieder an. Dann klären wir die Formalitäten.«

Enna schob das Handy zurück in die Tasche und gab Paulsen einen Wink. »Wir ziehen uns zurück.«

Wenige Minuten später saßen sie im Auto, Paulsen hatte sein Handy im Blick, während Enna auf die Uhr sah.

»Ist er noch da?«, fragte sie.

»Es hat sich nichts bewegt. Wie lange brauchen die Kollegen noch?«

»Fünf bis zehn Minuten.«

Enna aktivierte die Standheizung. Ihr war trotz langer Thermounterhosen und Steppjacke auf dem Boden zwischen den Containern kalt geworden. Gespannt warf sie immer wieder einen kurzen Blick auf Paulsens Handy. Die Minuten verstrichen, bis Paulsen sie antippte und mit dem Kopf auf sein Handy deutete. »Er bewegt sich.«

Sie hörten ein Auto kommen und bückten sich beide nach unten. Als das Geräusch schwächer wurde, richteten sie sich wieder auf und sahen, wie Hansen die Straße entlangfuhr.

Wenige Minuten später bemerkten sie aufleuchtende Autoscheinwerfer, bückten sich erneut und warteten, bis der BMW an ihnen vorbeigefahren war.

Paulsen richtete sich als Erster auf. »Das war er.«

Enna sah noch die Rückleuchten des Fahrzeuges. »So weit, so gut.«

»Was machen wir mit dem angebrochenen Abend?«, fragte Paulsen mit Blick auf sein Handy. »Hansen ist auf dem Weg nach Emden.«

Enna sah auf die Uhr im Armaturenbrett. Zweiundzwanzig Uhr dreißig. »Wir brechen ab. Viel wird heute nicht mehr passieren.«

»Wir könnten den Druck noch etwas erhöhen«, warf Paulsen ein.

Enna sah ihn fragend an.

Er zeigte ihr weitere Aufnahmen, die er aus ihrem Versteck gemacht hatte. »Das da im Glas ist sicher kein Apfelsaft. Wenn Hansen in Emden ist, wird er immer noch weit über 0,5 Promille haben. Sprich, der Führerschein wird für mindestens einen Monat einkassiert. Ich kann den Kollegen in Emden einen Tipp geben. Dann ist Hansen für den Rest des Abends auch beschäftigt.«

»Warum nicht«, stimmte Enna zu.

In diesem Augenblick klingelte ihr Handy. Der Beamte aus der Zentrale, mit dem Enna gesprochen hatte, meldete sich und gab durch, dass das Fahrzeug und der Fahrer kontrolliert worden waren. Enna bedankte sich noch einmal und kündigte eine Mail mit der offiziellen Anfrage an.

Enna startete den Motor. »Die erste Falle hat zugeschnappt.«

Paulsen nickte und griff nach seinem Handy. »Und die zweite wird nicht lange auf sich warten lassen.«

Enna drehte das heiße Wasser in der Dusche auf. Alina hatte sich vor ein paar Minuten verabschiedet und zugesagt, dass sie rechtzeitig am Morgen wieder zurück sein würde. Als das Wasser langsam kälter wurde, drehte Enna es ab und griff nach dem Handtuch. Vor dem Spiegel betrachtete sie die inzwischen dunkelgelbe Stelle und tastete sie vorsichtig ab. Die Schmerzen hielten sich inzwischen in Grenzen. In ein paar Tagen sollte zumindest der physische Schaden überwunden sein. Sie trocknete sich gründlich ab und zog ein langes T-Shirt über.

Als Enna im Bett lag, meldete sich Paulsen mit einer Nachricht. Enna stellte sich sein breites Grinsen vor, als er von den Emder Kollegen informiert worden war, dass Hansen nach einem Atemtest zur Blutprobe gebeten wurde und später mit einem Taxi nach Hause fahren musste. Enna war gespannt, wie er morgen auf die Kontrolle der Zollbehörde reagieren würde.

»Guten Morgen! Gut geschlafen?«, begrüßte Enna Aaron, dem sie am Abend zuvor geschrieben hatte, dass sie nicht mit ihm telefonieren könne und sich am nächsten Morgen bei ihm melden werde.

»Es geht so. Hattest du einen Nachteinsatz?«

»Eine Observation. Außer dass es draußen ziemlich kalt war, war es sehr erfolgreich. Und ohne Feindberührung.«

»Nennt ihr das so?«

Enna lachte. »Nein, das habe ich gerade erfunden. Es war wirklich alles ruhig.«

»Und jetzt geht es gleich wieder los?«

»Ja, ich hätte auch lieber ausgeschlafen. Aber die Zeit sitzt uns im Nacken. Leider. Und bei dir?«

»Das tägliche Einerlei eines Strafverteidigers. So gesehen haben wir ja beide ständig mit Kriminellen zu tun. Du nimmst sie fest, ich versuche, ihre Strafe so klein wie möglich zu halten.« Aaron seufzte. »Einen kleinen Unterschied gibt es allerdings: Meine Mandanten tragen in aller Regel keine Waffe mit sich rum.«

»Das ist mein Job, Aaron. Mir wäre es auch lieber, wenn alle Waffen eingeschmolzen würden. Nicht nur die der Polizei und der Kriminellen. Solange es nicht dazu kommt, muss es Menschen wie mich geben. Leider.«

»Ja. Trotzdem …« Aaron sprach seinen Gedankengang nicht aus. Er wusste, dass Enna seine Bedenken und seine Angst kannte.

»Übrigens«, wechselte Enna das Thema. » Elias hat mir klar erklärt, dass unser Haus groß genug sei für eine weitere Person. Er hat damit natürlich dich gemeint.«

»Das ist verdammt nett von ihm. Und was sagt seine Mama dazu?«

»Ach die … Ich weiß gar nicht, ob sie überhaupt noch Stimmrecht hat.« Enna lachte. »Im Ernst, Aaron, das Haus ist groß genug für uns alle. Und ich hätte dich lieber heute als morgen ganz hier in Oldenburg.«

»Aber?«

»Ich habe Angst, dass du es bereust.«

»Das weiß ich, Enna – und ja, ganz ohne meinen Beruf möchte ich nicht sein. Aber ohne euch auch nicht. Langfristig fällt mir da nur ein Weg ein. Es gibt auch im Norden Kanzleien, die mich herausfordern würden. Mit einer von ihnen habe ich gestern telefoniert.«

»Tatsächlich?«

»Hamburg, aber gut zu erreichen vom Hauptbahnhof. Ich habe in den letzten Jahren schon mit einigen Kollegen aus der

Kanzlei zusammengearbeitet. Sie würden mir eine Partnerschaft anbieten.«

»So weit bist du schon?«, fragte Enna überrascht.

»Das war ein loses Vorgespräch, so ein Abtasten. Mehr noch nicht.«

»Wann hast du den Termin vor Ort?«, fragte Enna, die überzeugt war, dass Aaron noch etwas zurückhielt.

Er stöhnte leise. »Daran muss ich mich wohl noch gewöhnen.«

»Woran?«

»Dass ich dir nicht so schnell etwas vormachen kann als erfahrene Kriminalkommissarin. Der Termin ist übrigens am Freitag. Anschließend komme ich dann gleich nach Oldenburg.«

Enna atmete erleichtert auf. Sie hatte schon befürchtet, dass er schon im Zug nach Hamburg saß. »Lass uns ganz in Ruhe am Samstag darüber reden. Okay?«

»Natürlich. Ich wollte es dir auch nicht so zwischen Tür und Angel sagen, aber …«

»Alles gut, Aaron. Ich muss mir den Schuh auch selbst anziehen. Du hast das Thema schon so oft angesprochen und ich … na ja, ich bin dir ausgewichen. Freitag oder Samstag, dann sprechen wir darüber, versprochen.«

»Ich will dich wirklich nicht drän…«

»Aaron!«, unterbrach Enna ihn. »Erzähl mir lieber, was du heute so machst. Wieder nur langweilige Meetings?«

Aaron lachte. »Nein, überhaupt nicht. Ich habe zwei Mandantengespräche, sehr interessante übrigens, und dann muss ich noch etwas recherchieren. Nicht so wie du, aber manchmal hat es schon eine gewisse Ähnlichkeit.«

Sie unterhielten sich noch eine Weile, bevor Enna unter die Dusche sprang und anschließend Elias aufweckte.

Vierundzwanzig

Auf dem Weg zum Kommissariat hatte Enna beschlossen, das Team-Meeting auf morgen zu verschieben. Sie ließ sich kurz von Pia informieren, wie der Stand war, und setzte sich gegen neun Uhr mit Paulsen und Klaus Behrend in ihrem Büro zusammen.

Da Paulsen Klaus Behrend bereits auf den neuesten Stand gebracht hatte, berichtete Enna, was die Fahrzeugkontrolle ergeben hatte.

»Bei dem Fahrer des BMW, mit dem sich Sven Hansen und fünf Jahre zuvor auch Hajo Erken getroffen hat, handelt es sich um Adrian Petrescu, deutscher Staatsbürger mit rumänischen Wurzeln. Seine Eltern sind vor vierzig Jahren nach Deutschland gekommen, Petrescu war damals zwei. Das Fahrzeug ist auf eine Firma in Hamburg eingetragen. Es handelt sich um eine internationale Spedition mittlerer Größe. Geschäftsführer ist Eugen Lungu, ebenfalls deutsche Staatsangehörigkeit mit rumänischen Wurzeln, allerdings mit doppelter Staatsbürgerschaft. Gegen die Firma liegt nichts vor. Sie ist seit fünfzehn Jahren am Markt. Soweit ich das der Homepage entnehmen konnte, transportieren sie Waren hauptsächlich innerhalb der EU, sind aber zum Beispiel auch in der Türkei tätig. Wie viele Fahrzeuge und Mitarbeiter sie haben, konnte ich der Homepage nicht entnehmen. Auf einem Foto standen zehn Lkws aufgereiht nebeneinander. Weder zu Petrescu noch zu Lungu findet sich etwas im Strafregister.«

Paulsen räusperte sich, aber im selben Moment klopfte es an der Tür und Pia trat ein. »Ich muss kurz stören. Es ist wichtig.«

»Komm rein«, forderte Enna sie auf.

»Ich hatte gerade ein Gespräch mit dem alten Herrn, der neben Erken wohnt. Erinnert ihr euch? Er hatte davon gesprochen, dass er Mittwochnacht Geräusche aus Erkens Wohnung gehört hatte.«

Enna nickte.

»Er hat seine Aussage korrigiert«, fuhr Pia fort. »Nach einem Blick in die Fernsehzeitung ist er sich nun absolut sicher, dass es einen Tag vorher war. Er hat am Abend wohl eine Musiksendung gesehen und sich daran erinnert, dass das vor der entsprechenden Nacht war.«

»Das ist ein Hammer«, sagte Paulsen. »Das bedeutet, sie – wer immer es auch ist – hatten Erken schon vor dem Treffen mit Enna auf dem Kieker.«

»Sehe ich auch so.«

»Ist die Aussage denn jetzt verlässlich?«, fragte Enna. »Du hattest schon beim letzten Mal gesagt, dass du dem alten Herrn vertraust.«

»Gute Frage. Im Prinzip gibt es keinen Anlass, an seiner Aussage zu zweifeln, also dass er etwas aus der Wohnung gehört hat. Wir sollten vielleicht überprüfen, ob Erken schon am Dienstag nach Oldenburg gefahren ist oder zumindest Hamburg verlassen hat.«

Enna nickte.

»Ich geh dann mal wieder an meine Arbeit.« Pia hob kurz die Hand und verließ das Büro.

Enna stand auf, ging zu ihrem Schreibtisch und rief Jens an. »Die Handydaten von Erken …«

»… sind leider immer noch nicht da«, beendete Jens ihren Satz.

»Danke. Kannst du bitte noch einmal nachhaken?«

»Mach ich sofort.«

Enna kehrte zum Besprechungstisch zurück und schüttelte den Kopf. »Wenn wir die Daten haben, können wir sehen, wann Erken wo war. Ich kann mir nicht vorstellen, dass er schon am Dienstag im Oldenburger Hotel …«

»War er nicht«, sagte Klaus Behrend. »Er hat erst am Mittwoch dort eingecheckt. Alle anderen von mir angefragten Hotels kannten ihn nicht.«

Paulsen stöhnte theatralisch. »Das wird ja immer verworrener. War er in Emden? Vielleicht sogar bei Sven Hansen?«

»In Emden wird es nicht so viele Hotels geben«, sagte Klaus Behrend. »Ich starte nachher mal eine Rundfrage. Leer nehme ich dann gleich dazu.«

Enna nickte. »Okay. Dann sollten wir zurück zu Adrian Petrescu kommen. Wir brauchen mehr Informationen über ihn.«

Paulsen hob die Hand. »Was ich vorhin sagen wollte, als Pia uns unterbrochen hat: Das Büro, in dem Hansen und Petrescu sich gestern getroffen haben, gehört zu der Firma Lungu-Transport. Eine Außenstelle, soweit ich das in der Kürze der Zeit recherchieren konnte. Zwei Büroräume und ein Lagerraum, mehr nicht.«

»Kannst du die Recherche zu Petrescu und der Firma übernehmen?«, fragte Enna an Paulsen gewandt. »Klaus, du übernimmst die Hotels in Emden und Leer und fragst sicherheitshalber auch noch in den restlichen Hotels in Oldenburg nach. Um dreizehn Uhr fahren Paulsen und ich nach Emden, um die Aktion der Kollegen zu begleiten.«

Ennas Handy klingelte. Sie sah aufs Display und nahm das Gespräch direkt an.

»Andersen.«

»Dr. Reimann, guten Tag, Frau Andersen.«

»Ist etwas passiert?«

»Deshalb rufe ich an. Leider ist Herr Erken vor zehn Minuten verstorben.«

Enna schluckte schwer. Sie hatte gehofft, in Kürze mit Hajo Erken sprechen zu können. »Ist er nicht wieder zu Bewusstsein gekommen?«

»Wir haben ihn gestern aus dem künstlichen Koma geholt. Die ersten Stunden verliefen zufriedenstellend, die Nacht war relativ ruhig. Heute Morgen, vor ungefähr einer Stunde, hat sich sein Zustand rapide verschlechtert. Wir haben um ihn gekämpft, aber leider verloren.«

Enna atmete tief durch. Das war ein Tiefschlag für die Ermittlungen. Erken würde ihnen nicht mehr helfen können.

»Hat Herr Erken noch etwas gesagt? Oder konnte er …«

»Wie gesagt, alles verlief positiv. Ich gehe davon aus, dass er in der Nacht oder am frühen Morgen durchaus in der Lage war, sich zu artikulieren. Seine Lebensgefährtin war während der ganzen Zeit bei ihm. Vielleicht sollten Sie sich mit ihr unter…«

»Ist Frau Klose noch vor Ort?«

»Ja, natürlich. Sie ist jetzt alleine bei ihm.«

»Danke. Richten Sie ihr doch bitte aus, dass ich in spätestens zwanzig Minuten vor Ort sein werde.«

»Das gebe ich gerne weiter.«

Sie verabschiedeten sich. Während Enna ihre Jacke anzog, erklärte sie Paulsen und Klaus Behrend, was passiert war. Anschließend hastete sie aus dem Büro.

Enna lief über den Flur aufs Stationszimmer zu, meldete sich an und fragte nach Sandra Klose. Die Stationsschwester teilte ihr mit, dass Frau Klose noch bei Herrn Erken im Zimmer sei.

Enna bedankte sich und wartete auf dem Flur, bis Sandra Klose auf sie zukam.

Enna reichte ihr die Hand. »Mein herzliches Beileid, Frau Klose.«

»Danke«, sagte Sandra Klose mit leiser Stimme.

»Können wir uns kurz unterhalten? Ich würde natürlich verstehen, wenn Sie in dieser Situa…«

»Schon gut. Ich möchte aber gerne nach draußen.«

»Es ist heute kalt. Haben Sie eine Jacke? Ich kann sie Ihnen holen.«

»Eine der Krankenschwestern war so lieb und hat sie für mich im Stationszimmer aufgehängt.«

Enna nickte. »Ich bin sofort wieder da.«

Kurz darauf verließen sie die Klinik und gingen schweigend an den Besucherparkplätzen vorbei in eine ruhige Seitenstraße.

»Darf ich Sie fragen, ob Herr Erken noch etwas gesagt hat?«

»Nicht viel. Es war alles etwas zusammenhanglos.«

»Können Sie es mir trotzdem wiedergeben?«

»Er hat von seiner verstorbenen Frau gesprochen. Rieke. Ich konnte nicht alles verstehen und er sollte sich auch ausruhen. Deshalb habe ich mich sehr zurückgehalten.«

»Er sprach also von seiner Frau. Was genau hat er über sie gesagt?«

Sandra Klose zuckte mit den Schultern. »Es waren immer Bruchstücke. Aber der Name kam häufig vor. Und Hansen. Ist das nicht sein früherer Kollege in Emden gewesen?«

Enna nickte. »Und sein Nachfolger.«

»Mehr weiß ich wirklich nicht, Frau Andersen.« Sandra Klose blieb stehen. »Was passiert eigentlich, wenn jemand verstirbt, der eine Straftat begangen hat?«

Enna horchte auf. Hatte Sandra Klose doch mehr mitbekommen, als sie bisher gesagt hatte? »In dem Fall wird weder ermittelt noch gibt es ein Gerichtsverfahren.«

»Das ist ganz sicher?«

»Absolut, Frau Klose.« Enna lag die Frage auf den Lippen, warum sie danach fragte, aber sie schwieg.

»Es ist so …« Sandra Klose zögerte. Schließlich zeigte sie den Bürgersteig entlang. »Lassen Sie uns doch weitergehen.«

Mehrere Minuten gingen sie schweigend nebeneinander, bis Sandra Klose wieder stehen blieb und in ihrer Tasche nach etwas suchte. Sie zog ihre Hand wieder heraus und reichte Enna einen Datenstick.

Enna nahm den Stick entgegen. Er war nicht beschriftet. »Ist der von Herrn Erken?«

Sandra Klose nickte. »Er war Samstag in der Post. Zusammen mit einem Brief. Einem sehr persönlichen Brief, den ich Ihnen ungern zeigen würde. Er liegt bei mir zu Hause in der Wohnung.«

Enna wartete, dass sie weitersprechen würde.

»In Hajos Brief stand auch, dass ich Ihnen diesen Datenstick geben soll, falls ihm etwas Schlimmes zustoßen würde. Entschuldigen Sie, dass ich Ihnen das nicht schon gestern gesagt habe, aber ich war mir nicht sicher …«

»Das verstehe ich, Frau Klose. Wissen Sie, was auf dem Stick gespeichert ist?«

Sie schüttelte den Kopf. »Hajo bat mich darum, dass ich mir das nicht anschaue.«

»Vielen Dank für Ihr Vertrauen. Wir werden noch ein kleines Protokoll aufsetzen müssen. Aber das hat Zeit.«

»Wissen Sie, ob ich Hajo mit nach Hamburg nehmen kann?«

»Soweit ich weiß, leben seine Eltern nicht mehr. Geschwister hat er auch nicht. Man könnte es bei Ihnen ja durchaus so formulieren, dass Sie verlobt waren. Ich denke, da wird es keine Schwierigkeiten geben.«

Sandra Klose drehte sich um. »Dann sollten wir jetzt zurückgehen.«

Zurück im Kommissariat ging Enna direkt in ihr Büro und fertigte zunächst eine Kopie der Daten an. Neben einer Tonaufnahme befanden sich mehrere Bilddateien auf dem Datenträger. Enna klickte sie kurz durch. Neben Frachtpapieren fand sie Aufstellungen mit Datum und Nummern, bei denen es sich vermutlich um Angaben von Schiffen handelte, die im Emder Hafen angelegt hatten. Weiter gab es mehrere Listen, von denen Enna annahm, dass es Aufzeichnungen von Arbeitszeiten waren. Schließlich klickte sie auf das Tondokument, das über zehn Megabyte groß war. In diesem Augenblick klopfte es an die Tür und Klaus Behrend trat ein. »Hast du kurz?«

Enna nickte und stoppte die Aufnahme.

»Erken hat tatsächlich von Dienstag auf Mittwoch in einem Hotel in Emden übernachtet.« Er reichte ihr ein Blatt. »Das habe ich gerade zugefaxt bekommen.«

Enna warf einen kurzen Blick auf das Dokument, auf dem Erkens Name, seine Adressdaten und seine Unterschrift standen.

»Kannst du Paulsen holen? Ich habe hier etwas Interessantes von Sandra Klose bekommen.«

Zwei Minuten später saßen sie zu dritt um den Tisch, Enna startete erneut die Aufnahme. Hajo Erkens tiefe Stimme erklang.

»Dies ist eine Aufnahme von Hajo Erken, wohnhaft in Hamburg, Falterweg 153. Ich habe vorgestern erfahren, dass die Ermittlungen zum Tod meiner Frau Rieke Erken wieder aufgenommen wurden. Für den Fall, dass mir etwas passiert, möchte ich Folgendes aussagen:

Ich bin damals zu Unrecht verdächtigt worden, etwas mit dem Tod meiner Frau zu tun zu haben. Nachdem ich in Untersuchungshaft kam, war ich nicht mehr in der Lage, eigene Recherchen anzustellen. Mein Fokus hat sich damals ausschließlich auf meine Verteidigung gerichtet. Dank glücklicher Umstände und der kompetenten Arbeit meines Anwalts Dr. von Lombach wurde ich freigesprochen. Aber dieser Freispruch hat mich nicht davor bewahrt, dass die Menschen in meiner Umgebung mich weiterhin für einen Mörder hielten. Ich musste die Arbeitsstelle kündigen und bin von Leer nach Hamburg gezogen. Der Aufbau meines neuen Lebens hat so viel Kraft gekostet, dass ich nicht in der Lage war, mich mit dem Mord an meiner Frau zu beschäftigen. Die zweite Sonderkommission der Polizei sollte dann den Fall neu aufrollen, allerdings hatte ich bei allen Befragungen den Eindruck, dass ich weiter des Mordes verdächtigt wurde.

Erst in den Folgejahren ist mir klar geworden, dass meine Frau und ich Opfer eines Komplottes geworden sind. Dazu muss ich etwas erklären. Ich hatte zu meiner Zeit in Emden den Verdacht, dass mein damaliger Stellvertreter, Sven Hansen, sich mit Kriminellen eingelassen hat. Meine Befürchtung war, dass Hansen beim Schmuggel von Drogen über den Emder Hafen eine wichtige Rolle spielte. Bis zum Tod meiner Frau hatte ich allerdings nicht ausreichend Beweise gesammelt, um meinen Stellvertreter überführen zu können. Meine Vermutung heute ist die, dass meine Frau, mit der ich über meinen Verdacht gesprochen habe, Sven Hansen oder seine Hintermänner erpresst hat. Wie ich erst später erfahren habe, wollte meine Frau sich von mir trennen. Ich vermute, dass sie für ihr geplantes neues Leben …«

Über einige Sekunden waren nur die schweren Atemzüge von Hajo Erken zu hören. Schließlich räusperte er sich und begann wieder zu sprechen.

»Ich gehe inzwischen davon aus, dass meine Frau für ihre Pläne Geld brauchte und sie sich damit an Sven Hansen gewandt hat. Das war, wie mir in den letzten zwei Tagen klar geworden ist, ihr Todesurteil. Ich bitte Sie dringend, Sven Hansen und seine Hintermänner unter die Lupe zu nehmen. Ich bin mir sicher, dass er weiterhin mit diesen Menschen zusammenarbeitet und die Schuld am Tod meiner Frau trägt.

Ich habe gestern, am Dienstag, mit Hansen gesprochen. Wir waren in seinem Haus. Er war nervös, sehr nervös, aber ich konnte ihn nicht dazu bringen, etwas zuzugeben. Hansen hat abgestritten, dass Rieke ihn erpresst hat. Er hat abgestritten, dass er etwas mit dem Mord zu tun hat. Als ich ihn mit meiner Theorie konfrontiert habe, hat er mich mit einer Waffe bedroht.

Leider habe ich keine ausreichenden Beweise. Trotzdem habe ich alle Dokumente, die ich damals mitgenommen habe, auf diesen Stick geladen. Vielleicht können Ihre Experten ja etwas damit anfangen.

Sie werden sich jetzt sicher fragen, warum ich so lange geschwiegen habe. Ja, das neue Leben hat mich sehr in Beschlag genommen. Aber das war nicht der einzige Grund. Kurz bevor ich verhaftet wurde, kam ein Mann zu mir. Wir haben uns zweimal getroffen und er hat mir angeboten, dass er mir einen der besten Anwälte des Landes besorgen würde. Ich habe abgelehnt, weil ich geahnt habe, dass er etwas mit Hansen zu tun haben musste. Diese Leute wollten, eine andere Erklärung habe ich seinerzeit nicht gefunden, sie wollten, dass kein Fokus vonseiten der Polizei auf den Hafenbetrieb in Emden gerichtet wird. Genau das wäre wahrscheinlich durch meine Verurteilung passiert. Das habe ich mir zumindest damals eingeredet, ohne zu sehen, dass ich wahrscheinlich mit dem Mörder meiner Frau gesprochen hatte.

Als ich dann verhaftet wurde, kam Dr. von Lombach zu mir und ich war froh, dass er mich vertreten hat. Er hat gesagt, dass er meinen Fall übernehmen wird und wir später über die Bezahlung sprechen können. Dazu ist es nie gekommen. Aber der Mann ist wieder bei mir aufgetaucht, als ich in Hamburg im Hafen angefangen habe zu arbeiten. Erst da ist mir klar geworden, dass er es gewesen war, der meinen Anwalt beauftragt und bezahlt hat. Da war es zu spät. Dieser Mann, dessen Namen ich nicht kenne, hat mir gedroht. Er wollte Informationen streuen, laut denen ich in Emden mit kriminellen Kreisen zusammengearbeitet haben soll. Das wäre mein Aus in Hamburg gewesen. Ich habe damals nicht verstanden, in was ich da nach und nach reingerutscht bin. Irgendwann habe ich die Notbremse gezogen und den Arbeitsplatz gewechselt. Diese Leute haben mich weiter bedrängt, aber ich bin hart geblieben. Irgendwann haben sie Ruhe gegeben.

Das alles wollte ich so schnell wie möglich vergessen. Ich habe nichts mehr unternommen, mich nicht an die Polizei gewendet. Ich hatte Angst, dass alles von vorne beginnt. Aber jetzt, wo die Ermittlungen wieder aufgenommen wurden, habe ich eins und eins zusammengezählt. Inzwischen bin ich mir sicher: Hansen hat mich nicht nur hintergangen, sondern ist auch mitverantwortlich für den Mord an meiner Frau. Vielleicht hat er Rieke sogar selbst getötet. Ich kann es nicht beweisen, aber vielleicht helfen Ihnen die Unterlagen, die Sie auf dem Stick finden. Ich habe in einer Textdatei meine Gedanken dazu aufgeschrieben. Es mag sein, dass Hansens Taten schon verjährt sind, aber ich bin mir sicher, dass er weitergemacht hat.

Bitte, bitte suchen Sie den Mörder meiner Frau.«

Enna sah auf. »Was sagt ihr dazu?«

»Versucht sich da jemand reinzuwaschen?«, fragte Paulsen.

»Welches Interesse sollte er daran gehabt haben?«, warf Klaus Behrend ein. »Wenn ich das richtig verstanden habe, sollte seine Freundin es nach seinem Tod der Polizei übergeben.«

»Eben«, konterte Paulsen. »Ihm kann nichts mehr passieren, aber seinen Komplizen. Sprich, Hansen und Petrescu bekommen ihr Fett weg. Vielleicht hat Erken geahnt, dass sie ihn jagen, und wollte sich so rächen. Eine Art Nachlass.«

Enna verschränkte die Arme vor der Brust. »Das wird er uns nicht mehr sagen können. Gerichtsverwertbar sind weder die Tonaufzeichnung noch die Dokumente, die auf dem Stick sind. Sie können uns allenfalls als Ansatzpunkt dienen. Zunächst mal sollten wir davon ausgehen, dass Erken die Wahrheit gesagt hat. Ich kann da im Moment keine Widersprüche erkennen. Es könnte durchaus so gewesen sein.«

Klaus Behrend kratzte sich an der Stirn. »Wenn tatsächlich schon am Dienstag in Erkens Hamburger Wohnung eingebrochen wurde und diese Leute seinen Laptop gefunden haben, sind ihnen vermutlich auch die Daten in die Hände gefallen.«

Enna nickte. »Gehen wir einmal davon aus, dass Erken sich am Dienstag tagsüber mit Hansen getroffen hat. Und weiter nehmen wir an, dass der dann seine Mittelsmänner informiert hat. So wäre der Ablauf zumindest logisch. Vielleicht haben sie ihn ja bereits ab Emden observiert. Als er sich dann am Abend mit mir getroffen hat, gab es nur noch eine Wahl.«

Paulsen schaute auf die Uhr. »Wir müssen bald los.«

Es klopfte an der Tür, Jens schaute ins Büro und wedelte mit einer Handvoll Papieren. »Der Provider hat die Daten geschickt. Ich habe sie aber noch nicht überprüft.«

»Perfektes Timing«, murmelte Paulsen und hielt Jens seine offene Hand hin. »Das können wir auf der Fahrt nach Emden machen.«

Enna und Paulsen gingen noch einmal kurz mit Klaus Behrend die noch anstehenden Arbeiten durch und verabredeten sich für den nächsten Tag um neun Uhr zur Besprechung, bevor sie ihre Sachen packten und nach Emden aufbrachen.

Fünfundzwanzig

Paulsen fuhr, Enna ging die Listen durch. »Erken hat Hansen am Montagabend fünfmal angerufen. Allerdings kam es zu keiner Verbindung. Erst am Dienstag hat Hansen das Gespräch angenommen. Das war gegen Mittag. Ich vermute, dass Erken da schon unterwegs war. Das Gespräch war kurz. Sie haben sich wahrscheinlich nur verabredet.«

»Gibt es weitere Nummern?«, fragte Paulsen.

»Nicht viele. Ich frage gleich Klaus, ob er Zeit hat, die Nummern zu recherchieren.«

»Und das Bewegungsprofil?«

»Gib mir ein paar Minuten.«

Enna ging die Einwahlknoten durch. Am Montag hatte sich Erken in Hamburg aufgehalten, am Dienstag hatte sich sein Handy auf der Fahrt Richtung Emden mehrfach eingeloggt. Erken schien um kurz vor elf mit dem Zug gefahren zu sein und war drei Stunden später in Emden angekommen. Hier war Erken in verschiedenen Knotenpunkten registriert worden. Am nächsten Tag war er gegen vierzehn Uhr in Oldenburg eingetroffen und hatte sich nicht aus dem Innenstadtbereich entfernt.

Enna rief Klaus Behrend an, der ihr versprach, die Telefonnummern, die Erken zwischen Montag und

Mittwochabend angewählt hatte, zu recherchieren. Sie steckte die Blätter in ihre Tasche und erklärte Paulsen, was sie herausgefunden hatte.

»Zumindest wird Hansen ein Problem damit haben, den Kontakt mit Hajo Erken abzustreiten«, schloss Enna ihren Kurzbericht.

Paulsen schüttelte den Kopf. »Damit kommen wir nicht weit. Das ist alles nicht strafbar. Allenfalls ein Anfangsverdacht und das auch nur mit viel gutem Willen. Der wird sich rauswinden.«

»Gestern hat er ziemlich schnell die Nerven verloren. Und ja, wir brauchen mehr. Ich schicke Erkens Unterlagen nach Hannover. Die werden etwas damit anfangen können.«

»Ich hasse es, einfach nur im Nebel herumzustochern.«

Enna nickte. »Wem sagst du das? Aber hast du eine bessere Strategie?«

»Waterboarding«, murmelte Paulsen. »Hansen würde keine drei Minuten durchhalten und alles ausplaudern.«

»Wer nicht«, kommentierte Enna Paulsens nicht ernst gemeinten Vorschlag. »Du und ich würden vermutlich auch alles gestehen, wenn die Daumenschrauben stark genug angezogen werden.«

Paulsen seufzte theatralisch. »Dann eben auf die herkömmliche Weise.«

Kurz vor Emden machte sich Ennas Handy bemerkbar.

»Andersen, LKA.«

»Martin Gräfe. Es gibt eine Planänderung. Der Frachter hat abgedreht und ist jetzt angeblich auf dem Weg nach Wilhelmshaven.«

»Wir sind in zehn Minuten bei Ihnen. Sind Sie vor Ort?«

»Ja. Bis gleich.«

Paulsen warf Enna einen fragenden Blick zu. »Was war das?«

»Der Frachter legt doch nicht in Emden an.«

»Warum nicht?«

»Dazu hat Gräfe nichts gesagt. Er hat bei unserem ersten Gespräch aber angedeutet, dass sie einen Maulwurf im Team haben. Es ging bei der Aktion wohl auch darum, ihm eine Falle zu stellen.«

Paulsen stöhnte. »Das passt jetzt gerade gar nicht.«

Enna wiegte mit dem Kopf. »Da bin ich mir nicht so sicher.« Sie zeigte nach vorne. »Die nächste Abfahrt ist unsere.«

Im Gebäude des Hafenzollamtes herrschte hektische Betriebsamkeit. Beamte in Uniform hasteten mit Ordnern in der Hand über den Flur, eine Tür wurde zugeschlagen, eine andere lautstark geöffnet. Enna fragte sich zu Martin Gräfe durch und klopfte kurz darauf an seine Bürotür.

Ein kräftiger Mann mit Glatze und Dreitagebart öffnete ihr die Tür.

»Frau Andersen?«

Enna nickte, der Mann trat zur Seite. In dem Büro saßen zwei weitere Beamte um einen Besprechungstisch. Gräfe stellte Enna und Paulsen vor und machte sie mit seinen Mitarbeitern bekannt.

»Wie ich Ihnen bereits am Telefon sagte, liegt der Frachter nicht im Hafen, sondern hat, noch bevor der Lotse an Bord gehen konnte, abgedreht. Angeblich hat das Port Office hier im Hafen keinen Liegeplatz gehabt.«

»Angeblich?«, fragte Enna.

»Ja, es kommt zwar vor, dass Schiffe umgeleitet werden, aber nicht so kurzfristig. Wir haben die Kollegen von der Küstenwache gebeten, tätig zu werden. Sie sind, unterstützt durch eins unserer Teams, auf dem Weg zum Frachter.«

Es klopfte an der Tür. Ein Beamter trat ein. »Das Boot der Küstenwache wird in etwa zwanzig Minuten die *Brisa Marina* erreichen.«

Martin Gräfe nickte. »Ich will sofort informiert werden, wenn auf dem Schiff etwas gefunden wird.«

Der Mann nickte und verließ das Büro.

Als die Tür wieder verschlossen war, räusperte sich Gräfe leise und wandte sich an Enna. »Wir gehen davon aus, dass das Schiff gewarnt wurde.« Er hielt kurz inne, bevor er fortfuhr: »Wenn ich Sie richtig verstanden habe, ermitteln Sie gegen Mitarbeiter des Port Office?«

Enna lächelte. »Das habe ich zwar nicht erwähnt, aber es stimmt.«

»Ich würde vorschlagen, dass wir zweigleisig fahren. Wir werden uns jetzt hier im Hause mit der Sache beschäftigen, Sie könnten derweil im Port Office tätig werden. Das würde den Druck erhöhen.«

»Können wir kurz unter vier Augen sprechen?«, fragte Enna.

Gräfe stimmte zu, Paulsen und die beiden Zollbeamten verließen das Büro.

Martin Gräfe sah Enna fragend an. »Kollegin?«

»Ich möchte sichergehen, dass wir die gleichen Interessen verfolgen und auf Augenhöhe agieren.« Enna machte eine kurze Pause und sah Gräfe direkt an. »Sie haben einen Ihrer Kollegen in Verdacht, dass er Informationen weitergibt?«

Gräfe seufzte. »Das scheint im Moment die wahrscheinlichste Variante zu sein.«

»Wie ist Ihre Strategie?«

»Das hängt davon ab, was wir auf der *Brisa Marina* finden. Im Moment hoffe ich noch, dass unser Kollege ungeschickt mit internen Informationen umgegangen ist. Sollte das so sein, würde ich es auf der Ebene einer Abmahnung belassen wollen.«

»Und wenn etwas gefunden wird?«

Martin Gräfe kratzte sich am Kopf. »Der Kollege könnte immer noch …«

»Herr Gräfe«, unterbrach Enna den Zollamtsrat, »sieht es nicht ganz danach aus, als wäre die Information kurzfristig durchgestochen worden? Eine andere Erklärung habe ich zumindest nicht für die spontane Richtungsänderung des Frachters.«

Martin Gräfe atmete tief durch. »Unser Kollege hat eine kranke Frau, die rund um die Uhr gepflegt werden muss. Wir machen uns hier im Team Vorwürfe, dass wir nicht eher reagiert haben.«

»Sollte er tatsächlich vorsätzlich gehandelt haben, müssen ihm die möglichen Konsequenzen seines Tuns bewusst gewesen sein. Wir sprechen hier nicht über eine Ordnungswidrigkeit.«

»Nein, die Stufe scheint bei Weitem überschritten«, gab Gräfe zu.

»Ich verstehe Ihr Engagement für Ihr Team. Ich würde genauso handeln. Ihr Kollege ist aber unter Umständen ein Glied in der Kette eines kriminellen Netzwerkes. Ich sehe im Moment keine Chance, ihn damit glimpflich wegkommen zu lassen.«

Gräfe nickte nachdenklich. »Ich würde Sie trotzdem bitten, vorsichtig zu agieren und Ihren Schwerpunkt auf das Port Office zu legen.«

»Darauf können wir uns einigen. Aber ich brauche volle Transparenz. Kann ich darauf setzen?«

Martin Gräfe nickte. Er stand auf und holte seine Kollegen und Paulsen zurück in sein Büro.

»So ganz habe ich immer noch nicht begriffen, worauf es hinausläuft«, sagte Paulsen, als sie wieder im Wagen saßen.

»Wir müssen improvisieren. Gräfe möchte seinen Kollegen ungern der Justiz preisgeben. Er hat eine kranke Frau zu Hause.«

»Schön und gut, aber …«

»Ich weiß, Paulsen. Ich habe Gräfe den Zahn hoffentlich gezogen, dass mit einer Abmahnung die Sache aus der Welt zu schaffen ist. Wir trinken jetzt einen Kaffee und warten, bis wir seinen Anruf bekommen. Dann nehmen wir beide uns Hansen vor, Klaus kann hier im Zollamt die Stellung halten.«

Paulsen nickte, startete den Wagen und fuhr aus dem Hafenbereich heraus.

»Klaus weiß schon Bescheid?«, fragte Paulsen.

»Er ist unterwegs nach Emden. Ich denke, in zwanzig Minuten ist er im Zollamt. Vielleicht kommt er nicht zum Einsatz, aber besser so, als wenn wir uns nachher trennen müssen.«

Am Alten Binnenhafen parkten sie vor einem imposanten Neubau, in dem das Hafenhaus, ein Restaurant und Café, untergebracht war. Im Restaurant steuerte Enna auf einen Platz am Fenster zu und griff nach der Karte. »Hast du auch Hunger?«

Paulsen schüttelte den Kopf. »Eher nicht.«

Enna bestellte einen Salat mit Rinderfilet und frischem Baguette, Paulsen begnügte sich mit einer Tasse Kaffee.

»Wie geht es dir eigentlich in deiner neuen Wohnung?«, fragte Enna beiläufig. Paulsen hatte nach seinem Umzug von Osnabrück nach Oldenburg über viele Monate in einer heruntergekommenen Pension gewohnt und war im Sommer kurz davor gewesen, in seine alte Heimat zurückzukehren. Letztendlich hatte er sich entschieden, im Team zu bleiben und sich eine eigene Wohnung zu suchen.

»Alles paletti. Warum fragst du?«

»Du schienst in den letzten Tagen hin und wieder etwas niedergeschlagen.«

»Ist das so?«

Enna antwortete nicht auf Paulsens Frage.

»Da kommen dein Essen und mein Kaffee«, sagte er.

Eine junge Frau servierte Enna ihren Salat und ein Glas Mineralwasser. Paulsen reichte sie die Tasse Kaffee. Enna bezahlte.

»Guten Appetit«, wünschte Paulsen Enna, als sie nach der Gabel griff.

»Danke«, entgegnete Enna, begann zu essen und schaute ihn fragend an.

»Pia?«, fragte Paulsen nach einer Weile.

»Wäre das so schlimm? Sie macht sich Sorgen. Ich habe es übrigens auch bemerkt.«

»Ich schlafe nicht gut. Und manchmal ist es halt ein Whisky zu viel.«

Enna nickte, als wisse sie, wovon er sprach.

»Und ich habe jemanden kennengelernt«, fügte Paulsen hinzu, nachdem er einen Schluck Kaffee getrunken hatte.

»Klingt doch erst mal gut. Ich meine, die zweite Sache.«

Paulsen stützte den Kopf in die Hände. »Es ist kompliziert.«

»Sind Beziehungen nicht immer kompliziert?«

»Mag sein«, murmelte Paulsen.

»Sie wohnt nicht in Oldenburg?«, fragte Enna, nachdem sie ihren Salat aufgegessen hatte.

»Doch.«

»Aber?«

»Sie ist verheiratet.«

Enna wunderte sich, dass Paulsen so offen mit ihr sprach. Normalerweise verhielt er sich eher zurückhaltend in persönlichen Angelegenheiten. Entweder war der Leidensdruck so groß oder sie hatte Paulsen in einem schwachen Moment erwischt. »Das klingt nun wirklich kompliziert.« Enna lehnte sich auf dem Stuhl zurück.

Paulsen nickte. »Wir sehen uns im Moment nur einmal in der Woche, wenn ihr«, er schluckte, »wenn er unterwegs ist.«

»Bei Männern zieht sich solch eine Konstellation – also, wenn er gebunden ist – schnell mal ein paar Jahre hin. Frauen sind da eigentlich konsequenter. Seit wann kennt ihr euch?«

»Vier Wochen. In den ersten beiden war der Mann auf einer Fortbildung. Da … ja, da haben wir uns jeden Tag gesehen.«

»Stelle ich mir anstrengend vor. Aber wenn es erst mal nicht anders geht.«

»Ich kann warten, das ist es nicht.«

Enna hielt sich zurück. Wenn Paulsen mehr erzählen wollte, würde er es auch ohne ihre Fragen machen.

»Schwierig halt. Wie das so ist.«

Ennas Handy machte sich bemerkbar. Eine Nachricht von Martin Gräfe.

Mein Kollege hat zugegeben, dass er Informationen weitergegeben hat. Der Empfänger sitzt im Port Office. Es ist der Leiter der Abteilung.

Enna las Paulsen halblaut die Nachricht vor, er nickte und stand auf.

Als sie auf das Gebäude des Port Office zufuhren, stand Sven Hansen am Straßenrand und schaute sich um. Paulsen parkte, sie stiegen aus.

»Guten Tag, Herr Hansen«, begrüßte Enna ihn.

»Ich habe keine Zeit für Sie«, brummte Hansen und sah wieder die Straße hoch.

»Erwarten Sie jemanden?«, fragte Enna.

»Ein Taxi«, murmelte Hansen.

»Ist Ihr Benz in der Werkstatt?«, fragte Paulsen, der mehr schlecht als recht sein Grinsen verbergen konnte.

Sven Hansen schwieg.

»Es wäre wichtig, dass wir jetzt mit Ihnen sprechen«, sagte Enna. »Die *Brisa Marina* hat sicher Zeit. Wie ich gehört habe, wird sie gerade von der Küstenwache durchsucht.«

Sven Hansen erstarrte. Er blieb sekundenlang ohne jegliche Regung, schließlich löste sich die Starre, er warf wieder einen Blick die Straße hinauf und sagte, ohne Enna anzuschauen: »Was haben Sie gesagt?«

»Sie haben mich schon verstanden. Gehen wir rein?«

»Wie gesagt, ich habe einen dringenden Termin.«

»Ihren Benz abholen?«, fragte Paulsen mit spöttischem Unterton. »Haben unsere Kollegen Ihren Führerschein nicht einkassiert?«

Enna hielt den Atem an. Sie hatte zuvor mit Paulsen abgesprochen, das Thema Führerschein nicht anzusprechen. Enna hatte die Gefahr hoch eingeschätzt, dass Hansen darauf aggressiv reagieren würde.

»Das geht Sie einen Scheißdreck an, Sie arrogantes Arschloch.«

Hansen hatte einen Schritt auf Paulsen zu gemacht, war dann aber abrupt stehen geblieben und schien gemerkt zu haben, dass er eine rote Linie überschritten hatte.

»Ich denke, wir sollten auf der nächsten Polizeistation eine Anzeige aufnehmen«, sagte Paulsen ruhig. »Oder wir gehen jetzt rein und unterhalten uns ganz kultiviert. Entscheiden Sie.«

Enna sah Hansen an, wie er in Gedanken seine Möglichkeiten durchspielte. Mit wütendem Gesichtsausdruck wandte er sich ab, ging auf die Tür zu und hielt sie auf. »Aber nicht länger als eine Viertelstunde.« Auf dem Weg in sein Büro sprach er kurz leise mit einem Mitarbeiter. Enna vermutete, dass es um das Taxi ging.

In seinem Büro zeigte Hansen auf den Besprechungstisch und wartete, bis Enna und Paulsen sich gesetzt hatten, bevor er einen Stuhl heranzog, aber trotzdem stehen blieb. »Was gibt es denn noch?«

»Setzen Sie sich doch bitte zu uns, Herr Hansen«, sagte Enna.

Widerwillig nahm Hansen auf dem Stuhl Platz. »Und?«

»Sie kannten die verstorbene Ehefrau Ihres damaligen Chefs?«

»Natürlich. Bei Weihnachtsfeiern und ähnlichen Gelegenheiten war sie dabei. Persönlich kannte ich sie nicht, wenn Sie das meinen.«

»Nicht lange vor ihrem Tod sollen Sie mit ihr gesprochen haben«, fuhr Enna fort.

»Ist das jetzt eine Frage?«

»Nein, aber ich kann daraus gerne eine Frage machen. Haben Sie Rieke Erken in den zwei Wochen vor ihrem Tod getroffen?«

»Wer sagt das?«, fuhr Hansen Enna an.

Sie lächelte. »Ist das jetzt eine Antwort?«

Er schaute sie einen Moment irritiert an und schnaubte dann herablassend. »Nein, ist es nicht. Ich kann mich nicht erinnern, ob ich Hajos Ehefrau in dieser Zeit gesehen habe. Vielleicht war sie hier und hat Hajo abgeholt. Keine Ahnung.«

»Es wäre schon wichtig, dass Sie entweder einen Kontakt mit Rieke Erken bestätigen oder verneinen.«

»Kontakt?« Sven Hansen verzog das Gesicht. »Ich hatte nie Kontakt zu dieser Frau. Gesehen habe ich sie vielleicht, mehr aber auch nicht.«

Enna nickte. »Gut, dann notiere ich also, dass Sie weder mit Frau Erken gesprochen haben noch anderweitig in direkter Verbindung zu ihr standen?«

»Machen Sie, was Sie wollen.« Er stand auf. »War's das jetzt?«

»Es gibt Hinweise darauf, dass Frau Erken Sie erpresst hat.«

Sven Hansen lachte gekünstelt. »Womit denn bitte schön? Machen Sie sich nicht lächerlich.«

»Setzen Sie sich doch bitte wieder. Wir sind noch nicht fertig.« Enna zeigte auf den Stuhl. »Wieso haben Sie heute die *Brisa Marina* umgeleitet?«

Hansen blieb stehen. »Das waren interne Entscheidungen, die Sie nichts angehen.«

Ennas Handy meldete sich. Eine zweite Nachricht von Martin Gräfe.

> Drogenfund auf der *Brisa Marina*. Ausmaß noch nicht bekannt. Schiff wird zu uns in den Hafen geleitet.

Sie legte das Handy wieder auf den Tisch. »Der Frachter ist auf dem Weg in den Emder Hafen.«

»Unsinn!«, fauchte Hansen sie an.

»Nein, weder das noch die Tatsache, dass Sie einen Beamten des Emder Zollamtes bestochen haben.«

Sven Hansen machte eine abrupte Bewegung Richtung Tür. Im gleichen Moment sprang Paulsen auf. Hansen erstarrte, zog aber schließlich seinen Stuhl zu sich heran und setzte sich.

»Ich habe niemanden bestochen, warum auch?«

»Einer unserer Kollegen nimmt gerade das Geständnis im Zollamt auf. Auf der *Brisa Marina* sind Drogen gefunden worden. Aber was erzähle ich Ihnen, das wissen Sie natürlich.«

»Hören Sie auf, solch einen Unsinn zu reden«, fuhr Hansen Enna an.

»Herr Hansen«, sagte Enna mit ruhiger Stimme. »Überlegen Sie sich genau, was Sie jetzt sagen. Die ersten Aussagen sind gemacht. Und was meinen Sie, wer später wen belastet? Wollen Sie alle Schuld auf sich nehmen?«

Hansen stand wieder auf. »Ich möchte Sie jetzt bitten, sofort das Gebäude zu verlassen. Ich habe hier Hausrecht.«

Enna warf einen Blick zu Paulsen. Als er nickte, standen sie beide auf, Paulsen zog Handschellen aus seinem Gürtel.

»Entscheiden Sie«, sagte Enna. »Wir können jetzt ganz normal das Haus verlassen, Sie geben vorher noch kurz Ihrem Stellvertreter Bescheid, dass Sie zu einem Termin müssen, und wir fahren anschließend ins hiesige Polizeikommissariat. Wir können Sie aber auch auf der Stelle vorläufig festnehmen und in Handschellen abführen.«

Sven Hansen starrte Enna mit weit aufgerissenen Augen an.

»Haben Sie mich verstanden, Herr Hansen?«

Hansen schien kurz mit sich zu ringen, fing sich aber schnell wieder. »Ich komme mit Ihnen.« Er zeigte auf seinen Schreibtisch. »Kann ich kurz ein paar Dinge regeln?«

Sechsundzwanzig

Nach einem Anruf beim Emder Kommissariat fuhren sie Richtung Hauptbahnhof. Das Polizeigebäude, ein fünfstöckiger Klinkerbau, strahlte mit seiner schlichten gelbbraunen Fassade eine ruhige, geschäftsmäßige Gelassenheit aus. Sie parkten auf dem Hof in Sichtweite eines alten Wasserturms, der majestätisch alle anderen Gebäude überragte.

Am Eingang empfing sie Oberkommissar Schleich, mit dem Enna zuvor telefoniert hatte, und führte sie in ein Vernehmungszimmer. Hansen hatte bereits im Auto seinen Anwalt angerufen, er meldete sich eine Viertelstunde nach ihrem Eintreffen beim Empfang und wurde zu ihnen in den dritten Stock hinaufbegleitet. Als er um ein Gespräch unter vier Augen mit seinem Mandanten bat, verließen Enna und Paulsen den Raum.

Paulsen trank einen Schluck Kaffee, den ihnen Hans Schleich in seinem Büro angeboten hatte. »Er wird nichts mehr sagen.«

»Wir könnten ihm im Gegenzug etwas anbieten«, schlug Enna vor. »Die Staatsanwältin ruft mich gleich zurück.« Im nächsten Augenblick klingelte Ennas Handy. Nach einem Blick aufs Display nahm sie das Gespräch an.

»Guten Tag, Frau Dr. Brambach«, begrüßte Enna die Staatsanwältin. »Einen Moment bitte.« An den Kollegen aus Emden gewandt fragte sie, wo sie ungestört telefonieren könne, und wurde von ihm in einen Nebenraum geführt.

»So, jetzt sind wir ungestört«, sagte Enna und erklärte Julia Brambach in wenigen Worten die aktuelle Entwicklung.

»Erstaunlich. Sie gehen also davon aus, dass Herr Hansen etwas mit dem Tod von Rieke Erken zu tun hat?«

»Das drängt sich nach dem Tondokument von Hajo Erken auf. Es ist sogar nicht auszuschließen, dass er selbst der Täter ist.«

»Ich kläre ab, welcher meiner Kollegen für die Sache am Hafen zuständig ist und welche Abteilung in Emden den Fall übernehmen wird.«

»Aus meiner Sicht wäre es kontraproduktiv, wenn Sven Hansen jetzt unmittelbar in der Sache vernommen würde.«

»An was denken Sie? An einen Deal?«

»Sollte er nicht direkt etwas mit dem Tod von Rieke Erken zu tun haben, wäre das vielleicht sinnvoll. In diesem Fall suchen wir und die Emder Kollegen den oder die gleichen Täter.«

»Ich kann Ihnen nichts versprechen. Das wird in jedem Fall eine komplizierte Angelegenheit. Gehen Sie die Vernehmung erst mal langsam an, ich brauche mindestens eine Stunde.«

Sie verabschiedeten sich. Paulsen unterhielt sich mit dem Emder Kollegen, als Enna in dessen Büro zurückkehrte.

»Ist Hansens Anwalt schon fertig?«

Paulsen schüttelte den Kopf.

»Ich schau mal nach, wie weit er ist«, sagte der Oberkommissar und verließ den Raum.

Enna berichtete Paulsen von dem Gespräch mit der Staatsanwältin, als es an der Tür klopfte und Klaus Behrend kurz darauf eintrat.

»Da seid ihr ja«, sagte Behrend und setzte sich zu den beiden an den Besprechungstisch.

»Hat alles geklappt?«, fragte Enna.

Behrend nickte und legte eine Mappe auf den Tisch. »Ich habe hier die unterschriebene Aussage des Zollbeamten. Er hat ausschließlich mit Hansen zu tun gehabt. Die«, er malte Anführungszeichen in die Luft, »Zusammenarbeit läuft bereits seit sieben Jahren. Also schon zu Erkens Zeiten. Nach Aussage des Zollbeamten hatte er aber nie etwas mit Hajo Erken zu tun. Zu Beginn waren es nur kleine Tipps und erst nachdem Erken nicht mehr die Leitung des Teams hatte, wollte Hansen mehr.«

Enna bat Klaus Behrend um das Protokoll der Vernehmung und las es durch, bevor sie es Paulsen reichte.

»Hat er nicht gestanden, wie viel Geld er von Hansen bekommen hat?«, fragte Enna.

»Nein, er konnte sich nicht daran erinnern. Wenn ihr mich fragt, stehen die Chancen nicht schlecht, dass er sein Geständnis widerruft, wenn er erst mal mit seinem Anwalt gesprochen hat.«

»Das geht uns dann nichts mehr an. Dr. Brambach klärt gerade die Zuständigkeiten. Wo ist der Zollbeamte jetzt?«

»Gräfe hat die Kollegen vom Dezernat für Organisierte Kriminalität informiert. Die sitzen in Leer. Vermutlich kreuzen die hier bald mit dem Zollbeamten auf.«

»Du schirmst uns dann, so lange es geht, von den Kollegen ab«, sagte Enna zu Behrend. Sie sah auf die Uhr. »In spätestens einer Dreiviertelstunde meldet sich Brambach.«

In diesem Augenblick wurde die Tür geöffnet. Hans Schleich teilte ihnen mit, dass das Anwaltsgespräch beendet sei.

Enna hatte sich in der Pause im Internet über Hansens Anwalt informiert. Er hatte als Strafverteidiger einige größere Fälle in den letzten zehn Jahren übernommen und galt als erfahrener Verteidiger. Anfang fünfzig, teurer Anzug, zurückgekämmtes schwarzes Haar. Volker Harms stand auf, als Enna und Paulsen den Vernehmungsraum betraten.

»Sie haben sicher Verständnis dafür, dass ich zunächst die Akten einsehen möchte, bevor mein Mandant sich Ihren Fragen stellt«, sagte Harms, als sie alle am Vernehmungstisch saßen.

»Das steht Ihnen natürlich frei«, antwortete Enna. »Ich leite die Ermittlungen zum Tod von Frau Rieke Erken.«

»Das ist mir bekannt, Frau Andersen.«

»Können wir uns kurz unter vier Augen unterhalten?«, fragte Enna.

Volker Harms wandte sich an seinen Mandanten und flüsterte ihm etwas zu. Hansen nickte, Harms stand auf und begleitete Enna auf den Flur. Hier rief sie Hans Schleich an, der ihnen einen freien Vernehmungsraum aufschloss.

»Im Moment führen wir Ihren Mandanten als Hauptverdächtigen«, sagte Enna, als sie Volker Harms am Tisch gegenübersaß. »Wir werden ihn morgen in Oldenburg dem Haftrichter vorführen.«

Der Anwalt sah sie fragend an. »Worauf wollen Sie hinaus?«

»Kooperation, sollte Herr Hansen nicht selbst für den Tod von Frau Erken verantwortlich sein.«

»Ich kann also davon ausgehen, dass mein Mandant selbst nicht als Täter infrage kommt?«

»Nein, davon können Sie keinesfalls ausgehen«, entgegnete Enna gelassen. »Wir haben genügend Anhaltspunkte und Indizien, die für eine Untersuchungshaft reichen. Wir werden das Leben Ihres Mandanten so lange auf den Kopf stellen, bis es für eine Anklage reichen wird. Herr Hansen ist über beide Ohren in unterschiedliche Straftaten verstrickt. Dabei sehe ich seine, nennen wir sie einmal illegalen, Aktivitäten im Hafenbereich als sein geringstes Problem an. Es geht um Mord, Totschlag, Unterstützung der Organisierten Kriminalität, eventuell auch Mitgliedschaft in einer solchen Organisation.«

Volker Harms hatte Enna ruhig und ohne jegliche Regung zugehört. Jetzt lächelte er. »Was ist Ihr Angebot?«

»Herr Hansen kooperiert auf ganzer Linie. Sollte er als Kronzeuge infrage kommen, würde die Staatsanwaltschaft Oldenburg sich für einen Deal starkmachen.«

»Frau Andersen, gehen wir einmal davon aus, dass mein Mandant sich überhaupt eines Vergehens schuldig gemacht hat und relevante Aussagen zu den Hintermännern machen kann … dann könnte ich ihm nur zu einer Vereinbarung raten, in der definitiv festgehalten ist, welche Vorteile mein Mandant aus einer vollumfänglichen Kooperation hat, inklusive der Zusage, dass er in ein Zeugenschutzprogramm aufgenommen wird.«

»Dann würde ich vorschlagen, dass Sie jetzt mit Ihrem Mandanten sprechen und mich anschließend über den Umfang seiner Aussage informieren. Dann sehen wir weiter.«

»Hallo, Frau Dr. Brambach«, begrüßte Enna die Staatsanwältin. Sie berichtete ihr von dem Gespräch mit Hansens Anwalt und fragte, ob sie etwas erreicht habe.

»Es gab ein paar Widerstände, bei Ihrem und auch bei meinem Herrn Kollegen in Aurich. Aber ich konnte beide Parteien überzeugen, dass wir unseren Weg gehen. Ich brauche Ihnen nicht zu sagen, dass ich mich für Sie und Ihr Team verbürgt habe. Wir brauchen jetzt Ergebnisse.«

Sie sprachen die Strategie durch und Julia Brambach gab Enna die Kontaktdaten des Emder Hauptkommissars, dessen Team gerade den Zollbeamten ein zweites Mal vernahm. Weiter sagte sie Enna zu, dass sie die nächsten vierundzwanzig Stunden durchgängig erreichbar sein würde, um weitere Schritte abzuklären.

Klaus Behrend war inzwischen nach Oldenburg zurückgefahren, Paulsen wartete auf Enna im zweiten Vernehmungsraum.

»Hat Harms sich schon gemeldet?«, fragte Enna.

Paulsen schüttelte den Kopf. »Nein. Er muss wohl einige Überzeugungsarbeit bei seinem Mandanten leisten.«

»Vonseiten der Staatsanwaltschaft und der Emder Kollegen ist so weit alles abgesegnet. Jetzt können wir nur noch hoffen, dass Hansen die richtige Wahl trifft.«

Eine Viertelstunde später meldete sich Volker Harms per Handy, Enna und Paulsen betraten ein weiteres Mal den Vernehmungsraum.

»Mein Mandant ist zur Kooperation bereit. Er kann die Hintermänner der Organisation nennen, die ihn gezwungen hat, gewisse Informationen weiterzugeben. Ebenfalls ist er bereit, vollumfänglich zum Fall Rieke Erken auszusagen. Wir erwarten dafür Straffreiheit in der Hafenangelegenheit. Haben Sie diesbezüglich mit der Staatsanwaltschaft die Vorgehensweise besprechen können?«

»Ja, aber zunächst brauchen wir einen Überblick über den Umfang der Aussage Ihres Mandanten. Im nächsten Zug steht die Staatsanwältin Frau Dr. Brambach für Gespräche zur Vereinbarung zur Verfügung.«

Volker Harms schien mit Ennas Angebot nicht zufrieden zu sein. Er beugte sich zu Hansen hinüber, flüsterte ihm etwas ins Ohr. Hansen nickte.

»Sie haben sicher Verständnis dafür, dass ich kurz mit Frau Dr. Brambach sprechen möchte«, sagte Volker Harms.

Enna stand auf. »Gehen wir nach nebenan.«

Sie führte Harms in den zweiten Vernehmungsraum und diktierte ihm die Nummer. Schließlich verließ sie den Raum und wartete, bis Volker Harms zu ihr auf den Flur trat.

»Wir können dann weitermachen«, sagte er.

»Gehen Sie schon vor?«, bat Enna ihn und rief die Staatsanwältin an, als sie allein auf dem Flur stand.

»Kollege Harms ist so weit einverstanden. Informieren Sie mich direkt nach der Vernehmung. Dann werde ich endgültig entscheiden, wie wir weiterverfahren«, erklärte Dr. Brambach.

»Ich denke, es wird ein bis zwei Stunden dauern. Dann melde ich mich bei Ihnen.«

Zurück im Vernehmungsraum wandte sich Enna an Sven Hansen. »Können wir jetzt beginnen?«

Als Hansen nickte, aktivierte Enna die Aufnahme und sprach die Formalien ins Mikrofon, bevor sie die erste Frage an Hansen richtete: »Wusste Ihr Vorgesetzter Hajo Erken von Ihren Kontakten zu Petrescu?«

»Nein.«

»Wir sind im Besitz von umfangreichen Daten, die Herr Erken gesammelt hat. Wussten Sie von den Unterlagen?«

Sven Hansen sah seinen Anwalt an. Der beugte sich wieder zu ihm hin und sprach leise mit ihm.

»Herr Erken hat meinem Mandanten damit gedroht, Unterlagen aus seiner Zeit als Leiter des Port Office der Polizei zu übergeben.«

»Wann?«

»Letzte Woche Dienstag«, sagte der Anwalt und nickte Sven Hansen aufmunternd zu.

»Hajo hat mich angerufen und wollte sich unbedingt mit mir treffen«, sagte Hansen. »Er ist dann zu mir nach Hause gekommen.«

»Was wollte Herr Erken mit seinen Drohungen erreichen?«

»Er hat behauptet, ich habe seine Frau ermordet.« Sven Hansen hatte leise gesprochen. Jetzt richtete er sich auf und räusperte sich. »Ich habe nichts mit der Sache zu tun.«

»Bleiben wir noch bei Herrn Erken und seinem Besuch in Ihrem Haus«, sagte Enna. »Hat er Ihnen die Unterlagen gezeigt?«

»Nein. Er hat mir gesagt, dass er mein Büro abgehört habe. Und er hat behauptet, er habe mein damaliges Handy kopiert, mit allen Kontakten und Daten. Von Fotos hat er auch gesprochen, von mir und Petrescu.«

»Kannte Herr Erken den Namen Petrescu?«

Hansen schüttelte den Kopf. »Das weiß ich nicht. Er hat immer von meiner Kontaktperson gesprochen, hat Petrescu beschrieben und wusste auch, was für ein Auto er damals gefahren hat.«

»Wem haben Sie von diesem Gespräch mit Herrn Erken erzählt?«

Hansen schwieg. Wieder beugte sich sein Anwalt zu ihm herüber und sprach leise auf ihn ein.

»Adrian Petrescu. Er hat ein Büro in Oldenburg und arbeitet für eine Hamburger Firma. Eugen Lungu ist sein Chef. Den habe ich allerdings nur einmal in Hamburg getroffen. Petrescu hat mich unter Druck gesetzt, ihm die Informationen zu liefern.«

»Wann haben Sie Petrescu über Hajo Erkens Drohungen informiert?«, fragte Enna weiter.

»Direkt nachdem Hajo mein Haus verlassen hatte«, sagte Sven Hansen.

»Kam es zum Streit zwischen Ihnen und Herrn Erken?«

Hansen schien unsicher, was er sagen sollte. Er sah seinen Anwalt fragend an.

»Nun ja, mein Mandant wurde von Herrn Erken massiv bedroht. Er sollte einen Mord gestehen, den er nicht begangen hat. Das Gespräch war nicht gerade freundlich, aber mein Mandant hat Herrn Erken in keiner Weise körperlich angegriffen.«

»Sie haben also mit Petrescu telefoniert?«, fragte Enna.

Hansen nickte.

»Könnten Sie bitte deutlich antworten, damit wir Ihre Antwort auf Band haben?«

»Ja, ich habe mit Petrescu telefoniert.«

»Hat er gesagt, was er unternehmen würde?«

»Nein. Er hat gemeint, ich solle mich ruhig verhalten. Er würde sich darum kümmern.«

Enna warf einen Blick zu Paulsen, der fast unmerklich nickte.

»Wir unterbrechen hier für wenige Minuten.« Sie brach die Aufnahme ab, stand auf und ging mit Paulsen aus dem Raum.

»Wir müssen handeln, sonst geht uns Petrescu durch die Lappen«, sagte Paulsen.

Enna nickte. »Mit Glück ist er in Oldenburg in der Filiale. Ruf Pia an. Sie soll mit Mia Jörgensen dort vorbeischauen. Sie sollen vorsichtig sein und zwei Streifenwagen als Unterstützung anfordern.«

»Und dann?«

»Vorläufig festnehmen. Wenn sie ihn dort nicht antreffen, müssen wir die Hamburger Kollegen bitten. Das wird allerdings erheblich schwieriger.« Sie zeigte auf die Tür. »Ich gehe wieder rein.«

Siebenundzwanzig

»Entschuldigen Sie die kurze Unterbrechung«, sagte Enna, als sie wieder am Vernehmungstisch saß. Sie startete die Aufnahme. »Kommen wir auf Frau Erken zu sprechen. Wann hatten Sie das letzte Mal Kontakt zu ihr?«

Sven Hansen warf seinem Anwalt einen unsicheren Blick zu. Als der nickte, richtete sich Hansen leicht auf. »Das muss so zwei Wochen vor ihrem Tod gewesen sein.«

»Wie kam es zu dem Kontakt?«

»Sie stand eines Abends vor meiner Wohnungstür.« Er hielt inne. »Also damals hatte ich noch eine Wohnung.« Hansen senkte den Kopf und schwieg.

»Weiter!«, forderte Enna ihn auf.

»Sie hat mich erpresst. Wollte Geld von mir. Dabei …« Hansen hatte hastig gesprochen, als wollte er diesen Teil der Vernehmung schnell hinter sich bringen.

»Dabei?«

»Ich hatte nicht so viel Geld und es war auch nicht viel passiert. Ja, ich habe Petrescu ein paar Tipps gegeben und es mag sein, dass er oder wer auch immer irgendwelche Drogen über den Hafen reingebracht hat.«

»Frau Erken hat Sie also erpresst. Wie haben Sie darauf reagiert?«

»Ich habe ihr gesagt, dass sie sich schlei…, dass sie mich in Ruhe lassen soll und es nichts gibt, weswegen sie mich erpressen kann.«

»Hatte Frau Erken mehr als eine Vermutung, dass Sie in Drogengeschäfte verwickelt sind?«

Volker Harms beugte sich vor. »Mein Mandant weiß nicht, wofür Herr Petrescu die Informationen genutzt hat, die er ihm abgepresst hat.«

Enna warf dem Anwalt einen gereizten Blick zu und wandte sich wieder an Sven Hansen. »Sie haben Frau Erkens Drohungen ernst genommen?«

»Mehr oder weniger.«

»Sie haben auch in diesem Fall Petrescu informiert?«

Hansen zuckte mit den Schultern. »Ja, ich denke, ich habe es erwähnt. Aber mehr nicht. Das war quasi beiläufig. Ich wollte keinesfalls, dass Petrescu Frau Erken etwas antut. Das müssen Sie mir glauben.«

Paulsen trat ein und setzte sich neben Enna.

»Haben Sie, nachdem Frau Erken tot aufgefunden wurde, mit Petrescu über sie gesprochen?«

Volker Harms räusperte sich leise. »Mein Mandant hat keine Verbindung zwischen dem Tod von Frau Erken und dem beiläufigen Erwähnen von Frau Erkens Drohung gezogen. Und wie er bereits erwähnte, lag es ihm fern, dass Frau Erken in irgendeiner Form bedrängt wird.«

»Bedrängt? Sie ist brutal getötet worden«, entgegnete Enna scharf. »Im Übrigen war es durchaus naheliegend, dass Herr Petrescu die Erpressung nicht auf sich beruhen lassen würde. Oder stimmen Sie mir da nicht zu, Herr Harms?«

»Aus heutiger Sicht vielleicht. Aber zum damaligen Zeitpunkt hat mein Mandant, und damit war er nicht allein, den Ehemann als Täter verdächtigt. Belassen wir es einfach dabei, Frau Andersen.«

Enna wandte sich an Sven Hansen. »Sie haben also mit Petrescu nicht mehr über Frau Erken gesprochen?«

»Nein.«

»Auch nicht nach dem Prozess gegen Ihren ehemaligen Chef?«

»Nein.«

»War Ihnen bekannt, dass Petrescu Kontakt zu Herrn Erken aufgenommen hat?«, fragte Enna weiter.

Hansen starrte Enna verblüfft an. »Kontakt?«

»Sie wussten also nicht davon?«

»Nein. Warum sollte Hajo …« Sven Hansen grübelte.

»Mein Mandant hatte von den Verbindungen der beiden angesprochenen Männer keine Kenntnis«, fügte Volker Harms hinzu.

»Haben Sie mit Petrescu über Herrn Erkens Rückkehr ins Port Office gesprochen?«

Hansen zögerte, schließlich senkte er den Kopf. »Er wollte, dass Hajo«, er schluckte schwer, »die Stelle wechselt.«

»Darauf, dass Herr Erken die Stelle gewechselt hat und ja auch aus Leer weggezogen ist, hat mein Mandant keinen Einfluss gehabt«, warf Volker Harms ein.

»Danke, Herr Anwalt«, sagte Enna. »Ich würde es vorziehen, wenn Herr Hansen auf meine Fragen antwortet.« Sie wandte sich an Sven Hansen. »Ich brauche mehr. Petrescu wird alles abstreiten und es vermutlich Ihnen anlasten.«

Wieder schaute Hansen zu seinem Anwalt. Der legte einen Datenstick auf den Tisch. »Gestern hat mein Mandant in Oldenburg ein Gespräch mit Herrn Petrescu geführt. Mein Mandant hat einen Teil des Gesprächs aufgenommen.«

»War das im Oldenburger Gewerbegebiet?«, fragte Enna.

Sven Hansen sah sie entgeistert an. »Woher wissen Sie das?«

Enna antwortete nicht, nahm den Stick und verband ihn mit ihrem Laptop. Sie fand nur eine Tondatei auf dem Datenträger und klickte sie an.

»Verdammt, reiß dich zusammen. Die wissen nichts. Dein ehemaliger Scheißchef hatte überhaupt keine Unterlagen.« Enna vermutete, dass es sich bei der Stimme um Petrescus handelte.

»Woher willst du das wissen?«, hörte Enna Sven Hansen fragen.

»In seiner Wohnung war nichts, in dem Hotelzimmer auch nicht. Dieser Arsch kann nichts mehr sagen. Und wenn er wieder aufwachen sollte, kümmere ich mich darum.«

»Du hast Erken erschossen?«

»Und? War es nicht das, was du wolltest? Und jetzt die große Flatter kriegen.«

»Ich habe nicht gesagt, dass du ihn umlegen sollst!«, schrie Hansen.

»Beruhig dich, Mann! Dir ist hoffentlich klar, was sonst passiert. Behalte einfach die Nerven. Bis jetzt ist alles gut gegangen. Und das wird auch so bleiben.«

»Hast du seine Frau auch umgebracht? Damals, meine ich?«

»Was geht dich das an? Wolltest du nicht auch, dass sie verschwindet? Und sie ist verschwunden. Also lass es gut sein.«

»Hast du das gemacht?«, fragte Hansen leise.

»Hör auf mit dem Scheiß. Du musst klar im Kopf werden. Die Lieferung morgen ist verdammt wichtig. Wenn das in …«

»Lass mich mit deinen Lieferungen in Ruhe«, zischte Hansen. »Ich habe damit nichts zu tun, verdammt.«

Petrescu lachte höhnisch. »Nichts zu tun? Du tust das, was ich dir sage. Verstanden?«

Er hatte leise, aber eindringlich gesprochen. Enna konnte sich vorstellen, wie bedrohlich Petrescu auf andere wirken konnte. Selbst jetzt starrte Hansen nervös auf den Laptop. Ihm stand der Schweiß auf der Stirn, seine rechte Hand zitterte leicht.

»Hast du mich verstanden?«, schrie Petrescu.

»Ja.«

»Dir ist schon klar, was auf dem Spiel steht, oder?«

»Und wenn der Zoll mor…«

»Da kommt nichts. Die planen immer Tage im Voraus. Das weißt du doch. Deutsche Beamte sind gründlich.« Wieder ertönte das hämische Lachen. »So, jetzt trinken wir noch einen und dann fährst du nach Hause und legst dich ins Bett. Du musst morgen fit sein. Ist das klar?«

Enna klappte den Laptop zu. »Was ist mit dem Rest der Aufnahme?«

»Mehr habe ich nicht«, presste Hansen hervor.

»Mein Mandant kann Ihnen weitere Namen und Daten liefern«, sagte Volker Harms. »Wir brauchen jetzt eine Lösung für die Angelegenheit.«

Enna unterdrückte einen spitzen Kommentar. Sie stand auf. »Ich bin gleich wieder da.«

Im Nebenzimmer rief sie die Staatsanwältin an und berichtete, was bisher bei der Vernehmung herausgekommen war.

»So weit sieht alles danach aus, als könnten wir mit einem Schlag beide Fälle ad acta legen. Und die Kollegen in Emden bekommen von uns noch ein Geschenk obendrauf.« Dr. Brambach klang zufrieden. »Was ist mit Petrescu?«

In diesem Moment klopfte es an der Tür. Paulsen kam herein und zeigte Enna eine Nachricht, die er auf sein Handy bekommen hatte. Pia schrieb, dass sie Adrian Petrescu vorläufig festgenommen hätten und mit ihm unterwegs ins Kommissariat seien.

»Den haben meine Kolleginnen vor ein paar Minuten in Oldenburg festgenommen.«

»Gratulation, Frau Andersen.«

Sie besprachen die weitere Vorgehensweise. Sven Hansen sollte noch am selben Tag nach Oldenburg gebracht werden, um am nächsten Vormittag dem Haftrichter vorgeführt zu werden. Die Staatsanwältin wollte sich wegen der Durchsuchung von Petrescus Wohnung und der Firma von Eugen Lungu mit dem Hamburger LKA in Verbindung setzen. Julia Brambach setzte für den nächsten Tag eine weitere Vernehmung Hansens an, an der auch die Emder Kriminalpolizei teilnehmen sollte.

»So weit sollten wir alles geregelt haben. Wir sprechen uns spätestens morgen früh«, beendete Brambach das Gespräch. »Noch einmal: Gratulation und meine Hochachtung für Ihre Arbeit.«

Zurück im Vernehmungszimmer erklärte Enna Sven Hansen und seinem Anwalt die weiteren Maßnahmen. Volker Harms bat daraufhin, allein mit seinem Mandanten reden zu können. Enna und Paulsen traten hinaus auf den Flur.

»Wir sollten sehen, dass wir wieder nach Oldenburg kommen«, sagte Paulsen. »Petrescu wartet auf uns.«

»Der wird schweigen.«

»Wie lange können wir ihn von der Außenwelt fernhalten? Die Wohnungsdurchsuchung können sich die Hamburger abschminken, wenn der Anwalt erst mal eingeschaltet ist.«

»Die Staatsanwältin weiß Bescheid. Ich hoffe, dass zumindest die Wohnung noch heute durchsucht wird. Einen Beschluss für die Firmenräume wird es nicht so schnell geben.«

Volker Harms öffnete die Tür des Vernehmungsraums und nickte Enna und Paulsen zu. »Mein Mandant ist einverstanden.«

Kurz darauf wurde Hansen von zwei uniformierten Beamten abgeholt, die ihn nach Oldenburg bringen würden.

Am frühen Abend parkte Paulsen den Wagen vor dem Kommissariat.

Pia empfing sie im Flur. »Er verlangt nach seinem Anwalt.«

Enna zog die Jacke aus und setzte sich in der Küche auf einen der Stühle. »Sonst hat er nichts gesagt?«

»Protestiert, von wegen Stasimethoden und Polizeistaat. Er sitzt im Vernehmungszimmer. Klaus ist bei ihm.«

»Ich habe vor fünf Minuten mit der Staatsanwältin gesprochen. Die Durchsuchung seiner Wohnung sollte in spätestens einer halben Stunde beginnen. Ich bekomme dann eine Nachricht. Hast du gemacht, was ich gesagt habe?«

Pia nickte. »Ich versuch's gleich noch mal beim Anwalt. Bisher hat sich niemand gemeldet.« Sie ging auf die Küchenzeile zu. »Möchte jemand eine Tasse Kaffee?«

Enna und Paulsen betraten den Vernehmungsraum. Klaus Behrend nickte ihnen zu und ging hinaus.

»Mein Name ist Enna Andersen. Hauptkommissarin und Leiterin der LKA-Einheit, die Sie heute festgenommen hat.«

Adrian Petrescu sah sie stumm an. »Haben Sie meinen Anwalt erreicht?«

»Ja, vor zwei Minuten. Er ist auf dem Weg zu uns. Es wird aber wohl mindestens eine Stunde dauern. Die A 28 ist zu dieser Zeit stark befahren.«

»Ohne meinen Anwalt sage ich nichts.«

»Wir benötigen Ihre Schuhe«, sagte Enna und reichte ihm ein neues Paar Sneakers, das Jens in einem Schuhgeschäft der Fußgängerzone gekauft hatte.

»Träumen Sie weiter«, sagte Petrescu.

Paulsen stand auf und wedelte mit Handschellen vor seinem Gesicht. »Sind Sie sicher?«

Petrescu murmelte etwas auf Rumänisch, schob dann seinen Stuhl zurück und zog die Schuhe aus, die er anschließend in die Ecke des Raumes warf. »Bitte schön, Herr Kommissar«, zischte er Paulsen zu.

»Danke, Herr Petrescu.«

Enna wartete, bis Petrescu die Sneakers angezogen hatte und Paulsen sich Latexhandschuhe übergestülpt und anschließend die Schuhe in eine Asservatentüte gesteckt hatte.

»Habe ich Sie richtig verstanden?«, fragte Enna. »Sie verweigern die Aussage?«

Petrescu rollte mit den Augen. »Ich kann es gerne auf Rumänisch, Englisch oder Französisch wiederholen. Spanisch spreche ich übrigens auch.«

Enna stand auf. »Dann warten wir auf Ihren Anwalt.«

Achtundzwanzig

»Du kannst losfahren«, sagte Enna zu Jens. Sie hatte gerade mit dem Leiter der Kriminaltechnik der Oldenburger Kriminalpolizei gesprochen, der ihr zugesagt hatte, dass er selbst Petrescus Schuhe in Empfang nehmen werde.

Jens nickte und verließ mit der verschlossenen Plastiktüte ihr Büro. Zuvor hatten sie das Profil der Schuhe mit den Fotos aus dem Bericht der Kriminaltechnik verglichen und waren zum Schluss gekommen, dass es sich zumindest um die gleiche Schuhgröße handelte. Auch das Profil schien identisch mit der Aufnahme zu sein.

Kurze Zeit später klopfte Pia an ihre geöffnete Tür. »Die Durchsuchung in Hamburg läuft. Sie informieren uns, wenn sie etwas gefunden haben.«

»Danke.«

Pia trat ein. »Hältst du Petrescu für den Täter in unseren beiden Fällen?«

»Im Moment spricht einiges dafür. Wie weit seid ihr gekommen?«

»Erzähle ich gleich. Vorab: Ich habe Rieke Erkens damaligen Hausarzt endlich erreicht. Wie wir vermutet haben, beruft er sich auf seine Schweigepflicht. Ich habe ihn aber so weit bekommen, dass er mir zumindest ansatzweise geholfen hat.

Rieke Erken war nie in psychologischer Behandlung. Er schien mir sehr verwundert zu sein, als ich ihn danach fragte. Daraus schließe ich mal, dass er seine Patientin als sehr stabil eingeschätzt hat. Er selbst hat ihr keine Medikamente in der Hinsicht verschrieben. Keine stärkeren Schlaftabletten oder irgendwelche Stimmungsaufheller. Das alles hat er mir nicht direkt gesagt, ich habe es aus seinen allgemeinen Ausführungen geschlossen beziehungsweise er hat mir manches durch die Blume gesagt. Wegen der Schwangerschaft war sie nicht bei ihm, was allerdings auch nicht zu erwarten war. Ich denke, in dieser Richtung ist nichts zu holen.«

Enna nickte. Sie hatte nur mit halbem Ohr zugehört und war in Gedanken bei Petrescu und der kommenden Vernehmung.

»Soll ich noch weitererzählen? Oder …«

»Ich habe im Moment tatsächlich keinen Kopf dafür«, gab Enna zu. »Nur eins: Hat Jens inzwischen Joost identifiziert?«

»Nein, aber heute Morgen meinte er zu mir, dass er kurz davorsteht. Ich weiß jetzt nicht, ob er durch den ganzen Wirbel hier nicht mehr dazu gekommen ist.«

Jemand klingelte an der Eingangstür. Enna stand auf. »Das wird der Anwalt sein.«

Ein großer Mann um die vierzig, kurze dunkle Haare, teure Armbanduhr und Lederaktenkoffer, reichte ihr die Hand. »Alexander von Brockdorf. Ich vertrete Herrn Petrescu.«

»Enna Andersen. Kommen Sie herein.«

Enna führte den Anwalt ins Vernehmungszimmer und ließ ihn mit Petrescu allein. Nach einer halben Stunde öffnete von Brockdorf die Tür und nickte Enna und Paulsen zu.

»Auf welcher Grundlage haben Sie meinen Mandanten vorläufig festgenommen?«, fragte der Anwalt, als sie zusammen am Vernehmungstisch saßen.

»Aufgrund von Zeugenaussagen.« In diesem Augenblick klingelte Ennas Handy. Sie sah aufs Display und stand auf. »Ich muss mich für einen kurzen Moment entschuldigen. Ein wichtiges Gespräch.«

»Frau Andersen?«, fragte der Leiter der Kriminaltechnik.

»Ja, haben Sie etwas für mich? Ich bin gerade …«

»Das Profil der Schuhe entspricht den Fußspuren, die wir am mutmaßlichen Standort des Schützen gefunden haben.«

»Kein Zweifel?«

»Ich kann Ihnen erst mal nur eine vorläufige Einschätzung liefern. Ihr Mitarbeiter sagte mir, dass Sie in einer Vernehmung sind und dringend auf die Ergebnisse warten.«

»Vorläufig?«

»Es liegen noch ein paar Stunden Arbeit vor mir, aber ich habe an dem rechten Profil zwei kleine Einkerbungen gefunden, die eine eindeutige Identifizierung ermöglichen.«

»Ich kann mich da auf Sie verlassen?«

»Ja.«

»Wann habe ich Ihren Bericht? Morgen Vormittag sind wir beim Haftrichter.«

Der Kriminaltechniker stöhnte. »Das habe ich schon fast vermutet. Okay, ich schiebe eine Nachtschicht ein. Morgen um zehn?«

»Sie haben etwas gut bei mir, Kollege«, sagte Enna und verabschiedete sich von ihm.

»Entschuldigen Sie nochmals die kurze Unterbrechung«, sagte Enna, als sie wieder am Vernehmungstisch saß.

Alexander von Brockdorf lächelte kalt. »Wenn wir jetzt fortfahren könnten.«

»Gerne. Ihr Mandant wird verdächtigt, Frau Rieke Erken vor fünf Jahren getötet zu haben. Zusätzlich verdächtigen wir Herrn Petrescu, Hajo Erken am letzten Mittwoch angeschossen zu haben. Herr Erken ist inzwischen seinen Verletzungen erlegen. Auch hier handelt es sich also um ein Tötungsdelikt. Weiterhin laufen Ermittlungen zum organisierten Drogenhandel und zur Mitgliedschaft in einer kriminellen Organisation.«

»Mein Mandant hat mit keiner der aufgezählten Straftaten auch nur im Entferntesten zu tun. Ich gehe davon aus, dass Sie ihn spätestens morgen freilassen. Oder haben Sie etwa vor, diese halb garen Thesen dem Richter vorzulegen?«

Enna lächelte. »Der Termin ist morgen um elf Uhr.«

»Sie scheinen sich sehr sicher zu sein, Frau Hauptkommissarin Andersen.« Von Brockdorf las Ennas Namen von der Visitenkarte ab, die Enna ihm bei der Begrüßung gegeben hatte.

»Wir haben Fotos, Tonaufnahmen, Spuren am Tatort. Von den Zeugenaussagen ganz zu schweigen.«

»Wir werden sehen. Wann kann ich die Akten einsehen?«

»Wir sind dabei, sie zu erstellen«, sagte Enna. »Leider haben sich die Ereignisse überschlagen. Es könnte also etwas dauern. Ich kann Ihrem Mandanten nur dazu raten, mit uns zu kooperieren.«

»Wir wären dann hier fertig«, sagte Alexander von Brockdorf. »Wenn Sie mich dann bitte noch ein paar Minuten mit meinem Mandanten sprechen lassen würden.«

Enna setzte sich zu ihrem Team in die Küche. Adrian Petrescu war von zwei Polizeibeamten abgeholt worden, sein Anwalt hatte sich gleich darauf verabschiedet.

Enna sah auf die Uhr. Kurz nach einundzwanzig Uhr. »Das war ein langer und anstrengender Tag für uns alle.«

»Und ein erfolgreicher«, fügte Paulsen hinzu.

Enna nickte. »Durchaus. Wir haben einen entscheidenden Schritt nach vorne gemacht. Danke für euren bisherigen Einsatz. Ich gehe davon aus, dass Petrescu morgen in U-Haft kommt und wir zwei Wochen Zeit haben bis zum nächsten

Haftprüfungstermin. Ich schlage vor, dass wir für heute Schluss machen und uns morgen um neun Uhr hier wieder treffen.«

Ein zustimmendes Gemurmel ging durch die Runde. Paulsen stand auf, die anderen folgten ihm.

»Du bist dir nicht sicher, dass ihr den Richtigen habt?«, fragte Aaron.

Enna hatte ihm von ihrem Tag erzählt. »Dass er auf Erken geschossen hat, ist jetzt schon sehr wahrscheinlich. Aber ob er auch für den Tod von Rieke Erken verantwortlich ist, müssen wir ihm erst noch nachweisen.«

»Und?«

Enna seufzte. »Ich bin mir nicht sicher, ob er der Täter ist. Allerdings weist einiges auf ihn hin. Ich muss mir morgen erst mal einen neuen Überblick verschaffen. Das war heute etwas too much.«

»Ja, entschuldige. Lass uns von was anderem reden.« Aaron hielt kurz inne. »Hatte ich dir gesagt, dass ich mir Montagvormittag freigenommen habe?«

Am Morgen wachte Enna früh auf, zwang sich aus dem Bett und stand lange unter der Dusche. Anschließend weckte sie Elias auf und bereitete mit Alina zusammen das Frühstück vor.

Auf dem Weg zum Kommissariat fuhr Enna Elias zum Kindergarten. Erst als sein Freund Lukas auf sie zugerannt kam, löste sich Elias zögernd von Ennas Hand. Den ganzen Morgen über war er ihr nicht von der Seite gewichen und hatte schließlich darauf bestanden, dass Enna ihn in den Kindergarten brachte.

Enna küsste Elias auf die Stirn und versprach ihm, heute etwas eher nach Hause zu kommen.

Vor dem Kindergarten blieb Enna einen Augenblick im Wagen sitzen und atmete tief durch. Sie fragte sich, ob sie Elias zu viel zumutete. Oder reagierte er auf ihre Anspannung und hatte Angst um sie? Seufzend startete sie den Motor und warf einen Blick in den Rückspiegel, bevor sie auf die Straße fuhr.

Die Kaffeekanne wurde herumgereicht, während sich alle lebhaft miteinander unterhielten.

Enna trank einen Schluck und klopfte dann mit dem Löffel an die halb volle Tasse. »Wir sollten jetzt beginnen.«

Die Gespräche verstummten. »Die meisten von euch kennen inzwischen die Details des gestrigen Tages, aber ich gebe euch jetzt noch einmal einen kurzen Überblick über die Ereignisse.«

Enna fasste in wenigen Worten den Tag zusammen und schloss damit, dass sie den Dank der Staatsanwältin Brambach ans ganze Team ausrichten solle.

»Um elf ist der Termin im Amtsgericht. Dr. Brambach geht davon aus, dass es zu keinen Problemen kommt und Petrescu in Untersuchungshaft genommen wird.«

Pia hob die Hand. »Ich habe vorhin den Bericht der Hamburger Kollegen bekommen, die Petrescus Wohnung durchsucht haben. Sie haben zwei mobile Festplatten mit Daten gefunden. Seinen Laptop hatte Petrescu ja bei sich, als wir ihn gestern festgenommen haben. Ich habe das Gerät bereits zur Kriminaltechnik geschickt. Weiterhin sind hundert Gramm Kokain bei ihm gefunden worden und zehn ausländische Prepaid-Handykarten, die nicht zurückverfolgt werden können. Das alles ist für den Fall Rieke Erken wohl nicht ganz so interessant.«

Enna nickte. »Es wird gerade eine SoKo zusammengestellt, länderübergreifend zwischen Hamburg, Bremen und Niedersachsen. Die werden sich ausführlich mit den Geschäften von Eugen Lungu, dem Chef von Petrescu, beschäftigen.«

»Die Waffe ist also nicht gefunden worden?«, fragte Jens.

Pia schüttelte den Kopf. »Nein. Allerdings eine Schachtel Munition, das gleiche Kaliber wie in unserem Fall. Leider bringt uns das nicht weiter.«

»Okay«, sagte Enna. »Wir haben drei, im Höchstfall vier Tage Zugriff auf Sven Hansen und Petrescu. Anschließend wird die SoKo die beiden übernehmen und wir werden uns gegebenenfalls hinten anstellen müssen. Wenn Petrescu heute in U-Haft kommt, wird sein Anwalt gleich einen Haftprüfungstermin beantragen. Wir müssen also den Fall, sprich den Anschlag auf Hajo Erken und mich, in den nächsten zwei Wochen so weit wasserdicht machen, dass Petrescu keine Chance hat, aus der Haft entlassen zu werden. Gleichzeitig müssen wir Beweise finden, die ihn direkt mit dem Tod von Rieke Erken in Verbindung bringen.«

»Er wird weiterhin die Aussage verweigern«, warf Klaus Behrend ein.

»Zunächst sicher, aber ich könnte mir vorstellen, dass der Anwalt nach Einsicht in die Akten auch eine andere Strategie verfolgt. Wir müssen abwarten. Es wird am besten sein, wenn wir uns wieder aufteilen. Unter der Leitung von Paulsen werden Klaus, Mia und Jens Sven Hansen in Bezug auf Rieke und Hajo Erken komplett durchleuchten. Das Gleiche gilt natürlich für Petrescu. Ihr müsst mit Hansen detailliert die damaligen Ereignisse und die der letzten Tage durchgehen. Gibt es weitere Zeugen, die etwas beitragen können? Wir brauchen die Auswertungen der Navis von beiden Fahrzeugen, das Bewegungsprofil über die Handydaten, mit wem haben beide wann gesprochen?«

In diesem Augenblick klingelte es an der Tür. Jens stand auf und verließ die Küche.

»Ich bekomme jeden Tag einen ausführlichen Bericht, das nächste Meeting wird dann spätestens am Freitag sein.«

Jens kam zurück in die Küche und reichte Enna eine Mappe. »Aus der Kriminaltechnik.«

»Danke, es geht um die Fußspuren.« Enna klappte die Mappe auf und las kurz die Zusammenfassung der Kriminaltechnik. »Es sind eindeutig Petrescus Schuhe.«

»Aus der Nummer kommt er definitiv nicht wieder raus«, sagte Paulsen. »Es sei denn, er verleiht häufiger seine Schuhe an andere Personen.« Er grinste breit. »Was ja wohl kaum zu vermuten ist.«

»Eher nicht«, stimmte ihm Enna zu. »Pia und ich werden uns weiter mit dem privaten Umfeld von Rieke Erken beschäftigen. Zumindest solange wir nicht eindeutig nachweisen können, dass Petrescu für Riekes Tod verantwortlich ist.«

Enna sah sich um. »Ist so weit alles klar?«

Ein zustimmendes Nicken ging durch die Runde. Klaus Behrend und Mia Jörgensen standen auf.

»Ihr könnt gleich hierbleiben«, sagte Paulsen. »Wir setzen uns hier zusammen.«

Neunundzwanzig

Als Enna und Pia die Küche verließen, lief Jens hinter ihnen her. »Ich habe Joost gefunden.«

Enna blieb stehen und wandte sich zu Jens um. »Gut! Sehr gut. Wie, was, wo?«

»Joost Neelsen, vierunddreißig Jahre, Sozialpädagoge, arbeitet in einem Jugendhaus in Stade.«

»Klingt, als könnte er es sein. Hast du die Telefonnummer und die restlichen Daten?«

Jens nickte. »Schicke ich euch beiden sofort zu. Das Jugendhaus öffnet um vierzehn und schließt um zweiundzwanzig Uhr. Ich habe gestern Abend dort angerufen und mit einer Kollegin von Joost Neelsen gesprochen. Er hat heute Dienst und müsste im Jugendhaus zu erreichen sein.«

»Gute Arbeit«, sagte Enna und schaute gleichzeitig auf ihre Armbanduhr. »Ich muss leider jetzt los.« An Pia gewandt fügte sie hinzu: »Kannst du Neelsen durchchecken? Wenn der Termin am Amtsgericht nicht ewig dauert, fahren wir heute noch nach Stade.«

»Nicht vorher anrufen?«

»Nein, allenfalls, um uns zu vergewissern, dass er im Haus ist.«

Enna saß vor dem Termin beim Amtsrichter eine halbe Stunde mit der Staatsanwältin zusammen. Sie besprachen die Strategie und sortierten die Beweise in der Reihenfolge ihrer Wichtigkeit.

Julia Brambach teilte Enna mit, dass Sven Hansen am Nachmittag in eine sichere Oldenburger Wohnung gebracht und von zwei Personenschützern bewacht werde.

»Ich habe veranlasst, dass Ihr Team Herrn Hansen dort weiter befragen kann«, fuhr die Staatsanwältin fort. »Den zeitlichen Rahmen habe ich Ihnen ja schon gestern mitgeteilt.« Mit Blick auf die Uhr stand Julia Brambach auf. »Wir sollten jetzt rüber zum Amtsgericht gehen.«

Die Verhandlung dauerte trotz zahlreicher Einsprüche von Petrescus Anwalt keine Dreiviertelstunde. Adrian Petrescu wurde anschließend in die Oldenburger Haftanstalt überführt. Nach einer kurzen Besprechung mit der Staatsanwältin fuhr Enna direkt zum Kommissariat.

»Wie sieht es aus?«, fragte sie Pia, die in ihrem Büro am Schreibtisch saß.

»Habe alles, was in der Eile zu finden war. Meinetwegen können wir los. Wir brauchen fast zwei Stunden bis Stade.«

»Kannst du auch deine Rechercheunterlagen zu unseren restlichen Kandidaten mitnehmen? Ich fahre, du kannst mich dann auf den neuesten Stand bringen.«

Pia nickte, packte ihre Sachen ein und folgte Enna zum Auto.

Bis Bremen war die Autobahn frei, anschließend standen sie über zehn Minuten im Stau, bis sie das Bremer Kreuz hinter sich gelassen hatten.

»Ab Sittensen müssen wir über Land fahren«, sagte Enna. »Also, was hast du zu Joost Neelsen gefunden?«

»Er wohnt in der Nähe von Stade im Alten Land. Auf Google Maps sah das nach einem alten Bauernhaus aus. Er ist verheiratet und hat zwei Kinder. Das ältere Kind ist fünf Jahre, das jüngere drei.«

»Fünf?«, fragte Enna.

»Genau fünf Jahre und sechs Monate. Etwa so alt wäre auch das Kind von Rieke Erken, wenn es die Chance dazu gehabt hätte.«

»Interessant. Weiter?«

»Seine Frau kommt gebürtig aus Steinkirchen. Das liegt im Alten Land. Im Internet habe ich gefunden, dass es Europas größtes zusammenhängendes Obstanbaugebiet ist.«

Enna lächelte. »Ich weiß. Dort lebt die Familie auf einem Bauernhof?«

»Richtig. Deshalb vermute ich auch, dass das Haus der Familie der Frau gehört oder sie es geerbt hat. Aber das ist für uns wohl kaum relevant.«

»Wie lange sind sie verheiratet?«

»Das war vier Monate vor der Geburt des Kindes. Wie lange sie sich schon kannten, müssen wir Neelsen fragen. Er ist tatsächlich in Sankt Peter-Ording geboren und aufgewachsen und dort zur Schule gegangen. Studiert hat er in Emden, nach seinem Berufspraktikum in Bremen hat er die Stelle in Stade angenommen. Entweder kannte er da seine Frau schon oder sie haben sich da kennengelernt. Das war's erst mal.«

»Er scheint auf jeden Fall unser Mann zu sein.«

»Du versprichst dir sehr viel von diesem Joost?«

»Bauchgefühl. Vielleicht liege ich vollkommen falsch und wir haben einen halben Tag in den Sand gesetzt.«

Pia nickte.

»Du wolltest mir noch von den anderen Rechercheergebnissen berichten?«

Pia griff nach ihrem Notizbuch. »Klar. Im Groben weißt du ja schon Bescheid. Aber besser, wir gehen noch einmal alles durch.«

»Okay.«

»Julia Kistner, langjährige Arbeitskollegin von Rieke Erken. Es kam ja die Idee auf, ob Rieke sich mit den falschen Leuten eingelassen hat und Frau Kistner eventuell davon etwas mitbekommen hat. Wir haben da an Ausweispapiere, Führerscheine oder Ähnliches gedacht. Paulsen sagte mir, dass er bei seinen Recherchen in der Stadtverwaltung keinerlei Andeutungen in dieser Richtung gehört hat. Ich habe Kistner überprüft. Sie wohnt mit ihrem Mann in einem kleinen Haus am Stadtrand, das sie vor sieben Jahren gekauft haben. Ich habe die damaligen Preise recherchiert. Mehr als dreihunderttausend Euro werden sie und ihr Mann nicht dafür bezahlt haben, beim Alter des Hauses eher weniger. Sie fährt einen alten VW Polo, auf ihren Mann ist ein acht Jahre alter VW Passat angemeldet. Auf ihrer Facebook-Seite stehen Fotos von den letzten Sommerurlauben. Nichts Außergewöhnliches. Einfache Hotels auf Mallorca oder an anderen Urlaubsorten. Ich bin dann noch einmal die Befragungen durchgegangen. Auch hier habe ich nichts entdeckt, was uns weiterbringen könnte. In den alten Akten haben Jens und ich auch nichts gefunden. Kurz und gut: Ich würde vorschlagen, wir lassen Julia Kistner erst mal außen vor.«

»Einverstanden.«

»Gut, dann kommen wir zu André Pagel. Das war der Volleyballspieler, der Probleme in der Ehe hatte. Seitensprünge, seine Frau geschlagen und irgendwann stand er vor der verschlossenen Tür.«

»Ich erinnere mich. Habt ihr noch einmal mit Pagel gesprochen?«

Pia nickte. »Ich war mit Mia zusammen bei ihm. Zuerst wollte er uns nicht reinlassen, aber als wir dann von einer

Vorladung gesprochen haben, durften wir uns in seine enge Küche zwängen.«

»Wie hat er auf eure Fragen reagiert?«

»Zuerst abweisend, aber als er gecheckt hat, dass wir ihn nicht nur als Zeugen befragen, hat er sich etwas kooperativer gezeigt. Wir waren zwanzig Minuten bei ihm. Er hat bestätigt, dass Rieke Erken ihn damals ins Hotel gefahren hat, nachdem er kaum noch in der Lage war, geradeaus zu gehen. Das war jetzt O-Ton.«

Enna war inzwischen von der Autobahn abgefahren. Das Navi zeigte an, dass sie noch vierzig Kilometer bis nach Stade zurücklegen mussten.

»Dein Eindruck?«, fragte Enna.

»Einer von den unangenehmen Männern, die Probleme mit selbstbewussten Frauen haben und sich selbst unglaublich toll finden. Dabei sind sie kleine Würstchen, die ihr Leben nicht auf die Reihe kriegen.«

Enna zog die Augenbrauen hoch. »So schlimm?«

»Schlimmer! Und bevor du fragst, ja, ich kann solche Typen nicht ausstehen. Zwar habe ich Rieke nie kennengelernt, bilde mir aber ein, dass ich mir inzwischen ein halbwegs gutes Bild von ihr machen kann. Dass sie sich an diesem besagten Abend um Pagel gekümmert hat, ist nachvollziehbar, aber etwas mit ihm anfangen … Nein, niemals.«

»Pagel hatte eine ganze Reihe von Affären«, gab Enna zu bedenken. »Offensichtlich konnte er auch charmant sein.«

»Manche Frauen fallen auf diese Angeber-Gockel herein, merken dann aber schnell, dass alles nur Show ist. Rieke war schon zweimal durch die Hölle gegangen. Ich glaube kaum, dass sie auf ihn reingefallen wäre. Und noch weniger glaube ich, dass Pagel etwas mit ihr anfangen konnte.«

»Ihr habt Pagel überprüft?«

Pia nickte. »Er hat nach der Trennung von seiner Frau mindestens dreimal die Arbeitsstelle gewechselt. Kleine Firmen, die

Produkte überwiegend direkt verkaufen. Er telefoniert potenzielle Kunden ab, um sie von dem jeweiligen Produkt zu überzeugen. Oder besser, es ihnen aufzuschwatzen. Pagel wohnt jetzt in Oldenburg in einer Zweizimmerwohnung im Stadtteil Kreyenbrück. Das Mietshaus ist runtergekommen, da wohnt keiner, wenn er etwas anderes bekommen könnte. Oder wohl eher, sich leisten könnte.«

»Und seine Aussage?«

»Er bestreitet, jemals intimen Kontakt zu Rieke Erken gehabt zu haben. Als ich die Frage stellte, hat er nur hämisch gelacht. So unangenehm das war, es kam ziemlich echt rüber. Entscheidender ist aber noch, dass er nicht zufällig in Oldenburg gelandet ist.«

»Eine Frau?«, fragte Enna.

»Genau. Die letzte Affäre hatte ihn aufgenommen. Er hat eineinhalb Jahre bei ihr gewohnt, sprich zu der Zeit, als Rieke getötet wurde, war er glücklich liiert. Ich habe mit der Frau gesprochen. Sie hat es mir bestätigt, auch wenn sie sonst kein gutes Haar an ihm gelassen hat.«

»Also abhaken?«

»Zurückstellen, würde ich sagen. Wenn wir auf weitere Hinweise stoßen, die Rieke mit ihm während der fraglichen Zeit in Verbindung bringen, werden wir wohl tiefer graben müssen.«

Enna überholte einen Lkw. »Und die letzten beiden Kandidaten?«

»Daniel Held. Das war der unscheinbare Arbeitskollege von Rieke, der in sie verliebt war. Er hat zwar ausgesagt, dass etwas zwischen den beiden gelaufen ist, aber Paulsen war sich da nicht sicher, ob das nicht mehr seiner Fantasie entsprungen ist. Er meinte ja, Held wäre Riekes ›soziales Projekt‹ gewesen.«

»Ja, ich weiß. Habt ihr ihn noch einmal befragt?«

»Ich habe fast eine Stunde mit ihm telefoniert und versucht, ihn in ein lockeres Gespräch zu verwickeln. Ich habe mir einige Notizen gemacht. Du wirst mich gleich fragen, wie meine Einschätzung ist.« Sie zuckte mit den Achseln. »Ich weiß es nicht. Das war ein Auf und Ab. Ich habe keine psychologische Ausbildung, aber mein Bauchgefühl sagt mir, dass etwas mit diesem Menschen nicht in Ordnung ist. Er hat alle meine Fragen beantwortet, sogar sehr gewissenhaft, quasi als wäre es eine Prüfung mit Noten. Stimmungsschwankungen, das ist das richtige Wort. Mal klang seine Stimme weich, dann wieder kalt und hart. Über Rieke Erken hat er kein schlechtes Wort gesagt. Aber irgendwie ...« Pia suchte nach den passenden Worten.

»Ja?«

»Ich kann es nicht beschreiben. Vielleicht hat er Probleme, mit Frauen zu sprechen. Paulsen hat ja nichts davon erwähnt, dass Held abgedreht auf ihn gewirkt hat.«

Enna warf Pia einen kurzen Blick zu. »Was genau war es? Erinnere dich.«

»Da war eine unterschwellige Aggression. Er stockte manchmal beim Sprechen, als ob er plötzlich bemerkt hätte, dass er gerade dabei sei, sich zu verraten. Wir müssen noch mal mit ihm sprechen. Am besten bei uns im Kommissariat.«

»Meinst du? Ist Held da nicht noch vorsichtiger oder gehemmter? Wäre nicht eine vertraute Umgebung besser?«

Pia nickte gedankenverloren. »Ja, vielleicht hast du recht.« Sie zeigte nach vorne auf das Ortsschild von Stade. »Weit kann es nicht mehr sein bis zum Jugendhaus.« Sie sah auf die Uhr. »Die haben seit zehn Minuten geöffnet. Joost Neelsen sollte eigentlich da sein.«

Sie wurden durch die freundliche Frauenstimme am Bahnhof vorbeinavigiert, nahmen die zweite Ausfahrt eines Kreisverkehrs und fuhren kurz darauf wieder auf einen Kreisel zu.

»Geradeaus«, sagte Pia. »Direkt am Kreisel ist das Jugendhaus.«

Dreissig

Enna und Pia gingen auf das eingeschossige Holzhaus zu. Pia öffnete die Tür und ließ Enna als Erste eintreten. Zwei Mädchen spielten Tischtennis, drei Jungs sahen ihnen zu. Pia fragte einen von ihnen, wo sie Joost Neelsen finden konnten. Ein Junge zeigte auf einen Gang und murmelte etwas von einem Büro.

Enna klopfte an den Rahmen der geöffneten Tür. Eine Männerstimme rief: »Was ist denn? Ich komme gleich.«

»Herr Neelsen?«, rief Enna.

Ein Mann Mitte dreißig mit Dreitagebart kam mit erstaunter Miene auf sie zu. »Ja, bitte?« Sein lockiges dunkles Haar fiel ihm bis auf die Schultern, er trug Jeans und ein ausgebeultes Sweatshirt.

Enna stellte sich und Pia vor und bat darum, mit ihm sprechen zu können.

»LKA? Was ist passiert? Hat einer der Jugendlichen …«

»Es geht um einen über fünf Jahre alten Fall in Leer. Sie kannten Rieke Erken?«

Joost Neelsen starrte Enna an. »Rieke, ja natürlich. Kommen Sie rein. Ich muss nur eben meiner Kollegin Bescheid sagen, dann können wir …« Er wies auf einen kleinen Besprechungstisch in seinem Büro und verließ eilig den Raum.

»Was war das denn?«, fragte Pia leise.

Enna und Pia setzten sich.

Wenige Minuten später kam Joost Neelsen zurück, schloss seine Tür und stand unschlüssig vor dem Tisch.

»Setzen Sie sich doch bitte«, sagte Enna.

Neelsen nahm zögerlich am anderen Ende des Tisches Platz. »Was kann ich denn jetzt für Sie tun?«

»Unser Team untersucht alte ungeklärte Fälle.« Enna hielt kurz inne und wartete, bis Joost Neelsen genickt hatte. »Ihnen ist bekannt, dass Rieke Erken im Sommer vor fünf Jahren einem Verbrechen zum Opfer gefallen ist?«, fragte Enna.

Joost Neelsen nickte noch einmal.

»Wir wissen, dass Sie während der Zeit Ihres Studiums in Emden Frau Erken, die damals noch Japsen hieß, kennengelernt haben.«

Wieder nickte Neelsen.

»Und dass Sie ein Paar waren«, fügte Enna hinzu.

»Ja, das stimmt.«

»Haben Sie Rieke in den Monaten vor ihrem Tod wiedergesehen?«, stellte Enna die entscheidende Frage.

Joost Neelsen zögerte und senkte den Kopf.

»Herr Neelsen. Haben Sie meine Frage verstanden?«, fragte Enna nach einer Weile.

Neelsen richtete sich auf, räusperte sich. »Ja, natürlich.« Er nickte zögerlich. »Woher wissen Sie das?«

»Bisher haben wir es lediglich vermutet. In was für einem Verhältnis standen Sie zu Rieke Erken in den Monaten vor ihrem Tod?«

Joost Neelsen legte den Kopf in den Nacken und atmete tief durch. Schließlich sah er Enna direkt an. »Kann ich auf Ihre Verschwiegenheit zählen?«

Enna nickte. »Solange Ihre Aussage später nicht vor Gericht eine Rolle spielt, liegt sie nur bei uns in den Akten.«

»Gericht? Sie meinen …« Neelsen schwieg eine Weile. »Ich glaube nicht, dass ich etwas zu Riekes Tod sagen kann. Ich war damals nicht einmal in Deutschland.«

»Wir befragen alle Personen, die damals mit Rieke Erken Kontakt hatten. Fangen wir doch damit an, dass Sie mir die letzte Frage beantworten. In welchem Verhältnis standen Sie zu Rieke?«

»Wir haben uns … also, es gab an der Hochschule ein Treffen. Ehemalige Studenten. Ich war auch da und dann sind wir uns zufällig in der Emder Fußgängerzone über den Weg gelaufen.«

»Wann war das?«

»Anfang Februar des Jahres.«

»Was passierte dann?«

»Wir haben einen Kaffee zusammen getrunken. Und über alte Zeiten geredet.«

Enna wartete, aber Neelsen machte keine Anstalten weiterzusprechen. »Was geschah anschließend?«

»Wir sind spazieren gegangen.«

»Herr Neelsen, haben Sie und Rieke Ihre alte Beziehung wieder aufgenommen?«

Joost Neelsen nickte.

»An dem Tag?«

»Ja, ich hatte ein Hotelzimmer. Zum Treffen bin ich nicht mehr gegangen. Wir haben am späten Nachmittag noch etwas gegessen und dann …« Er schluckte schwer. »Dann ist es passiert.«

»Rieke war die ganze Nacht mit Ihnen zusammen?«

»Ja. Ihr Ehemann war nicht zu Hause. Er war auf einer Geschäftsreise oder so was. Zwei Tage. Ich bin dann auch noch geblieben, also am nächsten Tag. Erst am Abend bin ich zurückgefahren.«

»Sie haben sich in den Folgemonaten wiedergesehen?«, stellte Pia ihre erste Frage.

Joost Neelsen wandte sich ihr zu. Es schien, als habe er ganz vergessen, dass Pia mit in seinem Büro saß.

»Ja, wir haben uns wiedergesehen. Nicht sehr oft. Rieke … sie war ja verheiratet, auch wenn sie in der Ehe nicht glücklich war. Und ich … ich war noch nicht verheiratet, aber … es war kompliziert.«

»Rieke wollte sich von ihrem Mann trennen. Sie wussten das?«, fragte Pia weiter.

Joost Neelsen nickte nachdenklich. »Ja, das hat sie mir erzählt.«

»Sie wollten sich auch von Ihrer Freundin trennen?«

Wieder zögerte Neelsen lange. »Eigentlich nicht. Gut, wir, also Rieke und ich, haben darüber gesprochen. Weil sie ja …« Er verstummte.

»Rieke hat Sie gedrängt?«

Neelsen schüttelte vehement den Kopf. »Nein, ganz bestimmt nicht. Das hätte sie niemals getan. Nein, so war Rieke nicht.«

»Wo haben Sie sich getroffen?«, fragte Enna.

»Immer unterschiedlich. Manchmal konnte Rieke auch nur einen Nachmittag. Dann bin ich nach Oldenburg gefahren, wo wir uns getroffen haben. Wir haben uns aber auch drei- oder viermal ein Hotelzimmer genommen. Nicht immer sind wir die ganze Nacht geblieben.«

»Wer hat die Beziehung beendet?«

»Das haben wir gemeinsam entschieden«, sagte Joost Neelsen, schien aber seinen eigenen Worten nicht zu trauen. Er fuhr sich mit der Hand übers Kinn, atmete flach.

»Aus welchem Grund?«, fragte Pia. »Rieke wollte doch ihren Mann verlassen.«

Joost Neelsen hatte beide Hände auf die Tischplatte gelegt. Er hielt seinen Blick gesenkt und schien seine reglosen Finger zu betrachten.

»Herr Neelsen?«, sagte Enna, die die Antwort auf Pias Frage ahnte.

Neelsen schreckte auf. »Entschuldigung. Ich war in Gedanken. Was hatten Sie noch gefragt?«

»Meine Kollegin fragte nach dem Grund Ihrer Trennung.«

»Die Umstände. Wir haben beide wohl von Anfang an gewusst, dass es nicht lange dauern würde, nicht lange dauern konnte. Als dann Maria … sie wurde schwanger.«

»Maria?«, fragte Enna.

»Meine Frau. Also damals noch nicht, aber wir waren bereits umgezogen. Ihre Großmutter hat Maria den Hof vererbt, eigentlich schon lange Jahre vorher übertragen, aber als sie dann starb … wir sind umgezogen und dann wurde Maria schwanger. Wir hatten es schon mehrere Jahre versucht. Immer ohne Erfolg.«

»Ihre Freundin erwartete also ein Kind«, sagte Pia. »Deshalb haben Sie sich von Rieke getrennt?«

»Das haben wir zusammen …« Joost Neelsen schluckte. »Rieke war auch dafür.«

»Wusste Rieke zu dem Zeitpunkt nicht, dass sie auch schwanger war?«, sagte Pia, der man ansah, dass sie nur schwer ihre Empörung zurückhalten konnte. »Sie wissen doch, dass Rieke ein Kind erwartete. Wenn ich eins und eins zusammenzähle, sollten Sie der Vater sein.«

Enna gab Pia einen Wink, dass sie sich zurückhalten sollte, und wandte sich an Joost Neelsen. »Wann haben Sie erfahren, dass Rieke schwanger war?«

»Ich war zu der Zeit nicht in Deutschland. Ein Ferienlager in Dänemark. Drei Wochen auf der Insel Rømø. Erst als ich wieder in Deutschland war, eigentlich sogar noch später, als es mit dem Prozess gegen den Mann losging, da habe ich …« Neelsen schluchzte leise, Tränen liefen über seine Wangen.

Enna reichte Joost Neelsen ein Taschentuch und schenkte ihm ein Glas Mineralwasser ein.

Neelsen atmete tief durch. »Danke.«

»Sie vermuten, dass Sie der Vater des ungeborenen Kindes sind?«, fragte Enna.

»Wahrscheinlich schon.« Er sah Enna an. »Kann man das jetzt noch feststellen?«

Enna nickte. »Ja, mit einem DNA-Test.« Sie zog ein Plastikröhrchen aus der Tasche und legte es auf den Tisch. »Wir können das jetzt gleich machen.«

Als Neelsen nickte, streifte sich Enna Latexhandschuhe über. »Sie brauchen nur den Mund weit zu öffnen.«

Enna strich mehrere Male mit dem Wattestäbchen über die Innenseiten der Mundhöhle und beschriftete das Röhrchen, bevor sie es eintütete.

»Wie lange dauert das?«

»Ein paar Tage. Ich rufe Sie an, wenn das Ergebnis da ist.«

»Danke.«

»Wann war Ihr letztes Treffen mit Rieke?«, fragte Pia.

»Sie meinen, bevor sie …«

»Ja, bevor sie starb.«

»Sechs Wochen vorher, vielleicht sieben. So ganz genau weiß ich das nicht mehr.«

»Wo haben Sie sich getroffen?«, fragte Pia weiter.

Neelsen sah auf. »Ist das so wichtig?«

»Nein, im Moment nicht«, übernahm Enna wieder die Gesprächsführung. »Gab es später noch Kontakt? Über Telefon oder Textnachrichten? Mail?«

Neelsen zögerte einen Moment zu lange. »Telefon. Ja, wir haben noch zwei- oder dreimal telefoniert.«

»Worüber haben Sie gesprochen?«

Joost Neelsen schwieg lange, bevor er sich schließlich aufrecht setzte und Enna unverwandt ansah. »Über dies und das. Ich weiß es nicht mehr genau.«

»Herr Neelsen!«, sagte Enna energisch. »Wir brauchen Ihre Hilfe. Rieke hat sich niemandem anvertraut. Sie wissen, dass das ihre Art war, mit Schwierigkeiten umzugehen. Sie sind der Einzige, dem sie vertraut zu haben scheint. Überlegen Sie bitte, worüber Sie gesprochen haben. Es ist wichtig. Rieke hat verdient, dass wir ihren Mörder finden.«

Joost Neelsen hatte wieder seinen Blick gesenkt. Er saß starr auf dem Stuhl, schloss die Augen, sein Atem ging flach.

»Haben Sie mich verstanden?«, fragte Enna in die entstandene Stille hinein.

Neelsen nickte. Nach einer gefühlten Ewigkeit stand er auf, ging zu seinem Schreibtisch und zog eine Schublade auf. Enna hörte, wie er etwas hochhob und wieder zurücklegte. Mit einem Blatt Papier in der Hand kam er zurück zum Tisch. Er reichte Enna das Blatt. Sie überflog den Text. Eine E-Mail. Rieke Erken hatte Joost sieben Tage vor ihrem Tod geschrieben.

»Ich habe die Mail erst entdeckt, als ich zurück in Deutschland war«, sagte Joost Neelsen leise. »Sie war im Spam-Ordner.«

»Sie haben versucht, Rieke zu erreichen?«, fragte Enna.

»Ja. Ich habe ihr eine SMS geschickt und ihr zurückgeschrieben. Aber sie hat nicht geantwortet. Ich dachte …« Er verstummte.

»Ansonsten gab es keine Kontakte zwischen Ihnen?«

»Nein.« Joost Neelsen war auf seinem Stuhl zusammengesunken. »Nein«, wiederholte er kraftlos. »Es war zu spät.«

Einunddreissig

Enna schloss das Auto auf. Sie hatten Joost Neelsen noch eine Viertelstunde ohne Erfolg weiterbefragt, bevor sie abgebrochen hatten. Neelsen hatte ihnen die Kontaktdaten seiner Kollegen gegeben, die vor fünf Jahren mit ihm auf der Jugendfreizeit in Dänemark gewesen waren, und hatte sie ein weiteres Mal gebeten, diskret vorzugehen.

Pia legte den Sicherheitsgurt an. »Was steht jetzt in der Mail?«

»Ich habe es nur überflogen. Kannst du es bitte vorlesen, wenn wir gleich aus der Stadt sind?«

Pia griff nach dem Blatt, das Enna ihr reichte. »Klar.«

Enna startete den Motor. Selbst wenn die Straßen frei wären, würde sie nicht vor achtzehn Uhr zu Hause sein. Als sie das Ortsschild von Stade hinter sich gelassen hatten, rief Enna Alina über die Freisprechanlage an. Sie reichte das Telefon weiter zu Elias.

»Hallo mein Schatz. Ich musste noch ziemlich weit fahren, um mit jemandem zu sprechen. Jetzt gerade bin ich wieder im Auto.«

»Wann bist du denn da, Mama?«

»Das dauert noch ein bisschen. Aber zum Essen bin ich bestimmt zu Hause. Vielleicht sogar etwas früher.«

»Dann muss ich ja schon bald ins Bett, Mama.«

»Du kannst ja heute etwas später schlafen gehen, Schatz. Ich lese dir dann trotzdem eine Geschichte vor.«

Elias antwortete nicht gleich. »Du hast aber versprochen, dass du heute ganz früh kommst. Wir wollen Lego bauen, Mama.«

»Ich weiß, Elias. Das tut mir auch leid. Manchmal geht es nicht anders. Du weißt doch, dass ich arbeiten muss.«

»Blödes Geld«, sagte Elias.

Enna wollte gerade antworten, als Alina sich meldete. »Elias ist in sein Zimmer gelaufen. Soll ich hinter ihm …«

»Nein, schon gut. Sag ihm, dass ich ihn lieb habe.«

»Das mache ich natürlich. Bis später.«

Enna drückte auf den Schalter am Steuer, um das Gespräch zu beenden.

»Ist der Kleine beleidigt?«, fragte Pia.

»Elias hat ein großes Herz. Er wird wohl nicht mehr schmollen, wenn ich zu Hause bin. Zum Glück haben wir ja Alina. Er liebt sie über alles.«

Pia schmunzelte. »Ich weiß. Umgekehrt ist es wohl genauso. Was Alina mir schon alles von Elias erzählt hat.«

Enna lächelte. »Hast du die Mail schon durchgelesen?«

»Ja. Interessant, würde ich sagen.« Sie hob das Blatt und las vor:

> Lieber Joost, entschuldige, dass ich dir schreibe, aber ich weiß im Moment einfach nicht mehr weiter. Alles scheint sich gerade gegen mich zu wenden. Es ist etwas passiert, aber darüber kann und will ich nicht sprechen. Es geht auch um was anderes. Du weißt ja, dass ich nicht mehr mit Hajo leben kann, dass meine Ehe ein einziger Trümmerhaufen ist. Und jetzt mehr als

je zuvor. Ich kann nicht mehr, ich will nicht mehr. Ich muss weg aus Leer, aus diesem ganzen Chaos. Es gibt kein Zurück!

Als mir klar wurde, dass ich mit meinem Geld nicht weit komme (keine Angst, ich will dich nicht um Geld bitten), habe ich eine ziemlich große Dummheit gemacht. Ein Kollege von Hajo hat sich mit Leuten … verdammt, wie soll ich dir das nur erklären? Ich fürchte, ich bin in Schwierigkeiten. Gestern, auf dem Weg ins Büro, hat mich ein Mann abgepasst. Ja, eigentlich hat er mir sogar aufgelauert. Er stand da, mitten im Weg, und hat mich angesprochen. Bedroht hat er mich. Wenn ich nicht schweigen würde, hätte das für mich schlimme Folgen. Dann hat er sein Jackett geöffnet – stell dir vor, er hatte eine Waffe, eine richtige Pistole. Ich weiß, was du jetzt denkst, aber ich kann nicht zur Polizei gehen. Frag mich bitte nicht, warum. Es hängt mit der Dummheit zusammen, die ich gemacht habe. Aber was soll ich nur machen, wenn dieser Mann wiederkommt? Ich bin mir nicht sicher, aber ich glaube, dass er mich sogar schon seit ein paar Tagen beschattet.

Ich weiß wirklich nicht, was ich machen soll, Joost. Ich habe versucht, dich auf deinem Handy zu erreichen, aber es war ausgestellt.

Vielleicht sollte ich ein paar Tage untertauchen? Oh Gott, was für ein Wort. Untertauchen. Wie wenn ich von der Polizei gesucht würde. Aber vielleicht mache ich das wirklich. Ich könnte jemand fragen, ob ich für ein paar Tage bei ihm schlafen kann. Bei meinen Volleyballfreunden oder bei jemandem von meiner Arbeit. Vielleicht beruhigt sich dann alles und dieser Mann ist nicht mehr in Leer.

Und dann? Ich weiß nicht, wen ich um Hilfe bitten soll. Meine Schwester hat ihr eigenes Leben und ich will sie nicht in meine Probleme mit reinziehen. Zu meinem Vater kann ich nicht zurück. Das geht nicht. Warum, weißt du ja zur Genüge.

Ich würde am liebsten weit weg in eine andere Stadt ziehen. Ganz neu anfangen. Aber wie soll ich das mit meiner Arbeit machen? Ich kann doch nicht von heute auf morgen kündigen.

Joost, mir wächst alles über den Kopf. Kannst du mir nicht helfen? Ich weiß natürlich, dass deine Freundin nichts erfahren darf. Muss sie auch nicht. Kennst du nicht jemanden, wo ich für ein paar Wochen wohnen kann? Ich könnte mir Urlaub nehmen oder doch meinen Arbeitsvertrag auflösen.

Vielleicht sollte ich doch meinen Vater fragen, ob er mir Geld leihen kann. Nicht viel, nur für die ersten Monate. Eine kleine Wohnung reicht mir, ein Zimmer und eine Küche.

Träume. Alles nur Träume. Ich habe Angst, dass ich nicht mutig genug bin und dass ich es nicht schaffe. Aber es gibt kein Zurück. Ich muss stark sein und einen Weg finden, wie ich aus der ganzen Misere wieder herauskomme. Stark sein – weißt du noch: Du hast immer gesagt, ich sei stärker als du. Ich habe dann gelacht und dich einen Charmeur genannt. Wie lange ist das jetzt her? Glaubst du wirklich, dass ich stark genug bin für ein neues Leben?

Joost, wenn du mir nur raten könntest. Mehr nicht, ich brauche nur deinen Rat. Meldest du dich? Bitte!

Alles Liebe und Gute

Deine Rieke

Pia schüttelte verärgert den Kopf. »Kannst du mir mal sagen, warum er damit nicht zur Polizei gegangen ist?«

»Er hatte Angst. Seine Freundin war schwanger, für ihn stand quasi sein ganzes bisheriges Leben auf dem Spiel. Kannst du die E-Mail noch einmal vorlesen?«

Pia nickte und las. »Das war Petrescu, der sie da bedroht hat, oder?«

»Sieht ganz danach aus«, sagte Enna. »Welcher Unbekannte sollte sonst Rieke Erken observieren und sie abfangen? Sie sagt zwar nicht explizit, dass sie Hansen um Geld erpresst hat, aber letztlich kann man das zwischen den Zeilen lesen.«

»Also ist Petrescu auch in diesem Fall der Täter?«

»Warum sollte er sie getötet haben?«

»Ist deine Frage jetzt ernst? Ihm ist klar geworden, dass Rieke Erken über kurz oder lang zur Polizei gehen würde.«

Enna schien skeptisch. »Man könnte aber auch etwas ganz anderes aus der Mail lesen. Sie scheint durch Petrescus Drohungen so eingeschüchtert gewesen zu sein, dass sie ganz sicher nicht noch einmal bei Hansen gewesen ist. Hätte Petrescu sie nicht gleich getötet, wenn er der Meinung gewesen wäre, dass Rieke für sein Geschäft ein so großes Problem darstellt?«

»Vielleicht Anweisungen von oben?«, warf Pia ein.

»Ja, das wäre eine Möglichkeit. Aber wenn Hansen die Wahrheit gesagt hat und er zu dem Zeitpunkt noch gar nicht so wichtig für die Organisation war, dann wird es noch unwahrscheinlicher, dass diese Leute ein solches Risiko eingegangen sind und Rieke ermordet haben.«

Pia nickte. »Du spielst auf die Passage an, in der Rieke überlegt, ob ihr jemand aus der Volleyballgruppe helfen kann?«

»Genau. Und sie erwähnt ihre Arbeitsstelle.«

»Daniel Held oder Patrik Blohm.«

Enna nickte. »Wir fahren morgen nach Leer. Wir haben vorhin auf der Hinfahrt noch nicht über Blohm gesprochen. Hast du noch Energie, mir von euren Recherchen zu berichten?«

»Ja, ich habe mich mit Patrik Blohm beschäftigt. Seine Weigerung, einen DNA-Test zu machen, scheint mir doch ziemlich verdächtig. Vielleicht hatte er Angst, dass wir an Rieke Erkens Kleidung DNA-Spuren entdeckt haben. Dass er sich seinerzeit den Ermittlungen quasi entzogen hat, passt auch ins Bild. Und ich habe etwas Interessantes gefunden.«

»Mach's nicht so spannend. Raus damit.«

»Er hat sein Abitur in Oldenburg gemacht. Ich habe eine ehemalige Klassenkameradin von ihm gefunden. Katrin Vogel. Schon damals scheint Blohm ein reges Interesse an Frauen gehabt zu haben, das aber nicht immer erwidert wurde. Katrin Vogel hat mir erzählt, dass es auf einer der Abiturpartys zu einem Vorfall kam. Angeblich soll Blohm versucht haben, ein Mädchen aus einem jüngeren Jahrgang zu vergewaltigen.«

»Sind das nur Gerüchte?«

»Erst mal ja. Allerdings hat das Mädchen Blohm bei der Schulleitung angezeigt und es ist zu einer schulinternen Untersuchung gekommen. Aber offensichtlich hatte Blohm Fürsprecher in der Schulleitung. Der Vorfall wurde letztlich mit einer Entschuldigung vonseiten Blohms abgehakt, da es sich angeblich nur um einen ungeschickten Annäherungsversuch gehandelt hatte.«

»Hast du das betroffene Mädchen gefunden?«

»Katrin Vogel hat sich nur noch an den Vornamen erinnert, aber der Nachname war schnell gefunden. Die Frau lebt heute in Neuseeland. Ich habe gestern Nacht lange mit ihr gesprochen.«

»Fleißig!«

Pia grinste. »Ich nehme das mal als Lob.« Sie schaute auf ihre Notizen. »Die Frau, Maike Sievers, wollte zunächst nicht mit mir über die Vergewaltigung sprechen, aber als ich ihr erklärt habe, dass es sich um einen Mordfall handelt, in dem wir Patrik Blohm als Verdächtigen führen, hat sie mir nach und nach mehr erzählt. Ein heftiges Gespräch, kann ich dir sagen. Sie hat zwischendurch immer wieder geweint und ich hatte ständig Angst, dass sie das Gespräch abbricht. Irgendwie haben wir es dann doch geschafft.«

»Sie hat die Vergewaltigung nie angezeigt?«

»Nein, ihre Eltern hatten Angst vor einer Verleumdungsklage durch Blohms Eltern. Maike Sievers hatte zu viel Alkohol getrunken, Blohm hat sich um sie gekümmert. Als sie dann nach Hause wollte, ist er mit ihr in einen Nebenraum, wo die Jacken und Mäntel lagen. Da ist es dann passiert. Maike hat sich gewehrt, hatte aber aufgrund von Blohms Kraft und Statur keine Chance.«

»Du hast ihr gesagt, dass die Verjährungsfrist noch nicht abgelaufen ist?«, fragte Enna.

»Ja, natürlich. Aber darauf hat sie nicht wirklich reagiert. Sie ist übrigens verheiratet und hat drei Kinder.«

»Meinst du, dass sie sich das noch einmal überlegt?«

»Abgelehnt hat sie ja nicht, und ich hatte das Gefühl, dass sie schon nachdenklich geworden ist, als ich ihr das mit der Verjährungsfrist gesagt habe. Wie gesagt, ein langes und intensives Gespräch. Selbst ich war am Ende fix und fertig. Ich weiß wirklich nicht, was weiter passieren wird. Entweder macht Maike Sievers vollkommen zu oder sie ändert ihre Meinung und zeigt Blohm an.«

»Hast du ein Protokoll geschrieben?«

Pia nickte.

»Du weißt ja, dass es sich bei einer Vergewaltigung um ein Offizialdelikt handelt und wir auch ohne Anzeige tätig werden können.«

»Die einzige Zeugin lebt in Neuseeland und scheint im Moment nicht aussagen zu wollen. Die Ermittlungen werden schnell wieder eingestellt werden.«

»Aber wir hätten einen Ansatzpunkt, um Blohm unter Druck zu setzen.«

»Dafür müssten wir aber die Staatsanwältin dazu bringen, dass sie ein Ermittlungsverfahren eröffnet«, erwog Pia.

»Das ließe sich klären«, sagte Enna und wählte über die Freisprechanlage die Nummer der Staatsanwältin. Als sich die Mailbox meldete, sprach sie ihr eine kurze Nachricht auf die Mailbox und bat um Rückruf.

»Ja, du hast recht«, sagte Pia. »Blohm würde wahrscheinlich gar nicht mit uns reden, wenn wir ihn zu Rieke Erken befragen wollen.«

»Davon gehe ich definitiv aus«, sagte Enna.

Wenig später fuhren sie bei Sittensen auf die Autobahn auf. Kurz vor Bremen rief die Staatsanwältin zurück, ließ sich die Sachlage erklären und stimmte zögerlich zu, ein Ermittlungsverfahren gegen Patrik Blohm zu eröffnen. Enna bat sie, Blohm für den kommenden Montag nach Oldenburg vorzuladen.

»So weit, so gut«, sagte Enna, als sie das Gespräch beendet hatte. »Ich bringe dich gleich im Kommissariat vorbei und fahre dann direkt weiter nach Hause. Kannst du Paulsen sagen, dass ich ihn heute Abend anrufe?«

Zweiunddreissig

Enna lehnte sich auf dem Sofa in ihrem Wohnzimmer zurück. Elias lag in seinem Bett und war vermutlich schon eingeschlafen. Sie schrieb Aaron eine Nachricht, dass sie sich etwas später melden werde, und wählte Paulsens Nummer.

»Pia hat mich schon auf den neuesten Stand gebracht«, sagte Paulsen, nachdem er Enna begrüßt hatte.

Sie atmete erleichtert auf. »Gut, dann brauche ich das nicht mehr zu machen. Und bei euch?«

»Klaus und ich haben Hansen zwei Stunden lang befragt. Ein paar Details konnten wir ihm noch entlocken. Vielleicht wird es beim nächsten Mal noch mehr. Aber erst mal zur heutigen Befragung: Einerseits ging es um die Drogentransporte über den Emder Hafen und andererseits um Petrescus Äußerungen zu Rieke Erkens Tod. Die Hafensachen haben wir gleich an die SoKo weitergeleitet, die Drohungen Petrescus passen zu unserem Verdacht, dass er auch für Rieke Erkens Tod verantwortlich ist. Pia hat mir eine Kopie der E-Mail an Joost Neelsen dagelassen. Ich würde mal sagen, auch von daher wird die Luft für Petrescu dünner.«

»Das lässt sich auch …«

»Ich weiß«, unterbrach Paulsen sie. »Pia hat mir von eurer Theorie erzählt. Ich glaube nicht dran. Aber gut, wir werden sehen. Ich habe jetzt veranlasst, dass die Plastikfolie, in der Rieke Erkens Leiche eingewickelt war, noch einmal auf DNA-Spuren untersucht wird. Die Methoden sind doch inzwischen noch weiter verfeinert worden. Vielleicht finden wir ja Petrescus DNA.«

»Gute Idee.«

»Denke ich auch. Es wird zwar ein paar Wochen dauern, aber vielleicht haben wir ja Glück. Mia und Jens machen sich morgen nach Leer auf und befragen noch mal die Arbeitskollegin von Rieke Erken. Eventuell hat sie Petrescu in Riekes Nähe gesehen. Ich weiß, die Wahrscheinlichkeit ist gering, aber uns bleiben nach den fünf Jahren nicht mehr viele Ansätze.«

»Habt ihr auch mit Petrescu gesprochen?«

»Noch nicht. Morgen Vormittag in der U-Haft. Sein Anwalt will natürlich dabei sein. Ich verspreche mir nicht viel davon, aber man hat schon Pferde kotzen gesehen. In den Oldenburger Geschäftsräumen, die heute durchsucht wurden, haben wir übrigens etwas gefunden.«

»Die Waffe?«, fragte Enna hoffnungsvoll.

»Das leider nicht. Aber eine Patronenhülse. Die Kriminaltechniker meinten, mit etwas Glück könnten die Hülse und das Geschoss, das in Erkens Körper gefunden wurde, einander zugeordnet werden. Soweit ich das verstanden habe, geht es um kleinste Abschürfungen im Inneren der Hülse, die sich auf dem Geschoss wiederfinden könnten.«

»Sehr gut!«

»Morgen wollen die Kriminaltechniker noch den Boden hinter dem Firmenhaus mit einem Metalldetektor absuchen. Eventuell hat er ja die Waffe vergraben.«

»Hat sich in Hamburg noch etwas getan?«

»Die Geschäftsräume der Firma sind durchsucht worden. Ergebnisse kenne ich noch nicht. Eugen Lungu, der Geschäftsführer, war nicht vor Ort. Ob er überhaupt noch in

Deutschland ist, konnte mir niemand sagen. Das wär's von meiner Seite.«

»Danke, Paulsen. Und entschuldige, dass ich dich so spät noch angerufen habe.«

»Kein Thema.«

Enna ging in die Küche und schenkte sich ein Glas Wein ein. Zurück im Wohnzimmer fiel ihr Blick auf das Bücherregal. Aarons Datenstick mit den bisherigen Ermittlungsergebnissen des Privatdetektivs lag immer noch zwischen zwei Büchern. Sie war bisher nicht dazu gekommen, einen Blick auf die Unterlagen zu werfen.

Auf dem Sofa sitzend griff Enna nach dem Telefon und wählte Aarons Nummer. Er meldete sich nach dem ersten Klingelton.

»Langer Tag?«, fragte er.

»Noch länger. Ich habe gerade das Gefühl, dass ich plötzlich alt geworden bin.«

Aaron lachte. »Da kann ich dich beruhigen. Seit ich dich kenne, bist du um keinen einzigen Tag gealtert. Im Gegenteil.«

»Lieb, dass du das sagst. Wie war dein Tag?«

»Das Übliche. Zum Glück habe ich diese Woche keinen Termin vor Gericht. Dann läuft alles etwas entspannter ab. Und Freitag bin ich ja in Hamburg.«

»Stimmt, das hatte ich ganz vergessen.« Enna hielt kurz inne. »Weißt du, was ich eben entdeckt habe?«

»Nein. Was ist passiert?«

Sie seufzte. »Deinen Datenstick. Ich habe noch nicht ein Mal auf die Unterlagen geschaut.«

»Ach je, darum mach dir doch bitte keine Gedanken. Wenn du Zeit hast, wirf einen Blick rein, wenn nicht, verschieb es einfach.«

»Das mit dem Zeithaben kann noch etwas dauern.«

»Herr Adler ist im Moment ohnehin an einer anderen Sache dran. Also: keine Eile.«

»Okay.« Enna gähnte.

»Oh, so müde?«, fragte Aaron, der die Geräusche richtig interpretiert hatte.

»Ich sag doch, ich bin alt geworden. Früher habe ich um diese Zeit noch über den Akten gesessen. Ist es schlimm, wenn wir heute …«

»Nein, natürlich nicht. Aber noch eine kleine Frage. Darf ich Elias eine Kleinigkeit mitbringen? Irgendetwas aus Hamburg?«

»Wenn es wirklich eine Kleinigkeit ist und keine zweite, noch größere Drohne.«

»Du meinst die der neuen Generation, über die ich schon mit Elias gefachsimpelt habe?«

»Wehe!«, sagte Enna drohend. »Du bekommst Hausverbot.«

»Überredet. Also nur eine Kleinigkeit.«

»Spinner!« Sie musste unwillkürlich lächeln. »Sag mir lieber, ob du wirklich bis Montag früh bleiben kannst.«

»Definitiv. Mein erster Termin ist am Nachmittag. Das Handy bleibt aus. Niemand weiß, wo ich zu finden bin. Großes Anwaltsehrenwort.«

Enna lachte. »Dann will ich dir mal glauben. Elias fragt übrigens jeden Tag fünfmal, wann du jetzt genau kommst. Ich hoffe, du bringst für den Kleinen genug Energie mit.«

»Versprochen. Und jetzt legen wir auf und du gehst ins Bett.«

»Schlaf gut, Aaron.«

»Du auch, Enna.«

Kurz nach acht betrat Enna das Kommissariat. Außer Paulsen war noch niemand im Büro. Sie unterhielten sich über die Pläne des Tages, bevor Enna die Staatsanwältin anrief und mit ihr über Patrik Blohm und die Vorladung nach Oldenburg sprach.

Gegen halb neun traf Pia ein, sie tranken einen Morgenkaffee zusammen und stimmten sich über ihre Strategie bei der bevorstehenden Befragung von Daniel Held in Leer ab.

»Wir haben bis elf Uhr dreißig Zeit«, sagte Enna. »Anschließend erwartet uns jemand in der Touristinformation am alten Hafen.«

Pia sah sie fragend an. »Ein weiterer Zeuge?«

»Nein, sozusagen eine Observation.« Enna schmunzelte. »Lass dich überraschen.«

»Herr Held?«, fragte der Abteilungsleiter, in dessen Büro Enna und Pia saßen. »Ist er in … wie soll ich das jetzt formulieren?«

»Schwierigkeiten?«, half Enna ihm aus.

»Ja, genau.«

»Es geht um den Tod von Rieke Erken im Sommer vor fünf Jahren. Wir befragen Herrn Held als Zeugen. Bisher liegt nichts gegen ihn vor.«

»Bisher? Das klingt jetzt, als wenn Sie …«

»Nein, Herr Bartels. Machen Sie sich keine Sorgen. Wir würden Sie nur bitten, dass wir Herrn Held in einem separaten Raum befragen können.«

»Ja, natürlich. Soll ich ihn kommen lassen?«

Wenige Minuten später klopfte es an der Tür und ein kräftiger, korpulenter Mann Mitte dreißig trat ein. Mit seinen dünnen blonden Haaren, der rötlichen Nase und seinem spitzen Kinn wirkte er blass und unscheinbar.

»Herr Held, hier sind zwei Kriminalbeamtinnen des LKA, die mit Ihnen sprechen wollen.«

Daniel Held sah zwischen Enna und seinem Vorgesetzten hin und her. Er wirkte verunsichert, setzte an, etwas zu sagen, brach aber gleich wieder ab.

»Sie können den Besprechungsraum hier auf dem Flur benutzen«, fuhr Bartels fort. »Jetzt kucken Sie doch nicht so entsetzt, Held. Es geht um die Kollegin Erken. Sie erinnern sich sicherlich.«

Daniel Held nickte. »Ja, natürlich.« Er wandte sich um und ging zurück auf den Flur. Enna und Pia folgten ihm.

Als sie in dem kleinen Besprechungsraum saßen, räusperte sich Daniel Held. »Es war schon jemand bei mir. Warum …«

»Das ist richtig, Herr Held. Wir haben aber noch ein paar Fragen an Sie.«

»War es unbedingt notwendig, dass Sie meinen Vorgesetzten angesprochen haben?«, fragte Held leise, aber mit erkennbar ärgerlicher Stimme.

»Wir können hier im Verwaltungsgebäude der Stadt nicht einfach herumlaufen, ohne uns anzumelden.« Enna musterte ihn. »Warum haben Sie Bedenken, wenn Ihr Vorgesetzter um die Befragung weiß?«

Daniel Held schwieg.

»Selbst nach fünf Jahren wissen noch eine ganze Reihe Ihrer Kollegen, dass Sie mit Frau Erken befreundet waren.«

Daniel Held nickte und schien sich zu entspannen. »Ja, das stimmt wohl. Was wollen Sie denn jetzt noch? Ich habe doch alles Ihren Kollegen erzählt.«

»Das waren Vorgespräche, die Sie mit Oberkommissar Paulsen und mit der Kommissarin Sims geführt haben. Wir gehen gerne bei einer weiteren Befragung tiefer in die Details hinein.«

Daniel Held reagierte nicht auf Ennas Erklärung.

»Wann haben Sie Frau Erken zum letzten Mal gesehen?«, stellte Enna die erste Frage.

»Gesehen? Rieke ist doch schon lange nicht mehr am Leben.«

»Das ist richtig. Trotzdem gibt es ja immer ein letztes Mal.«

Daniel Held sah sie ungläubig an und schüttelte schließlich den Kopf. »Das weiß ich nicht mehr. Wahrscheinlich hier im Haus an ihrem letzten Tag vor dem Urlaub.«

»Sie wussten, dass Rieke sich Urlaub genommen hatte?«, fragte Pia.

»Ja, warum nicht? Über so etwas spricht man doch.«

»Ist Ihr Arbeitsplatz in den letzten fünf Jahren derselbe geblieben?«, übernahm wieder Enna mit der nächsten Frage.

»Ja.«

»Wenn ich das richtig sehe, liegen Ihr und Frau Erkens damaliger Arbeitsplatz relativ weit voneinander entfernt.«

»So weit ist das nun auch wieder nicht …«

»Sie haben also hin und wieder bei Rieke im Büro vorbeigeschaut?«, fragte Pia.

»Ja, hin und wieder.«

»Und dann? Haben Sie Hallo gesagt und sind wieder gegangen?«

»Wie soll ich das noch wissen?«

»Aber Sie wissen, dass Sie hin und wieder in ihrem Büro waren?«, kam die nächste Frage wieder von Enna.

»Das habe ich doch gesagt.«

»Die damalige Kollegin von Frau Erken kennen Sie auch?«

»Nicht mit Namen.« Er hielt inne. »Oder doch. Kirster oder so ähnlich.«

»Frau Julia Kistner. Sie hat damals nicht ausgesagt, dass Sie mit Frau Erken befreundet waren. Wäre das nicht mehr als wahrscheinlich gewesen, wenn Sie häufiger bei den beiden vorbeigeschaut haben?«

»Häufiger habe ich gar nicht gesagt. Hin und wieder. Und vielleicht war dann diese Frau …«

»Kistner«, half Pia ihm aus.

»… ja genau, vielleicht war die gerade auf Toilette oder hatte Urlaub oder eine Fortbildung. Was weiß ich. Vielleicht ist sie auch nur vergesslich, die blö…« Er stockte. »… die Kollegin meine ich.«

Pia sah ihn scharf an. »Wollten Sie gerade ›blöde Kuh‹ sagen?«

»Unsinn!«, fuhr Held Pia an. »Sie verdrehen mir ja das Wort im Mund.«

»Kommen wir noch mal auf das letzte Mal zurück«, sagte Enna. »Es ist wirklich wichtig, Herr Held, dass Sie sich erinnern. Sind Sie Frau Erken vielleicht sogar außerhalb dieses Hauses begegnet?«

Held, der sich auf Pia konzentriert hatte, fuhr herum. »Wer sagt das?«

»Das war erst mal nur eine Frage, Herr Held. Haben Sie Frau Erken nach Antritt ihres Urlaubs außerhalb dieses Gebäudes getroffen?«

»Rieke war doch gar nicht in Leer«, sagte Held halblaut und fügte schnell hinzu: »Das habe ich zumindest in der Zeitung gelesen.«

»Zeitung?«, übernahm wieder Pia. »Solche Details werden nie bekannt gegeben. Es stand ganz sicher nicht in irgendeiner Zeitung.«

»Dann hat es mir jemand erzählt. Keine Ahnung. Das ist doch auch vollkommen unwichtig.«

»Herr Held, eine Frau, die Sie als Ihre Freundin bezeichnen, ist brutal ermordet worden. In diesem Zusammenhang ist nichts, aber auch gar nichts unwichtig.« Enna hatte sich vorgebeugt und Daniel Held fixiert.

»Ja, na…tür…lich«, stammelte Held.

»Das ist gut, Herr Held. Dann stelle ich noch einmal meine Frage: Wann haben Sie Frau Erken zum letzten Mal gesehen?«

Daniel Held senkte den Kopf und schien intensiv nachzudenken. »Vielleicht habe ich Rieke doch noch kurz gesehen. Ich meine, nicht hier auf der Arbeit. Vielleicht in der Stadt. Wir sind uns da schon manchmal über den Weg gelaufen. So groß ist Leer ja schließlich nicht.«

»Wissen Sie noch, wann das war?«, fragte Pia. »Einen Tag vor ihrem Tod oder zwei Tage? Haben Sie mit ihr gesprochen? Wenn Sie mit Rieke so gut befreundet waren, sind Sie sicherlich nicht einfach so an ihr vorbeigelaufen.«

Daniel Held zögerte. Er wirkte inzwischen noch verunsicherter als am Anfang der Befragung. »Das weiß ich nicht mehr. Ja, wir haben vielleicht ein paar Worte gewechselt. Vielleicht auch nur Hallo gesagt und uns einen guten Tag gewünscht?«

»Lassen wir einmal die Begegnung mit Frau Erken für eine Weile außer Acht.« Enna war sich sicher, dass Held erleichtert wirkte. »Hatten Sie in dieser Woche auch Urlaub oder waren Sie hier bei der Arbeit?«

»Ich glaube, aber sicher bin ich mir nicht mehr … Also es könnte sein, dass ich da ein paar Tage krankgeschrieben war. Ich habe manchmal schlimme Migräne. Es könnte sein … Ja, ich glaube, ich war am Ende der Woche quasi außer Kraft gesetzt.«

»Ja, Migräneattacken sind eine fürchterliche Angelegenheit. Wissen Sie noch, an welchem Tag der Woche Sie sich krankgemeldet haben?«

»Nein.«

»Das wird sich sicher feststellen lassen«, sagte Enna. Sie tat so, als würde sie etwas in ihrem Notizbuch nachschlagen. »Hier ist es ja«, sagte sie und sah auf. »Sie haben angegeben, dass es zwischen Ihnen und Frau Erken zu intimen Kontakten gekommen ist. Ist das richtig?«

»Das war nur einmal.«

»Von wem ging die Initiative aus? Von Ihnen oder Frau Erken?«

Auf Daniel Helds Stirn hatten sich Schweißperlen gebildet. Er atmete flach und rieb sich jetzt mehrfach seine Hände. »Darauf möchte ich nicht antworten.«

»Unserem Kollegen haben Sie aber bereitwillig Auskunft gegeben«, warf Pia abschätzig ein. »Oder habe ich da was falsch verstanden?«

»Nein«, sagte Daniel Held so leise, dass es kaum zu verstehen war.

»Unser Problem ist Folgendes«, sagte Pia. »Wir haben niemanden im Umfeld von Frau Erken gefunden, der auch nur ansatzweise von einer Beziehung zwischen Ihnen beiden gewusst hat. Wie erklären Sie sich das?«

»Wir haben es geheim gehalten«, antwortete Daniel Held nach einer Weile.

»Haben Sie Rieke Erken in den Tagen vor ihrem Tod getroffen?«, fragte Pia mit erhobener Stimme. »Wo war das? Ist sie zu Ihnen nach Hause gekommen und hat sie Sie um Hilfe gebeten?«

Daniel Held schüttelte vehement den Kopf. »Nein«, presste er heraus.

»Aber vor ein paar Minuten haben Sie noch etwas anderes behauptet«, fuhr Pia fort. Sie sah auf ihren Notizblock. »›Ja, wir haben vielleicht ein paar Worte gewechselt.‹« Pia legte eine bewusste Pause ein und fixierte Daniel Held. »Haben Sie jetzt mit Frau Erken gesprochen oder nicht?«

DREIUNDDREISSIG

»Haben wir's übertrieben?«, fragte Pia, als sie eine Dreiviertelstunde später im Café Schöne Aussichten am alten Hafen saßen.

»Es war tatsächlich grenzwertig für eine Befragung«, sagte Enna. »Held schien am Ende mit den Nerven fertig zu sein. Trotzdem: Es gibt Widersprüche in seiner Aussage. Ich nehme ihm nicht ab, dass er bei so einem einschneidenden Erlebnis nicht mehr weiß, wann er Rieke Erken das letzte Mal gesehen hat. Sie ist nur ein paar Tage später tot aufgefunden worden. Er, als angeblich sehr guter Freund, muss doch im Detail alles verfolgt haben. In der Presse und in anderen Medien.«

»Und warum hat er sich seinerzeit nicht bei unseren Kollegen gemeldet?«, nahm Pia den Gedanken auf. »Immerhin will er mit Rieke eine Art Verhältnis gehabt haben.«

»Das wäre mein nächster Punkt gewesen. Ich will Herrn Held wirklich nicht zu nahe treten, aber ich kann mir beim besten Willen nicht vorstellen, dass Rieke Erken mit ihm im Bett war.«

»… oder wo auch immer«, sagte Pia achselzuckend.

»Das existiert nur in seiner Vorstellung. Natürlich ist das nicht strafbar, aber es lässt in mir doch die eine oder andere Alarmglocke laut läuten.«

»Du klingst wie Paulsen«, sagte Pia mit einem breiten Grinsen. Sie wurde wieder ernst. »Vielleicht ist Held auch nur ein armes Würstchen, das sich eine Beziehung zu Rieke erdacht hat und nicht mehr weiß, was Realität und was Traum ist.«

»Möglich. Wir werden ihn ein weiteres Mal befragen müssen.« Enna deutete zur Panorama-Fensterfront. »Weißt du, wer dort oben wohnt?« Sie zeigte auf das Wohnhaus auf der anderen Seite des alten Hafens.

»Sind wir deshalb hier? Wohnt da Patrik Blohm?«

Enna nickte. »Ich habe mit der Touristinformation nebenan gesprochen. Die stellen uns gleich einen Raum zur Verfügung, von dem aus wir Blohms Wohnung gut einsehen können.«

»Etwas weit weg.«

Enna zog ein Fernglas aus der Tasche.

»Das also schleppst du die ganze Zeit mit dir herum. Aber warum willst du Blohm observieren?«

»Er bekommt um zwölf Uhr Besuch von den Emder Kollegen. Sie übergeben ihm die Vorladung für Montag. Ich will sehen, wie er reagiert.«

Pia sah auf die Uhr. »Dann sollten wir bald unsere Position einnehmen.« Sie trank den letzten Schluck ihrer Cola. »Ich wäre dann so weit.«

Eine Mitarbeiterin der Touristinformation ließ sich Ennas Ausweis zeigen und führte sie anschließend in den Tagungsraum.

»Wie lange werden Sie bleiben?«, fragte sie. »Wir schließen hier um siebzehn Uhr.«

»Das wird uns zeitlich sicher reichen«, sagte Enna und bedankte sich bei ihr.

Als die Mitarbeiterin den Raum verlassen hatte, schoben sich Enna und Pia Stühle an die deckenhohe Fensterfront.

»Großes Kino«, sagte Pia schmunzelnd, während Enna mit dem Fernglas die Etage suchte, in der Patrik Blohm seine Wohnung hatte.

»Da ist er doch. Wie lange haben wir noch bis zwölf?«

»Zehn Minuten.«

Enna legte das Fernglas zur Seite. »Ja, so sollten alle Observationen ablaufen.«

»Du vermutest, dass er seine Sachen packt und mit dem nächsten Flugzeug flüchtet?«

»Das wäre zu schön, um wahr zu sein. Nein, eine überhastete Flucht ist wohl kaum zu erwarten. Er weiß, dass es keine Beweise gibt, die ihn direkt mit dem Tod von Rieke Erken in Verbindung bringen. Ansonsten hätte ihn schon die erste SoKo aus Lateinamerika zurückgeholt.«

»Was erhoffst du dir sonst?«

»Ich will seine Reaktion sehen. Bleibt er cool oder dreht er durch? Du weißt selbst, dass das Ermittlungsverfahren ohne die Aussage der Frau in Neuseeland im Sande verläuft. Das ist jetzt mehr ein Aufhänger, um ihn unter Druck zu setzen.«

»Das heißt, wir fischen ganz schön im Trüben.«

Enna seufzte. »Leider.«

Kurz vor zwölf griff Enna nach dem Fernglas und suchte den Eingangsbereich des Hauses ab. »Auf die Minute pünktlich, die Kollegen.«

Zwei uniformierte Beamte standen vor der Tür und studierten die Klingelleiste. Schließlich drückte einer der Männer den Klingelknopf. Enna hob das Fernglas und sah gerade noch, wie Blohm aus seinem Wohnzimmer verschwand. Kurz darauf gingen die Beamten ins Haus.

»So, jetzt bin ich gespannt«, sagte Enna und schwenkte wieder zu der Fensterfront von Blohms Wohnung. Sie brauchte nicht lange zu warten, bevor Blohm zurückkam. Er riss den Brief auf und las ihn vor dem Fenster stehend.

»Und?«, fragte Pia.

»Abwarten.«

Blohm hielt immer noch das Schreiben in der Hand, schüttelte jetzt den Kopf und schien erneut zu lesen. Schließlich zog er ein Handy aus der Tasche, suchte auf dem Display und hielt es dann ans Ohr. Er sprach mit jemandem, stand zunächst weiter ruhig am Fenster, lief dann aber eine Runde durch sein großes Wohnzimmer, bis er wieder an seinem Ausgangspunkt ankam. Hier fuchtelte er wild mit den Armen und drehte dem Fenster den Rücken zu, bis er nach weiteren vier Minuten Gespräch, begleitet von hektischen Handbewegungen, das Handy zurück in die Tasche gleiten ließ.

Enna setzte das schwere Fernglas ab und reichte es Pia. »Fünftes Stockwerk die drei großen Fenster in der Mitte.«

»Gefunden!«, sagte Pia mit dem Fernglas vor den Augen. »Er läuft durchs Zimmer und sieht nicht sehr glücklich aus.«

In der nächsten Stunde wechselten sie sich regelmäßig ab bei der Beobachtung von Patrik Blohm, der fast die ganze Zeit in seinem Wohnzimmer auf und ab ging, mehrfach telefonierte und immer mal wieder vor dem Fenster stehen blieb.

»Was ist das?«, fragte Pia. Sie reichte Enna das Glas. »Wenn mich nicht alles täuscht, hat er gerade einen großen Koffer ins Wohnzimmer getragen.«

Enna hob das Fernglas. Patrik Blohm beugte sich über etwas, richtete sich jetzt auf und schaute nach unten auf den dunklen rechteckigen Gegenstand. Als er schließlich zur Seite trat und aus dem Zimmer ging, war der Blick für Enna frei.

»Das ist ein Koffer.« Sie beobachtete die Fensterfront weiter. »Und jetzt kommt er wieder zurück. Er hat einen großen Rucksack in der Hand.«

In der nächsten Dreiviertelstunde beobachteten sie, wie Blohm den Koffer packte und anschließend den Rucksack.

»Ich fasse es nicht« sagte Pia. »Der will tatsächlich verreisen. Das war doch erst für Ende nächster Woche angedacht.«

»Ja«, sagte Enna, die Blohm durchs Glas beobachtete. »Das sieht ganz danach aus.«

»Und jetzt?«

Enna setzte das Glas ab. »Gute Frage. Für eine Festnahme haben wir nicht genug. Koffer packen heißt noch lange nicht, dass er auch verreisen will. Das kann auch nur ein Test sein, ob er alles Nötige unterbringt.«

»Glaubst du das etwa?«, fragte Pia.

Enna schüttelte den Kopf. Sie reichte Pia das Fernglas. »Ich telefoniere mit der Staatsanwältin.«

Julia Brambach nahm das Gespräch direkt an. »Guten Tag, Frau Andersen. Sind Sie in Leer?«

Enna erklärte ihr die Lage. »Ich bin fest davon überzeugt, dass Herr Blohm seine zweite Weltreise noch einmal vorzieht.«

»Das wird schwierig. Wir haben ihn noch nicht einmal zur Sache vernommen. Die Beweislage ist dünn. Auch im Fall Rieke Erken sehe ich keinen ausreichenden Grund, ihn festnehmen zu lassen.«

»Also lassen wir ihn ziehen?« Enna hatte ihren Ärger heruntergeschluckt und sich gezwungen, ruhig und sachlich zu fragen.

»Ich weiß, dass die Situation ärgerlich ist. Aber wir brauchen mehr. Was ist mit der Geschädigten? Wird sie Anzeige erstatten? Kann sie Zeugen benennen? Hat sie weitere Beweise für die mutmaßliche Vergewaltigung?«

»Im Moment sieht es nicht danach aus. Weder noch.«

»Sie wissen, dass mir die Hände gebunden sind, Frau Andersen.«

»Wir sprechen noch einmal mit der Geschädigten. Vielleicht lässt sich da was machen.«

»Ich bin für Sie jederzeit erreichbar. Sollte meine Mailbox anspringen, rufe ich so bald wie möglich zurück.«

Enna verabschiedete sich von der Staatsanwältin und trat wieder zu Pia an die Fensterfront.

»Lass mich raten. Wir können nichts dagegen machen.«

Enna erzählte ihr, was die Staatsanwältin gesagt hatte. »Kannst du heute Abend noch einmal mit Maike Sievers sprechen?«

»Ja, natürlich. Beweise? Was bitte schön sollte das nach der langen Zeit sein? Vielleicht ein Foto der Tat? Oder noch besser ein kleines Video?«

»Pia! Ich finde die Situation auch zum Heulen. Im Moment können wir nur hoffen, dass das Kofferpacken nur ein Probelauf war.«

Pia rollte mit den Augen. »Träum weiter!«

Enna zog ihr Handy aus der Tasche. Jens Lange nahm den Anruf nach dem ersten Klingelton entgegen. »Enna?«

»Blohm scheint seine Reise vorzuziehen. Hat dein Osnabrücker Freund erfahren, von welchem Flughafen Blohm fliegen wollte?«

»Düsseldorf. Erste Station sollte Thailand sein. Warte mal, ich schaue, wann der nächste Flug von Düsseldorf nach Bangkok geht.« Nach nicht mal einer Minute meldete sich Jens wieder. »Morgen am frühen Abend. Achtzehn Uhr drei.«

»Kannst du herausbekommen, ob Blohm umgebucht hat?«

»Gib mir eine Viertelstunde.«

Enna legte das Handy auf den Tisch und ließ sich auf den Stuhl fallen. »Bangkok, morgen gegen Abend geht der nächste Flieger.«

»Jens ist dran?«

Enna nickte.

Gespannt warteten sie auf den Rückruf. Jens meldete sich drei Minuten früher als angekündigt. »Blohm hat umgebucht.«

»Danke, Jens. Wir machen uns jetzt auf den Rückweg.«

»Wir sind quasi machtlos«, brach Pia ihr Schweigen der ersten halben Stunde ihrer Rückfahrt nach Oldenburg.

»Wir leben in einem Rechtsstaat. Und das ist gut so.«

»Für wen? Stell dir vor, Blohm hat tatsächlich Rieke Erken getötet und kommt jetzt ein zweites Mal mit dieser Masche durch. Eine kleine Weltreise und abwarten, bis sich die blöden Polizisten mit anderen Fällen beschäftigen müssen. Kooperation verweigern, Vorladung ignorieren, den Bullen eine lange Nase zeigen. Klasse.«

»Pia, ich bin in solchen Situationen auch frustriert, aber mit dieser Haltung kommen wir nicht weiter. Ruf heute Abend bei Frau Sievers an und gib dein Bestes. Mehr können wir im Moment nicht machen.«

Pia schnaubte durch die Nase und sah aus dem Seitenfenster.

»Wann kannst du Maike Sievers in Neuseeland erreichen?«, fuhr Enna fort. »Die sind zwölf Stunden weiter als wir, richtig?«

Pia nickte. »Ja, durch die Verschiebungen von Sommer- und Winterzeit.«

»Also ist es dort heute Abend um zwanzig Uhr unserer Zeit acht Uhr morgens.«

»Selbst wenn sie sich zur Anzeige bereit erklärt, wie willst du das in der kurzen Zeit alles auf die Reihe bekommen? Keine Chance.«

»Wenn wir im Büro sind, rufe ich die Staatsanwältin an«, sagte Enna und ging in Gedanken ihre Optionen durch.

»Neuseeland? Wie sicher sind Sie, dass die Geschädigte eine Aussage machen wird?«, fragte die Staatsanwältin eine halbe Stunde später am Telefon.

»Wir werden keinen Zugriff mehr auf Patrik Blohm haben, wenn er erst mal im Flugzeug ist.«

»Internationaler Haftbefehl?«

»Das kann Monate dauern, wenn er überhaupt gefunden wird.«

Julia Brambach schwieg eine Weile. »Was ist Ihr Plan?«

»Meine Kollegin ruft Frau Sievers um zwanzig Uhr an. Dann ist es dort acht Uhr morgens. Wenn sie einwilligt, eine Aussage zu machen, brauchen wir in Wellington eine offizielle Stelle, bei der sie die Anzeige abgeben kann.«

»Klingt einfach, ist es aber nicht«, sagte Julia Brambach. »Und das wissen Sie auch.«

»Unsere einzige Chance.«

Enna hörte die Staatsanwältin schwer atmen. Nach einer Weile antwortete Julia Brambach ihr. »Ich erwarte dann Ihren Anruf. Ich werde in Neuseeland schon einmal vorfühlen. Viel Glück.«

»Danke, das werden wir brauchen.«

Vierunddreissig

Enna las Elias vor, bis er eingeschlafen war. Als sie die Tür zu seinem Kinderzimmer leise schloss, hörte sie bereits Stimmen aus der Küche. Alina und Pia unterhielten sich. Sie öffnete kurz die Tür, sagte, dass sie im Wohnzimmer auf Pia warten werde, und ließ die beiden Frauen allein.

Nach einem Blick auf die Uhr rief Enna Aaron an.

»So früh heute?«, fragte er.

»Ich muss später noch eine Frau in Neuseeland erreichen – oder eigentlich Pia. Sie hat den Kontakt gestern hergestellt. Ich weiß nicht, wie lange das dauern wird.«

»Neuseeland. Eine Zeugin?«

»Nicht nur. Sie ist Geschädigte. Vergewaltigung als Minderjährige.«

»Oh! Schwieriges Terrain. Und das hat mit eurem Fall zu tun?«

Jemand klopfte an die Tür, Pia schaute herein und flüsterte: »Sie hat mir jetzt geantwortet. Wir können sofort skypen.«

Enna winkte sie zu sich ins Wohnzimmer und verabschiedete sich von Aaron. »Melde dich morgen, wenn du aus Hamburg losfährst.«

»Mache ich. Grüß mir Elias.«

Enna legte das Handy zur Seite. »Sofort?«

Pia nickte, setzte sich auf den Sessel, öffnete den Laptop und startete das Programm. Enna saß außer Reichweite der Kamera in Pias Nähe.

»Guten Morgen, Frau Sievers«, begrüßte Pia Maike Sievers.

»Hallo! Ich hatte gar nicht mit Ihnen gerechnet. Ist etwas passiert?«

»Ja, Frau Sievers. Patrik Blohm hat seinen Flug umgebucht und will bereits morgen Deutschland verlassen. Nach unseren Informationen soll die Reise viele Monate dauern, wenn nicht gar ein ganzes Jahr.«

»Verstehe.«

»Wir brauchen Ihre Unterstützung, um …«

»Ja«, unterbrach Maike Sievers Pia. »Ich habe gestern mit meinem Mann gesprochen.« Sie legte eine Pause ein und räusperte sich. Enna hielt den Atem an. Hatten sie schon so kurz nach dem Beginn des Gesprächs den entscheidenden Punkt erreicht?

»Mein Mann … er war natürlich sehr entsetzt darüber, was mir damals zugestoßen ist. Er hat mich darin bestärkt, dass ich diesen Mann anzeige. Aber ist es dafür nicht zu spät?«

»Durchaus nicht, Frau Sievers. Ich …«

»Können wir uns nicht duzen?«, unterbrach Maike Sievers Pia ein zweites Mal. »Ich wollte es schon gestern fragen, aber … Es ist so ungewohnt und bei diesem Thema noch mehr.«

»Gerne. Mein Vorname ist Pia.«

»Hallo, Pia.«

»Frau … Maike, ich habe die zuständige Staatsanwältin informiert. Sie wartet sozusagen auf dich.«

»Was muss ich machen?«

»Die Staatsanwältin heißt Julia Brambach. Es wäre am besten, wenn sie dich anrufen darf, um mit dir die nächsten Schritte durchzugehen.«

»Heute?«

»Ja, leider. Wir können Blohm nur im Land halten, wenn ausreichend Beweise vorliegen. Die Anzeige wäre ein wichtiger Schritt.«

»Beweise?«

»Zum Beispiel deine Zeugenaussage.«

»Wird das reichen?«

»In vielen Fällen reicht die Aussage der Frau«, antwortete Pia ausweichend. »In aller Regel gibt es ja bei solchen Verbrechen keine weiteren Zeugen.«

»Es ist also nicht sicher, dass dieser Mensch verurteilt wird?«

Pia ließ sich Zeit für die Antwort. »Der Ausgang eines Prozesses ist nie vorhersehbar. Egal, um welches Delikt es sich handelt. Aber in diesem Fall bin ich …«

»Ich habe einen Beweis«, sagte Maike Sievers leise.

Pia sah überrascht in die Kamera. »Darf ich fragen, um was es sich dabei handelt?«

»Es ist … hast du einen Augenblick Zeit?«

»Ja, natürlich. So viel wie du möchtest.«

Pia warf einen Blick zu Enna und hob fragend die Schultern.

»Abwarten«, flüsterte Enna.

Nach einer gefühlten Ewigkeit bemerkte Enna, wie sich Pia wieder auf den Bildschirm konzentrierte und gespannt wartete.

»Ich weiß nicht«, hörte sie Maike Sievers' Stimme, »ob ich es richtig gemacht habe. Es ist luftdicht eingeschweißt. Mit einer Küchenmaschine meiner Mutter. Ich habe es erst zwei Tage nach …« Sie brach ab.

Pia wartete eine Weile, bevor sie fragte: »Ist das ein Slip?«

»Ja. Da ist … Sperma von diesem Menschen drauf.«

Pia atmete tief durch und nickte schließlich. »Du hast alles richtig gemacht. Und ja, das ist ein Beweis, der zählt.«

»Muss ich trotzdem aussagen?«

»Ja, daran führt leider kein Weg vorbei, Maike.«

»Was soll ich jetzt machen?«

»Ich denke, in spätestens einer Viertelstunde kann sich unsere Staatsanwältin bei dir melden. Ist das in Ordnung, wenn sie über Skype mit dir spricht?«

Als Enna das »Ja« hörte, verließ sie leise den Raum und ging in die Küche, um mit Julia Brambach zu telefonieren.

»Besser hätte es nicht laufen können«, sagte Pia kurze Zeit später. Sie saßen zu zweit in der Küche und tranken einen Kaffee. Alina war in Elias' Zimmer gegangen, um nach ihm zu sehen.

»Absolut!«, sagte Enna. »Das ist wie ein Sechser im Lotto. Du scheinst Maike Sievers bei deinem ersten Gespräch überzeugt zu haben. Respekt!«

Pia strahlte übers ganze Gesicht. »Danke.«

»Wenn jetzt noch das ganze Prozedere zügig abläuft, könnten wir Blohm morgen festnehmen.«

»Meldet sich die Staatsanwältin noch bei dir?«, fragte Pia.

»Ich fürchte, sie wird heute nicht viel Schlaf bekommen. Viele ihrer Kollegen hätten das nicht gemacht. Hoffentlich bleibt sie für uns zuständig.«

Pia stand auf. »Hast du etwas dagegen, wenn ich heute hier schlafe?«

»Was ist das für eine Frage, Pia? Das ist einzig und allein Alinas Angelegenheit.«

»Ich wollte dich nicht übergehen. Wann machen wir morgen weiter?«

»Zehn Uhr? Wir haben eine kleine Auszeit verdient.«

»Gute Nacht, Enna.«

Enna lag wach im Bett, ihr Handy auf dem Beistelltisch. Sie wusste immer noch nicht, was die Staatsanwältin mit Maike Sievers besprochen hatte und wie der Stand der Dinge war.

Ein Blick auf die Uhr machte ihr aber keine Hoffnung, dass sich Julia Brambach noch bei ihr melden würde. Enna drehte sich auf die andere Seite und schloss die Augen. Nach wenigen Minuten richtete sie sich im Bett auf, kontrollierte noch einmal das Handy und stand auf, um die frische Herbstluft am geöffneten Fenster tief einzuatmen. Sie schloss das Fenster und ging zurück zum Bett. Sollte sie bei der Staatsanwältin anrufen? Nein, vermutlich war die Aktion noch in vollem Gange und sie würde nur stören. Enna schlug die Bettdecke zur Seite und kroch in die Wärme hinein.

»Kaffee?«, fragte Pia, als Enna am nächsten Tag die Küche des Kommissariats betrat.

Enna zog einen Stuhl vor und setzte sich. »Du bist heute aber früh losgefahren. Ich dachte, wir frühstücken zusammen.«

»Ich wollte noch etwas recherchieren.« Pia zeigte zur Kaffeemaschine. »Also, Kaffee?«

»Ja, danke. Mit viel heißer Milch.«

»Erzähl! Was ist gestern Nacht noch passiert?«

»Frau Brambach hat mich weder angerufen noch eine Nachricht geschrieben. Ich habe es eben in ihrem Büro versucht, aber sie ist noch nicht da. Vermutlich hatte sie eine lange Nacht und holt den Schlaf nach.«

Pia reichte Enna die Kaffeetasse. »Im Warten war ich nie gut.«

»Du könntest rausbekommen, wie Blohm nach Düsseldorf kommen will. Ich vermute, er nutzt einen Flughafentransfer eines Taxiunternehmens.«

»Die werden mir wohl kaum verraten, ob Blohm ihr Kunde ist.«

»Dann lass dir was einfallen. Suchst du nicht auch zufällig nach einem Transfer von Leer nach Düsseldorf? Vielleicht kannst du ja gemeinsam mit Blohm fahren.«

Pia grinste. »Ja, ich glaube, ich brauche dringend Urlaub.«

Gegen elf Uhr klingelte Ennas Telefon. Nach einem Blick aufs Display nahm sie das Gespräch sofort an.

»Guten Tag, Frau Staatsanwältin«, begrüßte sie Julia Brambach.

»Entschuldigen Sie meinen späten Anruf, aber ich hatte eine lange Nacht.«

»Ich hoffe, es war zumindest eine erfolgreiche.«

»Das wird sich zeigen. Also: Frau Sievers hat im Laufe unserer Nacht einen Untersuchungsrichter, mit dem ich zuvor schon gesprochen hatte, aufgesucht und dort ihre Aussage zu Protokoll gegeben. Das Beweisstück ist dort aufgenommen und kurz darauf in die dortige Kriminaltechnik gebracht worden. Dort werden oder hoffentlich wurden die Spuren auf dem Slip untersucht. Es geht im ersten Zug darum, ob es sich tatsächlich um Sperma handelt. Anschließend wird eine DNA-Analyse gemacht. Wie Sie wissen, kann das selbst im schnellsten Fall mehrere Tage dauern. Wie lange wir in unserem Fall warten müssen, hängt von der Qualität der Spur ab. Durch die sehr umsichtige Lagerung hoffe ich darauf, dass wir hier ausreichend gutes Material haben und schnell zu einem Ergebnis kommen.«

»Wir können also Patrik Blohm festnehmen?«

»Tut mir leid, so weit sind wir noch nicht. Ich muss die offizielle Mitteilung aus Wellington abwarten. Dass dort jetzt fast Mitternacht ist, brauche ich Ihnen nicht zu sagen.«

»Wann rechnen Sie mit der Mitteilung?«

»Gute Frage. Es wird vermutlich knapp werden. Selbst wenn die Behörde dort früh anfängt zu arbeiten, könnte sie erst nach siebzehn Uhr bei mir eintreffen.«

Enna schwieg. Sollten sie wirklich kurz vor dem Ziel ausgebremst werden? Warum ging die Staatsanwältin nicht einfach das Risiko ein und ließ Blohm festnehmen?

»Ich weiß, wie knapp das wird. Aber es gibt keinen anderen Weg.«

Enna atmete tief durch, bevor sie antwortete. »Okay, wir werden Herrn Blohm observieren und ihm bis zum Flughafen Düsseldorf folgen. Ich setze mich vorsorglich mit den Kollegen der Bundespolizei in Verbindung, damit sie vorgewarnt sind.«

»Das ist in Ordnung, Frau Andersen, aber bitte keine Alleingänge. Blohm wird erst festgenommen, wenn Sie von mir das Okay bekommen. Haben Sie mich verstanden?«

»Selbstverständlich, Frau Staatsanwältin.«

»Gut, dann bereiten Sie alles vor. Einen Termin beim Haftrichter werde ich machen, sobald wir Blohm in Gewahrsam haben. Ich würde Sie dann morgen brauchen. Sie sind doch vor Ort?«

»Ja, das wird kein Problem sein.«

»Ein Taxiunternehmen hat mir einen Platz nach Düsseldorf angeboten. Abfahrt um Viertel nach eins. Das muss Blohm sein«, teilte Pia kurz darauf mit.

Enna schaute auf die Uhr. »Also fahren wir in einer halben Stunde nach Leer.«

»Gibt es wirklich keine Chance, Blohm vorher aus dem Verkehr zu ziehen?«

»Ich sehe keine. Und ich fürchte, die Staatsanwältin würde es nicht auf sich beruhen lassen, wenn wir eigenmächtig handeln.«

Pia antwortete mit einem Augenrollen. Sie klappte ihren Laptop auf und schrieb weiter an dem Ermittlungsbericht zum gestrigen Tag.

Enna verließ ihr Büro und schaute bei Jens im ersten Stock vorbei. Sein Schreibtisch war übersät mit den Akten der beiden SoKos zum Fall Rieke Erken.

»Du gibst ja nicht so schnell auf«, sagte Enna.

»Mir lassen diese unglaublich vielen Kilometer, die Rieke Erken in den Tagen vor ihrem Tod gefahren ist, keine Ruhe.« Jens zeigte Enna eine ausgedruckte Deutschlandkarte, auf der er mögliche Strecken eingezeichnet hatte. »Das macht alles keinen Sinn. Was soll sie zum Beispiel in Frankfurt gewollt haben? Oder in Leipzig? Nach Norden hätte sie über Flensburg Richtung Dänemark fahren müssen, um auf die Kilometer zu kommen.«

»Was hast du gerade gesagt?«

»Flensburg, Dänemark. Oder was meinst du?«

»Kannst du mal Leer–Rømø eingeben? Wie viele Kilometer sind das?«

Jens griff nach der Maus, klickte dreimal und tippte die Angaben ein. »Vierhundertdreiundfünfzig.«

»Und wenn du jetzt noch die Fahrt von Leer nach Bremen hinzurechnest? Und ein paar Kilometer, die sie in Leer nach dem Werkstattaufenthalt gefahren ist?«

Jens griff nach einem Taschenrechner und zählte die Kilometer zusammen. »Das würde passen. Aber was sollte Rieke Erken da verloren haben?«

»Joost Neelsen war zu der Zeit dort in einem Ferienlager.«

»Tatsächlich?« Jens sah noch einmal seine Berechnungen durch. »Dann würde alles passen. Aber wahrscheinlich hat Neelsen schon abgestritten, dass sie bei ihm war?«

»Er hat es zumindest nicht erwähnt. Konkret danach gefragt haben wir allerdings auch nicht. Aber das lässt sich schnell nachholen.«

Jens nickte. »Dann schließe ich die Suche erst mal ab?«

»Ja. Hast du sonst noch was gefunden?«

»Leider nein. Ich wollte jetzt noch einmal die unzähligen ad acta gelegten Zeugenaussagen durchgehen. Du weißt schon, wer wo wann angeblich Rieke Erken oder ihr Fahrzeug gesehen hat.«

»Klingt nach einer Menge Arbeit. Sollte jemand nach mir oder Pia fragen, wir sind nicht vor heute Abend zurück.«

Jens nickte. »Ich gebe es weiter.«

Fünfunddreissig

Pia fuhr, Enna telefonierte. Ihr erstes Gespräch galt Alina, der sie mitteilte, dass sie erst spät nach Hause kommen würde. Aaron schrieb sie eine Nachricht, dass er sich nach seinem Gespräch bei ihr melden solle, und anschließend wählte sie die Nummer des Jugendhauses in Stade.

»Joost Neelsen!«

»Enna Andersen. Guten Tag, Herr Neelsen.«

Neelsen räusperte sich leise. »Guten Tag.«

»Ich sitze im Auto, von daher mache ich es kurz. Rieke Erken ist in den zwei Wochen vor ihrem Tod fast tausendzweihundert Kilometer mit ihrem Auto gefahren. Von Leer bis zu Ihnen auf die Insel sind es etwas mehr als vierhundertfünfzig Kilometer. Wenn ich die Fahrt nach Bremen, wo das Auto später gefunden wurde, mitrechne plus einige Stadtfahrten, liegt es nahe, dass Frau Erken bei Ihnen war.«

Joost Neelsen schwieg.

»Herr Neelsen, sind Sie noch in der Leitung?«, fragte Enna.

»Ja, ich bin noch da.« Joost Neelsen machte eine kurze Pause, bevor er weitersprach. »Ich habe Rieke während der Zeit auf Rømø nicht getroffen.«

»Ich höre da noch ein ›aber‹.«

»Es kann sein …«, stammelte Joost Neelsen.

»Herr Neelsen, meine Geduld ist bald zu Ende. Erzählen Sie mir bitte, was genau passiert ist.«

»Meine Frau, also damals Freundin, sie war für zwei Tage auf der Insel. An einem dieser beiden Tage hatte ich mir freigenommen. Maria und ich waren am Strand und sind etwas auf der Insel herumgefahren. Am Abend hat mir meine Kollegin gesagt, dass eine Frau nach mir gefragt habe. Es könnte sein, dass Rieke … also, dass sie es war.«

»Was hat Ihre Kollegin der Frau gesagt?«, fragte Enna.

Joost Neelsen ließ sich Zeit mit der Antwort. »Dass ich mit Maria, also mit meiner Freundin, unterwegs bin und wohl erst am Abend zurückkommen werde. Ich weiß wirklich nicht, ob das Rieke war. Und wenn, war sie nicht mehr da, als ich zurückkam. Am nächsten Tag auch nicht. Vielleicht war das jemand …« Joost Neelsen verstummte.

»Herr Neelsen. Ich frage Sie einmal: Haben Sie uns noch mehr verschwiegen?«

»Nein. Ganz bestimmt nicht.«

»Sie haben Ihre Kollegin nicht gefragt, wie die Frau ausgesehen hat?«

Wieder schwieg Joost Neelsen verdächtig lange. »Das ist lange her. Ja, vielleicht habe ich danach gefragt.«

»Ihnen war also klar, dass es Rieke Erken gewesen sein musste?«

»Ja … vermutlich schon.«

Enna musste sich zusammenreißen, um ruhig zu bleiben. »Was haben Sie gemacht, als Sie wussten oder zumindest ahnten, dass Rieke Sie gesucht hatte?«

»Was sollte ich denn machen? Maria erzählen, dass die Frau mich gesucht hat, mit der ich sie betrogen habe?«

»Es wäre vielleicht ehrlicher gewesen, Herr Neelsen. Und vielleicht hätten Sie damit Rieke das Leben gerettet. Aber damit müssen Sie leben. Es wird ein Kollege aus Stade bei Ihnen vorbeikommen und Sie das Protokoll unterschreiben lassen.«

»Hier im Jugendhaus?«

»Das ist die Entscheidung des Kollegen vor Ort. Einen schönen Tag noch, Herr Neelsen.«

»Was war das?«, fragte Pia, als Enna ihr Handy zur Seite gelegt hatte.

»Frag nicht.« Enna ließ sich mit geschlossenen Augen nach hinten in den Sitz fallen. Sie ärgerte sich über ihre unprofessionelle Antwort, aber gleichzeitig gönnte sie Joost Neelsen ein paar Stunden der Unsicherheit. Sollte er doch glauben, dass die Stader Kollegen bei seiner Arbeitsadresse vorbeischauen würden. Für Enna stand fest, dass Neelsens damaliges Verhalten mitverantwortlich war für Rieke Erkens aussichtslose Situation kurz vor ihrem Tod.

Enna öffnete ihre Augen und erzählte Pia von ihrer Theorie, wie die hohe Kilometerzahl zustande gekommen sein könnte und was Joost Neelsen ihr am Telefon gesagt hatte.

»Also ist Rieke von Leer nach Dänemark gefahren, um Neelsen zu sehen«, sagte Pia. »Als sie dann gehört hat, dass seine schwangere Freundin bei ihm ist, ist sie die gleiche Strecke zurückgefahren. Direkt nach Leer? Und zu wem?«

»Patrik Blohm wäre eine Möglichkeit.«

»Ja. Und wie ist ihr Auto später wieder nach Bremen gekommen?«

»Ich vermute, dass der Täter oder die Täterin es dort abgestellt hat. Wahrscheinlich deshalb, weil es ihn oder sie ansonsten verraten hätte.«

»Das würde auch erklären, warum keinerlei Fingerabdrücke gefunden wurden. Der Täter hat das Auto gründlich gereinigt, bevor er zurück nach Leer ist. Vielleicht wurde es sogar dafür benutzt, die Leiche bis zum Wäldchen zu transportieren.«

»Gut möglich«, sagte Enna.

Sie waren inzwischen von der Autobahn abgefahren und fuhren auf den alten Hafen in Leer zu. In der Nähe von Patrik Blohms Wohnung fanden sie einen geeigneten Parkplatz, von dem sie ausreichend Sicht auf die Ein- und Ausfahrt zu den hauseigenen Parkplätzen hatten.

Eine Viertelstunde später fuhr ein Kleinbus in der typischen Taxifarbe an ihnen vorbei. Enna stieg aus und näherte sich dem inzwischen parkenden Taxi über einen Fußgängerweg. Sie sah, wie der Fahrer telefonierte, kurz darauf ausstieg, das Haus betrat und wenige Minuten später mit einem großen Koffer zum Fahrzeug zurückkehrte. Kurz darauf folgte ihm Patrik Blohm, der den Rucksack geschultert hatte. Enna verließ ihre Position und eilte zurück zum Auto.

»Soll ich fahren?«, fragte sie Pia durchs geöffnete Seitenfenster.

»Alles gut. Wenn du die Rückfahrt übernimmst, fahre ich hin.«

Sie warteten, bis der Kleinbus an ihnen vorbeifuhr, und folgten ihm in großem Abstand. Kurz vor der Autobahnauffahrt mussten sie an einer roten Ampel halten, bei der das Taxi noch bei Gelb die Kreuzung überquert hatte. Auf der Autobahn holten sie den Kleinbus wieder ein und hielten sich in gebührendem Abstand hinter ihm.

»Was ist, wenn die Staatsanwältin die Informationen nicht rechtzeitig bekommt?«, fragte Pia.

»Die Antwort kennst du doch schon«, sagte Enna und war froh, als sich ihr Handy bemerkbar machte.

»Wie ist es bei dir gelaufen?«, fragte Enna Aaron.

»Perfekt, würde ich sagen. Aber das erzähle ich dir alles bei einem Glas Wein heute Abend. Ich sitze jetzt schon im Zug.«

»Leider bewege ich mich gerade von Oldenburg weg«, sagte Enna. »Es könnte spät werden. Kannst du dir ein Taxi nehmen?

Alina weiß Bescheid und Elias freut sich bestimmt, wenn er dich noch vor dem Schlafengehen sieht.«

»Der Fall?«

»Ja, Pia und ich observieren einen Verdächtigen, der auf dem Weg zum Düsseldorfer Flughafen ist.«

»Klingt gefährlich.«

»Nein, keinesfalls. Ich ruf dich an, wenn wir auf der Rückfahrt sind.«

»In Ordnung«, sagte Aaron ein bisschen enttäuscht. »Ich warte dann auf dich. Mit einem Glas Wein.«

»Bis später, Aaron.«

Enna ließ das Handy zurück in die Tasche gleiten. Pia warf ihr einen kurzen Blick zu. »Es wird ernst bei euch? Ich meine, so richtig ernst?«

»Gute Frage«, wich Enna ihr aus.

»Also ja! Und warum auch nicht. Aaron ist ein Hauptgewinn, würde ich als fachfremde Frau mal so sagen.«

Enna schmunzelte. »Fachfremd, muss ich mir merken.«

»Und Elias ist doch auch von Aaron begeistert, oder?«, bohrte Pia weiter nach.

»Ja, durchaus.«

»Alles klar! Du bist im Überlege-Modus und möchtest dabei nicht gestört werden. Oder anders ausgedrückt: Themawechsel.«

»Ja.«

»Du hattest vorhin meine Frage nicht beantwortet«, sagte Pia.

»Doch, hatte ich. Aber meinetwegen zum letzten Mal: Wir lassen Blohm im Fall der Fälle fliegen.«

»Gefällt mir gar nicht. Wie wäre es, wenn das Taxi, sollte es zwischendurch an einer Raststätte halten, einen Platten bekommt? Die Zeit würde wahrscheinlich nicht mehr reichen, ein Ersatzfahrzeug …«

»Pia, dein Gerechtigkeitsempfinden in allen Ehren, aber wir observieren und sonst nichts. Ende der Diskussion.«

»Sag mir aber bitte nicht später, man hät…«

»Wie läuft es so mit dir und Paulsen?«, fiel Enna ihr ins Wort.

»Geht so«, sagte Pia nach einer kleinen Pause. Sie schaute kurz zu Enna und grinste. »Du hast mit ihm gesprochen, richtig? Was ist mit ihm los? Wieder Heimweh nach Osnabrück?«

»Das sicher nicht. Und ja, ich habe mit ihm gesprochen. Alles andere muss er dir schon selbst erzählen. Frag ihn einfach.«

»Eine Frau?«

»Hast du das Taxi im Blick?«

»Jawohl, Chefin. Dreihundert Meter voraus.«

»Pia, du nervst.« Enna stöhnte leise. »Und Paulsen bekommt das sicher in den Griff. Mehr kann ich dir nicht sagen. Aber ein wenig Unterstützung durch Kollegen und Freunde hat noch nie geschadet.«

»Okay, schreib ich mir hinter die Ohren. Und ich quatsch ihn an, wenn wir mit dem Fall endgültig durch sind. Gut so?«

Enna zeigte ihr den erhobenen Daumen.

Enna wachte mit einem Ruck auf, schaute sich um und rieb sich mit beiden Händen den Nacken. »Ich muss eingeschlafen sein«, murmelte sie.

»Du hast eine Stunde geschlafen«, sagte Pia. »Alles ruhig, das Taxi hat bisher keine Pause gemacht. Ich lasse mich immer mal wieder etwas zurückfallen.« Sie zeigte durch die Windschutzscheibe. »Da vorne sind sie.«

Enna nickte. Sie reckte sich. »Wie lange brauchen wir noch bis zum Flughafen?«

Pia aktivierte das Navi. »Noch eine gute Stunde, wenn es keinen Stau gibt.«

»Soll ich dich ablösen?«

»Nein. Alles gut. Ich kann fahren.«

Enna griff nach ihrem Handy und kontrollierte, ob die Staatsanwältin eine Nachricht geschickt hatte. »Nichts.«

»Was erwartest du? Die schlafen noch in Neuseeland«, sagte Pia achselzuckend. »Hast du dir eigentlich schon einmal überlegt, warum Blohm den DNA-Test so vehement abgelehnt hat? Der Vater des Kindes scheint er ja nicht zu sein.«

»Gefragt habe ich mich schon, aber bisher ist mir noch keine gute Antwort eingefallen. Vielleicht hatte er Angst, dass DNA an Rieke Erkens Kleidung gefunden wurde.«

»Glaube ich nicht. Es gab genügend Medien, die darüber berichtet haben. Allein im ersten Prozess wäre das ja zur Sprache gekommen, wenn weitere DNA gefunden worden wäre. Ist Blohm so blöd?«

»Nein, sicher nicht. Aber er musste schnell antworten, als ich ihn so unvermittelt danach gefragt habe. Vielleicht war es eine Abwehrreaktion, die gar nichts direkt mit der DNA-Analyse zu tun hatte.«

»Warum war er nicht einfach kooperativ? Wir haben nicht den leisesten Beweis, dass er mit Rieke in der fraglichen Zeit in Verbindung gestanden war. Wir hätten ihn doch wahrscheinlich einfach abgehakt.«

»Und was vermutest du?«, fragte Enna.

»Dass mehr dahintersteckt. Aus irgendeinem Grund will er seine DNA nicht preisgeben. Also muss er Angst haben, dass wir etwas finden. Wo? War er noch an anderen Straftaten beteiligt?«

»Abwarten.«

Pia schien etwas erwidern zu wollen, schwieg dann aber.

Sechsunddreissig

Auf der Höhe von Gladbeck fuhren sie auf die A 2, die kurz darauf in die A 3 mündete. Am Flughafen angekommen, stieg Enna zwanzig Meter hinter dem parkenden Taxi aus, während Pia weiterfuhr, um sich einen Parkplatz zu suchen.

Patrik Blohm lud den Koffer und seinen Rucksack auf einen Kofferwagen, verabschiedete sich von dem Fahrer und betrat die Flughafenhalle. Enna folgte ihm. Blohm checkte ein und lieferte sein Gepäck ab. Anschließend suchte er sich ein Lokal, wo er sich ein Bier bestellte.

Pia kam auf Enna zu. »Hast du noch nichts aus Oldenburg gehört?«

»Nein, wenn du hierbleibst, suche ich mir einen ruhigen Platz zum Telefonieren. Du kannst dich auch ins Lokal setzen. Blohm kennt dich doch nicht.«

Pia schaute auf die Uhr. »Spätestens in einer halben Stunde geht er durch die Sicherheitskontrolle.«

»Ich weiß. Ein Kollege der Bundespolizei wird uns dann durchlassen.« Enna wusste, dass es nicht die Kontrolle war, die Pia Sorgen machte, aber sie ging nicht darauf ein. »Bis gleich.«

Abseits der Lokale fand Enna eine ruhigere Bank, wählte die Nummer der Staatsanwältin und wartete, bis die Mailbox ansprang. »Enna Andersen hier. Wir sind jetzt am Düsseldorfer Flughafen. Gibt es bei Ihnen Neuigkeiten?«

Enna legte das Smartphone aus der Hand und wartete. Pia schrieb eine Nachricht, dass sie jetzt in dem Lokal sitze, Blohm aber bisher keine Anstalten mache aufzubrechen. Fünf weitere Minuten verstrichen quälend langsam, bis endlich das Handy klingelte.

»Hallo, Frau Andersen«, begrüßte die Staatsanwältin Enna. »Ich habe leider noch nichts erhalten.«

»Die Maschine wird in etwa einer Stunde in der Luft sein.«

»Das ist mir klar.« Die Stimme der Staatsanwältin klang genervt. »Ich werde aber keine Festnahme unterstützen, die vor dem Haftrichter nicht die geringste Chance hat. Sie hören sofort von mir, sobald ich das Fax aus Wellington vorliegen habe.«

»In Ordnung. Ich melde mich, sollte das Flugzeug Verspätung haben.«

»Tun Sie das.« Julia Brambach hatte aufgelegt.

Enna stöhnte leise. Sie hatte die Staatsanwältin für risikobereiter gehalten. Als Pia schrieb, dass Blohm sich auf den Weg gemacht habe, traf sie sich mit ihr und informierte den Kontaktmann bei der Bundespolizei. Kurz darauf ließ Hubert Meyer sie in den inneren Bereich des Flughafens und führte sie in einen Raum, von dem sie das Gate vierzehn einsehen konnten. Hier würde Patrik Blohm die letzte Kontrolle vor dem Einsteigen ins Flugzeug durchlaufen müssen.

Enna erklärte dem Bundespolizisten die Situation.

»Ich habe zwei Kollegen in Bereitschaft. Sie können die Person notfalls aus dem Flieger holen«, sagte Hubert Meyer.

»Können Sie den Flieger auch zurückholen, wenn er schon in der Luft ist?«, fragte Pia.

Der Bundespolizist schüttelte den Kopf. »Nein, sicher nicht in diesem Fall. Sollte ein internationaler Haftbefehl vorliegen, können wir die Kollegen in Bangkok informieren.«

»Das wird bis dahin nicht klappen«, sagte Enna ausweichend.

»Dann können wir nur hoffen, dass die Zeit reicht. Soweit ich informiert bin, hat der Flieger keine Verspätung.«

Sie beobachteten schweigend, wie das Gate geöffnet wurde und die Passagiere einer nach dem anderen, unter ihnen Patrik Blohm, nach der Kontrolle durch den Gang zum Flughafenbus gingen. Wenige Minuten später setzte sich der Bus in Bewegung.

»Wo sind hier die Toiletten?«, fragte Pia in die entstandene Stille hinein.

Der Bundespolizist drehte sich um. »Einfach vor der Tür nach rechts. Ungefähr zwanzig Meter, dann sehen Sie es schon.«

Pia nickte und eilte aus dem Raum.

Hubert Meyer wandte sich an Enna. »Ihre Kollegin scheint mir sehr angespannt.«

Enna zuckte nur mit den Schultern. Natürlich war ihr auch aufgefallen, dass Pia mit jeder Minute unruhiger geworden war. Sie würde auf der Rückfahrt noch einmal mit ihr sprechen müssen.

Der Bundespolizist erhielt eine Nachricht auf seinem Handy. »Die Passagiere steigen gerade ein. Meine Kollegen stehen unweit des Fliegers bereit.«

Enna starrte auf das Display ihres Smartphones und zählte in Gedanken die Sekunden.

Hubert Meyer reichte ihr ein Fernglas. »Wollen Sie schauen? Eine Viertelstunde wird es sicher noch dauern.«

Enna legte ihr Handy zur Seite und griff nach dem Fernglas. Der Flughafenbus entfernte sich gerade von dem Flugzeug, ein Transportfahrzeug zog die Passagiertreppe nach hinten, das Flugzeug wurde geschlossen. Enna schaute zum wiederholten Male auf die Uhr. Wenn die Staatsanwältin nicht bald anrief, würde das Flugzeug in wenigen Minuten auf die Startbahn zurollen.

Das Funkgerät des Bundespolizisten machte sich bemerkbar. Er trat etwas zurück und sprach hinein. »Ich muss kurz in die Zentrale.«

Enna nickte und beobachtete weiter das Flugzeug, als hinter ihr die Tür geöffnet wurde. Pia trat neben Enna, die ihr das Fernglas reichte und in Richtung des Flugzeugs zeigte. »Eigentlich müsste es jetzt starten.«

»Auf Nimmerwiedersehen«, murmelte Pia und beobachtete das Flugzeug.

Enna griff nach dem Handy, das sie auf einem Tisch abgelegt hatte, und steckte es ein. Sie hatte die Hoffnung aufgegeben, dass die Staatsanwältin sich noch rechtzeitig melden würde, bevor das Flugzeug in wenigen Minuten starten würde.

»Es scheint jetzt loszufliegen«, sagte Pia. »Ja, es rollt an, wird schneller. Willst du sehen?« Sie reichte Enna das Fernglas.

Enna suchte weiter oben die Rollbahn ab, in Erwartung dort das Flugzeug abheben zu sehen. »Ist es schon weg?«

»Nein, der Flieger wird langsamer statt schneller!«

Enna schwenkte mit dem Fernglas nach links und fand das Flugzeug der Lufthansa. Es schien auszurollen, als wenn es zum Stehen kommen wollte.

»Was ist da los?«, fragte Enna erstaunt.

»Kuck mal nach oben. Tiefschwarze Wolken. Kann es damit zu tun haben?«

Enna ließ das Fernglas sinken und im gleichen Augenblick setzte Starkregen ein, der wenige Minuten später in Hagel überging.

Enna sah wieder durchs Fernglas. »Das Flugzeug ist nicht gestartet.«

»Kommt es zurück?«

Bevor Enna antworten konnte, klingelte ihr Handy. Sie meldete sich.

»Julia Brambach. Hat der Flieger schon abgehoben?«

»Nein«, antwortete Enna.

»Die Unterlagen sind vollständig und mit unterschriebener Aussage hier. Nehmen Sie Herrn Blohm fest. Ich schicke in ein paar Minuten ein Fax an die Kollegen von der Bundespolizei.«

»Okay. Ich melde mich wieder.«

»Und?«, fragte Pia.

»Die Unterlagen sind da!« Enna wählte die Nummer von Hubert Meyer und bat ihn um Unterstützung.

Gegen einundzwanzig Uhr schloss Enna ihren VW Passat auf. Patrik Blohm saß in einer Zelle der Bundespolizei und würde am frühen Samstagmorgen nach Oldenburg verlegt werden. Die Lufthansa-Maschine war mit einer halbstündigen Verspätung ohne ihn nach Bangkok gestartet, nachdem die Unwetterfront weitergezogen war.

»Den DNA-Abstrich hast du eingepackt?«, fragte Pia auf der A 43 kurz vor Münster.

Enna nickte. Vor über zwei Stunden hatten sie Patrik Blohm in einem separaten Raum der Bundespolizei erklärt, dass er vorläufig festgenommen sei. Er hatte anschließend widerstandslos einen DNA-Abstrich machen lassen und war abgeführt worden.

Kurz vor Mitternacht hielt Enna vor ihrer Garage. Vollkommen erschöpft ließ sie den Kopf auf das Lenkrad sinken und schloss für ein paar Sekunden die Augen.

Als Enna auf die Haustür zuging, wurde sie von innen geöffnet. Aaron trat zur Seite und zog Enna an sich, als sie vor ihm im Flur stand.

»Schlafen oder noch ein Glas Wein?«

»Ein Glas Wein«, sagte Enna und löste sich von Aaron.

»Kommt sofort! In der Küche oder in einem bequemen Sessel?«

Enna schmunzelte. »Ich bin im Wohnzimmer.« Sie stellte ihre Tasche ab, zog die Jacke aus und ließ sich aufs weiche Sofa fallen. Auf dem Beistelltisch lag eine bedruckte Pappschachtel. Sie richtete sich auf und nahm den Karton näher in Augenschein, als sie hörte, dass Aaron das Zimmer betrat.

»Ist das deine Kleinigkeit?«, fragte Enna, als Aaron ihr das Weinglas reichte.

»Es war ein Schnäppchen. Da konnte ich nicht widerstehen.«

»Schnäppchen. Natürlich.«

»Der Bildschirm ist superleicht und fast doppelt so groß. Da kann Elias viel besser die Drohnenaufnahmen live beobachten.«

Enna trank einen kräftigen Schluck und lehnte sich auf dem Sofa zurück.

»Und Elias hat sich gefreut«, fuhr Aaron fort.

»Männer«, sagte Enna und prostete Aaron lächelnd zu. »Auf alle Spielkinder dieser Welt!«

»Du bist sauer?«

Enna schüttelte den Kopf. »Dafür bin ich viel zu kaputt. Und morgen habe ich es sicher schon vergessen.«

»Es war wirk...«

»Alles gut, Aaron.« Enna hatte sich vorgebeugt und ihre Hand auf seine gelegt. »Aber versprich mir, dass du es mit den Geschenken nicht übertreibst.«

»Versprochen!«

Kurz vor halb zwölf Uhr am nächsten Tag klopfte Enna an die Bürotür der Staatsanwältin und trat ein. Sie gingen noch einmal die Fakten zu Patrik Blohm durch und sprachen über die Strategie für die Haftprüfung.

Patrik Blohms Anwalt, Heiko Holz, äußerte massive Kritik an der Vorgehensweise der Staatsanwaltschaft und der Polizei und forderte, dass sein Mandant sofort auf freien Fuß gesetzt werden müsse. Julia Brambach legte die Aussage von Maike Sievers und die Bestätigung, dass es sich bei den Spuren auf dem Slip um Sperma handelte, vor. Sie erläuterte, wie Blohm seinen Flug kurz nach Erhalt der Vorladung umgebucht hatte, und führte seine mangelnde Kooperation und die Weigerung, einem DNA-Abgleich zuzustimmen, an.

Die Haftrichterin gab Patrik Blohm am Schluss die Gelegenheit, sich zur Sache zu äußern. Blohm sagte mit brüchiger Stimme, dass der Sex einvernehmlich gewesen sei und er nicht verstehe, wieso Maike Sievers ihn nach so vielen Jahren angezeigt habe.

Nach der fast einstündigen Sitzung entschied die Haftrichterin, dass Blohm in Untersuchungshaft zu nehmen sei, machte aber auch deutlich, dass sie für den nächsten Haftprüfungstermin eine deutlich klarere Beweislage erwarte.

»Wann können wir mit der DNA-Analyse aus Neuseeland rechnen?«, fragte Enna, als sie nach dem Termin mit der Staatsanwältin zusammensaß.

»Der Untersuchungsrichter in Wellington hat mir zugesagt, dass er die Daten Anfang kommender Woche schickt. Die Analyse wird zwar in Deutschland wiederholt werden müssen, aber wir können erst mal mit den Daten arbeiten.«

»Für wann setzen Sie die Vernehmung von Herrn Blohm an?«

»Dienstag, fünfzehn Uhr. Mit Glück haben wir bis dahin die Daten aus Neuseeland. Und ich hoffe, Sie können bis dann weitere Fakten zum Fall Rieke Erken vorlegen.«

Als Enna nicht antwortete, fuhr die Staatsanwältin fort. »Mir ist klar, dass die Tat vor über fünf Jahren begangen wurde und dass es schwer sein wird, Zeugen zu finden, die sich bisher noch nicht gemeldet haben. Aber ich glaube kaum, dass wir auf ein Geständnis des Herrn hoffen können. Ich kenne seinen Anwalt, er wird ihm abraten, sich unseren Fragen zu stellen.«

»Wir tun, was wir können«, sagte Enna ausweichend.

Die Staatsanwältin stand auf, Enna folgte ihr. »Dann sehen wir uns spätestens Dienstag, eine Stunde vor der Vernehmung.«

Siebenunddreissig

Aaron strich Enna zärtlich über die Hand. »Danke für das schöne Wochenende.«

»Wenn jemand hier Danke sagt, dann ja wohl ich. Gestern war ich über zwei Stunden bei der Arbeit – und mit dem Kopf wahrscheinlich das ganze Wochenende.«

»Ach was, Elias und ich haben uns in den zwei Stunden gut amüsiert«, sagte Aaron lächelnd. »Du hättest die Auflösung des Bildschirms sehen sollen. Der Wahnsinn. Dein Sohn fliegt übrigens inzwischen besser, als ich es je lernen werde.«

Enna schmiegte sich an ihn. Sie saßen schon seit Stunden im Wohnzimmer und hatten über Aarons Pläne gesprochen. Die Hamburger Kanzlei hatte ihm am Freitag ein Angebot gemacht, Aaron hatte um drei Tage Bedenkzeit gebeten.

»Sag Elias das ja nicht. Das steigt ihm nur zu Kopf.« Enna hielt inne. »Und du bist dir ganz sicher, dass du nach Hamburg gehen willst?«

»Hundertachtzigprozentig. Im Januar wechsele ich die Kanzlei und meinen Lebensmittelpunkt. Sagt man das nicht so?«

Enna sah ihn fragend an. »Du behältst aber deine Wohnung noch eine Weile, oder?«

»Eigentlich wollte ich sie verkaufen. Hast du Angst, dass ich schnell kalte Füße bekomme?«

»So richtig weißt du noch nicht, was dich hier erwartet, oder? Ich meine, von jetzt auf gleich eine Familie mit allem Drum und Dran. Das ist schon …«

Aaron hatte Enna den Finger auf die Lippen gelegt. »Ich habe es mir ganz genau überlegt. Es gibt kein Zurück mehr. Und wenn ihr mich hier nicht ertragt, muss ich mir halt eine Wohnung in Oldenburg suchen.«

»So weit kommt es noch. Das Haus ist groß genug. Elias kann es gar nicht erwarten, dass du zu uns ziehst. Und bevor du fragst, ich auch nicht.«

»Das trifft sich gut«, sagte Aaron leise. »Dann sind wir uns alle ja einig.« Er beugte sich vor und zog Enna an sich.

Kurz nach zehn Uhr am Montag saß das gesamte Team in der Küche zusammen, jeder vor sich eine Tasse mit Kaffee oder Tee. Enna gab einen ausführlichen Bericht über die letzten Ereignisse und beantwortete Fragen der Kollegen, bevor sie Paulsen bat fortzufahren.

Paulsen richtete sich auf und sah in die Runde. »Dann versuche ich mal mein Glück. Sven Hansen, der ja inzwischen in einer sicheren Wohnung hier in Oldenburg untergebracht ist, war weiterhin ausgesprochen kooperativ. Wir haben so einige Details, die bisher im Ablauf noch unklar waren, klären können. Zeiten, in denen Petrescu in Emden war und Hansen sich dort mit ihm getroffen hat, sowie Einzelheiten aus den Gesprächen. Wir sind gerade dabei, einen Ablaufplan bezüglich des Anschlages auf Hajo Erken zu schreiben. Mit den übrigen Beweisen wird sich Petrescu kaum aus der Sache herauswinden können.« Er sah auf seine Notizen. »Die in Petrescus Wohnung gefundene Hülse lässt sich übrigens der Patrone zuordnen oder besser gesagt der Waffe, aus der das Geschoss stammt. Damit wäre also eine klare Verbindung zwischen Petrescu und der Kugel, die Erken getötet hat, hergestellt. Die Waffe selbst ist bisher nicht gefunden worden und ich rechne auch nicht mehr damit.« Er hielt kurz inne. »Die Recherchen in Leer bei Rieke Erkens damaliger Arbeitskollegin haben uns nicht weitergebracht und die Suche nach der Waffe auf dem Grundstück der Oldenburger Firma war leider auch erfolglos.«

»Schweigt Petrescu immer noch?«, fragte Pia.

»Im Prinzip ja. Allerdings hat uns sein Anwalt für beide Fälle, Hajo und Rieke Erken, ein Alibi präsentiert. Am Mittwochabend, also als auf Erken und dich geschossen wurde, will er in Hamburg gewesen sein. Dafür ist als Zeuge Eugen Lungu aufgeführt, der allerdings nicht auffindbar ist. Dazu aber gleich noch mehr. Wir haben Petrescus Handydaten ausgewertet. Zumindest sein Handy war am fraglichen Mittwoch in Oldenburg. Rund um den unmittelbaren Anschlag war es leider ausgestellt. Dann haben wir noch den DNA-Abgleich. Ich hatte gehofft, dass wir einen Treffer landen. Wir haben ja noch zwei nicht identifizierte DNA-Spuren aus Rieke Erkens Fahrzeug. Leider war es nicht seine DNA. Im Falle Hajo Erken ist die Staatsanwältin davon überzeugt, dass die bisherigen Beweise für eine erfolgreiche Anklage ausreichen.« Paulsen holte tief Luft und fuhr fort. »Im Fall Rieke Erken war Petrescu angeblich in Rumänien bei der Beerdigung seiner Großmutter. Wir konnten inzwischen herausbekommen, dass tatsächlich eine Beerdigung stattgefunden hat, den Rest müssen die rumänischen Kollegen machen. Das Ersuchen ist gestellt. Wann wir da Antwort bekommen, steht allerdings in den Sternen. Ich gehe davon aus, dass sich eine Reihe von Angehörigen finden wird, die schwören, dass Petrescu vor Ort war. Das wird unsere Ermittlungen leider nicht erleichtern. Auf der anderen Seite wird er für den Mord an Hajo Erken lebenslang hinter Gitter wandern.«

»Sind die Geschäftsräume von Lungus Firma in Hamburg inzwischen durchsucht worden?«, fragte Enna.

»Da wollte ich gerade zu kommen. Die Durchsuchung hat stattgefunden. Der Leiter der neu gegründeten SoKo hat mir gesagt, dass sie reichlich Material gefunden hätten und eifrig dabei sind, es auszuwerten. Eugen Lungu ist weder in der Firma noch in seinem Privathaus, das auch durchsucht wurde, angetroffen worden. Er ist zur Fahndung ausgeschrieben. Die Auswertung von Petrescus Laptop und den beiden Festplatten ist ebenfalls von der SoKo übernommen worden. Ergebnisse kenne ich noch nicht.« Er sah auf seine Notizen. »Das wäre es im Moment von unserer Seite.«

Sie gingen die Aufgaben der nächsten Tage durch, bevor Enna das Meeting beendete.

»Welche Seite willst du?«, fragte Enna Pia. Sie standen auf der Straße, in der Patrik Blohm vor seiner ersten Weltreise gewohnt hatte.

»Ich nehme die linke Seite«, sagte Pia. »Ich hoffe, die Leute erklären mich nicht für verrückt, wenn ich nach einem Auto frage, das hier vor über fünf Jahren gestanden haben könnte.«

Enna schmunzelte. Pias Laune war, seit sie von der Befragung der Anwohner in Leer erfahren hatte, auf dem Nullpunkt. »Wenn du Hilfe brauchst, sag mir Bescheid.«

»Sehr witzig, Chefin.« Sie wandte sich ab und ging aufs erste Haus zu.

Enna klingelte zum zweiten Mal und wollte sich gerade abwenden, als sie die Schritte hörte. In den letzten zwei Stunden hatte sie mit dreizehn Frauen oder Männern gesprochen, die ihr alle nicht helfen konnten.

»Ja, bitte?« Eine Frau Anfang siebzig stand in der halb geöffneten Tür und sah Enna freundlich an.

»Enna Andersen. Guten Tag. Ich bin vom LKA.« Enna hielt ihren Ausweis hoch und wartete, bis die Frau einen Blick darauf geworfen hatte.

»Polizei? Ist denn etwas passiert?«

»Nein, Frau …«

»Reimers. Elfriede Reimers.«

»Nein, Frau Reimers. Es ist nichts passiert. Es geht um ein Ereignis vor über fünf Jahren. Darf ich vielleicht kurz reinkommen?«

Frau Reimers trat zur Seite. »Gerne. Wenn ich helfen kann.«

Sie bot Enna einen Platz in der Küche an und schenkte ihr ein Glas Mineralwasser ein. »Sie haben doch sicher Durst. Ich habe Sie schon vor einer ganzen Weile gesehen, als Sie bei einem meiner Nachbarn geklingelt haben.«

»Danke.« Enna trank einen Schluck Wasser. »Sie erinnern sich vielleicht daran, dass im Sommer vor fünf Jahren eine Frau tot in der Nähe von Leer gefunden wurde.«

»Ja, natürlich. Es gab doch dann diesen großen Prozess. Der Ehemann, richtig?«

»Ja, er ist später freigesprochen worden. Wir haben den Fall neu aufgerollt.« Enna legte Frau Reimers ein Foto des Fahrzeugmodells vor, das Rieke Erken gefahren hatte. »Es geht um dieses Auto.« Sie nannte Frau Reimers die infrage kommenden Tage. »Ist Ihnen dieses Auto damals hier in der Straße aufgefallen?«

»Im Sommer vor fünf Jahren?«, fragte Elfriede Reimers mit ungläubigem Blick. »Ich habe zwar ein gutes Gedächtnis, aber so gut nun auch wieder nicht. So leid es mir tut, ich fürchte, da kann ich Ihnen nicht helfen.«

Enna bedankte sich und stand auf. Frau Reimers folgte ihr zur Haustür.

»Was sagten Sie noch, wann genau das war?«, fragte die alte Dame unvermittelt.

Enna wiederholte die Angaben.

»Wissen Sie was? Kurz davor hatte ich Geburtstag und mein Enkel hat mir doch tatsächlich eine Digitalkamera geschenkt. Es könnte ja sein, dass …« Sie rieb sich mit einem Finger über die Nasenwurzel. »Soll ich noch einmal nachschauen?«

»Das wäre sehr nett, Frau Reimers.«

Enna folgte ihr ins Wohnzimmer. Auf dem Tisch stand ein Laptop, den Elfriede Reimers aufklappte. »Ich bin sozusagen eine Hobbyfotografin geworden. Das ist ja so einfach heutzutage mit den Kameras. Fotografieren und einfach auf den Laptop kopieren. Ich habe von Anfang an alle Fotos nach Monaten sortiert abgespeichert.«

Elfriede Reimers nahm die angeschlossene PC-Maus in die Hand, klickte mehrere Male auf die linke Taste und rief: »Wer sagt es denn. In einem ordentlichen Haushalt findet sich alles wieder.« Sie rückte ein Stück zu Enna und drehte den Laptop so, dass Enna den Bildschirm sehen konnte. Schließlich klickte sie sich in schneller Folge durch die Fotos, bis sie stoppte und auf den Monitor zeigte. »Als hätte ich es geahnt. Ich habe damals Gott und die Welt fotografiert. Einfach, um zu üben. Selbst hier auf der Straße.«

Enna sah auf die Fotoserie, die Elfriede Reimers in schneller Folge durchklickte. »Darf ich vielleicht selbst die Maus nehmen?«

»Natürlich, Frau Kommissarin.«

Als Erstes kontrollierte Enna das Datum. Sie konnte ihr Glück kaum fassen. Das erste Foto der Serie war am ersten Urlaubstag von Rieke Erken geschossen worden, das letzte, einen Tag bevor sie in dem Wäldchen gefunden worden war. Langsam ging sie Foto für Foto durch, suchte zunächst nach Fahrzeugen mit der gleichen Farbe und versuchte dann, sie zu identifizieren. Bei einem der letzten Fotos stockte ihr der Atem. War das Rieke Erkens dunkelblauer VW Polo? Enna vergrößerte die Aufnahme. Nur die letzte Ziffer des Kennzeichens war zu erkennen. Im nächsten Augenblick hatte sie ihr Handy in der Hand und suchte nach der Kurzwahltaste.

»Jens, eine ganz wichtige Frage. Wie lautete das Kennzeichen von Rieke Erkens Polo? Nur die letzte Ziffer.«

»Augenblick. Das muss ich raussuchen. Soll ich gleich zurückrufen?«

»Ja, ich warte.«

Elfriede Reimers hatte Ennas Gespräch aufmerksam verfolgt. »Sie haben etwas gefunden?«

»Das weiß ich noch nicht«, sagte Enna. »Ich muss auf den Rückruf meines Kollegen warten.«

In diesem Augenblick klingelte ihr Handy. Enna nahm das Gespräch direkt an. »Hast du es schon, Jens?«

»Ich bin's, Pia. Ich bin jetzt durch. Wo bist du?«

Enna gab ihr die Adresse durch und bat Pia zu kommen.

Elfriede Reimers sah Enna fragend an. »Kommt Ihr Kollege jetzt aus Oldenburg hierher?«

Enna lächelte. »Nein, wir sind zu zweit hier.« Es klingelte an der Tür. »Bleiben Sie doch sitzen, Frau Reimers. Ich lasse meine Kollegin schnell rein.«

Zurück im Wohnzimmer zeigte Enna gerade Pia die Fotoserie, als sich ihr Handy bemerkbar machte.

»Jens! Hast du die Nummer?«

»Ja. Die letzte Ziffer ist eine Neun. Hilft dir das?«

»Danke, Jens. Bis morgen.«

Enna wandte sich an Elfriede Reimers. »Dürfen wir uns eine Kopie von Ihrer Fotoserie machen?«

Achtunddreissig

»Reicht das?«, fragte Pia, als sie im Auto saßen.

Enna startete den Motor. »Vor Gericht wohl kaum. Es wird unzählige blaue VW Polo geben, die als letzte Kennzeichenziffer eine Neun haben. Aber ich hoffe, ich kann Blohm beziehungsweise seinen Anwalt damit unter Druck setzen.« Sie schaute in den Rückspiegel und fuhr auf die Straße.

»Ein Puzzleteil an der richtigen Stelle«, sagte Pia. »Blohm wird abstreiten, dass er überhaupt zu Hause war, als Rieke Erken dort parkte. Er wird sagen, dass es ein Zufall gewesen sein muss. Oder er wird überhaupt nichts sagen und seinen Anwalt reden lassen.«

»Alles möglich.«

»Bin ich morgen dabei?«

Enna stoppte vor einer roten Ampel. Sie sah zu Pia. »Ja, zumindest, solange die Staatsanwältin keine Einwände hat.«

Die Ampel sprang auf Grün. Enna musste sich auf die Fahrbahn konzentrieren, meinte aber aus dem Augenwinkel Erleichterung in Pias Gesicht gesehen zu haben.

»Wie gehen wir vor?«, fragte Pia, als sie auf die Autobahn Richtung Oldenburg aufgefahren waren.

»Mit viel Glück sind morgen beide DNA-Analysen da. Ich gehe davon aus, dass Maike Sievers die Wahrheit gesagt hat und wir Blohms DNA auf dem Slip finden.«

»Ganz sicher«, stimmte ihr Pia zu.

»Außerdem hoffe ich, dass eine der zwei in Rieke Erkens Polo gefundenen DNA-Spuren seine ist.«

»Auch da kann er sich rausreden: Rieke hat ihn nach dem Sport nach Hause gefahren. Und die Spuren auf dem Slip wird er mit einvernehmlichem Sex abtun. Ich glaube nicht, dass wir ihn damit unter Druck setzen können.«

»Deshalb brauchen wir mehr Informationen. Kannst du dich heute Abend noch einmal mit Maike Sievers unterhalten? Wir brauchen Zeugen, die bestätigen können, dass Sievers und Blohm kein Paar waren. Ich hoffe, dass Maike damals mit einer Freundin über die Vergewaltigung gesprochen hat. Ist sie jemandem begegnet, nachdem ihr das passiert ist? Wir müssen die Eltern befragen. Wohnen sie noch in Oldenburg?«

»Der Vater ist verstorben, aber die Mutter lebt in Oldenburg. Namen und Adresse habe ich. Sie weiß auch Bescheid über Maikes Anzeige.«

»Ich versuche noch heute mit ihr zu sprechen. Schick mir die Daten.«

»Okay.«

»Natürlich können wir uns kein umfassendes Bild bis morgen Nachmittag machen. Aber es muss reichen, um Blohm beziehungsweise seinen Anwalt zu beeindrucken. Ich will erreichen, dass er redet. Nur so werden wir etwas finden, wo wir ansetzen können.«

Ingrid Sievers, Maikes Mutter, empfing Enna noch am Abend. Sie konnte sich gut an die Tage und Wochen nach Blohms Abiturfeier erinnern. Ihre Tochter habe abwesend auf sie gewirkt und niedergeschlagen. Erst nach einer Woche habe sie sich ihr anvertraut. Nach einer weiteren Woche sei Maike dazu bereit gewesen, zumindest die Schulleitung zu informieren.

»Das war damals unser Fehler. Wir wussten nicht, dass der Schulleiter mit den Eltern von diesem Jungen befreundet war. Das Erste, was er getan hat, war, mit ihnen und dem Jungen zu sprechen. Die Eltern haben daraufhin sofort einen Anwalt eingeschaltet, der Maike und uns gedroht hat. Mein Mann hatte zu der Zeit seine erste Krebsbehandlung und lag im Krankenhaus. Ich wollte ihn mit dieser schlimmen Sache nicht noch weiter belasten, Maike auch nicht. Wir, also Maike und ich, haben dann beschlossen, dass wir nicht zur Polizei gehen. Der Schulleiter hat uns auch dazu geraten.«

»Wie ist Maike später damit umgegangen?«, fragte Enna.

»In den ersten Monaten wollte sie nicht mehr darüber reden. Sie wurde ruhiger und ruhiger. Ihre Noten wurden schlechter. Und das vor dem Abitur. Sie hat dann später das Jahr wiederholt.«

»Sie hatte professionelle Unterstützung?«

Frau Sievers nickte. »Ja, eine sehr nette Psychologin. Maike ist fast ein Jahr jede Woche bei ihr gewesen. Und später … ich weiß es nicht. Wir beide haben das Thema gemieden. Vielleicht ist sie wegen dieser Sache ja auch nach Neuseeland gegangen. Ich weiß es wirklich nicht.«

Den Vormittag des Dienstags nutzten Enna und Pia, um Gespräche mit Maike Sievers' ehemaligen Schulfreunden zu führen. Alle bestätigten Maike Sievers' Verfassung in den Monaten nach der Abiturfeier, eine der Freundinnen sagte aus, dass Maike ihr detailliert von der Vergewaltigung erzählt habe, und sagte zu, in ihren alten Tagebüchern zu forschen. Sie war sich sicher, dass sie damals viele Seiten darüber geschrieben hatte. Eine Stunde bevor Enna und Pia zur Staatsanwältin aufbrechen wollten, schickte Maike Sievers' Freundin per Mail die eingescannten Seiten. Eine weitere ehemalige Schülerin, die sich beim ersten Gespräch sehr bedeckt gehalten hatte, rief zehn Minuten nach dem Telefongespräch wieder an und erweiterte ihre Aussage.

»Wie sieht es mit den DNA-Analysen aus?«, fragte Pia, die zu Enna ins Büro gekommen war.

Enna war gerade dabei, ihren Mailaccount zu prüfen. Eine Mail von der Kriminaltechnik war wenige Minuten zuvor eingegangen, sie hielt den Atem an und öffnete sie. Nachdem sie die Nachricht überflogen hatte, lehnte sie sich erleichtert zurück. »Blohms DNA stimmt mit der der Spermaspuren überein.«

»Und was ist mit dem Abgleich im Auto?«, fragte Pia.

Enna ließ Pia eine Weile zappeln, bevor sie schließlich grinsend den Daumen hob. »Treffer.«

»Wow, das ist der Hammer! Das war's dann wohl für den werten Herrn Blohm.« Pia zeigte auf ihre Armbanduhr. »Wir müssen los.«

Patrik Blohm sah sichtlich mitgenommen aus. Er hatte dunkle Ringe unter den Augen, als hätte er mehrere Nächte nicht geschlafen, seine Haare wirkten ungepflegt, sein Atem ging flach und schnell.

Die Staatsanwältin eröffnete die Vernehmung und stellte einige allgemeine Fragen, die allesamt Blohms Anwalt beantwortete. Schließlich nickte sie Enna zu.

»Herr Blohm, die DNA-Analysen sind inzwischen ausgewertet. Das Sperma auf dem Slip ist von Ihnen.«

»Was mein Mandant nie bestritten hat«, erwiderte Heiko Holz. »Noch einmal fürs Protokoll. Der Sex zwischen Frau Sievers und meinem Mandanten war einvernehmlich. Ihre

Schlussfolgerungen in allen Ehren, Frau Hauptkommissarin, aber sie sind schlichtweg falsch.«

»Wo hat der einvernehmliche Sex stattgefunden?«, fragte Enna.

»Wie Sie wissen, fand die von den Schülern organisierte Abiturfeier in einem Vereinshaus außerhalb von Oldenburg statt. Mein Mandant hat dort Frau Sievers getroffen. Sie kannten sich flüchtig aus der Schule, Frau Sievers war ja ein Jahrgang unter seinem. Sie sprachen miteinander, haben getanzt, sich irgendwann geküsst und sind schließlich in einen Nebenraum gegangen. Dort ist es dann zum einvernehmlichen Sex gekommen.«

»Wie war der Nebenraum ausgestattet?«

»Als Übungsraum war er mit Gymnastikmatten ausgestattet.«

»Waren Herr Blohm und Frau Sievers alleine in dem Raum?«

»Selbstverständlich.«

»Wurde der Nebenraum an diesem Abend für etwas Bestimmtes genutzt?«, fragte Enna.

Holz beugte sich zu seinem Mandanten, der flüsterte ihm etwas zu.

»Mein Mandant erinnert sich nicht.«

»Dann helfe ich gerne aus. Hier standen Garderobenständer, an die Jacken und Mäntel gehängt worden waren.«

Holz lächelte. »Wie gesagt, mein Mandant erinnert sich nicht genau.«

»Wir haben mehrere Zeugenaussagen, die diesen Umstand bestätigen.«

Holz lächelte weiter.

»Wann ungefähr kam es zu dem einvernehmlichen Sex?«

»Auch das kann mein Mandant nicht mehr mit Sicherheit sagen. Es war allerdings nach Mitternacht.«

»War die Gefahr nicht sehr groß, dass der Raum von anderen Personen betreten wird? Immerhin hingen dort sämtliche Jacken und Mäntel und zum Beispiel auch Rucksäcke.«

»Das sind sehr viele Annahmen, Frau Hauptkommissarin. Die Frage wird heute letztendlich nicht mehr zu klären sein.«

»Hatte Ihr Mandant einen Schlüssel zu dem Raum? Immerhin war er einer der Mitorganisatoren der Feier.«

Wieder beugte sich Holz zu seinem Mandanten und ließ sich die Antwort ins Ohr flüstern.

»Die Frage kann ich mit Ja beantworten.«

»Wir haben eine glaubwürdige Zeugenaussage einer Mitschülerin von Frau Sievers, die eine Weile vor der Tür gestanden hat.« Enna sah Patrik Blohm direkt an. »Soll ich hier wiederholen, was die Zeugin gehört hat?«

»Frau Andersen, wir sollten uns auf die Fakten konzentrieren und die Spielerei lassen. Wenn Sie die Zeugenaussage einbringen wollen, dann bitte. Wenn nicht, sollten wir zügig weitermachen.«

Enna ließ sich Zeit, bevor sie ein Blatt aus ihren Unterlagen zog und einen kurzen Blick darauf warf. »Die Zeugin hat gehört, dass Frau Sievers geschrien hat und hierbei mehrfach das Wort ›Nein‹ fiel. Die Schreie waren übrigens keine Lustschreie, sondern ein eindeutiger Hilferuf. Die Zeugin hat versucht, ins Zimmer zu kommen, schließlich hat sie Hilfe geholt, aber als sie mit zwei Mitschülern zurückkehrte, war niemand mehr im Raum.«

»Hat die Zeugin meinen Mandanten identifiziert?«, fragte Holz.

»Sie ist sich sicher, dass es die Stimme von Maike Sievers war.«

»Handelt es sich hier vielleicht um eine Inszenierung?«, fragte Holz mit einem spöttischen Grinsen.

»Bleiben Sie bitte sachlich, Herr Kollege«, ermahnte Julia Brambach den Anwalt. »Wenn Ihr Mandant sich nicht zur Sache äußern will, ist das sein gutes Recht. Wenn Sie hier allerdings die Geschädigte verunglimpfen wollen, werde ich das nicht akzeptieren.«

»Ich wollte nur den Horizont der Ermittlungen etwas erweitern. Aber gut, fragen Sie oder Ihre … Kommissarin gerne weiter.«

»Momentan wird die DNA Ihres Mandanten mit der bundesweiten Datenbank abgeglichen«, sagte Enna und behielt dabei Patrik Blohm im Auge. »Wir werden in den nächsten Tagen wissen, ob Ihr Mandant …«

»Tun Sie das«, fiel Holz Enna ins Wort. »Es ist wohl kaum zielführend, dass wir uns jetzt über Ereignisse in der Zukunft unterhalten. Oder?«

Enna reagierte nicht auf die Frage des Anwalts, war dafür aber mehr auf Blohm konzentriert. In dem Augenblick, in dem sie die Datenbank erwähnt hatte, war er zusammengezuckt und schließlich erstarrt. Jetzt saß er mit gesenktem Blick auf seinem Stuhl.

Enna zog eines von mehreren Fotos aus ihrer Mappe und legte es Blohm vor. »Erkennen Sie die Straße, in der die Fotos gemacht wurden?«

»Was soll das jetzt?«, fuhr der Anwalt sie an. »Hat das etwas …«

»Es wäre vorteilhaft, wenn Ihr Mandant die Fotos ansehen würde«, blaffte Enna zurück.

Blohm hob den Kopf. »In der Straße habe ich eine Wohnung gehabt.«

»Diese Fotos sind kurz vor dem Tod von Rieke Erken aufgenommen worden. Erkennen Sie das Fahrzeug, das dort vor Ihrer Wohnung steht?«

Blohm warf einen flüchtigen Blick auf das Foto. »Sollte ich?«

»Das ist mit hoher Wahrscheinlichkeit der blaue Polo von Rieke Erken. Wir haben eine ganze Serie der Straßenbilder. Aus verschiedenen Perspektiven.« Enna zeigte auf das Nummernschild und zog das Foto im gleichen Augenblick zu sich.

Patrik Blohm schwieg. Die Farbe war ihm inzwischen aus dem Gesicht gewichen und er schaute Hilfe suchend zu seinem Anwalt.

Heiko Holz hatte die Szene mit leicht verwirrtem Blick verfolgt. Jetzt räusperte er sich leise. »Ich bitte um eine Pause, damit ich mich mit meinem Mandanten besprechen kann«, sagte er mit Blick auf die Staatsanwältin.

Julia Brambach nickte und stand auf. Enna und Pia folgten ihr.

Zehn Minuten später kehrten sie zurück.

»Mein Mandant hat zu der von Ihnen angesprochenen Zeit ungeplanten Besuch von Frau Erken bekommen. Herr Blohm hat sie hereingebeten und ihr etwas zu trinken angeboten. Frau Erken hat sich dann mit dem Wunsch an meinen Mandanten gewandt, ein paar Tage bei ihm wohnen zu können. Mein Mandant befand sich zu der Zeit in den letzten Vorbereitungen für seine Weltreise und hatte darüber hinaus dringende Termine. Er musste ihr den Wunsch abschlagen.«

Enna hatte erwartet, dass Holz auf diese oder ähnliche Weise antworten würde. »Hat Frau Erken ihren Wunsch begründet?«

»Sie hatte Probleme in ihrer Ehe und wollte für ein paar Tage«, der Anwalt malte Anführungszeichen in die Luft, »untertauchen.«

Enna wandte sich an Patrik Blohm. »Wie lange war Frau Erken an diesem Tag bei Ihnen?«

»Ein oder zwei Stunden«, sagte Blohm leise.

»Hat sie gesagt, wo sie anschließend hinfahren wollte?«

»Nein.«

»Hat sie erzählt, wo sie gerade herkam?«

»Sie hat von einer längeren Fahrt gesprochen. Dänemark, ist das möglich?«

»Was wollte sie in Dänemark?«

»Ich erinnere mich nicht mehr genau. Kann es sein, dass sie einen Freund besuchen wollte? Und der war nicht da?«

»War Frau Erken verzweifelt?«

»Dazu kann mein Mandant nichts sagen. Frau Erken hat sich zumindest nicht in der Richtung geäußert«, warf Heiko Holz schnell ein.

Enna wandte sich wieder an Blohm. »Ihre DNA ist in Rieke Erkens Fahrzeug gefunden worden. Können Sie sich erklären, wie sie dort hingekommen ist?«

Patrik Blohm schüttelte vehement den Kopf. »Ich habe nie in diesem Auto gesessen. Das muss ein Fehler sein.«

»Zumindest kann sich mein Mandant nicht daran erinnern, in dem Auto gesessen zu haben«, beeilte sich Heiko Holz hinzuzufügen.

In diesem Augenblick vibrierte Ennas Handy. Sie warf einen Blick auf die eingegangene Nachricht. Jens schrieb, dass er eine ausgesprochen wichtige Information habe. Enna zeigte Julia Brambach das Display, die unterbrach die Vernehmung für fünf Minuten und verließ mit Enna zusammen den Raum.

»Was gibt es, Jens?« Enna hatte den Lautsprecher ihres Telefons eingeschaltet.

»Entschuldige, ich denke, es ist wichtig. Die Kriminaltechnik hat beim DNA-Abgleich in der Datenbank einen Treffer gelandet. Es geht um eine Vergewaltigungsserie im Landkreis Emsland und Cloppenburg. Patrik Blohms DNA stimmt mit der des mutmaßlichen Täters überein. Sie ist in drei Fällen sichergestellt worden.«

»Kein Irrtum möglich?«

»Ich denke schon, dass ich den Kollegen richtig verstanden habe. Er schickt aber gleich etwas schriftlich.«

»Schick es sofort an Frau Dr. Brambach weiter.«

»Selbstverständlich.«

Enna ließ das Handy zurück in die Tasche gleiten und sah die Staatsanwältin fragend an.

»Wir brechen hier die Vernehmung ab.«

»Was ist passiert?«, fragte Pia, als sie auf dem Weg zum Auto waren.

»Blohms DNA ist in der Datenbank. Jens hat von einer Serie von Vergewaltigungen gesprochen. Er wartet noch auf die Unterlagen.«

»Wo?«

»Emsland und Cloppenburg.«

Sie hatten das Auto erreicht und fuhren schweigend durch die Stadt zum Kommissariat. Jens kam ihnen im Flur entgegen und hielt eine Mappe in der Hand.

»Die Unterlagen.« Er reichte Enna die Mappe. »Ich habe es schon überflogen. Eine der Frauen ist tot aufgefunden worden. Erstickt.«

»Wir sind in der Küche«, sagte Enna.

Enna begann sofort, die Papiere zu studieren. Pia setzte Wasser für Tee auf, kurz darauf saß sie am Tisch und las die Seiten, die Enna abgelegt hatte.

Es handelte sich um sieben Überfälle auf Frauen, die das gleiche Muster aufzeigten. Bei drei von ihnen hatte man Fremd-DNA sichergestellt. Eine der Frauen war nach fünf Wochen von einem Jäger tot aufgefunden worden. Die Taten wurden alle in den Jahren nach Patrik Blohms Rückkehr angezeigt. Die zuständige SoKo war nach jeder neuen Vergewaltigung personell aufgestockt worden und hatte mehrere Monate ohne nennenswerte Erfolge gearbeitet, bis sie nach und nach wieder auf zwei Beamte reduziert worden war.

Als Enna fertig gelesen hatte, stand sie auf. »Ich gehe in mein Büro und rufe die Staatsanwältin an.«

Neununddreissig

Das Gespräch mit Julia Brambach war nach wenigen Minuten beendet. Die Staatsanwältin hatte sich bereits mit ihrem Kollegen in Osnabrück darauf verständigt, dass die immer noch tätige SoKo den Fall federführend übernehmen würde. Das erste Treffen mit dem SoKo-Leiter, an dem Enna teilnehmen würde, war für zehn Uhr am nächsten Tag angesetzt.

»Und was bedeutet das jetzt?«, fragte Pia.

»Dass der Fall Erken hintenansteht. Zuerst die Vergewaltigungsfälle, bei denen eine Frau getötet wurde, dann Maike Sievers und am Schluss Rieke Erken. Wir sollen weiteres Material finden, was Blohm eindeutig mit dem Fall in Verbindung bringt.«

»Und der DNA-Fund in Riekes Polo?«

Enna wiegte mit dem Kopf hin und her. »Die Staatsanwältin hat mit Recht darauf hingewiesen, dass es sich nur um ein einziges Haar handelt, was im Polo gefunden wurde. Das kann durchaus auch durch jemand anderen übertragen worden sein.«

»Fuck!«

Jemand klopfte an die Tür. Paulsen trat ein. »Habt ihr einen Moment?« Er sah Pia an. »Was ist passiert?«

Enna fasste kurz ihren Tag zusammen.

»Klingt nicht gut. Und ich habe leider noch eine schlechte Nachricht. Petrescu scheint tatsächlich in Rumänien gewesen zu sein. Es gibt mehrere Aussagen und die rumänischen Kollegen haben Fotos geschickt, auf denen er bei der Beerdigung zu sehen ist.«

»Klasse!«, fauchte Pia. »Alles auf null.«

Enna stand auf. »Wir machen Feierabend. Morgen ist auch noch ein Tag.«

»Wann kommt Aaron wieder?«, fragte Elias. Enna saß neben seinem Bett, das Vorlesebuch in der Hand.

»Am Freitagabend. Das weißt du doch, Elias.«

»Immer ist Aaron nur so kurz bei uns. Warum?«

»Weil er in Frankfurt arbeitet. Auch das weißt du.«

»Du arbeitest doch auch hier. Aaron soll das auch.«

Enna lächelte. »Da müssen wir noch ein wenig warten, Elias. So schnell geht das nicht.«

Elias sah Enna erwartungsvoll an. »Wann denn?«

Enna zögerte. Sollte sie Elias jetzt schon in die Umzugspläne einweihen? Als sie die fragenden Augen ihres Sohnes sah, entschied sie sich dafür. »Vielleicht im Januar. Das ist nach Weihnachten.«

Elias riss die Arme hoch und stieß einen Jubelschrei aus. »Das ist toll, Mama!«

Enna nickte. »Ja, das ist toll.«

»Ich habe Elias vorhin erzählt, dass du im Januar nach Oldenburg ziehst.« Enna saß im Wohnzimmer und hatte kurz zuvor den Anruf aus Frankfurt angenommen.

»Und was hat der kleine Mann dazu gesagt?«

»Regelrecht gejubelt hat er. Ich musste ihm versprechen, ein Kalenderblatt zu besorgen, damit er jeden Tag bis zum Januar abhaken kann.«

Aaron lachte. »Ich habe noch eins im Büro. Soll ich es mitbringen?«

»Wenn es dann das einzige Geschenk ist.«

»Na ja, ich hatte da …«

»Aaron!«, fiel Enna ihm ins Wort. »Das ist jetzt nicht dein Ernst.«

»Nein, natürlich nicht«, sagte Aaron lachend. »Das war ein Scherz. Ich bringe den Kalender mit. Und sonst nichts.«

Enna stöhnte leise. »Entschuldige meine heftige Reaktion. Aber mir ist heute gar nicht nach Scherzen zumute.«

»Was ist passiert?«

»Es scheint so, als wenn wir zum ersten Mal scheitern.« Sie erzählte ihm von den Entwicklungen der letzten Tage.

»Das klingt aber eher nach einem Erfolg. Drogengroßhändler und Mörder in Haft, ein Serienvergewaltiger überführt.«

»Unser eigentlicher Fall wird aber vermutlich vorerst wieder zu den Akten gelegt. Ich bin mir inzwischen auch nicht mehr sicher, dass wir den Richtigen haben.«

»Man kann nicht immer gewinnen, Enna. Ihr habt eine unglaubliche Erfolgsbilanz. Die Taten liegen viele Jahre, manchmal Jahrzehnte zurück, SoKos haben sich daran abgearbeitet und Dutzende Kommissare.«

»Und Kommissarinnen«, fügte Enna hinzu. »Lass uns das Thema wechseln. Was machen wir am Wochenende?«

Gegen Mittag des nächsten Tages kam Enna nach dem Termin bei der Staatsanwältin ins Kommissariat. Die getrübte Stimmung im Team war deutlich zu spüren. Pia brachte ihr die DNA-Analyse von Joost Neelsen vorbei und ließ sich auf den Stuhl vor ihrem Schreibtisch fallen.

»Neelsen ist wie erwartet der Vater von Rieke Erkens Kind oder wäre es geworden«, sagte sie. »Die DNA-Spuren aus ihrem Auto stimmen aber leider nicht mit seiner überein.«

»Auch das war zu erwarten.«

»Ich würde das am liebsten an Neelsens Frau schicken«, murmelte Pia und hielt gleich darauf abwehrend die Hände hoch. »Keine Angst, das mache ich natürlich nicht. Rufst du ihn an?«

Enna nickte.

»Wie gehen wir weiter vor?«, fragte Pia. »Ich habe mir den ganzen Vormittag den Kopf zermartert und habe nicht die geringste Idee, wo wir ansetzen könnten.«

»Wir werden den Fall noch einmal von vorne aufrollen müssen. Ein Steinchen nach dem nächsten umdrehen und begutachten. Blohm wird dabei im Mittelpunkt stehen, aber wir verfolgen auch alle anderen Ermittlungsstränge weiter. Wir setzen uns ein Zeitlimit. Zwei Wochen werden reichen. Anschließend …« Enna seufzte resigniert.

Jens klopfte an die halb geöffnete Tür.

»Komm doch rein«, sagte Enna und rechnete insgeheim mit der nächsten negativen Nachricht.

»Ich weiß nicht, ob es wirklich wichtig ist, aber … Nun gut, ich habe doch die alten SoKo-Akten noch einmal durchgearbeitet. Dort finden sich auch die unzähligen Hinweise aus der Bevölkerung, allesamt ausrecherchiert.«

»Ja?«, sagte Enna und zeigte auf einen leeren Stuhl.

Jens ignorierte ihre Aufforderung und reichte ihr ein A4-Blatt. »Unter anderem ist ja lange nach dem Polo von Rieke Erken gesucht worden. Fabrikat, Farbe und Kennzeichen sind dann auch in den Medien veröffentlicht worden.«

»Und?«, fragte Pia achselzuckend.

»Paulsen hatte doch mit diesem Kollegen von Frau Erken, Daniel Held, gesprochen und ihr später ja auch noch einmal. Ich habe beide Protokolle gelesen. Kurz und gut, seinerzeit hat ein Zeuge angerufen, der den Polo in der Straße gesehen hatte, in der Held wohnt.«

Enna richtete sich auf und griff nach der Zeugenaussage, die Jens immer noch in der Hand hielt. Sie überflog den Text. »Das kann doch nicht wahr sein. Das Auto soll mindestens einen Tag dort gestanden haben. Wo genau stand es?«

»Laut dem Zeugen ungefähr zwanzig Meter von Helds Haus entfernt.«

»Echt jetzt?«, stieß Pia aus und eilte hinter Ennas Stuhl, um den Bericht zu lesen.

»Der Zeuge wohnt übrigens noch an derselben Adresse«, sagte Jens. »Ich habe ihn angerufen und mit ihm gesprochen. Er konnte sich gut erinnern. Er war damals erstaunt, dass sich niemand wieder bei ihm gemeldet hat.«

Enna war aufgestanden und zog ihre Jacke an. »Wir fahren nach Leer.«

»Wie gehen wir vor?«, fragte Pia, als sie die halbe Strecke nach Leer zurückgelegt hatten.

»Wir holen Held von der Arbeit ab und vernehmen ihn in der Polizeiinspektion. Kannst du uns da anmelden?«

Pia nickte, griff nach ihrem Smartphone, suchte nach der Nummer und ließ sich mit dem zuständigen Beamten verbinden.

»Alles klar«, sagte sie nach dem Gespräch. »Wie geht es weiter, wenn wir im Vernehmungszimmer sitzen?«

»Wir gehen mit Daniel Held jedes einzelne Detail durch. Und wenn es zehnmal sein muss. So nervös, wie er letztes Mal schon war, wird er sich in Widersprüche verwickeln. Wenn er wirklich etwas mit dem Tod von Rieke Erken zu tun hat, dann wird er nicht lange durchhalten. Zunächst einmal schauen wir aber bei dem Zeugen vorbei. Ich will sehen, wie glaubwürdig er ist.«

Pia nickte ein weiteres Mal.

Der Zeuge erwies sich als rüstiger Rentner, der viele Jahre im Wachdienst bei Volkswagen in Emden gearbeitet hatte. Er bestätigte seine damalige Aussage, dass er den blauen Polo in seiner Straße gesehen habe, und wirkte dabei absolut sicher und klar.

Nach kurzer Rücksprache mit dem Vorgesetzten von Daniel Held gingen Enna und Pia in sein Büro und forderten ihn auf, sie zu begleiten. Held wurde schlagartig aschfahl im Gesicht, als er Enna und Pia wiedererkannte, schwieg, als Enna ihm erklärte, weshalb sie gekommen seien, und folgte ihnen ohne Widerspruch zum Auto.

Eine Viertelstunde später saßen sie im Vernehmungszimmer der Leeraner Polizeiinspektion, Enna startete die Aufnahme und teilte Daniel Held mit, dass sie ihn als Beschuldigten vernehmen würden.

»Haben Sie mich verstanden, Herr Held?«

Daniel Held nickte.

»Sagen Sie es bitte laut, wir zeichnen die Vernehmung auf.«

»Ja, ich habe Sie verstanden.«

Enna hatte sich im Auto für einen Frontalangriff entschieden. Sie fixierte Held und wartete, bis er schüchtern aufsah. »Sie wissen, weshalb Sie hier sind?«

Wieder nickte Held.

Enna deutete auf das Mikrofon.

»Ja, das weiß ich«, sagte Held.

»Sie waren sich bei der letzten Befragung nicht sicher, ob Sie Rieke Erken kurz vor ihrem Tod noch einmal gesehen haben. Ich frage Sie noch einmal: War Frau Erken bei Ihnen im Haus?«

Daniel Held schwieg. Er hatte inzwischen den Kopf wieder gesenkt und schien auf seine Finger zu starren.

»Herr Held!«, sagte Enna lauter. »Würden Sie mir bitte die Frage beantworten?«

»Es kann sein, dass Rieke …« Er schluckte schwer.

»Wollen Sie mir wirklich erzählen, Sie können sich nicht mehr daran erinnern, ob eine so gute Freundin wie Rieke Erken wenige Tage vor ihrem Tod bei Ihnen gewesen ist?«

Daniel Held warf Enna einen wütenden Blick zu. »Sie haben überhaupt keine Ahnung«, fuhr er sie an. »Nicht die geringste!«

»Oh doch, Herr Held. Ich kann zum Beispiel beweisen, dass Rieke einen Tag vor ihrem Tod bei Ihnen vor dem Haus geparkt hat. Nicht für eine Stunde und auch nicht für zwei. Das war über einen Tag und eine Nacht. Mindestens.«

»Wer …« Daniel Held schien es die Sprache verschlagen zu haben.

»Ein sehr verlässlicher Zeuge, dem jeder Richter in diesem Land glauben wird.« Enna fixierte ihn. »War Rieke bei Ihnen? War Ihnen Rieke Erken so unwichtig, dass Sie sich an nichts mehr erinnern können?«

»Rieke war hier«, presste Daniel Held heraus. »Sie war hier bei mir. Und nicht bei jemand anderem. Bei mir! Wir waren Freunde!« Die letzten drei Worte hatte er geschrien, als wolle er sich selbst davon überzeugen, wie wichtig ihm Rieke Erken gewesen war.

»Und wie lange war Rieke hier bei Ihnen?«

Daniel Held schwieg. Hatte er gemerkt, dass er einen Fehler gemacht hatte?

Enna zögerte kurz, entschied sich dann aber für eine riskante Strategie. »Haben Sie Rieke getötet?«

Daniel Held schüttelte den inzwischen gesenkten Kopf.

»Haben Sie Rieke getötet?«, wiederholte Enna ihre Frage und betonte jedes einzelne Wort dabei.

Eine bleierne Stille legte sich über das Vernehmungszimmer. Enna hielt den Atem an und ließ Daniel Held nicht aus den Augen.

Langsam sah er auf, Tränen liefen über sein Gesicht. »Es war ein Unfall. Ein schrecklicher Unfall.«

Enna ließ Daniel Held Zeit.

Schließlich fing er stockend an zu erzählen: »Rieke stand plötzlich vor meiner Tür. Ich habe sie hereingelassen und ihr eine Tasse Tee angeboten. Und dann hat sie gefragt, ob sie für ein paar Tage bei mir wohnen kann. Ich hab natürlich sofort zugesagt … meine Mutter war ja zu dem Zeitpunkt auf einer Kur … ich habe Rieke mein Zimmer überlassen und selbst auf dem Sofa im Wohnzimmer geschlafen. Am Abend habe ich gekocht und wir haben auch Wein getrunken und uns bis in die Nacht hinein unterhalten ... als Rieke schlafen ging, bin ich ihr irgendwann nachgegangen …«

»Und was ist dann passiert?«, fragte Enna mit zurückhaltender Stimme.

»Rieke schlief schon. Ich habe mich …« Daniel Held schluckte schwer. »Ich dachte doch, sie würde nur so tun, als wenn sie schlafen würde.«

»Aber das war nicht so?«

»Nein. Als ich neben ihr im Bett lag, ist Rieke aufgewacht. Ich weiß nicht, ob sie mich gar nicht erkannt hat und dachte … es könnte doch sein, oder?«

»Was genau meinen Sie?«, fragte Enna.

»Dass ich jemand anderes bin. Vielleicht ihr Mann oder jemand, vor dem sie weggelaufen ist.«

»Rieke wachte also auf. Was ist dann passiert?«

Daniel Held senkte den Kopf und schwieg.

»Herr Held, was ist passiert, als Rieke aufgewacht ist?«

Daniel Held schüttelte schluchzend den Kopf.

Enna wartete, bis er sich beruhigt hatte. »Sie sprachen vorhin von einem Unfall«, sagte Enna.

»Rieke hat … sie hat geschrien, unglaublich laut, mein Kopf … es war so laut … ich wusste doch nicht, was ich machen soll. Dann war da …« Wieder einmal brach er mitten im Satz ab.

»Daniel, was ist dann passiert?«, übernahm Pia mit einem warmherzigen Ton in der Stimme.

Daniel Held sah Pia an, als habe er sie vorher nicht bemerkt.

»Ich darf dich doch mit dem Vornamen ansprechen?«, fuhr Pia zurückhaltend fort.

»Ja, natürlich.«

»Ich heiße Pia«, sagte sie lächelnd.

Daniel Held nickte und erwiderte zaghaft ihr Lächeln.

»Du hast gerade erzählt, dass Rieke aufgewacht ist und offensichtlich nicht wusste, wer du bist? Ist das richtig?«

»Ja, ich glaube, so muss es gewesen sein. Vielleicht ein Albtraum oder etwas Ähnliches.«

»Rieke hat dann sehr laut geschrien?«

»Ja. Ich musste mir die Ohren zuhalten.«

»Hat Rieke aufgehört?«

»Nein.«

»Was hast du dann gemacht?«

»Das Kissen. Ich habe das Kissen genommen. Sie sollte doch nur ruhig sein. Alle konnten es hören. Die ganze Straße. Was hätte Mama dazu gesagt?«

»Was hast du mit dem Kissen gemacht?«

»Ich wollte doch nur, dass Rieke ruhig ist. Dass sie aufhört mit dem Schreien.«

»Was hast du mit dem Kissen gemacht?«

»Auf den Kopf. Rieke sollte ruhig sein.«

»Wie lange war das Kissen auf Riekes Kopf?«

Daniel Held zuckte fast unmerklich mit den Schultern. Der Schweiß lief ihm von der Stirn, seine Augenlider flackerten und er hielt beide Hände vors Gesicht.

»Daniel, wie lange war das Kissen auf Riekes Kopf?«

»Zu lange«, flüsterte Daniel Held. »Sie war tot. Ich weiß nicht, was passiert ist. Sie war plötzlich tot.«

Vierzig

Enna und Pia nahmen Daniel Held vorläufig fest. Am nächsten Tag wurde er dem Haftrichter vorgeführt. Da er keinen eigenen Anwalt benannte, wurde ihm ein Pflichtverteidiger bestellt. Nach einer halbstündigen Verhandlung ordnete der Haftrichter Untersuchungshaft an. Enna und Pia vernahmen Daniel Held weitere drei Mal, bevor sie den Fall abschlossen und der Staatsanwaltschaft übergaben.

Daniel Held hatte Rieke Erken bis zum nächsten Abend in seinem Bett liegen gelassen, bevor er sie in eine Plastikfolie eingerollt und im Auto mitten in der Nacht zu dem kleinen Wäldchen in der Nähe von Leer gefahren hatte, das er vom Vorbeifahren kannte. Den Polo fuhr Daniel Held noch in der gleichen Nacht nach Bremen und kam am frühen Morgen mit dem Zug zurück nach Leer.

Bei einer erneuten Überprüfung der Plastikfolie wurden DNA-Spuren von Daniel Held sichergestellt, auch das DNA-Material aus Rieke Erkens Polo, das noch niemandem hatte zugeordnet werden können, stammte von Held. Ein Dreivierteljahr nach seiner Festnahme wurde Daniel Held zu einer achtjährigen Haftstrafe wegen Totschlags verurteilt.

Patrik Blohm wurde wegen Vergewaltigung in sechs Fällen und Mordes in einem Fall zu vierzehn Jahren Haft verurteilt. Maike Sievers erschien für ihre Aussage vor Gericht und traf sich einige Tage später mit Pia. Sie bedankte sich bei ihr für die Unterstützung und erzählte, wie befreiend der Schritt an die Öffentlichkeit für sie gewesen sei. Jetzt, wo Patrik Blohm hinter Gittern saß, könne sie endlich beginnen, das Geschehene hinter sich zu lassen.

Adrian Petrescu wurde wegen Mordes an Hajo Erken und weiterer Straftaten schuldig gesprochen und zu fünfzehn Jahren Haft verurteilt. Auch wenn die Waffe nie gefunden wurde, reichten dem Gericht die vorliegenden Beweise.

Eugen Lungu befand sich zu diesem Zeitpunkt weiter auf der Flucht. Zielfahnder waren ihm bis Thailand gefolgt, bevor sie ihn verloren. Die länderübergreifende SoKo ermittelte noch zwei Jahre am weitverzweigten Netzwerk der kriminellen Organisation, führte unzählige Durchsuchungen durch und nahm weitere drei Personen aus dem Umfeld von Lungu fest.

Sven Hansen trat als Kronzeuge auf, sagte umfassend gegen Adrian Petrescu und Eugen Lungu aus und wurde in ein Zeugenschutzprogramm übernommen.

Einundvierzig

Elias stand seit einer Stunde am Fenster und wartete auf den Möbelwagen aus Frankfurt.

»Du kannst doch in deinem Zimmer spielen. Ich rufe dich sofort, wenn der Wagen kommt.«

Elias schüttelte den Kopf. »Nein. Ich will hierbleiben.«

Enna stellte sich neben ihn und streichelte zärtlich über seine Haare. Elias sah zu ihr hoch. »Bleibt Aaron dann wirklich die ganze Zeit bei uns?«

»Ja, sonst würde er doch nicht seine Möbel mitbringen.«

Elias nickte zufrieden.

Aaron hatte den größten Teil seines Mobiliars verkauft oder verschenkt und würde lediglich einige Erbstücke seiner Eltern mit nach Oldenburg bringen.

Alina schaute ins Zimmer. »Ich gehe dann. Braucht ihr mich wirklich nicht?«

Enna ging zu ihr. »Alles in Ordnung.« Leise fügte sie hinzu: »Aaron bringt nur wenige Sachen mit. Paulsen kommt nachher vorbei und hilft beim Tragen.«

»Gut. Wir sehen uns dann ja morgen. Ich komme gegen Mittag, um dir bei den Vorbereitungen zu helfen.«

Enna und Aaron hatten für den Sonntagnachmittag eine kleine Feier geplant, zu der auch Paulsen, Jens und Pia eingeladen waren.

»Das ist nett von dir«, sagte Enna. »Bis morgen!« Sie sah Alina nach und wandte sich wieder Elias zu.

»Aaron kommt!« Elias sprang von dem Hocker und lief auf Enna zu. »Da ist ein großer Wagen gekommen.«

»Dann lass uns mal schauen«, sagte Enna lachend und ging hinter ihrem Sohn her, der bereits durch die Wohnzimmertür verschwunden war. Als sie den Flur erreichte, stand Aaron bereits in der offenen Haustür. Er hielt Elias an der Hand und kam auf Enna zu.

»Herzlich willkommen«, sagte sie und küsste ihn zärtlich.

Printed in Great Britain
by Amazon

86650119R10202